AF398360

Angelika Süss wurde 1987 in Wien geboren und blieb zusammen mit ihrem Freund dem östlichen Donauraum treu. Seit der Schulzeit schrieb sie, inspiriert durch ihre Lesesucht, an verträumten Fantasygeschichten. Motiviert von unnachgiebigen Freunden, entdeckte sie erst 2015 ihre Leidenschaft zur humoristischen Paarfindung.
Auf der Suche nach Herausforderungen verfasste sie diverse Texte in der digitalen Welt. So entstand letzten Endes der Drang, „der bunten Knete" in ihrem Kopf nachzugeben und diese zu schrägen Charakteren und Situationen zu modellieren.

ANGELIKA
SÜSS

Oops! I MARRIED A ROCKSTAR

EINE NEW ADULT ROCKSTAR ROMANCE

Überarbeitete Neuausgabe Dezember 2024

Copyright © 2024 dp Verlag, ein Imprint der
dp DIGITAL PUBLISHERS GmbH
Made in Stuttgart with ♥
Alle Rechte vorbehalten

Oops! I married a Rockstar

ISBN 978-3-98998-730-2
E-Book-ISBN 978-3-98998-728-9
Hörbuch-ISBN: 978-3-98998-731-9

Covergestaltung: Jasmin Kreilmann
Umschlaggestaltung: ARTC.ore Design
Unter Verwendung von Abbildungen von
depositphotos.com: © doozie, © anelina, © AllaSerebrina,
© phoenixstockphoto.gmail.com, © AntonMatyukha
Lektorat: Marie Weißdorn
Satz: dp DIGITAL PUBLISHERS GmbH
Druck und Bindung: Books on Demand GmbH, Norderstedt

Für die Enten,

*die aus diesen Zeilen heraus entstanden sind und
ohne die es keine Zeilen gäbe.*

Vorwort

Liebe Lesende, lieber Leser,

Willkommen auf der Reise ins verschneite Finnland. Ich darf mich freuen, dass dieser erste Teil der Trilogie (Wobei jeder Teil einzeln unabhängig lesbar ist) eine Neuauflage verpasst bekam und ich damit dich, ja genau dich, erreicht habe. Mit diesem Buch wagte ich den Schritt von der Schublade in die Öffentlichkeit und seitdem liebe ich es, humorvolle Geschichten zu verfassen. Umso mehr freut es mich, dass wir dieses Abenteuer in neuem Kleid nochmal gemeinsam starten können. Hoffentlich hast du viel Spaß mit dem Zimtschnecken-Rockstar und allen Beteiligten. Es mag kein Jane-Austin Roman sein, sollte sich ein Schmunzeln auf deinen Lippen bilden und dir Finnland im Geiste romantisch weihnachtlich erscheinen, dann habe ich mein Ziel aber vollendet erreicht. Gönn dir eine Leckerei, Keksi, Schoki oder am besten eine Zimtschnecke. Dazu ein Heißgetränk oder was anderes entspannendes und ich wünsche dir ganz viel Vergnügen mit der schrägen Truppe! Danke, dass du dich darauf einlässt! Man darf mich gerne anschreiben und kontaktieren, um sich zu beschweren, dass es zu unkontrollierten Hungerattacken während dem Lesen gekommen ist. Natürlich stehe ich auch für weitere Nachrichten zur Verfügung. Fürs Schwärmen über Finnland habe ich immer Zeit.
Alles Liebe
Angelika

Das Erwachen des Tequila-Zombies

Der erste Atemzug nach dem Aufwachen fühlte sich gut an. Ein tiefes und entspanntes Luftholen, dazu kribbelte es in meinen Fingerspitzen. Ich lag auf dem Bauch, das Gesicht fest in ein weiches Kissen gepresst und die Arme darunter verschränkt. Wie jeden Morgen. Allerdings ...

Plötzlich glitten meine Gedanken aus der Traumwelt heraus und prallten in die Realität, als hätten sie mit 180 Stundenkilometern einen Betonpfeiler gerammt. Das Blutbad meiner Synapsen lag auf dem Highway verstreut und ich stöhnend dazwischen. Jemand lief in meinem Kopf Amok, mein Rachen kratzte und meine Zunge fühlte sich an, als hätte ich über eine nasse Katze geleckt. Widerwärtig.

Ich kämpfte gegen die Übelkeit an und presste die Augen zusammen, doch da begann sich das schwarze Nichts um mich wild im Kreis zu drehen. Nach Halt suchend krallte ich die Finger in die Matratze und riss die Augen endgültig auf.

Dieses schneeweiße Bettzeug war definitiv nicht meins. Etwas sagte mir, dass ich nicht hier sein sollte. Dieses typische Samstag-Gefühl, wenn man mitten in der Nacht aufwachte, keine Ahnung hatte, wie man hieß, welcher Tag war und ob man zu spät zur Arbeit kam. Mein Name war Hannah. Mehr konnte ich akut nicht rekonstruieren.

Ich rieb mir über die Augen und sah mich um. Auf dem schwarzen Nachtkästchen lag ein bunter Papier-Flyer. *MGM Grand Hotel and Casino* stand in grauen Buchstaben obendrauf und als hätte mir jemand mit einem kalten Waschlappen ins Gesicht geschlagen, kehrte schlagartig eine drängende Information in mein Gedächtnis zurück. Ich war in Las Vegas. In Amerika! Zusammen mit meiner besten Freundin, um meinen fünfundzwanzigsten Geburtstag zu feiern.

Ich rollte mich auf den Rücken und strampelte mir die Decke von den Füßen. Meine Beine fühlten sich an wie nach einem Marathon und von irgendwoher drang ein Gluckern an meine Ohren, während ich mich in dem riesigen Hotelzimmer umsah. Links von mir erhob sich eine Glasfront vom Boden bis zur Decke, die Gott sei Dank mit weißen Stoffbahnen verhangen war. Selbst das gedämpfte Licht machte mich fertig.

Stöhnend senkte ich den Blick und runzelte überrascht die Stirn. Ich trug ein ausgewaschenes T-Shirt mit *ACDC*-Aufdruck. Dieses entstammte definitiv nicht meinem Kleiderschrank. Die Boxershorts genauso wenig. Mein Herz begann zu rasen. Wenn ich mir unbekannte Unterwäsche trug, wer hatte dann gerade meine an?

Plötzlich hellwach tastete ich mich ab. Zum Glück war noch alles dran. Ich schien nicht entführt worden und einem Organhändler in die Arme gefallen zu sein.

Etwas beruhigt sah ich mich genauer um. Diese riesige Suite war eindeutig nicht unsere, Louisa und ich hatten nur ein kleines Doppelzimmer gebucht. Außerdem wäre Louisa nicht einfach oben ohne aus dem Bad gekommen.

Erschrocken sah ich zurück zur geöffneten Badezimmertür. Ich hatte nicht mal gehört, dass das Wasser nicht mehr rauschte!

Ein blonder Mann trat einen Schritt in die Suite hinein und rieb sich mit einem Handtuch die Haare trocken. Die blaue Jeans hing tief auf seiner Hüfte. Schockiert musterte ich ihn. Die trainierte Brust, das sanfte Lächeln und die hellblauen Augen.

Panik. Flucht! Das waren die einzigen zwei Gedanken, die mir durch den schmerzenden Kopf schossen.

»Guten Morgen«, sagte er mit rauer Stimme, die sich nach einer durchzechten Nacht anhörte. Nur am Rande nahm ich wahr, dass er Englisch sprach.

Statt zu antworten, wirbelte ich hysterisch herum und schwang die Beine über die Bettkante. Es klirrte scheppernd, weil ich dabei eine leere Flasche Tequila inklusive etlicher Schnapsgläser auf dem Boden umwarf. Jedes einzelne schien mich auszulachen. Ich flüchtete an die Glasfront, möglichst weit weg von meinem Zimmergenossen.

Dieser fuhr sich grinsend mit dem Handtuch über den feucht schimmernden Oberkörper, bevor er es auf das zerwühlte Bett warf. »Alles okay?«, fragte er mit erhobenen Augenbrauen.

Panisch krallte ich die Finger in den schweren Stoff der Vorhänge. Meine Knie waren weich wie Gummi und der Boden unter meinen Füßen tanzte wild im Kreis. Erneut huschte mein Blick zu den verstreuten Gläsern. Ich sah mich genau dort sitzen, gemeinsam mit Jari und einer gigantischen Flasche Tequila zwischen uns.

Jari … sein Name war Jari Mäkinen. Erschrocken presste ich mich an die Glasscheibe, denn sofort schoben sich andere Bilder in meine Gedanken. Das Plakat, das zu Hause über meinem Schreibtisch hing. Das Poster meiner Lieblingsband *The Wicked Elephant*, das ich mir auf ihrem letzten Konzert in München gekauft hatte.

Nun stand mir ihr Frontsänger halb nackt gegenüber, statt mir morgens mit Rockgitarrenklängen im Auto die Fahrt zu verschönern.

Jari rührte sich nicht von der Stelle, als das Lächeln auf seinen Lippen erlosch. Meine Reaktion auf sein Erscheinen gefiel ihm wohl nicht. Düster starrte er mich an. Ich schüttelte den Kopf, dabei flackerten weitere Bilder vor meinem inneren Auge auf.

Jari und ich auf einer Parkbank, irgendwo im Nirgendwo, umgeben von Dunkelheit, Tausende Sterne über uns.

Als er Anstalten machte, einen Schritt auf mich zuzugehen, presste ich mich weiter gegen die kalte Glasscheibe. »Warte!«

Er zuckte zusammen, wich instinktiv zurück. Ich bildete mir ein, ein Knacken der Scheibe zu hören. Es hätten genauso gut meine Knochen sein können.

»Wo sind meine Sachen? Meine Klamotten?«, krächzte ich.

Er trat einen Schritt zur Seite und bückte sich. Die Erinnerungsfetzen in meinen Gedanken machten mich verrückt. Ähnlich dem hysterischen Stroboskoplicht in Clubs, erschlug mich ein Bild nach dem anderen.

*Louisa und ich checkten im Hotel ein. Wir wollten fei-
ern, als gäbe es kein Morgen, um meinen Geburtstag
ausgiebig zu ehren und meinen Trennungsschmerz zu
betäuben.*

Jari richtete sich auf und warf einen Stapel Klei-
dungsstücke aufs Bett. Sofort erkannte ich die
schwarze Jeans mit den aufgenähten Pailletten sowie
Louisas weiße Bluse, die sie mir geborgt hatte.

Er verschränkte die Arme vor der Brust und zog erneut die Augenbrauen nach oben. Diesmal eindeutig
anklagend. Das schwarz tätowierte Muster, das sich
von seiner Schulter über den Oberarm und weiter über
die Brust zog, kam mir bekannt vor. Genauso die Geste,
wenn er sich mit den Fingern über die Stirn rieb. Jari
hatte ein markantes Gesicht. Die dunklen Ringe unter
den Augen entstellten ihn nicht. Gähnend kratzte er
sich über den Bartansatz und zerzauste sich die blonden Haare. Der Anblick löste ein vertrautes Gefühl in
mir aus, das nicht nur von diesem Poster in meiner
Wohnung herrührte.

Jari machte wieder einen Schritt auf mich zu. Erneut
zuckte ich zurück.

»Bleib, wo du bist.«

Sichtlich genervt seufzte er, blieb jedoch stehen, wo
er war.

»Meine Unterwäsche?«, fragte ich piepsig.

Er verdrehte die Augen, wandte sich um und ging zu
dem weißen Sofa gegenüber des Betts. Ich hatte meinen
schwarzen Slip samt BH vorher nicht mal gesehen, jetzt
warf er sie mir vor die Füße.

Die Illusion, dass wir nur geredet hatten und eingeschlafen waren, löste sich damit in Luft auf. Man führte

keine geistreichen Diskussionen ohne Schlüpfer. Außerdem ist es nie gut, wenn ein Mann besser als du darüber Bescheid weiß, wo deine Unterwäsche liegt.

Erwartungsvoll starrte er mich aus blauen Augen an. Ein tiefer Atemzug ging durch seinen Körper. Ich hingegen war alles andere als ruhig. Meine Fingerknöchel liefen weiß an, weil ich den Stoff der Vorhänge noch fester an mich zog. Dabei fiel mir ein Glitzern ins Auge.

Ich senkte den Blick und musste zweimal hinsehen, um mich zu vergewissern, dass *er* tatsächlich an meinem Finger steckte und fröhlich das Sonnenlicht spiegelte. Ein obszön großer, weißer Diamantring prangte an meiner zitternden Hand.

Verdammter Mist.

Plötzlich drehte sich das Zimmer schneller. Keuchend plumpste ich auf den Boden, der Ring fühlte sich tausend Kilo schwer an. Ungläubig sah ich von dem Schmuckstück zu Jari, zurück und wieder zu ihm.

Entspannt sank er auf das Sofa und musterte mich intensiv. Ich war nur noch ein kleines Häufchen Elend. Aber verdammt, ich durfte jetzt nicht ausrasten. Ich musste die Geschehnisse ins rechte Licht rücken und mich erinnern, wie ich in dieses Klischee hineingeraten war.

Der Fluchtweg

»Du bist Finne, was machst du verdammt noch mal in den USA?«, krächzte ich.

Jari saß entspannt auf dem Sofa und fixierte mich mit zusammengekniffenen Augen. Seine Mundwinkel zuckten, ehe er die Arme vor der nackten Brust verschränkte. Das gewährte mir einen perfekten Blick auf das verschnörkelte Tattoo auf seinem Oberarm. Einfallsreich war das Muster nicht, trotzdem faszinierte es mich. Vielleicht lag das aber auch an den angespannten Muskeln darunter. Konnte er sich nicht endlich etwas anziehen?

»Urlaub«, antwortete er schlicht und streckte mir auffordernd die Hand entgegen. »Setz dich zu mir, Hannah. Wir können das klären.«

Ich schüttelte den Kopf und fixierte seine Hand. Meine Augen weiteten sich, als sich erneut ein verfluchter Sonnenstrahl in einem Ring brach und mir wie ein Laserstrahl ins Auge stach. Doch diesmal funkelte es nicht an meinem Finger, sondern an Jaris.

Mein Herz hörte auf zu schlagen, mein Mund wurde staubtrocken. Alles, was ich herausbrachte, war ein gehauchtes »Nein«.

Jari folgte meinem entsetzten Blick und fuhr sich über das Gesicht. Offensichtlich überlegte er, was er mit mir anstellen sollte. Notschlachtung oder medikamentöse Einstufung wären zwei gute Optionen für mich gewesen. »Wir können das in Ruhe besprechen.«

»Nein!« Schluchzend rappelte ich mich auf und bemühte mich, nicht gleich auf das Bett zu kotzen. Eilig griff ich meine Jeans vom Bett und zog sie an. Meine Unterwäsche schob ich in die Hosentasche, ignorierte das Knacken, als der BH-Bügel brach, und zerknüllte die Bluse wütend zwischen den Fingern. Ich konzentrierte mich auf alles, nur nicht auf Jari. Hektisch tastete ich in der Gesäßtasche nach meinem Handy und lachte erleichtert auf, als das Display aufleuchtete. Vier verpasste Anrufe von Louisa und fünfzehn ungelesene Nachrichten.

Die Kopfschmerzen hämmerten gegen meine Sinne, als mir plötzlich wieder einfiel, dass heute Vormittag unser Flieger zurück nach Deutschland ging.

Ein Schnapsglas kullerte einsam über den Boden. Vom Geräusch aufgeschreckt, fuhr ich herum und stolperte prompt über meine eigenen Füße. Bevor ich realisierte, dass Jari das Glas beim Aufstehen mit dem Fuß angestoßen hatte, knallte mein Kopf auch schon gegen seine Brust.

»Vorsicht!«, sagte er neckend.

Meine Wange klebte unvorteilhaft auf seiner Haut. Statt hysterisch zurückzuspringen, erstarrte ich und spürte sofort seine einnehmende Wärme auf mich übergreifen. Er roch nach herbem Duschgel. Große Hände glitten sanft über meinen Rücken. Diese Berührung hinterließ ein reges Kribbeln auf mir. Vielleicht war das aber auch nur die einsetzende Gesichtslähmung, die durch eine Alkoholvergiftung hervorgerufen wurde. Meine Augen fielen zu.

Ich fühlte sein Gewicht auf mir, seine Hände um meine Taille, seine Lippen an meinem Hals.

Ich riss die Augen auf, schob die Erinnerung von mir und drückte mich von ihm weg. Gelähmt war an mir rein gar nichts. Alles prickelte intensiv vor sich hin wie in einer geschüttelten Cola. Ich dachte an das Gefühl, wenn sein Bart auf meinem Bauch eine kratzende Spur hinterließ. Mein Körper erinnerte sich genau an seine Berührungen. Hoffentlich lief mein Gesicht nicht rot an, als mir das Blut mit Schallgeschwindigkeit in die Wangen schoss. Ein Wunder, dass mein Kopf nicht explodierte.

»Ich muss gehen«, stammelte ich und presste die Hand auf meine Lippen, weil mir ein saurer Geschmack hochstieg. Ich wollte weder weinen, noch mich auf ihn übergeben. Schnell ging ich zur Tür, doch ehe ich die Klinke in die Hand bekam, riss er mich am Handgelenk zurück. Ich drehte mich um und wich zurück, bis ich die Tür im Rücken spürte. Er folgte mir, sodass ich den schmerzenden Kopf in den Nacken legen musste, um ihn anzublicken. Seine Gegenwart fühlte sich vertraut und fremd zugleich an.

»Wir müssen darüber reden und das klären«, sagte er ruhig.

Ich starrte ihn weiter an. Aus der Nähe erkannte ich, wie müde er aussah. Seine Wangen wirkten eingefallen, die Augen gerötet. Über der rechten Augenbraue schimmerte eine helle Narbe. Jari war kein Wildfremder für mich. Fast hätte ich genervt aufgeseufzt, weil ich wahrhaftig wusste, wann er Geburtstag hatte und dass er gerade 29 Jahre alt geworden war. Unnützes Wissen blieb ewig im Hirn, während ich dazu neigte, relevante Dinge, wie die letzten Stunden, zu vergessen.

Als ich nicht antwortete, verzog er die Lippen zu einem zaghaften Lächeln. Der irrationale Drang ihn zu küssen war groß, wobei mich die Übelkeit Gott sei Dank davon abhielt. Ich schüttelte heftig den Kopf und fuhr mir mit der Hand durch mein zerzaustes Haar. »Verfluchter Ring«, zischte ich, als sich der Klunker schmerzhaft darin verfing.

»Halt doch mal still«, brummte Jari, weil ich hektisch daran zerrte. Er beugte sich zu mir und zupfte ihn vorsichtig aus dem Knoten. Das war die Chance.

»Es gibt nichts, worüber wir reden müssten«, antwortete ich verspätet, schlüpfte unter seinem freien Arm hindurch und öffnete die Tür.

Sein genervtes Seufzen verfolgte mich, während ich mich orientierte. Erleichtert erkannte ich den prunkvollen roten Teppich, der auch vor unserem eigenen Zimmer auslag. Das sprach dafür, dass ich mich immerhin noch im selben Hotel befand.

Er lehnte sich gegen den Türrahmen und schüttelte den Kopf. »Du machst mich fertig«, murmelte er und strich sich über den flachen Bauch, auf dem helle Härchen zu erkennen waren.

»Tschüss«, knurrte ich trotzig auf Deutsch und machte auf dem Absatz kehrt.

Sichtlich erschrocken über meinen Abgang, griff er nach meiner Schulter.

»Lass mich in Ruhe«, schnauzte ich verzweifelt und wich ihm torkelnd aus, doch er folgte mir weiter. Ich fuhr herum und fixierte ihn finster, damit er den Ernst der Lage erkannte. Erst als er die Hand hob und mit dem Daumen die Tränen von meiner Wange wischte, begriff ich, dass ich wohl alles andere als zornig aussah. Ich weinte bitterlich und hatte es nicht einmal bemerkt. Es war nicht mehr auszuhalten. *Er* war nicht mehr auszuhalten.

Endlose Sekunden später riss ich mich endlich von ihm los. Ich ließ ihn stehen und stürmte den Gang hinab. Nach wenigen Metern erreichte ich einen Aufzug und stolperte hinein.

Als die Metalltüren ratternd zugingen, überkam mich eine Welle an Emotionen. Scham, Wut, Angst und Schwindel. Ich sank schluchzend an der verspiegelten Wand nieder, nahm mein Handy heraus und tippte Louisa eine Nachricht.

Mir geht es gut. Bin unterwegs zu dir ins Zimmer, gib mir zehn Minuten! Kuss.

Wenige Sekunden darauf vibrierte ihre Antwort.

Gott sei Dank!

Ich schmunzelte verkrampft und sehnte mich danach, in die schützenden Arme meiner Freundin zu fallen, damit ich in Selbstmitleid schwelgen und sie mit Vorwürfen überhäufen konnte. Es war ihre bescheuerte Idee gewesen, diesen Kurztrip zu unternehmen, um über meinen Liebeskummer hinwegzukommen und meinen Geburtstag zu feiern. Jetzt hatte ich ganz andere Sorgen.

Als ich das Handy zurück in die Gesäßtasche schob, blieb der Ring am Bund hängen. Wütend riss ich ihn mir vom Finger und betrachtete ihn hasserfüllt. Der weiße Diamant glitzerte und verhöhnte mich. Vielleicht hatte ich ihn irgendwo gewonnen und das Ganze war total anders, als ich befürchtete. Wir könnten die Ringe geklaut oder auf dem Boden gefunden haben ... Alles wäre mir lieber gewesen als die offensichtliche Lösung. Ich schloss ihn in meiner geballten Faust ein und spielte mit dem Gedanken, ihn einfach wegzuwerfen. Aber dafür war er sicher viel zu wertvoll.

Ich brauchte mehr als nur die zehn Minuten, um unser Zimmer wiederzufinden. Es lag in einem anderen Gebäude des gigantischen Komplexes. Ein Rockstar konnte sich natürlich in einem edleren Bereich einquartieren.

Es fühlte sich wie eine Weltreise an. Jeder, an dem ich vorbeikam, starrte entsetzt an mir hinab. Wahrscheinlich sah ich genauso beschissen aus, wie ich mich fühlte. Wenigstens hatte ich den Heulkrampf überwunden und konnte eine starre Miene aufsetzen. Ich würde das alles hinter mir lassen, vergessen und nie wieder darüber nachdenken. Niemand musste davon erfahren.

Vor unserer Zimmertür atmete ich einmal kurz durch. Ich hatte kaum geklopft, da riss Louisa sie schon auf und fiel mir stürmisch um den Hals.

»Du lebst!«, kreischte sie fiepend, woraufhin sich mein ramponierter Magen meldete. Der Hauch ihres vertrauten Parfums mit der Vanillenote verschlimmerte die Lage. Trotzdem war ich erleichtert, meine zierliche Freundin zu spüren. Sie hielt mich einige Sekunden in den Armen und quietschte mir aufgelöst durch ihre blonde Mähne ins Ohr.

»Ich dachte, du würdest irgendwo tot in einer Ecke liegen. Ich habe mir solche Sorgen gemacht! Wo warst …« Sie hielt inne und drückte sich von mir weg. Skeptisch musterte sie mich von Kopf bis Fuß, während sie die kleine Nase rümpfte. »Du riechst wie eine Schnapsbrennerei.«

»Ich weiß«, grummelte ich und schob mich an ihr vorbei in das Zimmer. »Ich glaube, ich habe auch eine leergetrunken gestern Nacht.«

Bestandsaufnahme

Ich lag auf dem Bett und hielt die zerknüllte Bluse in den Händen. Louisa zog die feinen Augenbrauen zu einer beeindruckenden Falte zusammen.

»Was hast du damit angestellt?«

Ich zwang mich in eine aufrechte Position, um in ihr entsetztes Gesicht zu sehen. Das edle Kleidungsstück wies keinen einzigen Knopf mehr auf. Ich steckte die Finger durch die Risse und wog es fassungslos hin und her. Währenddessen schossen neue Erinnerungsfetzen wie Kanonenkugeln durch meinen Kopf.

Jari drückte mich bestimmt gegen die kalte Wand, um die Bluse mit nur einem Ruck aufzureißen und von mir abzustreifen, als wäre sie aus Papier. Er vergrub das Gesicht in meinem Dekolletee und presste mich fest an sich, während meine Hände in seinen blonden Haaren nach Halt suchten. Weiche, gut duftende Haare, die sich fantastisch anfühlten.

Mir brach der Schweiß aus, woraufhin Louisa zurückwich.

»Du kotzt jetzt nicht hier ins Zimmer!«

Ich schlug die Lider nieder, um das aufwühlende Bild zu vertreiben. Mit zitternden Fingern gab ich ihr die Bluse.

»Wie siehst du überhaupt aus, Hannah? Was hast du da an und wo zum Teufel sind deine Schuhe?« Sie klang angeekelt und amüsiert zugleich. Ich suchte in meinen lückenhaften Erinnerungen und entsann mich, dass ich ozeanblaue Stöckelschuhe angehabt hatte. Louisas Schuhe, wohlbemerkt.

Ich sackte ächzend rücklings auf das Bett. »Es tut mir leid.«

»Was tut dir denn so leid, Hannah?«, fragte sie herausfordernd, kicherte aber. »Wo sind meine Schuhe abgeblieben?«

»Ich habe keine Ahnung.«

»Okay, gibt es etwas, das du mir erzählen musst? Muss ich die netten, sexy Security-Männer holen und jemanden anzeigen, weil er dich belästigt hat?«, fragte sie halb ernst, halb belustigt.

»Nein! So war das nicht … glaube ich«, setzte ich unsicher hinterher.

Sie sah mich mit zusammengekniffenen Augen an, während ich mich an immer mehr erinnerte. All die Bilder sprachen dafür, dass Jari nicht der einzige Schuldige war. Das verräterische Prickeln auf meiner Haut beim Gedanken an ihn deutete darauf hin, dass ich diese Nacht genossen hatte.

»Also gibt es niemanden, dem ich kräftig in die Eier treten muss, weil er sich dir gegenüber unsittlich verhalten hat?«

Die Vorstellung brachte mich unweigerlich zum Schmunzeln. Meine 50 Kilogramm leichte Freundin mit ihren eins fünfundfünfzig und den blonden Haaren, die dem riesigen Jari zwischen die Beine trat. Eishockey-spielender Rocksänger gegen hyperaktive Blondine.

Ich öffnete Jaris Gürtel, zog ihn heraus und warf ihn ziellos über seine Schulter, um ihn zu küssen wie den letzten Mann auf Erden. Wir knutschten pornografisch wild, während er die Hand über meinen Bauch in den Bund meiner Hose schob.

Sofort beschleunigte sich mein Puls. Ich hatte das Gefühl, seine Lippen auf meinen zu spüren. Automatisch fuhr ich mit der Zunge darüber. Erst Louisas grimmiger Blick holte mich aus meiner Fantasie zurück. Verdammt, diese Sex-Flashbacks mussten unbedingt aufhören.

»Nein! Ich habe mich mindestens genauso unsittlich verhalten wie er«, gab ich beschämt zu.

Louisas Gesicht hellte sich auf und sie ließ sich kichernd neben mir aufs Bett fallen. »Wenn dir jemand die Bluse derart vom Leib gerissen hat und du es wolltest, dann will ich jedes Detail erfahren.«

Ich konnte mir ein sarkastisches Lachen nicht verkneifen. »Ja, so geht es mir auch.«

»Hangover?«

Ich nickte müde und musterte Louisa. Ihr Make-up war verwischt und unter ihren Augen lagen dunkle Schatten. Die blonden Locken standen zerzaust in alle Richtungen. Die wilde Haarpracht erinnerte mich stets an das Topping eines Muffins. Louisa war mein Vanille-Cupcake. »Du hast diese Nacht auch nicht in unserem Hotelzimmer verbracht. Mein Verschwinden ist dir erst heute Morgen aufgefallen«, konfrontierte ich sie mit meinem Verdacht.

Sie bemühte sich, schockiert dreinzublicken. Das zufriedene Grinsen legte sich dennoch auf ihre rosafarbenen Lippen. »Es war legendär, aber wenn du ermordet worden wärst, hätte ich mir das nie verziehen.«

»Offensichtlich hattest du ein, zwei Tequila weniger als ich und erinnerst dich auch an den Namen deines Begleiters?«, hakte ich erschöpft nach.

»Oh ja. Aber warte, du hast Tequila getrunken?«, fragte sie skeptisch und tadelnd. »Da lasse ich dich mal fünf Minuten allein an der Bar und du hast deinen ersten Tequila-Rausch. Das sind die Schlimmsten, glaub mir«, sagte sie wehmütig. Sie hatte trotz ihres engelhaften Aussehens definitiv mehr Erfahrungen, was dreckige Affären und Abenteuer mit Männern betraf.

Meine beste Freundin strich mir eine Haarsträhne von der schwitzigen Wange, damit sie mein Gesicht begutachten konnte. »Hast du geweint?«

Mir wurde es schwer ums Herz. »Nein, ich bin nur übermüdet.«

Obwohl ich mir sicher war, dass sie mir das nicht glaubte, nickte sie. Sie würde warten, bis ich es ihr selbst erzählte. »Also ich bin stolz auf meine Leistung heute Nacht«, erzählte sie total verklärt. »Er heißt Tony, ist Feuerwehrmann und wir haben sogar Telefonnummern und Kontaktdaten ausgetauscht. Hoffentlich sehe ich ihn wieder.«

Ich bedachte sie mit einem misstrauischen Blick. »Du bist sicher, dass er ein echter Feuerwehrmann war und kein Stripper?«

Louisa schmunzelte, drückte ihr errötetes Gesicht in das Kissen und summte ein »Ist doch egal«.

Weil ich das Thema nicht vertiefen wollte, stand ich auf und ging ins Bad. »Ich brauche eine Dusche«, murmelte ich – dabei war das hier nur meine letzte Chance, mich vor dem Langstreckenflug heimlich zu übergeben.

»Das geht nicht, wir müssen los«, widersprach Louisa und schwang sich ebenfalls auf die Beine. Sie tippte mit einem Finger theatralisch auf ihre Armbanduhr. »Eigentlich sollten wir vor fünf Minuten ausgecheckt haben! Hier, nimm das.« Sie streckte mir eine Haarbürste, ein Deo und eine Zahnbürste mit einem Klecks Zahnpasta darauf entgegen.

Dankbar vollzog ich immerhin eine Katzenwäsche. Kurz darauf schrie ich frustriert auf und hörte Louisa poltern, bevor sie zu mir ins Badezimmer stürzte.

»Was ist passiert? Hast du eine Spinne gesehen?«

Ich ließ die Schultern hängen und hob den BH mit dem zerbrochenen Bügel hoch. »Sieh dir das einmal an. Kann man da was retten?«

Als sie unkontrolliert losprustete, drehte ich mich verärgert wieder weg und tauschte das *ACDC*-Shirt gegen eins von meinen.

»Also diesen Typen musst du mir unbedingt vorstellen«, presste sie zwischen den Zähnen hervor, während sie sich die Tränen von den Wangen strich.

Ich beförderte den ruinierten BH zu der Bluse in den Mülleimer. Es war der einzige, den ich für das Wochenende mitgenommen hatte. Louisa um einen Ersatz zu bitten war vergebens, da hätte ich nicht einmal mit Luftanhalten hineingepasst. Das hieß, ich musste den ganzen Tag über die Arme fest vor der Brust verschränken und durfte keinesfalls hüpfen.

Zurück ins Nest

Im Boarding-Bereich des Flughafens sank ich müde auf einem Stuhl nieder. Meine Augen brannten, aber das Schließen half nur bedingt. Die opulente Beleuchtung von Las Vegas verschärfte sich in der Weihnachtszeit. Nächste Woche war der erste Advent, was sich in den kitschigen Plastikweihnachtsbäumen abzeichnete, die an jeder Ecke standen. Das milde Wetter draußen hielt auch die nervigen Weihnachtsmänner nicht davon ab, in traditionellen Kostümen umherzulaufen und penetrant gute Laune zu verbreiten. An mir prallten die fröhlich geschmetterten *Ho-Ho-Ho's* ab, weil mir immer noch der Schädel brummte.

Missmutig biss ich in einen saftigen Müsliriegel mit Schokostückchen. Das war meine erste feste Nahrung an diesem Tag. Louisa plapperte von ihrem Feuerwehrmann inklusive dessen perfekt geformter Bauchmuskeln. Ich war mit Kauen sowohl geistig als auch motorisch vollkommen ausgelastet. Der Geschmack auf meiner Zunge erinnerte mich zudem an etwas.

An Schokoladen-Erdbeeren. Am Vorabend hatte mir Jari welche in einem Restaurant bestellt.

»Hattest du trotzdem einen schönen Geburtstag, auch wenn ich dich habe sitzen lassen?«, fragte Louisa mit großen Puppenaugen.

Ich lachte kurz gezwungen auf. »Klar, mach dir keinen Kopf. Sollte ich mich je daran erinnern, habe ich jetzt immerhin eine tolle Las Vegas-Story zu berichten«, versuchte ich mich selbst zu täuschen. Ich war es gewöhnt, dass sie sich bei unseren Party-Touren jemanden aufriss. Ich liebte sie gerade wegen ihrer überdrehten Art, weil sie mich ergänzte. Ich war keine graue Maus, doch Louisa wirkte neben mir wie ein buntes Zebra. Außerdem genoss ich es insgeheim, dass sie mich an meine Grenzen brachte und ich mit ihr Dinge erlebte, die ich nie für möglich gehalten hätte. Diesmal war ich über das Ziel hinausgeschossen ... aber das war ja irgendwie auch das Ziel dieses Ausflugs gewesen. Ich sollte über die Stränge schlagen, eine heiße Nacht verbringen und Spaß haben. Hauptsächlich sollte ich endlich nicht mehr an dieses Arschloch Chris denken, das mich nach vier Jahren Beziehung betrogen hatte. In unserem Bett. Mit seiner Angestellten.

Ich nickte zufrieden. Nicht eine Sekunde war mir Chris in den Sinn gekommen und Spaß hatte ich ebenso gehabt. Ich grinste aufrichtig. »Lou, ich glaube, du hast dein Ziel erreicht. Auch wenn ich mich gerade wie von einem Truck überfahren fühle.«

»Halleluja«, flüsterte sie verschwörerisch.

Endlich im Flugzeug sitzend, stopfte ich mir einen Kaugummi in den Mund. Der Müsliriegel war keine gute Idee gewesen, weil er in den USA bleiben und aus mir raus wollte. Aus den Lautsprechern über unseren Plätzen dudelte die Melodie von *Jingle Bells*, überdeckt von dem Gemurmel der einsteigenden Passagiere. In etwa 14 Stunden war ich daheim. Louisa summte freudig neben mir die Weihnachtsmusik mit und begutachtete den Flyer mit den Sicherheitshinweisen.

Als die Musik durch die Bordanweisungen der Stewardessen ersetzt wurde, setzte sich das Flugzeug in Bewegung. Sobald wir abhoben, hatte ich beim Druckausgleich Mühe, den Riegel samt Kaugummi bei mir zu behalten. Zum Glück legte sich das Würgegefühl und ich atmete schwitzend, aber erleichtert durch. Meine Freundin beäugte mich skeptisch.

»Du bist leichenblass«, meinte sie und klemmte mir einen Kopfhörer ans linke Ohr.

Zusammen hörten wir die üblichen Alternativerock-Songs, die Louisa mochte. Sie interessierte sich selten für Mainstream und ich teilte ihre Leidenschaft. Mit jedem wilden Gitarrensolo beruhigte ich mich mehr. Meine Augen brannten immer noch fürchterlich, wurden schwerer, bis sie mir unbewusst zufielen.

Just in dem Moment, als mich ein angenehmer Dämmerschlaf überkam, drang *seine* Stimme direkt in mein Hörzentrum. Ich war viel zu müde, um die Augen wieder zu öffnen. Es war ein Lied von *The Wicked Elephant* und Jari sang von Sehnsucht und Herzschmerz. Am liebsten hätte ich mir den Ohrstöpsel weggerissen und Louisa ungerechtfertigt angeschrien. Stattdessen verharrte ich gelähmt, während diese Stimme in mir nachhallte. Richtig wach wurde ich nicht, obwohl mein Herz wild in der Brust hämmerte. Meine Gedanken schienen genau wie das Flugzeug abzuheben und weit davon zu fliegen.

Ich schwebte mental durch das Casino und spielte Black Jack. Mit einem widerlich grün aussehenden

Cocktail vor mir saß ich an einer Bar. Ich sang auf einer Bühne ein schnulziges Lied vor einer Meute betrunkener Menschen. Vom Cocktail beflügelt, grölte ich laut vor dem Publikum einer Karaoke-Bar, wild gestikulierend und voller Leidenschaft.

Ich sah Jari neben mir auf der Parkbank. Er hatte den Arm um mich gelegt. Mein Kopf lag schwer an seiner Schulter und wir beide starrten in den dunklen Himmel voller Sterne, die in allen Farben leuchteten, als stünden sie in Flammen. Dann fühlte ich die vielen Küsse und Berührungen, vertraut und sanft. Ich sah uns beide in einer feiernden Menge stehen, eng umschlungen lachend. Die Welt rundherum verschwamm.

Plötzlich erblickte ich Elvis in seinem weißen Anzug, inklusive schrecklicher Schmalzlocke im Gesicht. Jari posierte strahlend neben mir und hielt meine linke Hand umklammert, während wir dem verstorbenen Sänger aufgeregt lauschten. Zuletzt kreischten fremde Menschen um uns herum, Jari hob mich hoch und küsste mich leidenschaftlich, um mir dann einen Ring an den Finger zu stecken.

Jetzt war es so weit. Ich schreckte aus meinen Tagträumen hoch und schaffte es gerade rechtzeitig, die braune Tüte vor mir aus dem Netz zu ziehen, um den Müsliriegel hineinzukotzen. Ich fühlte Louisa tröstend über meinen Rücken streichen, allerdings krümmte ich mich weiterhin würgend. Was für eine Scheiße.

Als ich aufhörte in die Tüte zu keuchen, bemerkte ich die besorgt dreinblickende Stewardess, die am Gang neben uns stand. Ich richtete mich auf, nahm das Taschentuch, das mir Louisa entgegenhielt, dankend an und beruhigte mich ein bisschen. Die nette Flugbegleiterin reichte mir ein Glas Wasser und nahm dafür ohne Beschwerde die Tüte an sich. Ich war wahrscheinlich nicht die Erste, die sich auf dem Flug von Vegas übergab.

»Geht es wieder?«, fragte meine beste Freundin mit besorgter Miene und tätschelte meinen Rücken. »Ich hoffe, der Kerl war es wert, dass du dich so elend fühlst«, flüsterte sie beschwörend.

Ich legte mir den Arm über das Gesicht. Der Ring in meiner Hosentasche brannte auf einmal heiß an meiner Pobacke. Ich fürchtete, ein kokelndes Loch in der Jeans zu finden, als ich danach tastete. Vorsichtig schob ich die Finger in die Tasche und streifte den Ring. Verdammt.

Als ich merkte, dass Louisa mich anstarrte, zog ich meine Hand schnell zurück. »Mir geht es besser«, betonte ich mit einem gequälten Lächeln. Ich würde einen Teufel tun und ihr von Jari erzählen. Weder, dass ich mich betrunken hatte, bis ich nicht mehr ich selbst war, noch dass ich weiß Gott was mit ihm im Schlafzimmer angestellt hatte. Erst recht nicht, dass ich mutmaßlich die Ehefrau eines Rockstars war.

Ein Plan musste her.

Erinnerungen

Zu Hause schlief ich nicht nur sofort ein, sondern auch bis zum nächsten späten Nachmittag durch. Es fühlte sich herrlich an, im eigenen Bett aufzuwachen. Die Erinnerungen an meinen peinlichen Absturz blieben mir aber präsent und ließen meine Stimmung nach unten sacken. Nur ein paar Stunden hatte ich meinen Exfreund und dessen Betrug vergessen wollen. Ein Flieger ans andere Ende der Welt war eine tolle Aussicht gewesen, aber mein Absturz forderte seinen Tribut.

Nach einer gesundheitsgefährdenden Überdosis Koffein machte ich mich seufzend ans Auspacken. Als ich nach der Jeans griff, die nach Alkohol plus Tabak stank, fielen die Boxershorts heraus. Angewidert starrte ich die schwarze Hose an und angelte mit zwei Fingern danach. Mit Glück klebte daran ausschließlich meine eigene DNA. Manche brachten Würfel als Souvenir aus Vegas mit, ich die Unterwäsche meines One-Night-Stands. Und einen Ring, den ich in der Jeans ertastete. Missmutig schloss ich die Augen, während ich das kleine Mistding herauszog.

Genervt legte ich ihn auf die Waschmaschine. In der anderen Hosentasche fand ich meinen Slip und mein leeres Handy. Ich robbte auf allen vieren zur nächsten Steckdose, um es zu laden. Während ich die Kosmetika ins Bad trug und die Waschmaschine einschaltete, begann mein Telefon ununterbrochen zu vibrieren. Ich rümpfte die Nase, weil ich normalerweise nicht eine solche Flut an Kommunikationsversuchen erhielt. Einzig und allein mein kleiner Bruder Leonard würde nachfragen, ob ich gut gelandet war.

Irritiert schaute ich auf das Display und mein Herz setzte einen Schlag aus. Zehn Anrufe in Abwesenheit – von Jari. Dazu 20 Nachrichten auf Whatsapp von meinem Bruder.

Müde sank ich auf dem Teppich im Wohnzimmer nieder und vergrub meine Finger im flauschigen Stoff. Ich war fünfundzwanzig und eine Vollidiotin. Kein Wunder, dass ich derart angeschlagen in die Hände des nächstbesten Typen gelaufen war. Allerdings sprach es auch nicht für diesen Mann, wenn er ein unzurechnungsfähiges Wesen wie mich in sein Bett zerrte. Für ihn konnte sich die Sache unmöglich gelohnt haben. Wäre ich ihm nicht begegnet, hätte ich nur einen Kater gehabt und keinen Ring.

Umständlich richtete ich mich auf, schrieb meinem Bruder ein

Melde mich später

zurück und schlurfte ins Arbeitszimmer. Mit verschränkten Armen marschierte ich vor dem speziellen Poster wie ein Soldat auf und ab. *The Wicked Elephant* blickte gesammelt auf mich herab. Anklagend und verhöhnend. Das Plakat war ein ganz besonderes Erinnerungsstück.

In diesem einen Jahr, in dem ich das Poster gekauft hatte, waren unsere Eltern bei einem Autounfall verunglückt. Leo war 13 gewesen, ich 18. Von diesem Zeitpunkt an war ich nicht mehr nur Leos Schwester, sondern für ihn verantwortlich gewesen. Großeltern hatten wir nur noch väterlicherseits, die uns zwar finanziell unterstützten, aber dank familiärer Dispute wenig Interesse an uns zeigten. Mein Gemütszustand war damals bedenklich gewesen. Nur Louisa war es zu verdanken, dass ich aus dem Loch rausgefunden hatte. Der Tag, an dem ich dieses Plakat schließlich bei dem Konzert gekauft hatte, war der erste gewesen, an dem ich wieder gelacht hatte. Von Louisa entführt und gezwungen, hatte ich seit dem Unfall das erste Mal Spaß gehabt. Ich hatte akzeptiert, dass es in Ordnung war, glücklich zu sein. *The Wicked Elephant* hatte ich noch nie zuvor gehört, denn sie hatten erst genau in diesem Jahr ihren Durchbruch gehabt. Ihr wahrscheinlich bestes und mein schlimmstes Jahr. Deswegen hob ich dieses Bild seitdem auf, weil es mich daran erinnerte, dass das Leben schön war.

Meine Augen brannten feucht bei den Erinnerungen. Heute war die Band seit sieben Jahren in Europa international erfolgreich und füllte große Hallen. Ich verband einiges mit der Musik und kannte die Geschichte der Band. Antti, der breitgebaute Bassist mit dem dunklen Teint, streckte seine Faust begeistert in die Luft. Tomi, der blonde Drummer mit dem Zahnpastalächeln, hielt zwei Drumsticks in den Händen. Dann war da Anniina, die resolute Gitarristin mit den blauen Eisaugen, die zwischen den beiden stand und mit verschränkten Armen schief grinste. Ganz vorne posierte der Mann, neben dem ich gestern aufgewacht war. Jari sah auf dem Foto deutlich jünger aus. Er trug ein enges Muskelshirt und schmunzelte frech in die Kamera. Genauso, wie er mich gestern angelächelt hatte. Mit 22 hatte er seine Karriere begonnen. Im selben Jahr hatte mein Familienleben geendet.

Ein Schauder kroch über meinen Körper. Wieso musste es ausgerechnet Jari gewesen sein? Der Mann, den ich zwar zuvor nie persönlich kennengelernt hatte, aber dessen Stimme mich in meinem Leben in den dunkelsten Momenten begleitet hatte. Einen erschreckenden Augenblick lang zog ich in Betracht, dass ich genau deswegen an den Sänger geraten war. Das Groupie und der Rockstar. Ich war eine dumme Nuss und schämte mich dafür. Auf dem Weg nach Vegas war meine Stimmung düster gewesen und es überraschte mich wenig, dass es eskaliert war. Das bedeutete nicht, dass ein nackter Rockstar auf meiner To-Do Liste gestanden hatte. Ein geölter Stripper vielleicht, doch den hatte sich wohl Louisa geschnappt.

Je länger ich Jari auf dem Poster ansah, desto vertrauter kam er mir vor. Wir hatten nicht nur Sex gehabt, sondern die ganze Nacht miteinander verbracht. Tief in mir drinnen wusste ich, dass da mehr passiert war.

Ich starrte ihn solange an, bis mich Wut überkam. Wut über meine eigene Dummheit. Ich wollte dieses Plakat von der Wand reißen und akribisch in winzige Teile zerfetzen und Jaris Abbild aus meiner Wohnung entfernen. Stattdessen verließ ich das Zimmer und begann, mich mit aufräumen abzulenken.

Rationalität und meine Irrationalität

Vier Tage später fühlte ich mich immer noch übermüdet und gereizt. Das vergangene Wochenende hing mir nach, weil ich versuchte, die möglichen Konsequenzen zu ignorieren. Im Büro konnte ich mich nicht auf die Auswertungen und Bestellungen konzentrieren. Ich mochte meinen Job in der Zentrale eines Möbelunternehmens, auch wenn er mir im Moment nicht genügend Ablenkung bot. Das monotone Klackern der Tastatur wirkte einschläfernd auf mich. Dementsprechend brauchte ich länger für alles und kam an diesem Freitag später aus dem Büro weg.

Hier in Deutschland war von der aufkommenden Weihnachtszeit noch wenig zu spüren, abgesehen von der obligatorischen Dekoration in der Innenstadt. Das Spätherbstwetter blieb regnerisch und vertrieb die Lust auf den Weihnachtsmarkt, aber vermutlich würde Louisa mich bald einfach mitschleppen.

Meine durchnässten Boots machten ein schmatzendes Geräusch auf dem Boden, als ich die Treppe zu meiner Wohnung hochstieg. Ich kramte den Schlüssel aus der Tasche und hob erst bei der letzten Kurve den Blick.

Mein erschrockenes Quietschen hallte von allen Seiten wider. Dieses Erlebnis kam einer Nahtoderfahrung ziemlich nahe. Ein lebender Zombie mit zerfetzten

Gliedmaßen und heraushängenden Eingeweiden hätte mich nicht mehr schockieren können.

»Was zum …?«

Dort stand er, in Lebensgröße, lässig gegen meine Eingangstür gelehnt, mit gesenktem Kopf und überkreuzten Beinen: Jari. Er trug ein weißes T-Shirt, auf dem der Regen dunkle Sprenkel hinterlassen hatte, eine enge schwarze Jeans und Sportschuhe. Er sah gut aus. Ich hasste mich dafür, dass mir in solch einer bizarren Situation dieser saublöde Gedanke kam. Nicht einmal das künstliche Licht des Treppenhauses ließ ihn blass aussehen. Obwohl ich mehrmals blinzelte, verschwand er nicht.

Dieser Mann war einfach attraktiv und meine Hormone feierten das jede Sekunde, die ich ihn anstarrte. Sein dunkelblondes feuchtes Haar hatte er zurückgekämmt, aber der Bart auf den Wangen war dichter geworden. *Renn weg,* war mein erster Gedanke, doch er sah mich bereits ausdruckslos an. Meine Handtasche rutschte mir von der Schulter, fiel unbeachtet auf die Stufen.

Ihn hier in meiner realen Welt zu sehen, machte mich sprachlos. Er gehörte nicht hierher.

Seufzend stieß er sich ab und kam mir entgegen. Ich blieb eine Statue, während er sich bückte und meine Handtasche aufhob.

»Was machst du hier?«, flüsterte ich.

Prompt sausten seine hellen Augenbrauen nach oben. Die Narbe über seiner rechten Braue war mir früher auf den Plakaten niemals aufgefallen. Er gab ein Schnaufen von sich und beugte sich weiter zu mir.

»Ich bin fast getrocknet, weil ich so lange auf dich warten musste.«

Vom freundlichen Sunnyboy aus der Suite war wenig übrig, denn sein Tonfall klang anklagend. Jari war stinksauer und vermutlich nicht, weil der Regen seine Frisur ruiniert hatte.

»Du bist meine Ehefrau, Hannah. Deshalb bin ich hier.«

Ich riss entsetzt die Augen auf. »Wie kannst du so etwas nur sagen?«, kreischte ich und erschrak, weil sich meine Stimme erneut im Treppenhaus brach. Hundert schockierte Hannahs hallten zu uns zurück.

Mit zwei schnellen Schritten war ich an ihm vorbei, steckte den Schlüssel ins Schloss und stieß die Tür grob mit dem Fuß auf. Kurz überlegte ich, ihn nicht hineinzulassen, doch das hätte nur mehr Probleme auf den Plan gerufen.

»Eigentlich müsste ich dich über die Schwelle tragen, Schatz«, sagte er bissig.

»Hast du keine Jacke? Wir haben fast Dezember. Da draußen sind knapp zehn Grad«, giftete ich zurück.

Er zuckte mit den breiten Schultern. »Bin mit einem Mietwagen da und parke nicht weit weg. Außerdem komme ich aus Finnland.«

Als hätte das alles ausreichend geklärt, schlüpfte er in meiner Diele aus den Schuhen und stellte sie akkurat an die Wand.

»Geh ruhig weiter«, ermutigte ich ihn, weil er sichtlich zögerte, mein Wohnzimmer zu betreten. Genauso unsicher zog ich meine eigenen Boots und den Mantel besonders langsam aus, um Zeit zu gewinnen.

Zwischen dem Esstisch und dem Ecksofa starrten wir uns gegenseitig hilflos an. Die Uhr über dem Fernseher tickte ungewöhnlich laut. Wir waren jeder für sich darauf bedacht, keinen allzu langen Blickkontakt herzustellen. Seine Arroganz, die ich vor der Tür gespürt hatte, war verflogen. Abwechselnd schweifte sein Blick zu mir und über meine Wohnung. Ich hatte mittlerweile große Mühe, mich auf den Beinen zu halten, weil meine Knie weich wurden.

Es war unglaublich, dass Jari mitten in meinem Wohnzimmer stand, live und in Farbe. Weniger unfassbar, als im Hotel neben ihm aufzuwachen. Immerhin hatten wir heute zumindest beide Unterwäsche an. Vermutlich. Während ich alle Möglichkeiten des zukünftigen Verlaufes in meinem Kopf durchging, wählte er eine, die ich nicht in Betracht gezogen hatte.

Er überwand den Abstand mit nur zwei Schritten. Dicht vor mir stoppte er, bis ich seine Körperwärme fühlte, ohne ihn zu berühren. Ich legte den Kopf in den Nacken und sah atemlos zu ihm hoch.

»Du hast nicht zurückgerufen«, raunte er vorwurfsvoll. Mit solch einer tiefen Stimme, die meine Kehle austrocknete.

»Der Akku war leer«, log ich. Seine Nähe irritierte all meine Sinne. Ich musste mich beherrschen, die Hände nicht auf seine Brust zu legen.

Noch bevor mein Hirn über die seltsame Intimität nachdenken konnte, schob er mir eine Hand ins Kreuz und zog mich sanft an sich. Mit der anderen umschloss er zärtlich meine Wange. Ohne Vorwarnung legte er seine Lippen auf meine und küsste mich vorsichtig. Vor meinem inneren Auge zappelte ich wild, wehrte mich, indem ich ihn von mir stieß. In Wahrheit seufzte ich wohlig auf. Die Wärme seiner Hände auf meinem Körper und sein Atem auf meinem Mund schickten mich zurück in einen rauschähnlichen Zustand. Mir war, als könnte ich den scharfen Tequila auf seiner Zunge schmecken, die vorsichtig an meine stieß. All die vielen Küsse, die wir das vergangene Wochenende geteilt hatten, bahnten sich ihren Weg zurück in meinen Geist.

Ein schüchterner Kuss auf der Bank im Park vor dem Casino, unter den brennenden Sternen. Ein wilder Kuss in einer Menschenmenge und ein fordernder Kuss im Aufzug, während wir in sein Hotelzimmer fuhren.

Ich schmiegte mich an ihn und zog ihn gleichzeitig fester an mich. An den Fingerspitzen fühlte ich den Ansatz seiner feuchten Haare und hielt mich im Zaum, sie nicht hingebungsvoll zu durchwühlen. Ich strich über seinen Hals zurück über seine Oberarme, seine Brust und verlor mich in meinem Wahnsinn. Mir wurde unfassbar heiß. Die vielen aufgewühlten Zellen in meinem Körper wollten, dass er mich augenblicklich hochhob und besitzergreifend in mein Schlafzimmer trug. Es war der Teil meines Geistes, der besser in einer Anstalt therapiert worden wäre.

Kurz bevor ich den Boden unter den Füßen verlor, zwang er mich, von ihm abzulassen. Nach Luft ringend legte er seine Stirn an meine. Sein Atem rauschte über mich hinweg. Ich fuhr mir mit der Zunge über die Lippen, um das Gefühl auszukosten.

»Du erinnerst dich?«, fragte er mit einem schweren Seufzen. Jari öffnete die Augen und sah mich erwartungsvoll an.

»Ich erinnere mich, dass wir darin gut waren«, flüsterte ich benommen und küsste ihn erneut. Er musste mich irgendwie abhängig gemacht haben. Das war eine angenehmere Erklärung als mein Irrsinn. Ich fühlte das Grinsen auf seinem Mund. Er fiel nicht darauf herein, nahm meine Handgelenke in seine Hände und zwang mich, einen Schritt zurückzutreten.

»Ich meinte etwas anderes.«

Da war wieder dieser arrogante Funke in seinen Augen, der mich davor bewahrte, weitere Fehler zu begehen.

***

Der Moment war vorbei, mein Gehirn in der Realität und meine Hormone in einer Ausnüchterungszelle. Mit jedem Atemzug, weit weg von seinen Lippen, drang frischer Sauerstoff in mein Blut. Ich ging einen weiteren Schritt zurück, um der einnehmenden Aura zu entkommen. Kein Wunder, dass mich der Kerl um den Finger gewickelt hatte, denn eigentlich sollte man ihn mit einem Warnhinweis wegsperren. Mit einem Elektrozaun umzäunt. Es war gemeingefährlich, welche Wirkung er auf Frauen hatte und ich zweifelte ernsthaft an, dass es hier mit rechten Dingen zuging. Das waren alles bessere Erklärungen, als mir einzugestehen, dass ich nur eine hormongesteuerte Nuss war, die mit ihren Eierstöcken dachte.

Rührei und Trauschein

Ich verzog das Gesicht zu einem gequälten Lächeln und ging mit zittrigen Knien in die Küche. »Möchtest du etwas trinken?«

»Wasser. Danke«, antwortete er knapp und setzte sich an den Tresen. Damit hatte er freien Blick, mich zu beobachten. Gemütlich kauerte er auf dem Hocker und fuhr mit den Fingern über das Holz. Ich machte das auch oft.

Nervös füllte ich ein Glas mit Leitungswasser und stellte es ihm hin, wobei ich darauf achtete, genügend Abstand einzuhalten. »Hunger?«, fragte ich weiter mit kratziger Stimme.

Er schüttelte geduldig den Kopf. Ich holte trotzdem eine Packung Eier und Gemüse aus dem Kühlschrank, damit meine Hände etwas zu tun hatten. Er war wie eine dieser giftigen Pflanzen, die bunt im Dschungel leuchteten, nur damit die armen Insekten hinflogen, um dort ihr qualvolles Ende zu finden. Ich war eines jener willensschwachen Krabbeltiere.

Stocksteif begann ich eine grüne Paprika aufzuschneiden. Jari ächzte genervt und fuhr sich durch die Haare. Womöglich hielt er mich für ausgeprägt irre, weil ich ausgerechnet jetzt zu kochen begann. Er trank sein Glas Wasser mit wenigen Zügen aus und knallte es fest auf den Tresen vor sich.

»Könnten wir jetzt bitte über die wichtigen Dinge sprechen?«

Ich stockte und entfernte konzentriert das Kerngehäuse der Paprika. »Sicher. Woher weißt du, wo ich wohne und wie kommst du hierher?«

Ich meinte, seine Zähne knirschen zu hören. »Du hast deine Adresse auf dem Trauschein eingetragen und ich kam mit einem Flugzeug her, wie auch sonst?«

Mir fiel das Messer aus der Hand. Eigentlich hätte ich weniger überrascht sein sollen. Jari lehnte sich zurück, entspannte sich und hob grinsend die Schultern.

»Du weißt schon ... Flugzeuge. Das sind diese großen Dinger mit Flügeln, mit denen man schnell von A nach B kommt.« Er streckte die Hände von sich, ahmte damit die Tragflächen nach und wippte mit einem aufgeblasenen Grinsen hin und her.

Ich brauchte einige Sekunden, um zu begreifen, dass er sich über mich lustig machte. Hilflos fuchtelte ich empört mit den Armen vor meinem Gesicht herum. Das tat ich, wenn mir die Worte fehlten. Es war mir unbegreiflich, wie er eine solche Gleichgültigkeit ausstrahlen konnte. »Was meinst du mit *auf dem Trauschein*?«, fragte ich, obwohl ich ganz genau wusste, was mir gleich blühte.

Er griff in die Tasche seiner Jeans und zog ein zusammengefaltetes Stück Papier heraus.

Mein voller Hass traf diesen Zettel, der sich weigerte, sofort lichterloh in Flammen aufzugehen. Jari brannte auch nicht. Er schob ihn über den Tresen auf mich zu, beinahe wäre ich ängstlich zurückgewichen. Es erschien mir unmöglich, dass ich mich an nichts Wichtiges aus dieser Nacht erinnern konnte, aber fähig gewesen war, den größten Fehler meines Lebens mit eigener Hand auszufüllen.

Langsam dämmerte mir, dass wahrscheinlich nicht allein der Alkohol an dem Blackout schuld war, sondern ich mich nicht erinnern wollte. Oder Körperfresser hatten kurz von mir Besitz ergriffen und mein Bewusstsein kontrolliert. Welchen Nutzen Außerirdische davon haben sollten, war mir allerdings nicht klar. Am Ende war ich ganz allein schuld.

Jari faltete das Papier wieder zusammen und schob es zurück in die Gesäßtasche. »Alles halb so schlimm«, murmelte er nicht überzeugend.

Am liebsten hätte ich das Messer nach ihm geworfen. »Halb so schlimm?«, fiepte ich für die Nachbarshunde hörbar. »Ist das für dich also nichts Besonderes, ein Mädchen im Suff abzuschleppen und zu heiraten?«

»Geheiratet habe ich noch nie, abgeschleppt viele«, sagte er mit einem schiefen Grinsen, woraufhin ich vollends ausflippte.

»Du Arsch! Als ich dich das letzte Mal gesehen habe, warst du halb nackt und ich bin heulend vor dir weggerannt. Dann tauchst du hier auf, küsst mich und nun sitzt du hier, als würden wir ein Kaffeekränzchen halten. Du reißt zu allem Überfluss Witze darüber!«

Sein Blick verfinsterte sich, während er sich nach vorne beugte und mit den Ellenbogen auf dem Tresen abstützte. »Du weißt, das ist nicht wahr.«

Der plötzliche Wechsel zu seiner Ernsthaftigkeit verwirrte mich. Ich bückte mich nach dem Messer, hielt es schützend vor mich und er zog ängstlich die Brauen hoch. Jari musste nicht wissen, dass ich nicht mal wusste, wie man einen Schinken richtig anschnitt.

»Nein, das weiß ich nicht, weil ich nämlich gar nichts mehr aus dieser katastrophalen Nacht weiß! Ist dieser Wisch überhaupt gültig, wenn man ihn alkoholisiert unterschreibt?«

Er hob abwehrend die Hände. »So betrunken warst du gar nicht … anfangs!«, sagte er. Das erste Mal huschte sein Blick unsicher zur Seite. Ich erwog ernsthaft, das Messer zu werfen oder wenigstens die Paprika. Schnaubend drehte ich mich um. Ich hackte die Paprika, als müsste ich sichergehen, dass sie auch tatsächlich tot war.

Jari stieg vom Hocker und kam zu mir rüber. Er zog die Schublade auf und nahm sich selbst ein Messer raus. Entgeistert hielt ich inne und starrte ihn an. Ohne zu lächeln, schnappte er sich eine Zwiebel und begann sie neben mir zu schneiden. »Wir kriegen das wieder hin«, versuchte er mich zu beruhigen, während ich ein paar Champignons ermordete. »Meine Anwälte sind dabei, eine Annullierung zu veranlassen. Dann ist es, als sei es nie geschehen. Das hätte ich dir auch direkt im Hotel gesagt, wenn du nicht ausgerastet wärst. Sobald wir diese Annullierung unterschreiben, ist alles, wie es vorher war. Vorausgesetzt, du willst das.«

Die Zwiebeldämpfe trieben mir die Tränen in die Augen. Schniefend stoppte ich mein Massaker. Dieser Plan klang relativ simpel. Langsam erlaubte ich mir die Hoffnung, dass es einen Ausweg gab.

»Ist eine Hochzeit in Vegas denn überhaupt gültig? Richtig gültig? Für immer gültig?«, fragte ich leise, während ich das Gemüse in die heiße Pfanne warf.

Aus den Augenwinkeln sah ich, dass er das Schneidebrett in der Spüle abwusch und sich damit ein paar Sekunden erschlich. Schließlich stellte er sich neben mich und verschränkte die Arme vor der breiten Brust.

»Unter bestimmten Voraussetzungen ist eine Eheschließung ungültig. Wenn einer der Ehepartner zum Beispiel unter Drogen- oder Alkoholeinfluss steht. Oder aber, wenn der Ehepartner bei der Eheschließung nicht wusste, dass es sich um eine solche handelte. Außerdem ist die Ehe ungültig, wenn ein Ehegatte zur Eingehung der Ehe arglistig getäuscht oder aufgrund von Drohungen geheiratet wurde. Genauso ungültig ist eine Scheinehe«, zitierte er herunter. Dass ihm dieses detaillierte Hintergrundwissen von einem Anwalt eingeimpft worden war, war offensichtlich, aber wichtig war nur der Kern seiner Aussage.

Triumphierend hob ich meinen Kochlöffel und wedelte damit vor seinem Gesicht herum. Kleine Paprika- und Zwiebelstücke flogen durch die Küche. »Da hätten wir es. Wir waren betrunken und mir war nicht klar, dass es um eine echte Hochzeit geht. Damit ist die Sache geklärt und wir sind aus dem Schneider«, schlussfolgerte ich aufgeregt.

Jari grinste allerdings nicht. Er räusperte sich verlegen. »Weißt du wirklich nichts mehr?«, lenkte er vom Thema ab.

»Einige Bilder, Erinnerungsfetzen tauchen auf. Verschwommen und verwirrend. Mir scheint diese Nacht wie eine ganze Woche gewesen zu sein.«

»Da hast du recht. Trotzdem, du darfst nicht überreagieren«, sagte er ruhig.

»Ich? Ich soll nicht überreagieren? Wer hat denn hundert Anrufe und Nachrichten bei mir hinterlassen?«

»Ich dachte, dein Akku war leer?« Seine Mundwinkel schnellten nach oben. »Ich hatte einen mordsmäßigen Kater und kannte die Fakten und Möglichkeiten noch nicht. Du hast dich ziemlich irre verhalten, Hannah. Ich wusste nicht, was du als Nächstes tust. Ich rechnete bei jedem Türklopfen damit, die Polizei oder irgendwelche Reporter anzutreffen. Es tut mir leid, wenn ich dir Angst gemacht habe«, gestand er mir mit einem müden Gesichtsausdruck. Es war das erste Mal, dass wir uns lange und direkt in die Augen schauten.

Schnell wandte ich mich ab und schlug Eier auf, bis die Pfanne randvoll war. Dieses Auf und Ab meiner Gefühle brachte mich um den Verstand. Verzweiflung und Angst. Wut, die mich dazu gebracht hatte, fast mein Lieblingsposter zu zerreißen und Leidenschaft, die mich in Jaris Arme geworfen hatte. Zuletzt eine absolut verwirrende Vertrautheit.

Der Regen trommelte mittlerweile heftig gegen das Küchenfenster. Als wir uns kurz darauf an meinem Esstisch gegenübersaßen, erschien mir das derart inszeniert, dass ich schmunzeln musste.

Während ich den ersten, viel zu heißen Bissen tapfer mit Tränen in den Augen kaute, schweifte sein Blick erneut durch meine Wohnung.

»Wann kann ich diese Annullierung unterschreiben?«, fragte ich neugierig.

Jari begann in seinem Essen zu rühren. »Im Grunde könntest du sie jetzt unterschreiben.«

Ich stockte und wartete. Er rollte ein Stück Champignon von links nach rechts, ohne mich anzusehen, was mich nervös machte. Sein anschließender besorgter Blick ließ mich skeptisch werden.

»Bitte raste nicht wieder aus«, flehte er und bewirkte damit, dass mein Puls in die Höhe schnellte. Erwartungsvoll starrte ich auf die getrockneten blonden Haarsträhnen, die ihm in die Stirn fielen. Schwer beherrscht legte ich die Gabel zur Seite. Er tat es mir stöhnend gleich.

»Versprichst du, dass du dir meine Worte erst einmal durch den Kopf gehen lässt, ehe du ausflippst?«

Natürlich lag es auf der Hand, zu verneinen, doch das brachte mich nicht weiter.

»Du hast gefragt, ob eine Ehe in Vegas gültig ist und ob das gilt, wenn man sie alkoholisiert unterschreibt. Die Antwort ist nein«, fuhr er fort und zögerte. »Allerdings kann man dieses Argument schlecht bringen, wenn man an Ort und Stelle alles beantragt hat, um die Trauung im Ausland beurkunden zu lassen.«

Ich hing an seinen Lippen, um die Informationen zu verarbeiten. Er schien über alles gut informiert zu sein, während ich vollkommen im Dunkeln tappte. Nervös schob Jari seinen Teller hin und her und vermied Blickkontakt, als er weitersprach.

»Ich wiederhole jetzt einfach das, was wir in Vegas erklärt bekommen haben und mein Anwalt bestätigte. In Deutschland muss der Trauschein erst legalisiert werden, das gilt auch für Finnland.«

»Also sind wir nicht gültig verheiratet?«, schlussfolgerte ich. Ein kleiner Hoffnungsschimmer keimte in mir auf, den er sofort mit seinem Gesichtsausdruck zunichtemachte.

»Das wären wir nicht, wenn wir nicht in Amerika einen Antrag über das *Marriage Bureau* in Auftrag gegeben hätten. Unterschrieben, mit einem *Marriage Certificate* und einer *Apostille*! Das ist eine Kopie des registrierten Trauscheins und der Beglaubigungsvermerk. Was denkst du, wieso ich dich so dringend erreichen wollte?«

Erneut warf er mit Fachausdrücken um sich, die meinem Vokabular fehlten. Den verärgerten Vorwurf am Ende seiner Erläuterungen ignorierte ich. »Warum hätten wir diesen Schwachsinn tun sollen?«, fragte ich mich selbst laut.

Jari schnappte nach Luft. Er fuhr sich mit der Zunge über die Lippen. »Weil die *hilfsbereiten* Menschen in der Heiratsvermittlung uns dank meiner Kreditkarte ausführlich darüber aufgeklärt und alles als ›Sorglos-rundum-Paket‹ verkauft haben, denn *wir* haben lediglich ein Formular ausgefüllt und mit Elvis abgefeiert.«

Der zornige Sarkasmus in seiner Stimme war kaum zu überhören. All dieses Gerede über irgendwelche Legalisierungen zerrte an meiner Geduld.

Plötzlich beugte er sich vor und funkelte mich wütend an. »Willst du mir erzählen, dass du von alldem nichts mehr weißt? Ich kann mich wenigstens verschwommen daran erinnern, dass das Ganze nicht einmal dreißig Minuten gedauert hat und billiger war als ein Dinner«, setzte er deutlich bissiger hinterher. »Wie kannst du das nicht mehr wissen, Hannah? Du hast unterschrieben. Du warst es, die ...« Er brach ab. Der Adamsapfel zuckte aufgeregt im Einklang zu der pulsierenden Ader auf seiner Stirn. »Es ist, als wärst du am

Morgen durch einen anderen Menschen ersetzt worden«, sagte er frustriert.

Seine Stimmungswechsel irritierten mich. Er hatte nicht unrecht mit dem, was er sagte. Meine Vermutung verstärkte sich, dass seine Gelassenheit eine Maske war, die ihm jetzt entglitt.

Mit angespannter Miene lehnte er sich zurück. »Um zum Thema zurückzukehren: Wir können diese Annullierung erst beantragen und unterschreiben, sobald die Ehe bestätigt wurde. Wir müssen einen Richter davon überzeugen, dass wir einen oder mehrere Gründe für eine Annullierung erfüllen und danach ist es, als wäre nichts geschehen. Wenn das dein Wunsch ist. Aber ... dafür brauchen wir einen Termin und eine Anhörung vor einem Richter. In sechs Wochen ist einer frei und dann können wir das erledigen.«

Ich fühlte, wie mein Auge zu zucken begann.

»Hannah? Hast du mir zugehört?«

»Wieso erst in sechs Wochen?«, hauchte ich angespannt.

»Es gab keinen früheren Termin. Eine Scheidung würde schneller gehen, aber ...«

»Ich will die Scheidung«, unterbrach ich ihn und erschrak, weil dieser Satz so seltsam klang.

Jari sah mir in die Augen und ein lautes Seufzen verließ seinen Körper. Das Prasseln des Regens, ein Uhrenticken und unser Atem waren die einzigen Geräusche im Raum.

»Ich kann da nicht einwilligen«, durchbrach er schließlich die Stille.

»Du willst, dass wir verheiratet bleiben?«, fragte ich fassungslos.

»Nein. Ich will keine Scheidung, sondern die Annullierung.«

Es lag auf der Hand, was ich als Nächstes fragen wollte, also legte ich den Kopf schief und tippte nervös auf die Tischplatte.

»Eine Annullierung geht erst in sechs Wochen, das wäre der 7. Januar nächsten Jahres«, erklärte er mir geduldig.

»Ich will keine sechs Wochen warten, das ist verschwendete Zeit. Ich will raus aus dieser Sache ... und zwar jetzt. Wo liegt der gravierende Unterschied zwischen Scheidung und Annullierung, außer dass eins davon schneller geht?«, fragte ich gereizt. Irgendetwas wollte er nicht aussprechen.

»Bei einer Annullierung haben beide Parteien keinerlei Recht auf irgendwelche Ansprüche«, probierte er es auf die rationale Weise, die ich ihm nicht abkaufte. Ich war vielleicht dumm genug, mich in Vegas zu betrinken und mit einem fremden Mann ins Bett zu steigen, aber ausreichend intelligent, um zwischen den Zeilen zu lesen.

»Willst du damit andeuten, dass du denkst, ich wolle an dein Geld ran?«

Trotzig zuckte er mit den Schultern. »So, wie du dich benimmst? Wenn du derart verbissen auf eine schnelle Scheidung bestehst und die Annullierung nicht in Erwägung ziehst, ist das zu vermuten.«

Die Stimmung kippte. Der freundschaftliche Umgangston war verflogen.

»Ich habe gar keine Absichten, ich möchte das alles einfach nur vergessen«, jammerte ich hilflos.

Er verengte die Augen. »Selbst wenn es dir nicht in den Kram passt, sechs Wochen zu warten, könntest du dich bis dahin bitte still verhalten?«, forderte Jari. Die Arroganz in seinem Gesicht ließ den Trotz in mir hochkochen.

»Was meinst du mit *Ich soll mich still verhalten?*«, fragte ich mit bedrohlich leiser Stimme.

»Damit meine ich, dass du die Klappe hältst und niemandem davon erzählst. Keine Interviews, keine Postings im Netz und auf keinen Fall irgendwelche Fotos von deinem Handy. Es würde dir nur schaden, wenn du versuchst, damit Profit zu machen.«

Fassungslos starrte ich ihn mit offenem Mund an. Hätte ich noch Rührei darin gehabt, wäre es unzerkaut auf den Tisch gefallen.

»Was soll ich anderes denken, wenn du an diesem Morgen aus dem Zimmer fliehst und dich angeblich an nichts mehr erinnerst? Was ist so schlimm daran, diese sechs Wochen auszusitzen, wenn du kein anderes Ziel verfolgst? Am Ende hattest du es womöglich genau darauf abgesehen«, platzte es aus ihm heraus.

Ich stand abrupt auf, sodass mein Stuhl nach hinten kippte. Provozierend lehnte ich mich über den Tisch. »Willst du damit andeuten, dass ich lüge, was meine Gedächtnislücken betrifft?«

»Du verhältst dich merkwürdig«, brummte er.

Das war die Untertreibung des Jahrhunderts. Ich verhielt mich geistesgestört, aber das änderte nichts an unserer Lage.

»Vielleicht hast du in Vegas nur eine Rolle gespielt«, fügte er seufzend hinzu. Dieser Satz brachte mein bereits überlaufendes Fass dazu, mit einem Knall zu explodieren.

»Raus.« Ich war kurz davor, ihm die Pfanne über den Kopf zu ziehen, als er schnaubend aufstand und sich in Richtung Tür bewegte.

»Hannah, ich ...«

»Ich möchte niemandem von dieser Sache erzählen und keinen Cent von dir!«, rief ich aufgebracht.

Er hielt meinem Blick stand und sah streng auf mich herunter. »Ich möchte dir glauben«, murmelte er kaum hörbar, während er sich von mir abwandte, in seine Schuhe schlüpfte und wortlos die Tür hinter sich zuzog.

Die abrupte Stille war unheimlich. Eben hatte er an meinem Tisch gesessen, mir alles erklärt und viel Geduld mit mir bewiesen. Nun stand ich allein im Wohnzimmer und die Sache wuchs mir über den Kopf.

Kleine Brüder, große Finnen und die Zimtschnecke

Das grelle Neonlicht raubte mir den letzten Nerv. Nervös knetete ich meine kalten Fingerknöchel und wippte mit dem Fuß. Mit wachsenden Kopfschmerzen dachte ich darüber nach, wie ich wieder hier in der Klinik hatte enden können.

Kurz nach meiner Ankunft im Büro hatte ich den Anruf erhalten, dass mein Bruder Leonard Kals einen Motorradunfall gehabt hatte. Sämtliche Erinnerungen danach waren wie fortgewischt. Alles, was sich in mein Gedächtnis gebrannt hatte, war die Angst, das letzte mir verbliebene enge Familienmitglied verloren zu haben.

Blinzelnd sah ich mich in der Notaufnahme um. Es schien, als würde dieses künstliche Licht mir die Lebensenergie entziehen. Der Geruch ließ mich würgen. Ich starrte zu der dunkelhaarigen Schwester hinter dem Tresen mir gegenüber. Sie wartete auf einen Anruf, der ihr mitteilen sollte, dass Leo von den Untersuchungen zurück in sein Zimmer gebracht wurde und ich zu ihm konnte. Dass er bei Bewusstsein und außer Lebensgefahr war, beruhigte mich in diesem Moment nur bedingt.

Eine knisternde Stimme schallte aus den Lautsprechern und ich fuhr erschrocken zusammen. Der Aufruf galt nicht mir, aber löste dennoch eine Gänsehaut auf meinem angespannten Körper aus.

Eine weitere Krankenschwester führte einen kleinen Jungen an der Hand an mir vorbei. Sie sprach beruhigend auf ihn ein. Er hielt weinend eine graue Stoffkatze an sich gedrückt. Dass er allein mit Krankenhauspersonal ging, schnürte mir die Kehle zu. Ich dachte an den Tag vor sieben Jahren zurück, an dem wir unsere beiden Elternteile auf einen Schlag verloren hatten. Damals waren Leo und ich in der Notaufnahme von zwei ernst dreinblickenden Ärzten begrüßt worden, die uns ohne Vorwarnung in einem kleinen Büro erklärt hatten, dass unsere Eltern infolge des Autounfalles verstorben waren. Leo war an Ort und Stelle zusammengebrochen und musste durch einen Psychiater betreut werden. Ich hatte auf Automatik gestellt und erst vier Wochen später das erste Mal geweint, dafür ungefähr achtundvierzig Stunden durchgehend. Lou allein hatte dafür gesorgt, dass ich mich fing und mich dem Leben stellte. Sie war damals bei mir eingezogen, hatte mich in den Arm genommen, wenn ich es brauchte oder mir bei Bedarf in den Hintern getreten.

Mein Handy vibrierte und desinteressiert zog ich es aus der Hosentasche. Louisa schrieb, dass sie sich sofort auf den Weg machte und in etwa zwei Stunden hier sein würde, weil sie einen Kundentermin außerhalb der Stadt gehabt hatte. Ich antwortete ihr, dass es Leo so weit gut ging. Mir war nicht klar, wann genau ich ihr von seinem Unfall geschrieben hatte. Seit dem Anruf des Arztes war ich in demselben Automatikbetrieb wie damals. Ich musste funktionieren. Außerdem hatte ich zwei Anrufe in Abwesenheit von Jari, die mir ebenfalls entgangen waren. Mein lautes Schnauben ließ die Krankenschwester hinter dem Tresen zu mir blicken. Fast eine Woche war seit seinem Auftauchen vor meiner Tür vergangen. Ich hatte keine Geduld für meine persönliche Katastrophe, ich musste mich um andere Prioritäten kümmern. Schnell tippte ich ihm eine Nachricht.

Bin im Krankenhaus, kann jetzt nicht telefonieren.

Prompt klingelte das Telefon der Schwester. Während ich sie beobachtete, wie sie den Hörer ans Ohr hielt und konzentriert lauschte, drückte ich auf *Senden*, ohne den Blick von ihr abzuwenden.

»Frau Kals, Ihr Bruder ist jetzt in seinem Zimmer, Nummer 405 im vierten Stock. Sie können dort rechts gleich den Aufzug nehmen.«

Ohne ihr zu antworten, hechtete ich sofort zum besagten Lift. Bis die Tür mit einem *Ping* aufschwang, drückte ich sämtliche Knöpfe auf dem Bedienfeld gleichzeitig. Meine Feinmotorik war genauso beeinträchtigt wie meine Psyche. Ich rammte den Mittelfinger auf die Vier, sodass er knackte.

Oben angekommen, quetschte ich mich fluchend aus dem kleinsten Spalt heraus, noch bevor sich die Türen ganz geöffnet hatten. Als ich Leos Zimmertür aufriss, musste ich mich an der Wand abstützen, um das Schwindelgefühl zu unterdrücken. Ich hatte nicht nur vergessen, die Luft aus meinen Lungen ordnungsgemäß rauszulassen, sondern der Anblick meines Bruders im Krankenbett gab mir den Rest.

Leo sah gleichzeitig überraschend gut und furchtbar aus. Er lag allein in dem Doppelzimmer, das ich wankend durchquerte. Wenigstens piepten nirgends irgendwelche Geräte, bloß ein Tropf hing neben ihm an einer Stange. Der Schlauch führte zu seinem linken Arm, wo der Zugang mit einem Klebeband am Handrücken befestigt war. Sein Gesicht war übersät mit rot geschwollenen Kratzern und Schrammen, dennoch grinste er und funkelte mich mit seinen hellbraunen Augen glücklich an. Mein Blick schweifte über sein rechtes Bein, das komplett bis zum Oberschenkel eingegipst in einer Schlinge an einem Metallgerüst hochgelagert ruhte. Auch sein rechter Arm klemmte einbandagiert zwischen uns, als ich ihn fest an mich drückte. Sein schmerzerfülltes Stöhnen ignorierte ich.

»Geht es dir gut? Was sagen die Ärzte?«

Seine kurzen dunklen Haare standen zerzaust in alle Richtungen. Ich strich ihm sanft mit meinen eiskalten Fingern über den Kinnbart, der nicht verhindern konnte, dass ich den kleinen Jungen vor mir sah. Er seufzte erleichtert, als ich endlich von ihm abließ.

»Glatter Bruch des Beines, zwei Rippen sind angeknackst, eine Gehirnerschütterung. Sonst nur Prellungen und Kratzer«, zählte er trocken auf.

Ich schluckte den bitteren Geschmack im Mund hinunter. Als ich mit eigenen Augen kontrolliert hatte, dass er wieder gesund werden würde, brach das hervor, was in mir gebrodelt hatte. Wütend schlug ich auf die Bettdecke vor ihm und sah mit Genugtuung, wie er zusammenzuckte. »Wie kannst du mir das antun, du dämlicher Vollidiot? Ich habe dir tausendmal gesagt, dieses Motorrad ist nicht sicher und dann fährst du auch noch Anfang Dezember bei Temperaturen knapp über dem Gefrierpunkt auf feuchter Straße zur Arbeit damit, obwohl du den Führerschein gerade erst hast? Du bist fast 20 Jahre alt und dumm wie Brot. Als der Anruf kam, ist mir das Herz stehen geblieben! Ich schwöre dir, wenn du noch einmal auf dieses beschissene Teil steigst, dann bringe ich dich um!«

Er wartete geduldig ab, bis ich mich wieder halbwegs im Griff hatte und keuchend die Hände in die Taille stemmte. Meine Kehle war wie zugeschnürt.

»Hanni, bitte hör auf zu weinen«, sagte er leise. Erschöpft ließ ich mich neben ihm aufs Bett sinken und wischte die Tränen trotzig mit dem Handrücken fort.

»Es tut mir leid«, murmelte er.

»Ich weiß. Ich hatte nur fürchterliche Angst.« Schniefend griff ich nach seiner Hand und drückte sie fest.

Anschließend schrieb ich Louisa eine Nachricht, dass sie sich Zeit lassen konnte. Jari hatte mir etwas geschickt, doch ich las die Nachricht nicht. Irgendwann musste ich mich mit ihm bezüglich des Termins für die Annullierung auseinandersetzen. Aber nicht heute im Krankenhaus.

***

Am nächsten Tag brachte ich Leo die nötigsten Sachen aus seiner Wohnung. Seine Freundin Anja war für einen Wellness-Trip in München und er hatte sie davon überzeugt, ihren Urlaub wie gewohnt fortzusetzen. Eine bemutternde Schwester war genug für seine Nerven. Er musste mindestens zwei Wochen zur Beobachtung im Krankenhaus bleiben, bevor er sich zu Hause auskurieren durfte.

Übermüdet betrat ich mit einem Croissant und zwei verwerflich großen Bechern Milchkaffee Leos Zimmer. »Guten Morgen, Bruderherz. Was machen die gebrochenen Knochen?«

Er setzte sich im Bett auf und nahm seinen Kaffee. »Ich wurde heute Morgen von einer Krankenschwester mit einem Waschlappen sauber gemacht. Eine ganz neue Erfahrung«, berichtete er müde lächelnd. Die Krankenhausnacht hatte deutlich Spuren hinterlassen, aber Leo hätte sich niemals beschwert. Inzwischen sah mein unverwüstlicher Bruder dennoch viel besser aus.

Ich sank erleichtert auf dem Stuhl neben ihm nieder und packte das Croissant aus, da hörten wir beide Tumult auf dem Gang.

»Sie können hier nicht einfach herumlaufen! Sie müssen sich unten anmelden«, drang es dumpf durch die verschlossene Tür.

Ich zuckte mit den Schultern und brach unser Frühstück in zwei Hälften, um eine davon meinem Bruder zu reichen. Just in diesem Moment, in dem ich mir das vor Fett triefende Croissant in den Mund stecken wollte, wurde die Tür zu Leos Zimmer aufgerissen. Ich erkannte die pummelige Oberschwester mit ihren kurzen schwarzen Haaren, die ihre Hände in die breite Hüfte stemmte und sich mit dem Rücken zu uns aufstellte.

»Ich muss Sie dringend bitten, sich unten anzumelden, um sich einen Besucherausweis ausstellen zu lassen. Reguläre Besucherzeiten ohne Voranmeldung finden Sie unten ausgeschrieben.«

Ich verharrte in der Bewegung, daher schaffte es das köstliche Croissant nicht ansatzweise in meinen Mund. Leo und ich starrten gebannt auf das Spektakel vor unseren Nasen.

»Ich bin der Schwager des Patienten und war vorher unten. Von einem Besucherausweis hat die hübsche Blondine nichts gesagt«, antwortete eine tiefe Stimme auf Englisch. Mein Puls beschleunigte sich.

Leo richtete sich so weit er konnte auf und versuchte, an der beleibten Dame vorbeizuschauen. Ich strich mir die Haare hinter die Ohren und legte das französische Gebäck zurück in die Papiertüte. Angespannt erhob ich mich, ohne Leo dabei anzusehen und tippte der Schwester auf die Schulter. Sie drehte sich grimmig dreinblickend um.

»Es ist okay. Sie können den Herrn hereinlassen«, murmelte ich beschwichtigend.

Er trug eine schwarze Sonnenbrille auf der Nase und einen blauen Kapuzenpulli tief ins Gesicht gezogen. Trotzdem erkannte ich die verkniffene Miene darunter. Dabei sah er zwar gut, aber auch zwielichtig aus. Es war kein Wunder, dass sich die Schwester schützend zwischen uns stellte.

Widerwillig gab sie schließlich den Weg frei, verließ schimpfend das Zimmer und schloss die Tür.

Jari strich die Kapuze nach hinten und fuhr sich kurz durch die Haare. »Ich dachte, dir ist etwas passiert!«

Es war der erste Satz, den er an mich richtete und er klang ernst.

Seinem tiefen Seufzen folgte ein hauchzarter Kuss auf meine Stirn, der mich perplex mit offenem Mund erstarren ließ. Die Berührung seiner Lippen fühlte sich federleicht an und durchfuhr mich dennoch bis in die Zehenspitzen.

»Ehem«, räusperte sich Leo hinter uns. Seine Lippen mimten denselben Karpfen wie meine gerade. »Schwager?«

Verlegen trat ich zurück. Jari beachtete Leo gar nicht, sondern schüttelte unentwegt den Kopf. »Wieso in Gottes Namen nimmst du nicht ab, wenn ich dich anrufe, oder schreibst wenigstens? Ich dachte, du bist verletzt oder Schlimmeres!«, fuhr er mich forsch an.

Ich wich weiter zurück, bis ich an Leos Gipsbein anstieß. Er stöhnte voller Schmerz auf, zeigte aber trotzdem anklagend auf Jari.

»Hannah, wer ist das?«

Meine rudimentären Instinkte rieten mir, augenblicklich zu verschwinden. Leo starrte mich an. Jari starrte mich auch an und beide waren wütend.

»Ich kann das erklären«, nuschelte ich klischeehaft.

Sie rissen genervt die Arme in die Höhe und begannen gleichzeitig auf mich einzureden. Mein Bruder keifte auf Deutsch, Jari wechselte zwischen englischen Flüchen und finnischem Gebrabbel.

»Hört auf, mich anzuschreien!«, wehrte ich mich und floh zum Fenster, als könnte ich dort rausspringen. Sie waren doppelverglast, ich hatte keine Chance. »Was willst du überhaupt hier?«, zischte ich in Jaris Richtung, die anderen Fragen ignorierend. Ich sah, wie sein Kiefer zuckte, weil er um Beherrschung rang.

»Was ich hier will? Was denkst du denn, was die Worte *Bin im Krankenhaus, kann jetzt nicht telefonieren* bei Menschen auslösen? Ich dachte, dir ist irgendetwas passiert! Du hast auf keinen meiner Anrufe reagiert oder mir zurückgeschrieben! Erst unten an der Aufnahme sagte man mir, dass nicht du, sondern dein Bruder hier liegt.«

Ich brauchte einen Moment, um seine Vorwürfe zu verstehen, ehe es mir schuldbewusst dämmerte.

»Hannah! Ich warte auf deine ausführliche Erklärung«, sprang Leo verbal dazwischen, ohne Jari aus den Augen zu lassen.

Ich rieb mir die Schläfen. »Bruderherz, darf ich dir meinen Göttergatten vorstellen? Das ist Jari Mäkinen. Er ist ein berühmter finnischer Rockmusiker und ich habe ihn in Vegas dank viel Tequila und nach einer heißen Nacht spontan geheiratet.«

Mein Zynismus verfehlte seine Wirkung nicht. Leo starrte mich an, als hätte ich ihm erklärt, dass die Welt von Killerpinguinen bedroht wurde. Währenddessen wandte ich mich an Jari.

»Liebster, darf ich dir meinen kleinen, überheblichen Bruder Leonard vorstellen? Er hatte gestern einen Motorradunfall, weil er einfach nur dumm ist. Es tut mir leid, wenn ich dir einen falschen Eindruck vermittelt habe, das war nicht geistreich von mir, ich befand mich im Schock.«

Die folgende Stille ließ mich frösteln. Ich erwartete jede Sekunde erneute Vorwürfe samt Geschrei. Stattdessen strecke Jari die Hand aus und lächelte Leo zaghaft an.

»Freut mich, dich kennenzulernen.«

Diesmal war ich es, die sprachlos dastand und gaffte. Leo leider nicht. Sein Kopf lief vor Wut kontinuierlich vom Kinn nach oben rot an und seine gesunde Hand ballte er zur Faust. Bevor Leo noch vom Bett sprang und Jari seinen Gips über den Schädel zog, stellte ich mich zwischen sie, um den männlichen Kriegsblickkontakt zu unterbrechen.

»Jari, wartest du bitte draußen? Ich komme gleich zu dir«, bat ich ihn mit zitternder Stimme. Erleichtert atmete ich auf, als er wortlos ging. Leos Blick deutete neuerliches Gezeter an, deswegen fuchtelte ich mit den Händen vor seinem Gesicht herum, als wollte ich eine Fliege verscheuchen. »Beruhig dich und lass mich erklären.«

Natürlich hörte er nicht auf mich.

»Was hast du dir dabei gedacht? Du hast mir von einem Kater erzählt, von dem Casino, aber nicht von diesem Kerl. Was soll das heißen, ihr seid verheiratet?«, blaffte er.

Kraftlos ließ ich die Schultern sinken und erzählte Leo eine harmlose Kurzfassung meiner Misere. Zumindest von den Details, an die ich mich erinnerte. Die zerrissene Unterwäsche sowie Sex-Flashbacks ließ ich aus.

»Ich bring ihn um«, murmelte er am Ende mit zusammengekniffenen Augen.

Diesmal stemmte ich die Hände zornig in die Taille und funkelte ihn an. »Jari hat mich zu nichts gezwungen. Ich krieg das wieder hin. Wenn du dich nicht in den Griff bekommst und ihn in Ruhe lässt, erzähle ich dir, wie er mir den BH vom Körper gerissen hat und ich ihm meine Fingernägel stöhnend in den Rücken gerammt habe«, drohte ich.

Leo reagierte genau wie damals, als ich ihn fragte, ob er wisse, wie man Kondome benutzte oder ob ich es ihm an einer Gurke demonstrieren sollte. Er hielt sich gequält beide Hände an die Ohren und summte laut. Zufrieden nickte ich.

»Ich sehe jetzt nach Jari. Iss dein Frühstück«, beendete ich unsere Unterhaltung.

Behutsam schloss ich die Tür hinter mir, seufzte und sah mich im himmelblau gestrichenen Gang um, ehe ich Jari entdeckte. Er hatte seine Kapuze hochgezogen und kauerte auf einer gepolsterten Sitzbank bei der Fensterfront. Das Möbelstück quietschte unter meinem Gewicht auf, als ich mich stumm neben ihn setzte. Eine Weile starrte ich sein Kinn an, das unter der Kapuze hervorstach. Er saß zurückgelehnt breitbeinig da und seine Hände ruhten meditierend flach auf seinen Oberschenkeln.

»Wird dein Bruder wieder gesund?«, fragte er leise und trotzdem zuckte ich erschrocken zusammen. Jari strich die Kapuze zurück und gab den Blick auf seinen komplett zerzausten Blondschopf frei. Die Sonnenbrille hing an seinem Kragen, sodass ich sein müdes Gesicht betrachten konnte. Unter den blauen Augen lagen dunkle Ringe. Er wirkte ausgelaugt und blass.

»Er wird es überleben. Ein paar Tage im Krankenhaus und dann kann er vor Weihnachten nach Hause«, erklärte ich. Zu mehr war ich nicht fähig, weil ich ihn wie einen Geist anglotzen musste. Jari war schon wieder in meinem Leben aufgetaucht. Er war wie eine Erscheinung und ich war glücklicher darüber, als ich hätte sein sollen. »Du siehst aus, als hättest du kaum geschlafen«, stellte ich fest.

Ich legte den Kopf schief, sodass meine braunen Haare zur Seite fielen. Er wandte den Oberkörper zu mir, wodurch er den Oberschenkel aufs Sofa schob. Ich wehrte mich nicht, als er die Hände um meine legte und sie sanft drückte.

»Du hättest mir schreiben sollen, dass es dir gut geht. Als du mir nicht mehr geantwortet hast, bin ich fast durchgedreht vor Sorge. Ich habe meine Bandkollegen bei den Proben in Helsinki stehen lassen und den nächsten Flug gebucht. Ich bin direkt vom Flughafen mit dem Taxi hergekommen und habe seit fast zwanzig Stunden nicht mehr geschlafen. Ja, ich bin müde.«

Das Warum lag mir auf der Zunge, blieb aber ungesagt. Obwohl seine Stimme vorwurfsvoll klang, blieben seine Züge weich. Er sah mich eindringlich an, bis das Kribbeln in meinem Bauch mich zappelig machte. »Es tut mir leid, dass ich mich blöd ausgedrückt habe in der Nachricht. Ich habe nicht nachgedacht ... ich konnte an nichts anderes denken als an Leo! Ich bin im Moment nicht ich selbst«, flüsterte ich schuldbewusst.

Weitere Herzschläge lang starrten wir uns an. Es fühlte sich nicht an, als säße Jari Mäkinen von *The Wicked Elephant* neben mir.

»Unser letztes Treffen verlief nicht besonders gut, aber das heißt nicht, dass ich es gutheißen würde, Witwer zu werden«, raunte Jari und beendete den harmonischen Moment, indem er mich aus seiner Berührung entließ. Unseren Streit und dessen Thematik hatte ich nicht vergessen, nur verdrängt. Die Tatsache, dass er meinetwegen noch mal hergeflogen war, schockierte mich. So was machte man nicht für eine beliebige Frau, die man aus Versehen abgeschleppt hatte, und für einen aufdringlichen Fan schon gar nicht.

»Jari, wie hast du mich gefunden?«

»Ich hab eine Tracking App auf deinem Handy installiert, als du im Hotel geschlafen hast«, antwortete er ruhig, woraufhin mir die Farbe spürbar kalt aus dem Gesicht wich. Fasziniert beobachtete ich, wie er verdammt lange die Fassung bewahrte, ehe er loslachte. »Du traust mir echt alles zu, oder?«

Erleichtert atmete ich aus und stieß ihm spielerisch mit der Faust gegen die Schulter. »Im Ernst! Woher wusstest du, wo ich bin? Wie hast du Leos Zimmer gefunden?«

Er setzte sich auf und hob provozierend die hellen Augenbrauen. »Ingolstadt hat nur ein einziges Krankenhaus. Der Taxifahrer wusste sofort wohin und die Dame bei der Anmeldung hat mir bei Erwähnung deines Nachnamens nicht nur mitgeteilt, dass du nicht die mit dem Gips bist, sondern dein Bruder, sondern auch eure Zimmernummer verraten. Ich habe Charme«, feixte er.

Ich musterte ungläubig seine Aufmachung. »Das mag vielleicht auf der Bühne sein, wenn du ein enges, nassgeschwitztes Shirt trägst. Jetzt siehst du aus wie ein Krimineller auf der Flucht.«

Er nahm mir den Kommentar nicht übel, sondern schmunzelte breiter. Es tat gut zu sehen, wie Erleichterung den Ernst in seiner Mimik ersetzte. In Wahrheit hatte er recht. Dieser Mann konnte auch in einem Müllsack jede Frau zu einem Date überreden. Er nahm seine Sonnenbrille in die Hand und fuhr deren Konturen nach.

»Hat dich wer erkannt? Hast du Informationen gegen ein Autogramm getauscht?«, fragte ich schnell und rückte ein Stück zur Seite, um mich verstohlen umzusehen. »Glaubst du denn, eine übertrieben große Sonnenbrille mitten am Tag in einem Gebäude und eine Kapuze wie von einem Bankräuber sind unauffällig? Das schreit doch gerade nach *Promi* ... oder eben *Vergewaltiger*!«

»Promi oder Vergewaltiger? Dazwischen gibt es bei dir nichts?«, hinterfragte Jari amüsiert und schüttelte den Kopf. »Aber nein. Kein Autogramm. Ich kann auch ohne die Rockstar-Masche flirten.«

»Ich dachte, ich sehe dich nicht so bald wieder nach unserer letzten Unterhaltung«, erklärte ich entschuldigend.

Sein Blick huschte über mein Gesicht und blieb auffällig an meinen Lippen hängen. Unbewusst fuhr ich mit der Zunge darüber, was ein breites Lächeln bei ihm auslöste. »Das letzte Mal ist es tatsächlich sehr emotional geworden. Ich wollte noch mal versuchen, ruhig über die Sache zu reden, aber dann hast du mir diese verstörende Nachricht geschrieben«, erklärte er.

Die Vegas-Nacht lag nicht mal zwei Wochen hinter uns. Das bedeutete, bis zum Tag der Annullierung war es noch ein Monat. Besinnlich-friedlich gestaltete sich die Adventszeit für mich nicht.

Plötzlich hielt sich Jari gähnend die Hand vor den Mund. Er streckte sich ächzend in alle Richtungen, bevor er erneut zusammensackte.

»Was passiert jetzt?«, fragte ich zögerlich und provozierte damit eines seiner schiefen Grinsen. Es war dieses eine Muskelzucken, das so viel Macht über mich hatte. In Zusammenhang mit den wandernden Brauen eine gefährliche Kombination.

»Mein Manager wird mir den Arsch aufreißen. Das wird passieren«, brummte er genervt.

»Weil du die Proben unterbrochen hast?«

Es fiel mir schwer, den Jari von dem Poster in meiner Wohnung mit dem Mann vor mir in Einklang zu bringen. Oft hatte ich ihn wild rockend auf der Bühne gesehen. Mit der Gitarre in der Hand und den kreischenden Fans vor sich. Nun saß er eingesunken neben mir, ziemlich blass um die Nase.

»Nicht nur, weil ich sie habe sitzenlassen, sondern weil ich zu dir gekommen bin. Er traut der Sache nicht«, sagte er seufzend und ich versteifte mich augenblicklich. Mit *der Sache* war ich gemeint. Wir waren bei unserem Streitpunkt angelangt und ich musste mich beherrschen, ruhig zu bleiben.

Jari griff in seine Hosentasche und zog knisternd etwas in Plastik verpacktes hervor. Es sah aus wie ein kleines Plunderstück. Er hielt es vor meine Nase, sodass ich zu schielen begann. Weil ich nicht reagierte, schwang er das Gebäck lockend hin und her. Als wäre ich eine Katze, die auf Bewegungen triggerte. »Möchtest du eine Zimtschnecke?«, fragte er frech schmunzelnd.

Diese Wendung irritierte mich genauso heftig wie sein Erscheinen generell. Jari riss die Verpackung auf und rammte mir die Zimtschnecke voller Elan gegen die Wange, weil ich mich vor Schreck wegdrehte. Das Zimtaroma stieg mir verführerisch in die Nase. Vorsichtig nahm ich sie in die Hand und wischte mir die Krümel aus dem Gesicht.

»Du hast mir etwas Süßes mitgebracht?« Hektisches Nicken inklusive einem Schulterzucken folgten seinerseits.

»Ich habe sie im Flieger bekommen und denke, wenn du etwas Zucker zu dir nimmst, bist du umgänglicher«, erklärte er selbstzufrieden.

Eigentlich hätte ich beleidigt sein sollen. Als könnte mich eine Zimtschnecke davon abhalten, meine Meinung zu sagen. Nichtsdestotrotz lag meine Croissanthälfte bei Leo im Zimmer und ich hatte Hunger. Zwanghaft darauf konzentriert nicht zu grinsen, nahm ich einen Bissen. Fast wären meine Augen genießerisch zugefallen, als der himmlische Geschmack auf der Zunge explodierte. Jari beobachtete mich erheitert.

»Du kennst mich schon recht gut«, nuschelte ich und biss noch mal ab. Er wartete eine Weile, bis der Zucker sich in meiner Blutbahn ausbreitete, ehe er mit dem heiklen Thema fortfuhr.

»Das letzte Mal war ich etwas schroff. Du musst verstehen, dass die ganze Situation kompliziert für mich ist«, begann er. Sein Tonfall war ruhig, daher biss ich zufrieden erneut ab. »Ich bin ausgerastet, als ich meinem Produzenten von Vegas erzählt habe. Er hat mir sofort geraten, mich aus der Sache rauszukaufen, bevor die Presse davon erfährt. Egal, ob du lügen oder die Wahrheit sagen würdest, wäre es definitiv nicht gut für uns als Band ausgegangen. Wir stecken sowieso gerade in Schwierigkeiten«, erzählte er überraschend ehrlich.

»Ich sage die Wahrheit und ich will kein Geld«, warf ich schmatzend ein.

Jari lächelte matt, wirkte aber nicht überzeugt. Als er diesmal nach meiner Hand griff, zuckte ich nicht mehr zusammen. Mit dem Daumen strich er sachte über meine Haut. Die Fliegenfalle schnappte zu und ich war wie paralysiert.

»Wie haben wir uns eigentlich kennen gelernt?«, flüsterte ich benommen. Ich schob mir das letzte Stück in den Mund, sodass ich beide Wangen voll hatte. Lieber war es mir, wir sprachen über unsere Nacht als über Manager, die mich bestechen wollten, damit ich Jari nicht in Schwierigkeiten brachte.

»Am Blackjack-Tisch. Ich habe mich neben dich gesetzt, du hast mich unentwegt angestarrt und damit den Croupier in den Wahnsinn getrieben. Zuerst hast du mich nur gemustert und an deinem Glas genippt, bis dir der Sekt aus dem Mund gelaufen ist, weil du vergessen hast zu schlucken.«

Fast hätte ich ihm vor Schreck die Reste der Zimtschnecke ins Gesicht gespuckt. Leider klang das genau nach mir.

»Irgendwann habe ich dich angesprochen, um das Theater zu beenden, doch du bist wie von einer Biene gestochen hochgeschreckt und vom Hocker gefallen.«

Eine weitere Schilderung, die Hannah Kals bildlich beschrieb.

»Du bist an die Bar geflohen und ich bin dir später gefolgt«, schloss er das peinliche Szenario, während ich runterschluckte.

»Du bist der Frau an die Bar gefolgt, der Sekt aus dem Mund geronnen und die vom Hocker gefallen ist? Hast du spezielle Vorlieben bei Dates?«, fragte ich misstrauisch nach.

Kopfschüttelnd gluckste er und rieb sich mit der Handfläche über die Brust. »Eigentlich wollte ich allein in Vegas meinen Gedanken nachhängen. Ich brauchte eine Pause und war an diesem Tag deprimiert. Du warst die erste Person seit Tagen, die es geschafft hat, dass ich lachen musste«, erläuterte er seine Beweggründe.

Ich verschränkte die Arme und blickte ihn ungläubig an. Wenn ihn tollpatschige Vollidiotinnen faszinierten, war es kein Wunder, dass ich die Auserwählte geworden war.

»Wann fliegst du zurück?«, wollte ich nach weiteren Sekunden des Schweigens wissen.

»So bald wie möglich, aber bestimmt nicht heute. Ich suche mir ein Hotel. Wenn sich unser Manager wieder beruhigt hat, darf er mir einen Rückflug buchen. Vielleicht setzt er mich jetzt auch in Deutschland aus. Er war sauer, dass ich die Proben für das Konzert nächste Woche unterbrochen habe.«

Es klang eindeutig nach Ärger, sein breites Grinsen deutete jedoch darauf hin, dass er diesen Manager gern zur Weißglut brachte. Ein Widerstand in mir ließ mich zögern, bis ein Blick in sein müdes Gesicht die Zweifel beseitigte.

»Ich mache dir einen Vorschlag. Ich verabschiede mich von Leo und schicke ihm später Louisa als Gesellschaft vorbei. Du kommst zu mir nach Hause und schläfst heute bei mir, als kleine Wiedergutmachung für all die Umstände.«

Aus blauen Augen musterte er mich mit einem intensiven Ausdruck, der mich unruhig werden ließ. Lange brauchte er nicht, um sich zu entscheiden.

»Das Angebot nehme ich gern an, Hannah.«

***

Ich benötigte eine halbe Stunde, um Leo klar zu machen, dass er in dieser Angelegenheit kein Mitspracherecht besaß.

»Wer weiß, was er vorhat? Er wird dir das Herz brechen, ich kenne dich«, warf er mir am Ende überzeugt vor.

Erstaunt musterte ich ihn und hielt inne. »Er hat gar nichts vor. Er wird auf dem Sofa übernachten. Und was mein Herz betrifft, das wurde bereits von Chris gebrochen.«

Sein Blick sprach Bände, das Mitleid schmerzte körperlich. Leo hatte sowieso keine Chance, immerhin war er ans Bett gefesselt. Ich küsste ihn auf die Wange, strich über sein Kinn und marschierte selbstbewusster, als ich es war, aus dem Zimmer.

Jari saß mit dem Handy in der Hand immer noch beim Fenster. Nachdem ich ihm zugenickt hatte, folgte er mir schweigend in die Tiefgarage zu meinem Wagen.

»Wo ist dein Gepäck?«, fragte ich, während wir aus dem Lift in das schummrige Licht des Kellers hinaustraten.

»Dafür hatte ich keine Zeit.«

Fassungslos blieb stehen. »Willst du mir erklären, du bist komplett ohne Kleidung hierhergeflogen?«

Seine Augenbrauen schossen nach oben. »Ich war in Panik! Dir hätte sonst was passiert sein können. Kleidung kann man sich neue kaufen.«

Ich wusste nicht, was ich darauf antworten konnte, also setzte ich mich in Bewegung und schloss meinen roten Fiat Punto per Funk auf. Ich stieg auf der Fahrerseite ein und Jari quetschte sich stumm auf den Beifahrersitz. Erst nachdem er ihn auf Anschlag nach hinten geschoben hatte, fanden seine langen Beine genug Platz. Der Anblick des zerknautschten Finnen brachte mich zum Schmunzeln.

»Normalerweise lasse ich keine fremden Männer in meinem Auto mitfahren.«

»Und ich lasse normalweise keine Frauen ans Steuer. Außerdem bin ich nicht fremd, sondern dein...«

»Jaja, Ehemann.«

Die Macht der Zimtschnecken

Während der Fahrt schielte ich oft verlegen zu ihm hinüber. Seine Knie stießen am Armaturenbrett und sein Kopf am Dach an. Langsam gewöhnte ich mich an seine Anwesenheit in meinem Leben. Zumindest hyperventilierte ich nicht mehr. Außerdem verschoben sich meine Vorstellungen über diesen Mann in neue Bahnen. Das Bild des arroganten Rockstars auf der Bühne rückte in den Hintergrund.

Die Straßen waren nass und nebelig. Das Spritzwasser benetzte die Fensterscheibe, sodass das Quietschen der Gummiwischer hypnotisch ertönte. Im Wohngebiet spannten sich Lichtergirlanden mit großen Sternenlampen zwischen den Häuserfassaden, die jetzt am Nachmittag noch nicht eingeschaltet waren. Abends verbreiteten sie weihnachtliche Stimmung, doch nun tropfte nur der Regen herab. Jari starrte gedankenversunken und müde geradeaus. Er schien nicht angespannt zu sein. Dennoch rechnete ich jeden Augenblick damit, dass etwas Verrücktes passierte. Es war ein tückischer Frieden zwischen uns, der mich misstrauisch machte. Ab und zu ruckte sein Kopf zur Seite, wenn wir an einer Ansammlung von Glühweinständen vorbeifuhren. Trotz des nassen Wetters scharten sich freitags viele um die Holzhütten und wärmten sich an ihren Tassen.

Meine Gedanken begannen abzuschweifen, bis wir auf die Autobahn auffuhren. Mit klammen Fingern schaltete ich das Radio ein und suchte nach einem passenden Sender, der die Stille vertrieb. Jari sah mir bei der Sendersuche interessiert zu. Das erkannte ich an der einen Augenbraue, die ein Stückchen nach oben gerutscht war. Irgendjemand sollte sie ihm abrasieren.

Als die ersten Töne von *Last Christmas* ertönten, brummte ich genervt und brachte Jari damit zum Grinsen. Erst mit *I Will Survive* von *Gloria Gaynor* gab ich mich zufrieden. Allerdings brauchte ich nur einige Sekunden des Liedes zu hören, um ein merkwürdiges Déjà-vu-Gefühl zu bekommen. Jari starrte mich auf einmal mit zusammengekniffenen Augen und gehobenen Mundwinkeln an. Mit jeder Zeile des Songs wurde ich unruhiger. Als mein Kopf automatisch den Rhythmus mitwippte, traf mich die Erkenntnis unerwartet heftig.

»Fuck«, murmelte ich entsetzt, aber Jaris Grinsen intensivierte sich. Schließlich brach das Lachen inbrünstig aus ihm heraus. Seine Reaktion bestätigte meine aufflackernde Erinnerung, die lieber verborgen geblieben wäre.

»Das ist nicht passiert«, flehte ich, doch er nickte mir grinsend zu. »Warum hast du das zugelassen?«, zeterte ich, als mir die Demütigung meiner Performance zu diesem Lied bewusst wurde. »Zuerst der Blackjack-Tisch und mein erster peinlicher Auftritt. Dann der erste Drink, den du mir spendiert hast. Danach sind wir in eine Karaoke-Bar gegangen.«

Er nickte und lehnte sich genüsslich im Sitz zurück. »Vor der Bar waren wir etwas essen«, bestätigte er zufrieden. Die Müdigkeit wich von seinen Zügen und wurde durch Schadenfreude ersetzt.

Selbst wenn ich gewollt hätte, konnte ich die Welle an neuen Erinnerungen nicht mehr aufhalten. Das Lied im Radio löste einen Knoten in meinem Hirn, den ich mir augenblicklich zurückwünschte. »Ich wollte, dass du etwas für mich singst. Du sagtest, wenn ich zuerst auf die Bühne gehe, würdest du es dir vielleicht anders überlegen, was du übrigens nicht hast«, ächzte ich.

Er grinste breit. »Richtig! Mir war nicht danach, Musik zu machen. Ich hatte mit Anniina den ganzen Tag erfolglos probiert, selbst neue Songs zu schreiben. Du hast es mir allerdings echt schwer gemacht, dich zu überreden auf die Bühne zu gehen«, erzählte er.

»Du hast mich Feigling genannt«, warf ich ihm mit heiserer Stimme vor. In Wahrheit konnte ich mir gut vorstellen, wie er mich mit dem verschmitzten Grinsen so weit gebracht hatte. Diese Muskelaktivität in seinem Gesicht war gefährlicher als jede Knarre an meiner Stirn.

Jari zuckte mit den Schultern. »Das war unfair von mir. Weißt du auch, was dann passiert ist?«

Ich schnaubte und erinnerte mich düster an viele absolut grauenhafte Drinks im grellen Scheinwerferlicht. »Ich habe eine neongrüne Flüssigkeit in einem Schnapsglas hinuntergekippt und laut und schief *I Will Survive* gegrölt.«

Jari lachte erneut hemmungslos auf. Er versuchte nicht einmal, sich zusammenzureißen. »Ich glaube, in der Sekunde habe ich beschlossen, dich zu heiraten. Noch etwas, das wieder hochkommt?«

Hoch kam mir bloß der Kaffee vom Morgen. Kurz überlegte ich, ob ich die Szene weiter beschreiben sollte. Jari war dabei gewesen. Es zu verheimlichen, brachte nichts.

»Als ich von der Bühne getorkelt bin, hast du mich aufgefangen und mich geküsst. Alle haben applaudiert, wobei ich mir ziemlich sicher bin, dass sie wegen des Kusses und nicht wegen meiner grottenschlechten Darbietung geklatscht haben. Vielleicht waren sie auch einfach erleichtert, dass es vorbei war«, sagte ich mit heißen Wangen.

»Du bist mir quasi in die Arme gefallen. Aber es war nicht unser erster Kuss«, stichelte er. Meine Finger verkrampften auf dem Lenkrad.

»Und wann haben wir uns dann das erste Mal geküsst?« Ich biss mir auf die Lippe. Offensichtlich fand er es unterhaltsam, wie ich mich unbehaglich in meinem Sitz wand.

»Das musst du selbst rausfinden«, murmelte er, während er sich die Lachtränen aus den Augen wischte. Mein vernichtender Blick brachte ihn nonstop zum Lachen und ich beendete damit das Thema. Besser war es, wenn ich mich auf den Verkehr konzentrierte.

***

Nach zwanzig Minuten Fahrt erreichten wir meine Wohnhausanlage. Es sah aus, als kämen wir von einem netten Tagesausflug zurück. In Wahrheit begleitete mich mein berühmter Ehemann aus dem Krankenhaus, wo mein verletzter Bruder lag. Unsere Schritte hallten im Treppenhaus, während wir wortlos nach oben gingen. Bis ich die Wohnung aufschloss, schwiegen wir uns konsequent an.

Er zog sich die Schuhe aus und stellte sie wie das letzte Mal ordentlich zur Seite. Unsicher blieb er mitten im Flur stehen. Ich warf den Schlüssel in die Schublade der Holzkommode neben der Tür und hängte meinen Mantel an die Garderobe. Er wartete anscheinend auf eine Erlaubnis, das Kriegsgebiet zu betreten.

»Setz dich doch schon mal aufs Sofa. Hast du Hunger?«, brabbelte ich nervös vor mich hin.

Eilig schob ich den Haufen an zerknittertem Geschenkpapier auf der Sitzfläche zur Seite. Glitzerschleifen fielen auf den Boden, inklusive meinem noch unverpackten Geschenk für Louisa. Den rosa Organizer mit den aufgeklebten Kunstfedern darauf kickte ich ebenfalls unauffällig außer Sichtweite.

Während er tiefer in die Ecke meiner Couch sank und den Kopf an der Wand anlehnte, nickte er lächelnd. In der Küche entschied ich mich für eine simple Pasta mit Tomaten, Zucchini und Paprika. Ich werkelte für mich allein und von meinem Gast hörte ich keinen Ton. Erst als der Topf gefüllt war und ich Jari nach seiner Vorliebe für Knoblauch fragte, fand ich ihn tief schlafend vor. Seine Beine nahmen die komplette Länge der Couch ein. Sein Kopf war zurückgekippt und ich betrachtete ihn unverschämt lange. Die blonden Haare waren unordentlich nach hinten gestrichen und seine Brust hob und senkte sich in tiefen, regelmäßigen Atemzügen.

Er hatte seinen Kapuzenpullover ausgezogen, sodass unter dem kurzärmeligen weißen T-Shirt das schwarze Muster der Tätowierung hervorblitzte. Bevor ich die nächsten Stunden mit Starren verbringen konnte, nahm ich ein Kissen und schob es ihm sachte in den Nacken. Zusätzlich legte ich eine Stoffdecke über ihn, die gerade von seinen Zehen bis zur Brust reichte.

Unentschlossen sah ich mich in der Wohnung um. Jaris Augen waren geschlossen und ein leises Schnarchen drang aus seinem Mund. Es war seltsam, dass er auf meinem Sofa schlief. Ich griff nach meinem Telefon, verschwand im Schlafzimmer und rief Louisa an.

»Ich bin auf dem Weg zu Leo, soll ich ihm etwas Spezielles mitbringen?«, quietschte sie mir gewohnt fröhlich ins Ohr.

»Nein. Er braucht nur eine Standpauke und Gesellschaft«, antwortete ich dankbar, weil sie sich um meinen Bruder kümmerte, als sei es ihr eigener.

»Wenn ich bei Leo war, kann ich nachher gleich bei dir vorbeikommen und wir gönnen uns einen riesigen Eimer Schokoladeneis. Du brauchst Nervennahrung«, schlug sie begeistert vor.

Großartige Idee, genau das brauche ich, war mein erster Gedanke, aber dann fiel mir in letzter Sekunde der übermüdete Mann auf meinem Sofa ein. »Das ist lieb von dir, aber widme dich doch ganz und gar Leo. Ich kann ihn heute nicht mehr besuchen.«

Ich sah praktisch vor mir, wie sie die Stirn runzelte.

»Du wirst mich nicht für ein heißes Bad und ein gutes Buch versetzen, oder?«

Ich lächelte, weil ich ihr nichts vormachen konnte, schnaubte trotzdem gespielt beleidigt. »Willst du damit sagen, ich darf nichts anderes vorhaben und hätte kein Privatleben?«

»Du hast einen niveauvollen, auserwählten Umgang und das heiße Bad kannst du auch nehmen, wenn ich bei dir bin. Schokoladeneis in der Badewanne ist ideal.«

Die Vorstellung reizte mich, aber das änderte nichts an Jari auf meinem Sofa. »Lou, sei nicht böse. Ich habe Besuch«, gestand ich fälschlicherweise ehrlich und hörte genau, wie sie die Luft einsog.

»Wer?«

Ich konnte es ihr nicht erzählen. Nicht jetzt, nicht am Telefon. »Ich erkläre es dir persönlich, wenn er wieder weg ist. Das ist kompliziert.«

»*Er?*«, kreischte sie aufgeregt laut, sodass mir mein Trommelfell fast platzte und ich fürchtete, sie würde Jari durch das Telefon und die Wand aufwecken.

Ich brauchte lange, um sie davon abzuhalten, direkt zu mir zu fahren, um sich den potenziellen neuen Kerl an meiner Seite anzusehen. Das Argument, dass Leo ihren Besuch viel dringender benötigte als ich, rettete mir das Leben. Abgesehen davon würde mich mein Bruder ohnehin sofort verpetzen.

Nachdem sie aufgelegt hatte, saß ich ein paar Minuten auf dem Bett und starrte aus dem Fenster. Schließlich schrieb ich meinem Bruder.

Louisa weiß nichts von der Heirat. Bitte lass mich ihr das persönlich erzählen.

Ich war nicht sicher, ob er meiner Bitte Folge leisten würde. Er antwortete nicht, ich konnte also nur hoffen.

Nachdenklich zog ich den Vorhang beim Fenster zur Seite. Es war später Nachmittag und am Horizont zogen graue Wolken vorbei. Die Nachbarn besaßen eine dieser bunt blinkenden Weihnachtsbeleuchtungen in ihrem Fenster. Außerdem kletterte an ihrem Balkon ein Plastikweihnachtsmann empor, der mir beim ersten Anblick den Schreck meines Lebens zugefügt hatte, weil ich dachte, es sei ein dicker Einbrecher. In meiner Wohnung stand nur ein gekaufter Adventskranz auf dem Couchtisch, der jetzt schon Nadeln verlor. Ansonsten beschränkte sich meine saisonale Anpassung auf die kulinarische Seite. Ich besaß seit Wochen einen Vorrat an Lebkuchen, gebrannten Mandeln und Lindt-Kugeln. Normalerweise dekorierte ich gern, doch seit der Trennung von Chris war mir die Lust auf eine besinnliche Zeit allein vergangen.

Die rhythmisch wechselnden Farben der Lichterkette nahmen mich gefangen. Meine Stirn sank von allein gegen die kalte Scheibe. Mein Geburtstagschaos war ein fester Bestandteil meines Alltags geworden. Es fühlte sich total irre und real zugleich an.

Irgendwann schlich ich auf Zehenspitzen ins Wohnzimmer zurück. Ich setzte mich samt meinem Tablet ans Ende des Sofas, besonders vorsichtig darauf bedacht, Jaris Füße nicht zu berühren. Ich kuschelte mich in die Ecke und versuchte mich auf die Welt des kleinen Hobbits zu konzentrieren, während der Regen gegen das Fenster tröpfelte.

In Gedanken ließ ich die drei Trolle, die Bilbo und die Zwerge auffressen wollten, gerade zu Stein erstarren, als mich etwas aufsehen ließ. Jari funkelte mich amüsiert an. Vor Schreck quietschte ich uncharmant auf. »Herr Gott noch einmal, hast du mich erschreckt«, keuchte ich.

Sein Schmunzeln wurde zu einem Grinsen, als er sich aufrichtete. Um bequemer zu sitzen, zog ich die Beine im Schneidersitz aufs Sofa.

»Wie lange starrst du mich schon an?«, fragte ich mit leichtem Unbehagen.

»Noch nicht lange. Ich wollte dich nicht stören, es ist lustig, dir beim Lesen zuzusehen.«

Ich verzog augenrollend das Gesicht. Länger konnte ich seinem Blick nicht standhalten, also stand ich steif auf und kippte das Wohnzimmerfenster. Das Prasseln des Regens wurde lauter. Es war Abend geworden und der Geruch von Kälte und brennenden Kaminen zog herein.

»Hast du nun Hunger?«, fragte ich noch mal und zupfte dabei verlegen an den Vorhängen.

Er räusperte sich und sah auf die Uhr über dem Fernseher. »Ich habe fast zwei Stunden geschlafen«, stellte er erschrocken fest. Da er nicht auf meine Frage einging, verschwand ich in die Küche, um das Abendessen aufzuwärmen.

»Ich habe eine neue Zahnbürste für dich, du kannst duschen und auf dem Sofa schlafen. Ich bringe dir ein frisches Kissen und eine Decke«, zählte ich nach dem Essen auf. Er sollte sich wohlfühlen und gleichzeitig Grenzen bewahren. Während ich im Bad hantierte und das Bettzeug frisch bezog, murmelte er etwas auf Finnisch, das sich sinngemäß nach einem Danke anhörte.

»Außerdem kann ich dir dein T-Shirt und deine Boxershorts frisch gewaschen anbieten«, ergänzte ich. Der Gedanke an seine Klamotten in meinem Schrank löste ein mulmiges Gefühl in meinem Bauch aus. Froh darüber, dass er es nicht kommentierte, sondern nur nickte, die Klamotten entgegennahm und damit ins Bad trottete, schaltete ich den Fernseher ein. Der Regen wurde stärker, das Licht hingegen schwächer. Die Vorhänge bauschten sich wegen des gekippten Fensters im Wind.

Als sich die Badezimmertür öffnete und Jari aus dem dampfenden Raum hervortrat, war es draußen stockdunkel geworden. Das war eine ähnliche und doch ganz andere Situation als in Vegas. Verlegen blickte ich schnell woanders hin. Seine restlichen Klamotten hielt er als Bündel in den Händen.

»Leg sie einfach auf den Stuhl«, sagte ich. Er roch nach meinem Kokosduschgel, was mich zum Grinsen brachte. »Brauchst du noch was? Du kannst dich in der Küche jederzeit bedienen. Ich habe auch eine Dose Weihnachtsplätzchen da. Keine Sorge, die hat Louisa gebacken und nicht ich«, plapperte ich und wunderte mich über seine Verschwiegenheit. Seit wir die Wohnung betreten hatten, war nicht mehr viel aus ihm herauszubringen gewesen. Er schüttelte matt den Kopf. Mit dem aufgebrachten, frechen Jari konnte ich umgehen, mit der stillen Variante eher weniger.

Unter der Dusche merkte ich erst, wie angespannt ich war und beim Abtrocknen fielen mir all die Dinge im Badezimmer auf, die ich lieber versteckt hätte. Angefangen bei Tampons, Damenbinden und einem Baumwoll-BH über der Heizung bis zu meinem Epilierer am Waschbeckenrand. Ich biss mir verärgert auf die Lippe, weil ich das vorher alles in den Schrank neben der Dusche hätte räumen können. Er war allerdings ein erwachsener Mann, der bestimmt schon mit einer Frau zusammengelebt hatte. Bei diesem Gedanken dämmerte mir eine Erkenntnis, die mich hochfahren ließ und mich längst hätte überkommen müssen.

Mit pochendem Herzen riss ich die Tür auf und stapfte polternd ins Wohnzimmer, wo mich Jari mit kleinen Augen ansah. »Du hast eine Freundin. Ella! Oh mein Gott, du hast deine finnische Freundin mit mir in Vegas betrogen!«, knurrte ich ihn aufgebracht an.

Er musterte mich nachdenklich von oben bis unten. Meine Wut wuchs dank seines Schweigens. Allein der Gedanke an Untreue rief mir Chris' lapidare Entschuldigungen ins Gedächtnis.

»Das habe ich nicht«, antwortete Jari ruhig und beiläufig. »Wir haben uns vor zwei Monaten getrennt. Weiß nur keiner offiziell. Das habe ich dir übrigens schon einmal erzählt. Ich bin kein Arschloch.«

Wir starrten uns ein paar Sekunden skeptisch an, bis ich beschloss, mich noch mal ins Bad zurückzuziehen, damit ich mich sammeln konnte. Mein Schrecken flachte ab, während mein Herz weiterhin zu schnell klopfte. Zwischen den Zweifeln, ob er die Wahrheit sagte, sinnierte ich darüber, welches Leben ein finnischer Musiker führte. Vielleicht besaß er eine Villa mit vielen Schlafzimmern und ein protziges Auto. Ihn auf meinem alten Sofa schlafen zu lassen, war für diesen Mann womöglich eine neue Erfahrung.

Meine Haare hinterließen nasse Flecken auf meinen Schultern, als ich mich kurz darauf in den Türrahmen zum Wohnzimmer lehnte. Jari streckte sich unter der Decke wieder auf dem Sofa aus. Es lief *Kill Bill* im Fernsehen, wobei er dem Film nur halbherzig zu folgen schien.

»Verstehst du überhaupt etwas davon?«, fragte ich in versöhnlichem Tonfall.

»Nein, ich kann nur ein paar Sätze auf Deutsch. Das, was uns die Fans beibringen, und das hat meistens mit Alkohol oder Sex zu tun«, erklärte er lächelnd. »Es tut gut, einfach zuzusehen. In Finnland haben wir keine Synchronisationen. Wir untertiteln die Filme lediglich. Es ist seltsam, den Film auf Deutsch mit anderen Stimmen zu hören.«

Ich drehte das Licht ab, sodass nur der Fernseher das Zimmer flackernd erleuchtete. Eigentlich wollte ich direkt ins Schlafzimmer gehen, aber meine Gedanken ließen mir keine Ruhe. »Darf ich dich etwas fragen?«, setzte ich an. »Wie kam es, dass ich in deinen Klamotten aufgewacht bin?«

»Du hast auf deine Jeans gekotzt«, sagte er tonlos, während ich die Augen aufriss.

»Ach du Scheiße!«

Meine Knie wurden gefährlich weich, weshalb ich mich zu seinen Füßen aufs Sofa setzen musste. Die Bettdecke raschelte, als er sich aufrichtete und mich im Halbdunkel angrinste. Die flimmernden Schatten tanzten über sein Gesicht, während er sich zu mir beugte.

»Nach deinem grandiosen Auftritt in der Karaoke-Bar und einem weiteren Drink warst du etwas wackelig auf den Beinen, also sind wir an die frische Luft in die Hotelanlage gegangen. Als dir nicht mehr übel war, hattest du Hunger, also haben wir noch einmal in einem Restaurant etwas gegessen. Danach ging es in eine verrückte Bar gleich daneben. Dort eskalierte das Ganze und zuletzt war der Elvis an der Reihe, bevor wir in meinem Hotelzimmer gelandet sind«, erklärte er mit wachsamem Blick.

Es klang eindeutig nach mir. Nur ich war in der Lage, trotz verdorbenem Magen Hunger zu bekommen. Ich war ein lebendiger Müllschlucker. »Und auf dem Weg ins Zimmer habe ich gekotzt?«, fragte ich fassungslos.

Jari lachte kopfschüttelnd. »Nein. Nach dem Sex hast du gekotzt. War wohl zu heftig für dich«, witzelte er und warf mir einen verschwörerischen Blick zu, der mich zusammenzucken ließ. Ich wollte, dass sich der Boden auftat. Ich wollte unsichtbar werden und dieses Thema ruhen lassen. Jari hingegen lachte munter weiter. Je stiller ich wurde, desto mehr Spaß hatte er.

»Eigentlich warst du danach wieder ziemlich nüchtern. Du hast sogar deine Jeans angezogen. Deine Bluse war kaputt, also habe ich dir ein Shirt geliehen. Mit der Tequila-Flasche, die wir aus der Bar mitgenommen haben, wolltest du noch mal offiziell anstoßen«, ging seine Erzählung weiter. »Wir haben uns mit der Flasche auf den Boden gesetzt, die Gläser stetig gefüllt und dann hast du dir die Seele aus dem Leib gekotzt und deine Jeans bekam etwas ab. Ich habe dir die Haare gehalten«, sagte er stolz mit hervorgestreckter Brust.

Das gab mir den Rest. Ich warf die Hände verzweifelt vors Gesicht.

»Oh Gott, das tut mir leid.«

Sämtliche Dinge, die einem peinlich sein konnten, hatte ich mit diesem Mann in kürzester Zeit abgehakt. Ich atmete in meine Handflächen und zuckte zusammen, weil er plötzlich einen Arm um meine Schultern legte. Sein Atem blies kitzelnd über meinen Hals.

»Es ist okay, Hannah«, hauchte er, aber das stimmte nicht. Gar nichts war okay und als hätte mich Gott persönlich erhört, knallte das gekippte Fenster im Sturm laut zu, nur um danach knarrend wieder aufzuschwingen. »Du hast dich selbst vor deiner Kleidung geekelt und dich wieder ausgezogen … Komplett. Ich war so frei, deine Jeans im Waschbecken zu säubern, während du dir meine Shorts angezogen hast. Die waren übrigens frisch«, plapperte er munter weiter. Seine Finger kreisten sanft über meinen Rücken. »Ich habe dir ein Schmerzmittel für den Morgen aus meiner Tasche angeboten, das du mit dem letzten Gläschen Tequila sofort runtergespült hast«, flüsterte er grinsend.

»Du hast mich eine Schmerztablette mit Alkohol nehmen lassen? Wieso hast du mich nicht abgehalten?«, schimpfte ich frustriert.

Er stupste mich entrüstet an. »Hast du schon einmal probiert, dich von irgendetwas abzuhalten? Du hättest mir die Finger abgebissen, wenn ich dir die Tablette hätte entreißen wollen.«

Ich seufzte schuldbewusst, denn er lag richtig. Damit war dann ein dritter Grund für mein Blackout dazugekommen. Erstens literweise Tequila, Sekt und Cocktails. Zweitens psychische Verdrängung und drittens Schmerztablette samt Alkohol. Ich konnte stolz auf mich sein. Wahrscheinlich stand im Beipackzettel, dass die Einnahme mit Alkohol die Wirkung beeinflussen könnte. Diplomierte Vollpfosten, wie ich einer war, lasen Beipackzettel nicht.

Da wir aber schon bei den ganz peinlichen Dingen angekommen waren, konnte ich diesen Pfad auch weiter beschreiten.

»Und das mit dem Zerreißen meiner Klamotten war nötig?«

Er verengte die Augen, legte den Arm fester um meine Schultern und die andere Hand wanderte zu meinen zusammengefalteten Fingern. Er löste sie voneinander und strich über mein Handgelenk. »Im Eifer des Gefechts kann das passieren. Ich hatte nur eine Hand frei«, flüsterte er an meinem Ohr. Seine Lippen schwebten über meiner Wange und sein Atem umströmte mich heiß. Er machte das absichtlich. Diese lästigen Hormone, die ich dachte, mit sechzehn eiskalt ermordet zu haben, lugten aus ihrem Versteck hervor und machten sich bereit. Ich war für den kühlen Luftzug von draußen dankbar, sonst hätte mir der Schweiß auf der Stirn gestanden, während ich ihm weiter zuhörte.

»Ich musste mit der anderen Hand deinen Hintern festhalten, sonst wärst du auf den Boden gekracht, als ich dich gegen die Wand gedrückt habe.«

Das Bild manifestierte sich vor meinem inneren Auge, ohne dass ich es wollte. Dabei war ich mir nicht einmal sicher, ob ich es sah, weil es passiert war oder weil ich es mir gerade in dieser Sekunde wünschte.

»Hannah? Atmest du noch?«, fragte er mit Schalk in der Stimme. Ich schnappte nach Luft, wodurch er endgültig in schallendes Gelächter ausbrach. »Ich wollte dich nur ärgern«, sagte er versöhnlich, ließ sich in die Ecke fallen und zog mich mit sich. Mein Rücken lag an der Sofalehne und mein Oberkörper halb gedreht auf seinem. Die Beine irgendwo zwischen seinen und meine Muskeln schmerzten, weil ich mich versteifte wie ein Holzbrett.

Der Film rückte in den Hintergrund, sobald mein Kopf auf seiner Brust ruhte. Wie ich jetzt in diese Position geraten war, verwunderte mich. So viel zu dem Thema Grenzen einhalten.

Allmählich entspannte ich mich und rutschte zur Seite, um die Arme an seinem Kopf vorbeizuschieben. Seine Hände lagen zum einen um meine Taille und zum anderen auf meinem Rücken, beruhigend streichelnd. Tiefenentspannt lag er neben mir und schielte mit kleinen Augen auf den Film.

»Danke, dass ich hierbleiben darf«, brummte er.

»Danke, dass du hergeflogen bist«, erwiderte ich flüsternd.

»Wieso hast du mich diesmal nicht rausgeschmissen, sondern sogar eingeladen? Was hat deine Meinung geändert?«, fragte er belustigt. Es war verrückt, aber die Vertrautheit zwischen uns bildete ich mir nicht ein. Außerdem gab sich Jari große Mühe, mir zu beweisen, dass er mehr war als das Poster an meiner Wand.

»Die Zimtschnecke«, antwortete ich und fühlte, wie er noch mal unter mir lachte.

»Eine mächtige Zimtschnecke.«

Behutsam glitt seine Handfläche über meinen Rücken. Warum ich nicht aufstand und einfach schlafen ging, wusste ich nicht. Sein warmer Körper fühlte sich gut an. Die Umarmung gab mir eine verlockende Sicherheit. Sein Griff wurde leichter und seine Atmung flach. Ich lugte nach oben und stellte amüsiert fest, dass er innerhalb weniger Sekunden eingeschlafen war. Ich überlegte, mich zu lösen und in mein Schlafzimmer zu gehen. Das wäre angebracht gewesen. Die Position war

jedoch bequem und seine Körperwärme derart einlullend, dass ich müde die Augen schloss.

Verstand obsiegt Körper

Ein Knallen weckte mich unsanft aus meinen Träumen. Ich brauchte einige Sekunden, bis ich begriff, wo ich war und warum ich mich nicht uneingeschränkt bewegen konnte. Der Wind pfiff durch das zugeschlagene Fenster, ehe es ruckartig wieder aufgedrückt wurde. Ich hätte aufstehen und es schließen sollen. Der Fernseher hatte sich automatisch abgeschaltet und es regnete kräftig. Ich versuchte den linken Arm an Jaris Kopf vorbei an mich zu ziehen, wodurch ich ihm gegen die Stirn schlug.

»Entschuldigung«, murmelte ich, als er sich blinzelnd regte.

»Wie spät ist es?«, fragte er mit kratziger Stimme.

»Keine Ahnung, mitten in der Nacht.«

»Hast du schlecht geträumt?«

»Nein, das Fenster hat mich geweckt. Ich mache es schnell zu.«

Gerade versuchte ich meine Beine zwischen seinen hervorzuziehen, da umklammerte er meine Hüfte. »Geh nicht«, murmelte er müde.

Verunsichert drehte ich mich und lag bäuchlings auf ihm drauf. Mein Kinn ruhte auf seiner Brust und als mein T-Shirt bei meinem Rumgezappel verrutschte, berührten seine Finger meine Haut am Rücken. Die Gänsehaut kroch ohne Vorwarnung einmal komplett über mich hinweg. Schlimmer wurde es, als er begann meine Hüfte sanft zu streicheln. Das Seufzen verkniff ich mir.

»Wieso bleibst du nicht endlich still liegen? Hast du zu wenig Platz?«, fragte er mit einem Grinsen, das ich trotz der Dunkelheit eindeutig erkannte, während ich mich von links nach rechts drehte.

Diesmal stützte ich mich mit beiden Händen auf seinen Rippen auf. »Du machst mich nervös«, gestand ich schnaufend. Er lächelte unschuldig.

»Ich mach doch gar nichts.«

Er schob die Hand ein Stückchen weiter meine Wirbelsäule hoch. Mit einem Ruck rutschte er mit seinem Körper nach oben, richtete sich auf und zog mich dabei mit, als wäre ich die Bettdecke. Mit der anderen Hand strich er mir die zerzausten Haare aus dem Gesicht. Sein Daumen streifte wie zufällig meine Wange. Viel zu intim war diese Berührung.

»Soll ich aufhören?«

Mein Kopf schrie *Ja, du blöde Nuss*. Mein Körper schmiegte sich ein bisschen mehr an seinen. *Herzlich willkommen zurück, liebe Hormone.*

»Du warst nicht eine von vielen«, sagte er unvermittelt und riss mich damit aus meinem Trancezustand. »Du wirst nicht irgendwelche Sprüche wie *Du warst anders* oder *Ich habe mich sofort in dich verliebt* von mir hören. Unser erstes Gespräch hat sich ganz beiläufig ohne Hintergedanken entwickelt, das schwöre ich! Der Drink war reine Höflichkeit und Neugierde und alles andere kam von selbst«, erklärte er, ohne dass ich danach gefragt hatte.

Diese Worte arbeiteten in mir, aber mein Denkvermögen wurde durch die Streicheleinheiten beeinträchtigt. Ich war unfähig, nur einen klaren Gedanken zu fassen, solange seine Haut meine berührte. Die Mischung aus Müdigkeit, Dunkelheit und Unsicherheit schaffte eine Umgebung, in der ich nicht ich selbst war. Seine linke Hand fuhr sanft über meinen Rücken, die rechte rutschte zu meinem Hinterkopf. Ich wusste, er sah mich an, obwohl meine Augen geschlossen waren. Das wohlige Kribbeln durchfuhr jede Zelle in mir. Ich blinzelte und unsere Blicke trafen sich in der Finsternis. Jari atmete ruhig, wohingegen mein Herz fast kollabierte.

Ewig schienen wir uns still anzusehen, bis er den Griff verfestigte. Ich versteifte mich, weil unsere Gesichter nur Millimeter voneinander entfernt verharrten. Seine Hand schob er zu meinem Nacken. Zögerlich legte er die Lippen auf meine, sodass ich die hauchzarte Berührung kaum wahrnahm. Er schien auszutesten, ob ich nach ihm biss, stattdessen drängte ich mich ihm entgegen. Sobald sein Mund meinen verschloss, stellten sich sämtliche Härchen auf meinem Körper auf.

Es war nicht das erste Mal, dass wir uns nahe waren. Trotzdem hatte dieser Moment nichts mit dem gemein, als wir bei seinem ersten Besuch im Wohnzimmer übereinander hergefallen waren. Er zog mich mutiger an sich, trieb mich mit diesen sanften Berührungen in den Wahnsinn. Auch ich ging mit den Händen auf Wanderschaft, während unser Kuss leidenschaftlicher wurde. Seine Zunge stieß vorsichtig gegen meine Lippen und ich erwiderte diese Geste nur zu gern. Sein Herzschlag beschleunigte spürbar, als meine Finger das Ende seines Shirts erreichten. Von selbst glitten sie darunter, tasteten über die weiche Haut, wobei er unter mir zufriedenstellend zusammenzuckte. Ungeschickt setzte ich mich rittlings auf ihn und versuchte meine Knie links und rechts von seiner Hüfte zu platzieren, ohne dabei vom Sofa zu rutschen. Jari bäumte sich auf, kam mir weiter entgegen. Mit den Fingerspitzen strich ich ihm über die Seiten, erkundete jeden Zentimeter der trainierten Muskeln.

Es war ein Rausch, der die Welt zum Drehen brachte, während meine Hormone kreischend mit Konfetti warfen und Sektkorken knallen ließen. Mein Gesicht glühte, als er über meine Seite strich. Eine unschuldige und gleichzeitig verruchte Geste, die mir durch Mark und Bein ging. In den intensiven Kuss vertieft, drückte ich mich fordernd auf seine Mitte. Diese kleine Bewegung reichte aus, um ihm ein Brummen zu entlocken.

Meine gut gemeinten, nicht vorhandenen Grenzen zerfielen wie Sand. Über meine Oberschenkel wanderte er mit den Händen zu meinem Po, weiter an meine Hüfte, zielgenau unter mein Schlafshirt. Langsam fuhr er an den Seiten entlang und streifte zweifellos absichtlich meinen Brustansatz. Genau in dieser Situation hatten wir uns schon befunden, ich erinnerte mich nur nicht daran. Der Gedankenblitz an diese alkoholdurchtränkte Nacht katapultierte mich in die Realität zurück, bevor er mir mein Shirt ausziehen konnte.

Mit aller noch übrigen Willenskraft setzte ich mich auf und löste meine Lippen von seinen. Abrupt war mir diese Nähe unangenehm. Keuchend legte ich die feuchten Handflächen auf seinen nackten Bauch, um mich abzustützen. Wenn ich klar denken wollte, brauchte ich Abstand zu ihm. Sein Atem ging genauso schwer wie meiner, doch er respektierte meinen Rückzug.

»Ich kann das nicht«, flüsterte ich benommen. Panisch schüttelte ich den schwammigen Kopf und versuchte aufzustehen. Selbstverständlich verhedderte sich mein linker Fuß in der Decke. Ich schlug Jaris Arme beiseite. Als er nach mir griff, stieß ich schmerzhaft mit der Hüfte gegen den Couchtisch, der knarrend zur Seite rutschte. Gemeinsam mit dem Adventskranz fiel ich ächzend wie ein Stein auf den Boden. Die Richterskala registrierte ein leichtes Beben in Ingolstadt.

Ich stöhnte auf, als der Schmerz durch meinen Ellenbogen bis in die Schulter zog, und trat wütend die Decke beiseite. Mein Knie knallte gegen die Tischplatte. »Verflucht!«, schimpfte ich und blieb betäubt liegen, bis das Stechen abebbte.

»Alles okay?«, fragte Jari, während er auf mich herabsah und mir die Hand entgegenstreckte. Kopfschüttelnd stemmte ich mich mit eigener Kraft auf die Beine. Mein Knie pulsierte, als ich missmutig in Richtung Schlafzimmer humpelte.

»Hannah, es tut mir leid.«

Jetzt passierte es, ich wurde hysterisch. Ich fuchtelte mit den Armen, ohne dass er es richtig sehen konnte. »Nein, bitte lass es gut sein. Nicht deine Schuld. Ich gehe jetzt in mein Bett. Gute Nacht«, sagte ich schrill.

Ihm konnte ich keine Vorwürfe machen. Mein irrationales Verhalten verunsicherte nicht nur ihn, sondern mich in gleichem Maße. Es ärgerte mich, dass ich mich nicht mehr unter Kontrolle hatte, sobald er in meine Nähe kam. Frustriert schlurfte ich in mein Schlafzimmer und drückte die Tür hinter mir zu.

Guter Morgen

Das gedämpfte Klappern von Geschirr weckte mich aus einem tiefen Schlaf. Ich rollte genüsslich in meinem Bett hin und her. Erst als das Pochen in meinem Knie einsetzte, fielen mir die Ereignisse der vergangenen Nacht schlagartig ein.

Mein Körper verspannte sich und ich schnaufte ins Kissen. Das war also die Strategie, die Hochzeits-Sache mit dem Finnen zu vergessen: mich sabbernd auf Jari werfen. Ich benahm mich wie ein hormonell gestörter Teenager. Ohne die Schuld auf Alkohol schieben zu können, bekam ich den Hauch einer Ahnung, wie ich mich in Vegas verhalten hatte.

Da ich unmöglich den Rest meines Lebens in diesem Schlafzimmer verbringen konnte, rappelte ich mich auf. Sobald ich die Augen zusammenkniff, sah ich mich auf Jari sitzen. Ich spürte ihn. Diese Bilder glichen in keiner Weise den wirren Flashbacks, weil sie zu detailliert waren.

Murrend bewegte ich mein lädiertes Knie. Der Couchtisch hatte gute Arbeit geleistet. Ein riesiger, blauer Fleck an meiner Hüfte zeugte ebenso von meiner Unfähigkeit.

Mutig schlich ich mich nach draußen, damit ich mich frisch machen konnte, bevor ich ihm unter die Augen trat. Gerade berührte meine Hand die Klinke der Badezimmertür, da rief Jari fröhlich quer durch meine Wohnung: »Hyvää huomenta, Langschläfer.«

Ich zuckte zusammen. »Morgen«, murmelte ich kleinlaut und flitzte mit rotem Kopf ins Bad. Nach dem Zähneputzen blieb mir nichts anderes mehr übrig, als mich meinem Schicksal zu stellen. Barfuß tapste ich vorsichtig mit gesenktem Blick in die Küche.

Da stand er wieder einmal. Als gehöre er zum Inventar, briet er in einer Pfanne Eier. Nur in Boxershorts und T-Shirt gekleidet, suchte er die Schubladen ab. Mein Blick wanderte beeindruckt von seinen nackten, behaarten Beinen bis zu den blauen Augen, aus denen er mich amüsiert anstarrte. Ich setzte mich ihm gegenüber an den Küchentresen und lugte skeptisch darüber hinweg. Er ließ mir lächelnd einen Kaffee aus meiner Kapselmaschine in eine Tasse laufen. Wortlos nahm ich ihn entgegen.

Erst nachdem meine Tasse halb geleert war, hob ich den Kopf. Er schaltete den Herd aus, schnitt vier Scheiben Schwarzbrot auf einem Brett ab und manövrierte die Spiegeleier darauf. Zwei Stück bekam ich vorgesetzt. Die anderen beiden begann er augenblicklich im Stehen zu essen. Fassungslos beobachtete ich, wie er genüsslich sein Frühstück vertilgte. Zuletzt leckte er sich schmatzend über die Finger, trank seinen eigenen Kaffee und räumte das Geschirr in die Spülmaschine.

»Du findest dich hier gut zurecht, hmm?«, raunte ich unsicher. Er zuckte schmunzelnd mit den Achseln. Gesprächig war er am Morgen also nicht.

Jari lehnte lässig mit verschränkten Armen an der Küchenzeile und fixierte mich. Ich erstarrte wie ein

Reh im Scheinwerferlicht. Ein angeschossenes Reh mit schlechtem Gewissen. Jetzt war der Moment gekommen. Er würde mich fragen, wie viele Sicherungen bei mir durchgeknallt waren, weil ich mich zuerst unnahbar gab und ihn dann bestieg, nur um zuletzt hysterisch zu werden.

»Du hast gegessen und getrunken sowie eine Dosis Koffein intus. Ich habe auch dafür gesorgt, dass alle scharfen Gegenstände außer Reichweite sind«, zählte er auf. »Können wir uns jetzt wegen letzter Nacht vernünftig unterhalten?«

Gerade mal drei Sekunden schaffte ich es, seinem eisernen Blick standzuhalten, ehe ich mich abwandte. Auch angeschossene Wildtiere hatten einen intuitiven Fluchtinstinkt. »Da gibt es nichts zu bereden«, wich ich aus. Sein lautes Ächzen hallte durch meine Küche. Er warf die Hände über den Kopf und wühlte hektisch in den Haaren.

»Hannah, so kann das nicht weitergehen.«

Bevor ich etwas erwiderte, schnappte er meine Hand und zog mich zum Sofa. Er drückte mich energisch an den Schultern nieder und setzte sich neben mich. Ich registrierte, dass er meine Hand nicht losließ.

»Ich wollte dich gestern nicht bedrängen«, begann er ernst.

»Hast du nicht«, flüsterte ich verlegen. Seine Nähe machte mir zu schaffen. Dieser Vorfall hatte etwas in mir geweckt, mit dem ich mich nicht beschäftigen wollte. Zwar war ich stark genug gewesen, rechtzeitig den Rückzug anzutreten, aber ich wusste genau, wie sich seine fordernden Berührungen angefühlt hatten. Meine Hormone befanden sich mit mir auf Kriegsfuß und berieten sich über die nächsten Schritte. Meine Vernunft lag gefesselt und geknebelt in einer Ecke, während diese kleinen Mistdinger Party feierten.

»Das hatte nichts zu bedeuten! Ich habe mich hinreißen lassen. Du bist nun mal heiß und verführerisch«, verteidigte ich mich mit zitternder Stimme.

Sobald ich mich traute ihn anzusehen, räusperte er sich. Sein breites Schmunzeln verwunderte mich. »So oberflächlich bist du nicht«, korrigierte er mich.

Ich war mir nicht sicher, ob er da recht hatte. Die körperliche Anziehung zwischen uns war unübersehbar, ich wusste nur nicht genau, warum er derart vertraut mit mir umging. Mir stellte sich die Frage, was Jari in mir sah.

Erst als er ein Stück von mir abrutschte und seinen Arm hinter mir auf die Rückenlehne legte, entspannte ich mich. »Ich kann nicht leugnen, dass da irgendetwas zwischen uns ist. Es ist, als würde sich mein Körper an dich erinnern, mein Kopf aber nicht und das ist ziemlich unheimlich, macht mir Angst und ich möchte nicht, dass du das falsch verstehst«, fasste ich monoton zusammen.

Jari schwieg eine Weile. »Ich bin zu weit gegangen«, sagte er schließlich und sein Blick wurde weicher. »Es ist schwer zu begreifen, dass du dich nicht erinnern kannst«, fügte er leise hinzu.

Wenigstens warf er mir diesmal nicht vor, dass ich ihm die Gedächtnislücken nur vorspielte.

»Ich muss heute Nachmittag wieder nach Hause. Joonas, unser Manager, hat einen Flug für mich nach Helsinki buchen können. Wir spielen nächste Woche allerdings eine Show im *Zenith*. Es ist eine Sonderveranstaltung für Promotionszwecke und unser einziges Konzert demnächst in Deutschland. Möchtest du vielleicht vorbeikommen?«, wechselte er das Thema.

Mir war bewusst gewesen, dass er und seine Band in München spielten. Ich hatte vor Monaten Karten dafür gewinnen wollen. Das schien ewig her zu sein. War ich damals enttäuscht gewesen, nicht zu den glücklichen Gewinnern gezählt zu haben, bot mir Herr Rockstar nur in Boxershorts höchst persönlich Karten an. Er war ein Promi, der auf der Straße von Paparazzi verfolgt wurde und Mädchen allein durch ein Zwinkern zum Heulen brachte. Bei mir trug er keine Gitarre um den Hals, sondern nur ein Shirt mit Fettflecken vom Frühstück. Ein ganz normaler Mann. Mit zugegebenermaßen blendend weißen Zähnen und trainiertem Körper. Dieses Bild mit meinen früheren Vorstellungen von ihm zu vereinbaren, löste zunehmend Konflikte in mir aus.

Ich setzte mich in den Schneidersitz und betrachtete ihn. »Wie war das mit dem *Wir sehen uns wieder bei der Annullierung*?«, fragte ich sarkastisch nach.

Verlegen druckste er herum. »Jetzt, da wir theoretisch geklärt hätten, dass du nicht mein Geld oder eine Schlagzeile willst und auch nicht blutend in der Notaufnahme liegst, ergeben sich da vielleicht andere Optionen, mit der Sache umzugehen. Wenn wir schon in München spielen, könntest du vorbeikommen. Es wäre erfrischend, etwas ... Normales mit dir zu machen.«

Lange begutachtete er meine nachdenkliche Miene, ehe ich ihn nickend erlöste. »Ich komme gern, obwohl es keine gute Idee ist«, sagte ich. Ich wollte es noch mal

mit eigenen Augen sehen, wie er auf einer Bühne vor
kreischenden Menschen stand.

Eine andere Welt

Ein paar Tage später freute ich mich sogar auf die Show von *The Wicked Elephant*. Die Zeit bis dahin war nur so verflogen, nachdem ich Louisa endlich alles gebeichtet hatte. Sie hatte mich angeschrien, gelacht und zuletzt gegrübelt, ob Jaris und meine Kinder Finnisch lernen sollten. Das war mitunter ein Grund gewesen, wieso ich ihr vom Konzert nichts erzählt hatte.

Jari hatte mir einen Backstage-Pass besorgt, den ich direkt bei der Location bekommen sollte. Mit gemischten Gefühlen fuhr ich donnerstagabends zur *Zenith*-Halle. Ich fürchtete mich vor unangenehmen Fragen. Mir war nicht klar, wer von der Vegas-Geschichte wusste und wie Jari meine Anwesenheit erklärte. Überall tummelten sich Menschen mit Merchandise oder Fan-T-Shirts. Das Logo mit dem Elefanten prangte auf Bechern, Fahnen und Bannern. Vorm Haupteingang staute sich eine lange Schlange. Die Stimmung war aufgeheizt voller Vorfreude. Sonst war ich eines dieser Mädchen gewesen.

Der Einlass begann, woraufhin die Menge im Schneckentempo voran zur Sicherheitskontrolle rückte. Unschlüssig darüber, ob ich mich für den Pass anstellen musste oder nicht, sah ich mich verloren um.

Mit schweißnassen Händen tippte ich Jaris Nummer auf meinem Handy an. Er hob sofort nach dem ersten Klingeln ab.

»Hei. Geh ins Foyer und nimm die Tür neben den Abendkassen. Sag Sebastian deinen Namen und er wird dich durchlassen. Dahinter klebt ein Zettel mit dem Bandnamen an unserer Garderobe«, erklärte er gehetzt.

»Okay«, sagte ich schnell und er legte schon wieder auf. Das aufgeregte Stimmengewirr der wartenden Fans ließ ich hinter mir, als ich in den beschriebenen Bereich trat. Hier standen nur vereinzelt Menschen, die sich abseits des Lärms unterhalten wollten.

Den finster dreinblickenden Security-Mann identifizierte ich auf den ersten Blick. Er sah nicht aus wie ein Sebastian, überragte mich und hatte die Arme abwehrend vor der Brust verschränkt. Unsicher starrte ich in sein bartloses Gesicht und blieb an der glänzenden Glatze hängen.

»Ich bin Hannah Kals, ich werde erwartet«, probierte ich es direkt auf Deutsch. Stumm ließ er seinen bösen Blick erneut über mich wandern und rührte sich keinen Millimeter. Ich befeuchtete meine Lippen, bis er endlich einen Knopf an dem Headset betätigte. Er sprach leise etwas ins Mikrofon und musterte mich abwartend.

»Ausweis!«, grunzte er mich kurz missmutig an und ich kramte hastig in meiner Umhängetasche nach dem Führerschein. Er nahm ihn mir grob aus der Hand und starrte analysierend drauf.

Seine Mimik änderte sich abrupt. »Bitte entschuldigen Sie. Viele Verrückte haben hier schon ihr Glück versucht«, erklärte er mir. Seine Augen leuchteten mich an und er trat zur Seite, um mit einer Chipkarte das elektronische Schloss an der Tür zu entriegeln. Es blinkte grün auf, ehe er die Türklinke betätigte. Überrascht blickte ich zu dem Hünen auf, der einladend grinste, sobald ich in den Gang dahinter eintrat.

Es war ein schlichter Flur mit grauem PVC-Boden, den ich nun mit Knoten im Magen entlangschritt. Eingeschüchtert zog ich die Kapuze meines dunkelblauen Sweaters über den Kopf. Zu beiden Seiten gingen mehrere Türen ab. Je weiter ich ging, desto mehr Menschen kamen mir entgegen. Sie beachteten mich nicht, drängten hektisch plappernd an mir vorbei. Offensichtlich war jeder, der den Torwächter überwand, hier hinten willkommen.

Mit einem aufgeklebten Papierzettel, auf dem *The Wicked Elephant* stand, war schließlich die Tür markiert. Mit pochendem Herzen klopfte ich. Als die Tür aufging, hob ich den Kopf und hielt den Atem an.

Verdutzt starrte ich die Gitarristin meiner Lieblingsband unverblümt an. Sie von Angesicht zu Angesicht zu sehen, verschlug mir die Sprache. Sie war eine große, schlanke Frau mit ausdrucksvollen, eisblauen Augen. Anniina Aapio war 28 Jahre alt, in *Pori* geboren und Jaris beste Freundin. Gemeinsam mit ihm hatte sie die Band gegründet. Diese Fakten ploppten in mir auf wie ein imaginärer Lebenslauf aus einem BRAVO-Heft. Ohne dass ich es verhindern konnte, wanderte mein Blick über ihre anmutige Gestalt. Der hautenge Ledereinteiler ließ kaum Raum für Spekulationen. Sie wusste, wie sie ihre Kurven in Szene setzen musste.

Marketingtechnisch war eine heiße Gitarristin ein guter Fang.

Anniina kniff die schwarz geschminkten Augen zusammen und strich sich das Haar aus der Stirn. Das brachte nichts, weil die blonde Kurzhaarfrisur derart mit Spray fixiert war, dass sie sofort wieder nach vorne fiel. Anniina war nicht nur hübsch, sondern auch interessant. Ihr Look ließ sie feminin und stark zugleich aussehen. Sofort wünschte ich, ich hätte etwas Angemesseneres als einen ausgewaschenen Sweater an.

»Was willst du?«, fragte sie auf Englisch und kratzte mit dem Zeigefinger die linke, gepiercte Augenbraue.

»Hi«, flüsterte ich dümmlich und während Anniina hilfesuchend über ihre Schulter blickte, klopfte Jari ihr auf den Rücken.

»Die gehört zu mir.«

Dieser Satz klang beiläufig, bedeutete aber mehr. Anniina lächelte mich das erste Mal freundlich an und wich zur Seite, damit ich den fensterlosen Raum betreten konnte. Als die Tür hinter mir ins Schloss fiel, zuckte ich nervös zusammen. Mit nur einem Schritt befand ich mich zwischen vielen neugierigen Gesichtern. Anniina war nur der Anfang gewesen, denn ich stand vor der versammelten Band.

Jari begrüßte mich mit zwei Küssen links und rechts auf die Wange. »Das ist Hannah«, verkündete er breit lächelnd und die anderen nickten.

Jaris und meine Geschichte hatte mich unbewusst vergessen lassen, wie sehr ich für diese Musiker schwärmte. Der Anblick vor mir katapultierte mich in einen peinlichen Groupiemoment, den ich tapfer versuchte zu unterdrücken. Offiziell reichte mir Anniina die Hand und schenkte mir ein schiefes Lächeln. Antti saß auf dem schwarzen Sofa und hob die Hand zum Gruß. Er war der Bassist von *The Wicked Elephant* und das neueste Mitglied. Vor drei Jahren hatte er seinen Vorgänger ersetzt. Anttis rundes Gesicht mit dem dunklen Kinnbart war mir sympathisch.

Diese Menschen waren mir fremd und trotzdem fühlte es sich nach einer Verbundenheit an. Das trügerische Kribbeln, das die Fans ausrasten ließ. Jari ging zu einem Esstisch auf der anderen Seite des kargen Raumes, um in einer schwarzen Sporttasche zu kramen. Meine Aufmerksamkeit sprang zu Tomi, dem zwanghaft gutgelaunten Drummer, der auf jedem Foto der Konzerte grinste wie ein Honigkuchenpferd. Er stand neben Jari gegen den Tisch gelehnt und musterte mich freundlich. Er war, wie Anniina, von Anfang an Mitglied der Alternative-Rockband gewesen. »Moi«, sagte er frech zwinkernd. Tomi war verheiratet, kinderlos und liebte Lakritzschokolade. Ebenfalls Dinge, die ich nicht über fremde Menschen wissen sollte.

Zuletzt suchte mein Blick Mikael, den Keyboarder mit dem blonden Lockenkopf und den grauen Augen. Er kauerte auf einem Stuhl bei Tomi und war konzentriert in sein Handy vertieft. Im Gegensatz zu den anderen blickte er nur kurz zu mir und ließ das Kinn dann wieder sinken. Entweder er hatte miese Laune oder es interessierte ihn nicht, welche Frauen Jari in den Backstagebereich brachte.

Tomi sah seinen Kollegen mit verengten Augen an und trat ihm gegen das Schienbein. Sein Schmunzeln verschwand für den Hauch einer Sekunde, in der er Mikael auf Finnisch anmaulte. Danach seufzte dieser und sah mich noch mal an. »Hei«, murmelte er grimmig. Wenn ich mich nicht irrte, herrschten hier nicht nur positive Vibes.

Endlich zog Jari mit einem triumphierenden Laut eine kleine Karte aus der Tasche. Er ließ das Ding mit dem Bandlogo an einem langen Band vor meiner Nase hin und her baumeln, als wollte er mich hypnotisieren. »Bist du undercover hier?«, fragte er und ließ seine Augenbrauen zucken.

Ich schaute zur Karte, bis ich endlich begriff, dass ich die Kapuze über dem Kopf hatte. Entschuldigend zog ich sie zurück. Ich strich meine Haare mit zittrigen Fingern glatt und hängte mir den Backstage-Pass mit meinem Namen darauf um den Hals. Obwohl mir der Umgang mit Jari mittlerweile leichter fiel, prallte diese lebensechte Rockband-Erfahrung mit meiner Realität zusammen.

»Setz dich«, sagte Antti zu mir. Er rutschte auf dem Sofa zur Seite. Als ich meine steifen Beine unsicher in Bewegung setzte, beugte Jari sich zu meinem Ohr hinab und berührte mich gleichzeitig an der Schulter.

»Ich bin froh, dass du gekommen bist.«

Ohne darauf zu antworten, sank ich neben dem Bassisten mit den braunen Augen nieder. Jari blieb bei Anniina stehen und unterhielt sich mit ihr auf Finnisch. Sein Blick huschte dennoch merklich zu mir.

»Jari hat erzählt, ihr habt euch in Las Vegas getroffen«, sagte Antti im Plauderton und erstickte damit meine aufkommende Entspanntheit im Keim. Plötzlich mit der Wahrheit konfrontiert zu werden, überforderte mich. Ich hatte keine Ahnung, was genau Jari ihnen erzählt hatte. Meine weit aufgerissenen Augen verdeutlichten meinen Schrecken.

»Sie hat ein Fan-T-Shirt getragen und daran konnte ich nicht vorbeigehen«, log Jari uns allen ins Gesicht. Antti sah mich skeptisch an. »Ich hab ihr ein Autogramm gegeben und sie eingeladen, heute dabei zu sein«, ergänzte Jari, weil ich immer noch unfähig war, etwas zu dem Thema beizusteuern.

Erneut tauschte Antti diesen speziellen Blick mit mir und dann mit Jari. Es war Anniina, die sich auffällig räusperte und die Arme verschränkte. Ihm glaubten offenbar doch nicht alle, aber ich war dankbar, dass er unser Treffen verharmloste. Dass Jari einen Fan mit hinter die Bühne brachte, schien hier jedenfalls kaum jemanden zu schockieren. Diese Tatsache verunsicherte mich kurz, bis Tomi mir eine Wasserflasche zuwarf und mich anlächelte.

»Gibt es eine Chance, dass Jari nicht dein Lieblings-Bandmitglied ist und ich dich als Drummer noch überzeugen kann?«, feixte er.

Mikael ihm gegenüber schnaubte abwertend, doch davon ließ sich der gutgelaunte Tomi nicht beeindrucken.

»Eigentlich finden meine Freundin Louisa und ich Anniina auf der Bühne sehr beeindruckend«, antwortete ich und wurde mit einem kecken Augenzwinkern der Gitarristin belohnt. Die Männer im Raum hingegen verdrehten gleichsam die Augen. Bis auf Mikael, der weiterhin auf sein Handy fixiert schien.

»Habt ihr ein Ritual, bevor ihr auf die Bühne geht?«, fragte ich und nutzte meine Chance, an Insiderwissen zu gelangen. Noch nie war ich mit der Musikbranche auf diese Weise in Berührung gekommen.

»Anni sprüht sich bedenkliche Mengen Spray in die Haare. Tomi schreibt seiner Frau, dass er sie liebt, als würde er in den Krieg ziehen und nicht wiederkehren und Antti kaut Kaugummi, weil er immer noch Lampenfieber hat und ihm schlecht wird«, erzählte Jari bereitwillig. Der Bassist neben mir verzog das Gesicht und stellte das Kauen augenblicklich peinlich berührt ein. Ich lachte und trank aus meiner Wasserflasche. Die Nervosität nahm ab, weil die Band mich nicht als störenden Fremdkörper aufnahm, sondern als Jaris Gast.

»Sei du mal still. Normalerweise würdest du jetzt Liegestütze machen, um deine tollen Muskeln für die Ladies warm zu machen und anschließend beten, dass du nicht wieder von der Bühne fällst«, konterte Antti. Jari zuckte unschuldig mit den Achseln und fuhr sich schmunzelnd durch die Haare.

Die Stimmung blieb ausgelassen und entspannt, bis ein hagerer Mann mit schwarzen, schulterlangen Haaren samt Headset auf dem Kopf eintrat. Er verkündete laut: »Auf geht's, Start in fünfzehn Minuten.« Sofort sprangen die Finnen synchron auf und ich zuckte erschrocken zusammen.

Anniina reichte mir grinsend die Hand, um mich hochzuziehen. Verunsichert versuchte ich nicht im Weg zu stehen, als das Gebrabbel erneut ausbrach. Euphorische Sprüche riefen sie sich zu, klatschten einander ab und ihre Gesichter strahlten aufgeregt. Selbst der stille Keyboarder, Mikael, stimmte mit ein.

Die Band folgte dem schwarzhaarigen Kerl nach draußen. Jari legte mir dabei eine Hand ins Kreuz, um mich sanft vor sich herzuschieben.

»Ich hoffe, dir gefällt die Show«, flüsterte er hinter mir.

Ohne den Druck von Jaris Hand wäre ich zurückgetaumelt, weil auf einmal unzählige Personen an uns vorbeiliefen. Um uns herum fing ich nur diverse Wortfetzen auf Finnisch, Englisch und Deutsch auf, die sich um Zeiteinhaltung, Kameraeinstellungen und Lautsprecher drehten. Die zunehmende Energie riss mich mit. Mein Puls beschleunigte sich ganz automatisch, während wir geschlossen an das andere Ende des Ganges gingen. Der dürre Mann zog eine breite, metallene Tür auf.

Die Geräuschkulisse vor Ort haute mich abermals um. Ohne dass ich mich im abgedunkelten Bereich orientieren konnte, hörte ich das Publikum aus der Ferne. Ich stieg ungeschickt über Kabel, wich hektischen Menschen aus, die Dinge durch die Gegend trugen und zog mehrmals erschrocken den Kopf ein. Überall sah ich Leute, die konzentriert ihren Arbeiten nachgingen. Sie hantierten an Instrumenten, durchblätterten Zettelstapel, sprachen nervös in ihre Headsets oder blickten finster drein, weil sie zum Security-Team gehörten. Über uns glänzte das Konstrukt des Gerüstes, welches sich wie ein Netz auf der unfassbar hohen Decke ausbreitete. Massige Scheinwerfer in allen Formen, Größen und Farben hingen daran.

Über eine Treppe erklommen wir die Hinterseite der Bühne. Dort wurde ich abgestellt wie eine der vielen schwarzen Boxen. Nur war ich kein Instrument, sondern eine eingeschüchterte Frau mit zittrigen Knien.

»Alles okay? Du siehst blass aus«, fragte Jari besorgt. Ich nickte stumm und sah zu, wie eine blonde Dame versuchte, die Kabel der In-Ear-Stecker für seine Ohren an seinem Nacken zu positionieren. Ohne zu fragen oder zu zögern, fädelte sie den Rest um seine Hüften und steckte ihm die Batterie samt Empfänger an den Gürtel. »Bleib am besten hier hinten im gesicherten Bereich«, erklärte er gelassen.

Anniina wurde eine rot funkelnde E-Gitarre gereicht. Auch Mikael positionierte sich bei seinem Keyboard, das dank Vorhang dem Publikum verborgen blieb. Dass ich direkt auf der Bühne stand, war mir nicht bewusst gewesen. Ein weiterer Mann in Security-Uniform tippte Jari auf die Schulter.

»Wir können loslegen«, verkündete Jari strahlend.

Rock on

Mit angehaltenem Atem nahm ich wahr, wie das Licht in der Halle gedimmt wurde und die Scheinwerfer über uns in Position fuhren. Die Fans verstummten, sobald die Intromelodie erklang. Augenblicklich kroch eine Gänsehaut über meinen Körper, als aus der Stille Gekreische entstand. Der Vorhang wurde zu beiden Seiten aufgezogen, woraufhin Tomi mit einer ohrenbetäubenden Schlagkombination auf den Drums die Show startete. Jari sprang mit einem Schrei in die Mitte der Bühne und wirbelte den Kopf herum, bis seine Haare in alle Richtungen flogen. Von meiner Randposition aus konnte ich die Band hautnah beobachten und gleichzeitig vorsichtige Blicke ins Publikum werfen. Die rot glühenden Wangen der Fans ließen mein Herz rasen. Hände wurden in die Luft gestreckt, Plakate geschwenkt und der Ausblick über all die Köpfe war überwältigend. Das Publikum war etwa in meinem Alter, viele hatten die Band seit ihrer Jugend begleitet. Jari war damals 21 gewesen, als seine Reise als Musiker begann und nun hopste er mit fast 30 genauso irre über die Bühne.

Während fremde Menschen dicht um mich drängten, nahm das Konzert Fahrt auf. Es klang von hier oben unglaublich beeindruckend, wenn das Publikum mitsang oder alle gleichzeitig applaudierten. Neben mir tanzte eine kleine Frau mit langen schwarzen Haaren. Auf der anderen Seite klatschte ein zwei Meter großer Mann im edlen Anzug in die Hände. Ich hingegen versank in meiner Lieblingsmusik, die sich mit jedem Pulsschlag durch meinen Körper bahnte. Mitten im Geschehen fühlte es sich an, als wäre ich selbst ein Teil der Gitarrenklänge. Hinter mir spürte ich die Wärme und den Atem anderer Menschen. Ich hätte nie vermutet, wie viele Leute im Backstage-Bereich verweilten.

Schnell vergaß ich den Rest der Welt. Meine volle Aufmerksamkeit galt dem Spektakel auf der Bühne. Jedes Mitglied der Band verausgabte sich, sie alle strahlten überglücklich. Anniina zog neben Jari die meisten Blicke auf sich, wenn sie knieend die Saiten ihrer Gitarre in Rekordtempo strich. Sie entlockte dem Instrument Töne, die mir eine Gänsehaut bescherten. Tomis Schlagzeug ließ meinen Magen vibrieren, sodass ich mir mehrmals die Hände dagegen drückte. Der Spaß, den sie alle zusammen hatten, übertrug sich auf die Zuschauer. Auch Mikael war wie ausgetauscht und hämmerte wild auf die Tasten mit einer Mimik, die nach purer Leidenschaft aussah. Antti schaukelte mit seinem Bass sanft und wie in Trance neben Jari, der wie gewohnt mit dem Publikum flirtete. Glitzernder Schweiß rann ihm im Scheinwerferlicht an der Kehle herab. Mit den Fingern strich er immer wieder die Haare nach hinten und das Wasser kippte er sich literweise in den Mund. Er liebte diese Aufmerksamkeit und spielte damit professionell. Ich fühlte mich seit Langem mal wieder leicht und befreit und sang jedes Lied mit, bis ich heiser wurde. In dieser Sekunde hatte ich nur Augen für die Finnen auf der Bühne. Wann immer Jari »Wo sind die Hände?« schrie, rissen wir alle zusammen die Arme hoch. Ich hatte ehrlichen Spaß und genoss die Zeit auf meinem privilegierten VIP-Platz in vollen Zügen.

***

Nach zwei Stunden war der Trubel derart rasch vorbei, als hätte ich nur kurz gezwinkert. Trotz Zugaben schrie das Publikum euphorisch nach ihren Idolen. Diese verabschiedeten sich mit sichtbar glänzenden Augen, verbeugten sich mehrmals und verließen keuchend die Bühne. Ich seufzte zufrieden und war heilfroh, hergekommen zu sein. Jari in seiner natürlichen Rockstar-Umgebung zu sehen, war unglaublich. Dies war der Mann, der es vor sieben Jahren geschafft hatte, mir das erste Lächeln seit dem Unfall meiner Eltern auf die Lippen zu zaubern. Die Band war der Auslöser meiner Wiederherstellung gewesen.

Er und Anniina schritten schnaufend, aber zwinkernd an mir vorbei. Die Zeit, sich mit mir zu unterhalten, hatte er nicht. Sofort wurden sie mit frischen Handtüchern samt Wasserflaschen versorgt. Wie in einem Ameisenhaufen wusste jeder, was er zu tun hatte, während ich orientierungslos dastand. Der Mann im Anzug und die kleine Frau waren verschwunden. Ohne den Rausch der Show schmerzten meine Füße, die Hände kribbelten und die Muskeln in meinen Oberarmen brannten.

Ich genoss die aufgeladene Atmosphäre und lauschte dem Gemurmel des Publikums, welches sich allmählich aufzulösen begann. Die Fans drängten Richtung

Ausgang. Ich konnte nicht mehr länger auf meinen stechenden Beinen stehen. Unruhig verlagerte ich mein Gewicht auf den Fußballen vor und zurück, als mich zwei Männer mit monströsen Kameras beinahe umrannten. Während ich ihnen wütende Blicke zuwarf, lichteten sie im Sekundentakt Anniina und Jari ab, wie sie sich lachend den Schweiß abwischten. Es blitzte grell auf, sodass ich mein Gesicht abwandte. Mikael, Tomi und Antti waren aus meinem Blickfeld verschwunden, während die Gitarristin und Jari weiterhin umschwirrt wurden. Erst jetzt realisierte ich, dass sie nicht nur fotografiert, sondern interviewt wurden. Die schwarzhaarige Frau stand bei ihnen und sprach in ihr Handy, ehe sie es den beiden entgegenstreckte, um ihre Antworten aufzunehmen.

Als sich der Fotograf spontan im Kreis drehte, um den Backstage-Bereich einzufangen, sprang ich erschrocken zur Seite. Keinesfalls wollte ich auf Beweisfotos zu sehen sein. Ich beschloss, mich auf eine der vielen schwarzen Kisten zu setzen und seufzte erleichtert, als meine Beine entlastet wurden. Das Adrenalin der Show verflüchtigte sich, woraufhin ich schlagartig müde wurde.

Blinzelnd schaute ich mich um, riskierte einen weiteren Blick zu Jari und Anniina. Erst als den beiden eine Bierflasche gebracht wurde, gab sich die aufdringliche Reporterin zufrieden. Grinsend spielte sie mit ihrem Telefon und warf Jari eindeutig interessierte Blicke zu. Ich verdrehte die Augen, bis ein voll beladener Garderobenständer vorbeigeschoben wurde und mir die Sicht nahm. Immerhin musste ich diese Show jetzt nicht mehr mitansehen, weil ich gegen eine Wand aus Jeans starrte.

Es war erstaunlich, dass sich keiner wegen meiner Anwesenheit wunderte. Niemand fragte mich, wer ich war, was ich wollte oder warum ich nutzlos auf einer Kiste saß, während andere eilig zusammenpackten. Ich war verschwitzt und erschöpft. Alles, was ich wollte, war nach Hause zu fahren, um zu schlafen.

Nach längerem Warten marschierte die kleine Frau mit ihrem Fotografen an mir vorbei. Ich wartete ungeduldig auf Jari, weil ich mich nicht traute, allein herumzulaufen. Als sich endlich jemand vor mir räusperte, sah ich erleichtert auf, doch es war nicht Jari, sondern der Anzugträger, der mit mir am Bühnenrand gestanden hatte.

»Auf was wartest du?«, fragte er mich harsch.

Ich schluckte eingeschüchtert. »Auf den Bus jedenfalls nicht«, entkam es mir.

Die breite Brust des Anzugträgers blähte sich auf, ehe er schnaubend die Luft daraus entließ. Ich griff schnell zu meinem Backstage-Pass.

»Ich warte auf Jari Mäkinen. Er wollte sich verabschieden«, setzte ich mutiger nach, da er noch nicht auf meinen schlechten Bus-Kommentar reagiert hatte. Lange stand er abschätzend da und überlegte wohl, ob er mich nach draußen befördern sollte. Als er resigniert mit den Schultern zuckte, brannte mein ganzes Gesicht unangenehm heiß. Ohne Erklärung verschwand er hinter dem Garderobenständer.

Leise wich die angehaltene Luft aus meinen Lungen. Nur kurz, denn sogleich hörte ich die Stimme des unheimlichen Mannes noch mal. Nicht weit von mir entfernt sprach er mit Jari. Aus den verständlichen englischen Gesprächsfetzen schlussfolgerte ich, dass er zu seinem Management gehörte. Sie diskutierten über die Show und anstehende Termine, weshalb ich rasch das Interesse verlor, bis ich unerwartet meinen Namen hörte. Mit einem Schlag war ich hellwach. Angespannt richtete ich mich auf, drehte meinen Kopf in ihre Richtung und lauschte.

»Jetzt spar dir den Bullshit. Wer ist das Mädchen, das dort hinten wie dein Schoßhündchen wartet?«, fragte der Fremde derart abfällig, dass ich die Stirn kräuselte.

»Jaris neuester Groupie«, antwortete Anniina an seiner Stelle und ich wurde unruhiger. Ich vernahm ein amüsiertes Schnauben, während ich die Hände zu Fäusten ballte.

»Habe ich schon gesagt, das ist Hannah«, antwortete Jari gelassen.

»Und was hat sie hier zu suchen? Brauchst du immer noch eine flotte Nummer zum Entspannen vor den Shows?«, wurde Jari genervt gefragt.

Die Stimmung des Gespräches gefiel mir gar nicht. Skeptisch hielt ich den Atem an und lehnte mich instinktiv zurück. Als würde ich durch diese wenigen Zentimeter näher am Geschehen mehr verstehen, wartete ich gespannt auf Jaris Erwiderung. Der Deutsche mischte sich gravierend in seine Privatsphäre ein und wusste zugleich viel über ihn. Dass die beiden miteinander vertraut waren, stellte ich nicht infrage. Mein Leben jedoch ging ihn einen feuchten Dreck an.

»Das geht dich gar nichts an«, sprach Jari meine Gedanken laut aus. Der hörbare Ärger in seiner Stimme befriedigte mich. Ein Stückchen weiter lehnte ich mich zurück, um möglichst viel mitzubekommen. Mir stieg der frische Waschmittelgeruch der Jeans in die Nase.

»Die Kleine hat er in Vegas aufgerissen und sich warmgehalten«, stellte Anniina trocken fest. Mir schnürte es die Kehle zu. Der herablassende Tonfall und die schonungslosen Worte trafen mich persönlich.

»Wenn die Presse das mitkriegt, wird die halbe Welt schon wieder erfahren, wen du flachlegst. Dann gibt das echt böse Schlagzeilen, die wir während einer Tour als Promotion vielleicht verwenden können, die aber auch jede Menge Ärger bedeuten«, erklärte der Anzugträger gereizt.

Niemand lachte mehr. Ich hoffte inständig, dass Jari jetzt aufschrie, um zu protestieren und meine Ehre zu verteidigen. Stattdessen meldete sich die arrogante Gitarristin zu Wort.

»Was soll's. Gönn ihm seinen Spaß. Bei dem Stress gerade braucht er etwas Ablenkung.«

»Er kann hier nicht einfach rumrennen und irgendwelche Flittchen mit zum Konzert bringen, um sie nachher flachzulegen. In seinem Hotel wäre sie mir deutlich lieber. Das hier ist ein PR-Termin und wir haben viele wichtige Leute eingeladen«, meckerte der Deutsche.

Mir wurde schlecht und ich biss mir auf die Zunge. Ich wartete darauf, dass Jari einschritt und das Ganze aufklärte. Doch es legte sich Schweigen über die mir verborgene Ecke, während es um mich herum immer geschäftiger wurde. Dauernd wuselte jemand hektisch an mir vorbei. Ich hätte längst damit gerechnet, dass man mir die Kiste wegzog. Ungeduldig rutschte ich auf meinem Hintern hin und her. Waghalsig schaukelte ich zurück, bis mein Kopf in den Jeans versank. Ich verstand kein Wort mehr, weil sie zu flüstern begannen. Ich hielt die Luft an, da mir mein Atem zu laut vorkam, und rückte näher heran. Dabei verlagerte ich mein Gewicht nur ein klitzekleines Bisschen mehr nach hinten … und fiel mit hysterischem Schrei rückwärts durch die Jeansarmee hindurch.

Stöhnend und orientierungslos schlug ich kopfüber auf dem harten Boden auf. Ich riss ich die Kollektion mit mir, um mich darin zu winden und fluchend um mich zu schlagen. Zwei starke Arme zogen mich schließlich aus dem Wirrwarr an Hosen und jemand hievte mich hoch. Mir tat jeder Knochen in meinem malträtierten Körper weh.

»Halt still«, zischte mich Jari an. Schnaufend schafften wir es gemeinsam, meine verhedderten Gliedmaßen freizulegen. Ich torkelte einige Schritte zur Seite und starrte den Garderobenständer hasserfüllt an. Schweiß rann mir die Stirn hinab, während mich mein Retter eindringlich betrachtete. Er verzog die Lippen zu einem erheiterten Lächeln, was mich zur Weißglut brachte. Hinter uns standen Anniina sowie der Anzugtyp. Beide starrten mich kopfschüttelnd an.

»Na, Süße, hast du dir den Kopf angestoßen?«, fragte der Fremde.

Ich fühlte, wie der Drang in mir hochstieg, meine gute Erziehung zu vergessen. Das Adrenalin pumpte nach dem Sturz durch meine Adern. »Dein *Süße* kannst du dir sonst wohin stecken«, spie ich ihm entgegen und machte schnaufend auf dem Absatz kehrt. Jari packte mich jedoch blitzschnell am Oberarm und zog mich mit.

»Lass mich los!«, zeterte ich aufgebracht und wand mich unter seinem Griff. Er drängte uns zielstrebig weiter nach hinten in die Schatten.

»Beruhige dich! Du kannst hier nicht einfach rumbrüllen«, maßregelte er mich.

»Ich sitze doch nicht seelenruhig rum und höre mir an, wie ihr über mich redet, als sei ich eine dahergelaufene Schnepfe, die sich an dich ranschmeißt wie eine Biene an den Honig. Dieses *Flittchen* lässt sich das jedenfalls nicht gefallen!«, schrie ich ihn an.

Daraufhin schob er mich hektisch weiter nach hinten in eine Ecke. Erst als ich merkte, dass ich keinerlei Fluchtmöglichkeiten mehr hatte, sah ich mich verwirrt um. Mein Atem ging stoßweise und ich suchte nach den beiden Idioten, die mich runtergemacht hatten. Jari blockierte mich von allen Seiten. Er beugte sich tief zu mir herab. Ein nasser, glänzender Film lag auf seiner Stirn. Sein Haar war feucht nach hinten gestrichen und das Shirt klebte an seinem Oberkörper.

»Ich habe niemals diese Worte in den Mund genommen. Joe hat sich da etwas eingebildet und seine Schlüsse daraus gezogen«, erklärte er mit zusammengekniffenen Augen. Egal wie unschuldig er tat, mir wurde bewusst, dass Jari einen gewissen Ruf hatte, der nicht unbegründet war. »Man belauscht keine Menschen«, fügte er ernst hinzu.

»Ach ja? Versuch nicht, den Spieß umzudrehen. Die ganze Band denkt, ich sei irgendein Groupie, das dir nachläuft, damit du Druck ablassen kannst. Wie kannst du es wagen, mich hierher einzuladen und mich in diese erniedrigende Situation zu bringen? Anniinas Worte waren eindeutig. Sie alle denken, ich sei dein Zeitvertreib«, warf ich ihm vor. Seine selbstsichere Haltung machte mich wütend. Ich fühlte mich gedemütigt.

Ein einziger Schritt reichte aus, um die letzte Distanz zwischen uns zu überwinden. »Ich habe ihnen allen gesagt, du seist ein treuer Fan, den ich eingeladen habe. Nur unser Manager Joonas weiß von dir. Anniina hat dich in Vegas aus meinem Zimmer kommen sehen. Ich habe mit niemandem sonst darüber gesprochen, auch nicht mit Joe. Er ist unser deutscher Aufnahmeleiter für Events und wenn er blöd redet, interessiert das kein Schwein«, erklärte er betont leise.

Mit zusammengebissenen Zähnen starrte ich zu ihm hoch. Eine Schweißperle tropfte von seiner Wange und hinterließ auf dem Shirt einen dunklen Fleck. Unbewusst legte ich meine Hände auf seine heiße Brust, fühlte sein Herz unter meinen Fingern wild schlagen. Ich konnte keine Kraft aufbringen, um ihn wegzudrücken. Erneut schien seine äußere Verfassung nicht mit seinen Gefühlen übereinzustimmen. Er war aufgewühlt, selbst wenn er ruhig wirkte. Seine Worte klangen logisch, das linderte meinen Zorn jedoch nicht. Die Situation überforderte mich wieder einmal. Die Band, die dachte, ich sei Jaris Betthäschen und der hochnäsige Anzugkerl, der mich gemustert hatte, als sei ich nicht mehr wert als eine Kakerlake.

»Dieses arrogante Arschl...«, drang es aus meiner Kehle. Eine Flut an Schimpfwörtern wirbelte in meinen Gedanken, die alle niemals ausgesprochen wurden, weil Jari mich küsste. Grob presste er seine Lippen auf meine, damit ich verstummte, doch diesmal gab ich mich nicht hin, sondern drehte mein Gesicht zur Seite. Als er mit einem flüchtigen Grinsen von mir abließ, verwirrte er mich noch mehr.

»Hannah, ich wollte dich hierhaben, weil ich wissen muss, wer du bist«, flüsterte er und legte die großen Hände sanft auf meine Schultern. Vorsichtig fuhr er daran herab, griff sich meine Taille und zog mich wieder an sich. Ich ließ es geschehen, obwohl ich die Finger weiterhin verzweifelt in sein Shirt krallte. Diesmal sah er mir lange tief in die Augen, bevor er mich noch mal küsste. Ich war nicht im Stande, mich gegen dieses Gefühl zur Wehr zu setzen. Das Prickeln, das seine Zunge auslöste, als er stürmischer wurde. Fordernd umschloss ich mit meinen Fingern sein Gesicht, spürte die rauen Bartstoppeln und zog ihn fester an mich. Nichts hätte meine Wut besser in der Luft zerfetzen können. Es war lächerlich, wie leicht er mich damit durcheinanderbrachte. Meine Hormone klatschten ihm anerkennend Beifall.

Der Abend hätte genau so enden können. Ich wäre berauscht, mit ein paar Verletzungen mehr, aber zufrieden nach Hause gefahren.

Ein Blitzlicht durchbrach den Moment und ließ uns beide gleichzeitig hochschrecken. Kurz darauf wurden wir erneut unerträglich hell erleuchtet. Das grelle weiße Licht blendete mich, bis ich Sternchen sah. Sofort taumelten wir ein paar Schritte zurück und blinzelten in die Richtung, aus der das klickende Geräusch kam, nur um erneut von grellen Blitzen erschreckt zu werden.

Während ich verwirrt die Hände vors Gesicht hob, machte Jari ein knurrendes Geräusch. »Paska!«, zischte er aggressiv und zog mich mit sich. Ich stolperte orientierungslos hinter ihm her. Dies war ein Wort, vor allem genau in diesem Tonfall, welches ich ohne Übersetzer deuten konnte. *Scheiße* beschrieb diese Situation ziemlich gut.

Aftershow-Party mal anders

Stumm zerrte mich Jari den gesamten Weg zurück in das Zimmer, in dem dieser Abend begonnen hatte. Mit jedem strauchelnden Schritt legte sich eine betäubende Lähmung auf meine Sinne. Sämtliche Geräusche hallten dumpf nach, als würde ich mich hinter einer dicken Glaswand befinden. Das Gegenteil war der Fall. Nachdem wir den kargen Raum betreten hatten, ließ Jari meine Hand los und nahm mir damit den letzten Halt.

Still plumpste ich auf das Sofa und rührte mich nicht mehr. Jari marschierte mit finsterer Miene vor mir im Kreis. Wenige Minuten später hatte sich die restliche Band eingefunden. Sie sahen sich verwirrt um, als ein mir unbekannter Mann eintrat und die Tür schloss. Seine dunklen Haare waren adrett zurückgekämmt und auf seinen trainierten Ober- und Unterarmen prangten unzählige Tattoos. Niemand außer mir setzte sich, weswegen ich unruhiger wurde. Alle standen durcheinander und gestikulierten hektisch. Erst jetzt durchdrang der Lärm meine Taubheit und ein stechendes Pochen setzte zwischen meinen Augen ein. Jari war unübersehbar stinksauer und kämpfte mit den aufkochenden Emotionen. Anniina lehnte kopfschüttelnd beim Tisch. Mikael und Antti zuckten neben ihr hilflos mit den Schultern und Tomi verschränkte die Arme vor der Brust. Einer nach dem anderen schaute sich verständnislos in der Runde um.

»Was ist denn passiert?«, fragte der Drummer. Seine Stimme blieb ruhig und übertönte trotzdem die anderen. Als Tomis Blick an mir hängenblieb, zog ich schuldbewusst den Kopf ein. Hatte mich der Backstage-Pass vorhin unsichtbar gemacht, leuchtete ich derzeit wie ein lila Glühwürmchen im Dunkeln.

Jari schnaubte zornig und zeigte in Richtung Tür. »Dieser dämliche Fotograf hat Hannah und mich erwischt«, fauchte er aufgebracht. Tomi, der weder meinen kunstvollen Salto von der Box noch die Knutscherei im Schatten mitbekommen hatte, hob fragend die Hände.

»Die beiden Turteltauben wurden beim Rummachen abgelichtet! Reife Leistung«, fügte der mir unbekannte Mann hinzu.

»Das ist die Kleine aus Vegas«, fügte Anniina für alle anderen erklärend hinzu und ich grub die Fingernägel in meine Schläfen. Vor Kurzem hatte ich mich freundlich mit ihr unterhalten. Nun schwang dieser schmerzliche Hauch an Verachtung in ihrer Stimme mit. »Wieso ist sie noch hier?«, fragte sie trotzig, eindeutig direkt in meine Richtung.

»Das ist Hannah Kals, sie und Jari haben in Vegas geheiratet. Das Ganze sollte im Januar ohne großes Aufsehen erledigt werden, aber das können wir jetzt wohl vergessen«, erklärte der Fremde. Er schien gut über mich Bescheid zu wissen, obwohl er den ganzen Abend über unsichtbar gewesen war.

»Du hast davon gewusst, Joonas?«, sprach Anniina den Mann entsetzt an. »Als Manager hättest du ihn davon abhalten müssen!«

»Wer war denn mit Jari in Vegas? Ich jedenfalls nicht, sondern du! Wo warst du, als er dieser Frau den Ring an den Finger gesteckt hat?«, konterte dieser Joonas, den ich als ihren Manager identifizierte.

»Ich bin nicht sein Babysitter!«

In diesem Moment wünschte ich mir, sie hätten sich in einer Sprache gestritten, die ich nicht verstand.

Das betretene Schweigen, dicht gefolgt von erneuter aufgeregter Fragerei, dröhnte in meinen Ohren. Alles, was ich aus der weiteren Streiterei heraushörte, war, dass Jaris Manager Joonas von vorne rein nicht begeistert gewesen war, dass ich hier auftauchte.

»Ich bin froh, dass ich aus dieser Scheiße bereits raus bin«, warf Mikael gelassen ein. Als ich den Blick hob, grinste er mich tatsächlich an, und das nicht auf die angenehme Art und Weise. Es wurde eine Sekunde lang still, in der mein Herz trommelte wie Tomi zuvor auf der Bühne. Danach brach Jari aus wie ein Vulkan. Er trat auf den Keyboarder zu, baute sich drohend vor ihm auf und spie ihm diverse finnische Worte ins Gesicht. Seine Hände waren zu Fäusten geballt.

Mikael hielt arrogant grinsend seinem Blick stand. Ich hatte keine Ahnung, was hier abging. Jari und Mikael hatten offensichtlich persönliche Probleme, die meine Wenigkeit eskalieren ließ. Als Anniina sich zwischen die beiden drängte, knurrte Jari sie an. Die Frau schien das nicht zu beeindrucken, denn sie brüllte ihn genauso laut an wie er zuvor Mikael. Die anderen stimmten in das finnische Kauderwelsch mit ein und niemand ließ den anderen aussprechen.

Mit gesenktem Blick straffte ich meine Muskeln. Ich stand langsam auf, schlich vom Sofa weg und presste mich mit dem Rücken gegen die kalte Wand. Das lila Glühwürmchen schaltete auf Tarnmodus und versuchte, sich in ein Chamäleon zu verwandeln. Meinen Kopf hielt ich unten, fixierte die Schuhspitzen. Alle waren damit beschäftigt, sich gegenseitig anzuschreien, sodass ich mich Zentimeter für Zentimeter vorarbeiten konnte, um dem Chaos zu entfliehen. Vorsichtig drückte ich die Klinke nach unten und quetschte mich in Zeitlupe durch den kleinen Spalt. Mein Bedarf an bösen Blicken und Vorwürfen war fürs Erste gedeckt.

Der lange Gang mit den vielen Türen rauschte an mir vorbei. Kein Gesicht, das meinen Weg kreuzte, blieb in meinem Gedächtnis hängen. Das großartige Konzert, die furchtbare Unterhaltung, die ich mit angehört hatte und der verwirrende Kuss mit anschließendem Fotoshooting arbeiteten unentwegt in mir.

Das Radio in meinem Auto zeigte Mitternacht, als ich die Tränen unterdrückte und nach Hause fuhr.

Fame

Vier Stunden Schlaf waren zu wenig für mich und meinen geschundenen Körper. Dieser trügerische Moment nach dem Aufwachen war viel zu kurz gewesen. Die paar Sekunden, in denen man die Augen aufmachte, das weiche Bett spürte und sich in Sicherheit glaubte, bis einem die Realität und der vergangene Abend wieder einfielen. Ich hätte jedem Zombie Konkurrenz machen können.

Bei der Arbeit sackte ich auf meinen Stuhl und hoffte, dass mich niemand ansprechen würde. Die mitgebrachten Vanillekipferl einer Kollegin und die Tatsache, dass Freitag war, hielten mich auf den Beinen. Bis mir Tanja mit einem Schnaufen etwas auf die Tastatur warf.

»Kannst du mir das bitte einmal erklären?«, fragte sie mich herausfordernd. Sie saß nebenan in der Buchhaltung und wir verstanden uns gut. Tanja war eine groß gewachsene, schlanke Frau mit kurzen schwarzen Haaren. Ich sah in ihr braungebranntes Gesicht mit den perfekt gezupften Augenbrauen und erstarrte unter ihrem seltsamen Blick.

»Was soll das denn?«, blaffte ich sie gereizt an.

Erneut tippte sie mit steifem Zeigefinger auf die Tageszeitung, die sie mir auf den Tisch geworfen hatte.

»Du hast eine Affäre mit Jari Mäkinen und erzählst mir nichts davon?«, platzte es aus ihr heraus.

Mir wurde augenblicklich speiübel. Tanja stemmte die Hände in die Wespentaille und verdrehte dramatisch die Augen. Ich hingegen begann zu hyperventilieren. Von unserer Unterhaltung angelockt, gesellte sich Thomas zu uns, mein direkter Kollege aus dem Einkauf. Erwartungsvoll stellte er sich neben Tanja.

»Ich wollte diskret sein, aber wenn ihr schon darüber redet, will ich alles mit anhören.«

Die Welt wurde dunkel um mich. Ich hatte Panik, an Ort und Stelle in Ohnmacht zu fallen.

»Jetzt sag doch mal was«, hakte sie nach. Erneut hob sie mit ihren manikürten Fingern die Zeitung und knallte sie mir etwas fester auf die Tastatur. Statt ihr das Ding wütend gegen den Kopf zu werfen, nahm ich es in meine eiskalten Hände.

»Seite fünf.«

Ich blätterte Seite für Seite um, während der Kaffee drauf und dran war, mich auf dem falschen Wege zu verlassen. Mühsam schluckte ich den sauren Geschmack runter. Als ich die besagte Stelle aufschlug, war ich einen winzigen Moment klinisch tot.

Da war ich. Da waren wir. Eng umschlungen mitten in unserem Kuss nach dem Streit hinter der Bühne. Der Blitz hatte uns gut ausgeleuchtet. Neben dem Knutsch-Portrait prangte eine Abbildung von einem Jari, der sauer mit zusammengekniffenen Augen in die Linse starrte. Er zerrte mich an der Hand hinter sich her. Ich sah drein, als wäre mir jemand auf die Zehen getreten. Direkt daneben, links oben in der Ecke, lächelte Jari neben seiner Freundin Ella.

»Erzähl!«, flötete Tanja.

Ich war unfähig, nur ein sinnvolles Wort zu artikulieren. Mein Herz schlug gar nicht mehr, hatte sich aus Scham einfach abgeschaltet. Während Thomas und Tanja auf mich einredeten, las ich mit wachsendem Aneurysma die Schlagzeile und den dazugehörigen Bericht darunter.

Jari Mäkinen betrügt Freundin mit Fan hinter der Bühne!

Kurz und knapp wurde berichtet, wie Hannah K. die langjährige Beziehung zwischen dem Finnen und seiner Freundin Ella ruinierte. Hannah ... mein Name stand dort gedruckt. Schwarz auf Weiß mit gelb-roten Sternen als Dekoration darüber. Wie, um Himmels willen, kamen die an meinen Namen?

»Das stimmt nicht«, murmelte ich. Ich konnte den Blick nicht von diesem grauenhaften Foto abwenden. Mittlerweile standen sieben Menschen um meinen Schreibtisch herum versammelt und gafften mich an. Jene, die den Artikel nicht gelesen hatten, waren freundlicherweise von Tanja oder Thomas umfangreich informiert worden. Das Stimmengewirr im Raum stieg stetig an.

»Seid ihr zusammen?«, wollte jemand wissen, den ich noch nie persönlich gesprochen hatte.

»Jetzt sag endlich etwas, Hannah!«, drängte mich Tanja erneut und bedachte dabei unsere Kollegen mit einem genervten Blick. Es war klar, dass sie gern die Exklusivrechte meiner Story gehabt hätte.

Jaris Ruhm wurde mir zum Verhängnis. Selbst jene, die nicht wussten, wie seine Band hieß, witterten das Skandalpotenzial. Allein die Tatsache, dass sie jemanden kannten, der in einer Zeitung stand, erregte ihre freudige Aufmerksamkeit.

Wie in Trance erhob ich mich, schnappte mir meinen Mantel und meine Handtasche. Die Zeitung befand sich in meiner verkrampften Faust und mit weichen Knien wankte ich durch die Wand, die meine Kollegen darstellten. Sie traten geschlossen zur Seite, als wäre es gefährlich, mich zu berühren. Ich taumelte aus meinem Büro hinaus, gefolgt von allen in dichter Traubenformation. Steif schritt ich an unserem Drucker vorbei. Ich passierte zwei offen stehende Büros, in denen sich neugierige Köpfe nach mir umdrehten. Schließlich verließ ich um acht Uhr morgens, ohne mich abgemeldet oder meinen Computer runtergefahren zu haben, das Gebäude.

Ich spürte die Kälte nicht, die auf dem Weg zum Auto durch meine Glieder zog. Krampfhaft umschloss ich die verdammte Zeitung. Als ich es endlich über mich brachte, die Finger zu entspannen, hatte die schwarze Druckerfarbe auf meiner Haut Spuren hinterlassen. Auswanderung oder eine Namensänderung waren Alternativen. So lange, bis mir einfiel, dass ich bereits verheiratet war und Jaris Nachnamen annehmen könnte. Ein bitteres Lachen kroch in mir hoch, das ich mit einem Schnaufen erstickte.

Ich konnte nicht glauben, wie das von gestern Abend innerhalb weniger Stunden von hinter der Bühne in diese verfluchte Tageszeitung geraten konnte. Keinesfalls wollte ich zurück ins Büro, also startete ich den

Wagen und machte mich auf den Heimweg. Tapfer kämpfte ich gegen die aufsteigenden Tränen an. Jeder, der mich nur ansatzweise kannte, würde mein Gesicht mit dem Namen in Verbindung bringen und wissen, was Sache war. Jeder würde mich für ein Groupie halten, das eine Affäre mit einem vergebenen Rockstar hatte.

***

An einem Arbeitstag in der Früh zu Hause anzukommen, fühlte sich merkwürdig an. Ich war von meiner Arbeit geflohen und jetzt stand ich hilflos in der Küche. Mir war klar, wenn ich meinen Job behalten wollte, musste ich meinem Chef dringend eine Erklärung liefern.

Er war keinesfalls erfreut über meinen spontanen Aufbruch, doch erleichtert, dass der Aufruhr in seiner Abteilung mit meinem Verschwinden abgeebbt war. Das Wochenende kam mir recht, doch er legte mir nahe, mir ein paar Tage freizunehmen, bis Gras über die Sache gewachsen war. Ich wäre sogar bereit, vier Wochen allein auf Fidschi zu bleiben. Bevor ich mich im Bett verkroch, musste ich allerdings einen weiteren Anruf tätigen. Seit meinem Davonschleichen gestern Nacht hatte ich mich nicht bei Jari gemeldet. Insgeheim rechnete ich damit, dass ein großer blonder Finne jede Sekunde vor meiner Tür auftauchte. Vielleicht sogar mit einer extra großen Zimtschnecke.

Stattdessen setzte ich mich mit der Plätzchendose aufs Sofa. Ich las die simple Nachricht, die er mir gestern Abend geschrieben hatte und in der er darum bat, dass ich ihn anrief. Ich steckte mir den ersten Zimtstern in den Mund und tippte auf seinen Namen.

»Hannah«, meldete sich seine tiefe Stimme am anderen Ende.

»Tut mir leid, dass ich mich jetzt erst melde. Übrigens, ja, ich bin gut nach Hause gekommen«, quasselte ich sofort los und lächelte versöhnlich, ohne dass er es sah.

»Hannah«, begann er erneut und zögerte, was mich stutzig werden ließ. Eine Rumkugel wanderte in meinen Mund und schmolz auf meiner Zunge. Eigentlich wollte ich ihm Vorwürfe machen, ihn wegen der Geschichte hinter der Bühne zurechtweisen. Es verletzte mich, wie seine Freunde über mich gesprochen hatten.

»Hannah!«, startete er ein drittes Mal und ich seufzte.

»Ich weiß, wie ich heiße. Hör auf, meinen Namen zu sagen und spuck's aus.«

Ich hörte ihn schlucken und wippte nervös mit dem Fuß.

»Wir haben ein Problem.«

»Wir stecken in der Scheiße«, korrigierte ich sarkastisch. »Ich weiß von dem Artikel.«

Er schnappte nach Luft und blies sie rauschend ins Telefon.

»Meine Arbeitskollegen wollen wissen, ob wir zusammen sind«, sagte ich frustriert.

Er schwieg, was mich irritierte. Sein stetiges Schweigen sprach Bände.

»Es ist schlimmer, als du denkst«, murmelte er schließlich. »Sie wissen nicht nur deinen Namen, sondern auch von Vegas.«

Das war schlimmer. Mir schnürte es die Kehle zu und ich umklammerte das Telefon fester. Die Plätzchen wurden uninteressant und halfen nicht mehr. »Wie?«, hauchte ich. Diesmal vernahm ich seine Schritte, hörte Wind knisternd übers Mikro streichen und das Geräusch eines Feuerzeugs, als er eine Zigarette anzündete.

»Ich habe eine Vermutung«, antwortete er kryptisch.

Meine Ängste überschlugen sich. »Kann man diese Fotos entfernen lassen? Ist das legal? Kannst du nicht irgendwen verklagen mit deinen teuren Anwälten?«, plapperte ich den ersten eindringlichen Gedanken aus, der sich logisch anfühlte.

»Sie prüfen das. Aber würde es etwas an der jetzigen Situation ändern? Ich wurde explizit nach Vegas gefragt. Es wird nicht lange dauern, bis die Gerüchte die Runde machen.«

Nein, das Kind war bereits in den Brunnen gefallen und diese Zeitung lag im ganzen Raum München aus.

»Was soll ich jetzt machen?«, fragte ich hilflos und er brummte. Die Sache schien ihn mehr mitzunehmen als mich. Sein Tonfall war beängstigend ruhig.

»Genau das, was du schon gemacht hast. Du ziehst dich zurück und erzählst niemandem auch nur ein Wort! Ich werde mich melden, wenn ich etwas Neues weiß.«

Belagerung

Am nächsten Tag war meine Stimmung weiterhin im Keller. Ich drückte mir einen Kaffee aus der Maschine und stierte ängstlich auf mein Handy. Keine Nachrichten von Jari, dafür Anrufe von verschiedenen unbekannten Nummern. Dazu kam, dass das Briefsymbol auf dem Display diverse Fragen von Bekannten und Arbeitskollegen für mich bereithielt. Vor allem, ob das ich war, die diesem verruchten Rockstar die Zunge in den Hals steckte. Mein Frust stieg. Sogar auf Facebook meldeten sich Menschen bei mir, die sich meiner Meinung nach nicht die Bohne für mich interessierten. Ich musste untertauchen, wieso nicht in Indien oder Brasilien? Ich konnte mir einen neuen Namen zulegen, irgendetwas Nettes wie *Lexi Coco*. *Lexi Coco Mäkinen.*

Leo hatte erfolglos versucht, mich mitten in der Nacht anzurufen. Auch zu Louisa war die Information über meinen zweifelhaften Ruhm in der Läster-Abteilung zugeflogen. Mittlerweile schwirrte das Vegas-Thema durch die Medien, die ich strikt zu meiden versuchte. Ich konnte und wollte mir ihre Vorwürfe nicht anhören. Louisa war beleidigt, nichts von dem Konzert gewusst zu haben. Ich blieb stur und verwies auf meine Privatsphäre, die keine Bedeutung mehr hatte.

Gerade als ich mein Tablet zur Seite legte und versucht war mein Unglück zu googeln, vibrierte mein Telefon. Diesmal kannte ich die Nummer und wunderte mich dennoch darüber, als ich Tanja zögerlich begrüßte. Dass sie mich an einem Samstag privat anrief, konnte nichts Gutes bedeuten.

»Hannah, ist alles in Ordnung bei dir?«, fragte sie ehrlich betroffen. Sie klang verständnisvoll und besorgt zugleich, während ich mich für mein merkwürdiges Verschwinden am Vortag bei ihr entschuldigte.

»Ich fürchte, du unterschätzt die Auswirkungen und das Interesse an dir«, sagte sie beruhigend. »Hast du Jari wirklich geheiratet? Ich habe dich sogar im Fernsehen gesehen. Gestern Nachmittag waren Reporter vor der Firma, sie wollten mit dir sprechen. Der Portier hat sie fortgeschickt.«

Diese Information beschleunigte meinen Puls. »Woher wissen die, wo ich arbeite?«

»Das weiß ich auch nicht. Aber du solltest eine Zeit lang nicht arbeiten kommen«, schlug sie vor.

»Das hat mein Chef auch vorgeschlagen. Der Urlaub ist bereits genehmigt.«

»Wie hast du es geschafft, dir Jari Mäkinen zu angeln?«, versuchte sie erneut Informationen aus mir herauszubringen.

»Tanja, tut mir leid, aber ich muss jetzt auflegen. Danke, dass du mir Bescheid gegeben hast. Ich hoffe, die Gerüchte sind bald vergessen«, wimmelte ich sie höflich ab. Als ich auflegte, schien die Last auf meinen Schultern erneut angewachsen zu sein.

Später am Tag verließ ich grübelnd meine Wohnung, um neue Schokolade zu kaufen. Die Sache nahm mich mit, weil ich nicht wusste, was jetzt auf mich zukam. Draußen wärmte mir das Morgenlicht in der eisigen Luft das Gesicht. Ein angenehmes Kribbeln breitete sich auf mir aus, als ich tief einatmete. Es ließ mich zur Ruhe kommen.

Der Lebensmittelladen war zu Fuß erreichbar und die Bewegung brauchte ich. Leider kam ich nur wenige Meter weit, bis mir die kleine Gruppe Menschen auffiel, die mich interessiert anstarrte. Ich guckte stumm zurück und überlegte, ob es Nachbarn von mir waren. Mit einem mulmigen Gefühl schob ich meine kalten Finger in die Manteltaschen. »Kann ich Ihnen helfen?«, richtete ich das Wort an sie und blieb stehen.

Ein junger Mann trat einen Schritt nach vorne und sprach mich als Erster an. »Bist du Hannah?«

Alarmiert zog ich die Stirn kraus und schluckte. Nun folgten ihm die anderen und kamen gemeinsam näher. Der junge Mann umrundete mich neugierig, ehe er mit einem breiten Lächeln vor mir stehen blieb.

»Würdest du uns ein Interview geben?«, haute er raus und traf mich damit mitten ins Herz. Der Rest der Gruppe schloss sich ihm an und nahm mich kollektiv in ihre Mitte. Die Situation wirkte auf mich bedrohlich, obwohl mich die Leute selbst nicht einschüchterten. Sie hatten von der Kälte rote Nasen und zogen die Köpfe tief in ihre Schals ein, während sich ihr Atem vor den grinsenden Gesichtern zu kleinen weißen Wölkchen erhob. Der junge Mann nahm eine Hand aus der Manteltasche, in der er ein Handy umklammerte.

»Mein Name ist Klaus Meller. Ich arbeite für den Radiosender BR5.«

Er hielt mir sein Mobiltelefon unter die Nase. Ich erkannte das Aufnahmesymbol auf dem Display. Eine korpulente Dame mit dicker roter Brille knetete ihre steifen Finger und zog einen altmodischen Schreibblock heraus, um mit einem Stift darüber zu kritzeln. »Würden Sie einen offiziellen Kommentar abgeben, Frau Kals?«, fragte sie sachlich.

»Stimmen die Gerüchte um die Hochzeit oder ist es nur eine Affäre? Wussten Sie von seiner langjährigen Freundin, der finnischen Moderatorin Ella Salmonen?«

»Sind Sie beide ein Paar?«, wollte wieder der Jüngere wissen.

In meinen Gedanken sagte ich, dass Jari und Ella lange vor der Sache mit mir Schluss gemacht hatten. Zumindest hatte er mir das erzählt, aber das tat jetzt nichts zur Sache. Hier waren Reporter von Radiosendern und weiß Gott welchen Magazinen. Vor meinem Haus.

Sie berührten oder beschimpften mich nicht, doch ich fühlte mich, als würden sie mit Fäusten auf mich einprügeln. Hilflos drehte ich mich im Kreis. »Woher wissen Sie, wo ich wohne?«, stammelte ich verwirrt.

Ein großer Mann in einem eleganten Mantel legte den Kopf schief. »Wenn Sie eine offizielle Stellungnahme abgeben wollen, hat sich das hier schnell erledigt. Die Exklusivrechte können Ihnen ein gutes Honorar einbringen.«

Das war keine Antwort auf meine Frage. Ich war kurz davor, um Hilfe zu rufen und dachte daran, die Nummer der Polizei zu wählen. Das ging definitiv zu weit.

»Frau Kals, möchten Sie einen privaten Termin, um das bei Kaffee und Kuchen zu besprechen?«, fragte die pummelige Frau mit der Brille.

»Kaffee und Kuchen? Haben Sie noch alle Tassen im Schrank?«, murmelte ich mit Kloß im Hals. Ich kassierte ein mildes Lächeln ihrerseits und sie notierte sich etwas auf ihrem Block.

Ich trat nach vorne und drängte den Mann im Mantel zur Seite, damit ich zurück zu meiner Haustür flüchten konnte.

»Wie wollen Sie auf den Shitstorm in den sozialen Netzwerken reagieren? Die Fans wollen wissen, ob es nun eine Hochzeit gab.«

»Kein Kommentar«, fauchte ich, während ich den Schlüssel in meiner Tasche suchte.

»Wo haben Sie sich kennengelernt?«, wollte der junge Blonde wissen und ich schnaubte verächtlich. Als ich aufsperrte und die Tür zitternd aufzog, blickte ich ein letztes Mal zurück.

»Wenn Sie mir ins Treppenhaus folgen, rufe ich die Polizei«, klärte ich die kleine Truppe auf, die unbeeindruckt dreinblickte. Ich knallte die schwere Tür zu und eilte nach oben in die Wohnung. Das war wohl nichts mit meiner Schokolade.

Mein Atem ging unregelmäßig, sodass ich mich verschluckte und Seitenstechen bekam. Ich trat schwitzend in mein Apartment, drückte die Wohnungstür hinter mir zu und wählte mit bebenden Händen Jaris Nummer. Sobald er abhob, schluchzte ich theatralisch in das Mikrofon.

»Sie sind hier!«

Die Stille am anderen Ende gab mir Zeit, laut zu hicksen, weil ich Schluckauf bekam.

»Wer ist bei dir?«, fragte Jari.

»Respektlose Reporter von irgendwelchen Zeitungen und Radiosendern! Sie haben draußen auf der Straße auf mich gewartet und sind auf mich eingestürmt. Verdammt, ich kann meine Wohnung nicht mehr verlassen, woher wissen die, wo ich wohne?«

»Beruhig dich bitte!«, forderte er, bewirkte damit aber das Gegenteil. Es war beängstigend, dass sich fremde Menschen derart für mich interessierten. Ich wollte mir nicht ausmalen, wie sie reagieren würden, wenn sie rausfanden, dass die Sache mit der Hochzeit kein Gerücht war. War es besser, die betrunkene Ehefrau oder der aufdringliche Fan zu sein?

»Wie soll ich mich beruhigen, wenn eine Meute Irrer da draußen auf mich wartet und mir an den Kopf wirft, ich sei eine Schlampe, mit der du deine Freundin betrogen hast? Jari, ich kann das verfluchte Haus nicht mehr verlassen, ohne umzingelt zu sein. Was kommt als nächstes? Eifersüchtige Fans, die mich mit Eiern bewerfen?«

»Alles wird gut«, brummte er in den Hörer und ich donnerte mit der Faust gegen die Tür hinter mir.

»Nichts wird gut! Die halbe Klatschpresse kennt mein Gesicht.«

Er antwortete lange nicht und gab mir damit die Möglichkeit durchzuatmen.

»Ich wollte dich nicht anschreien«, sagte ich seufzend.

»Bleib, wo du bist. Ich komm dich abholen«, sagte er und legte auf, ohne sich zu verabschieden.

Davonlaufen ist durchaus eine Lösung

»Geht es dir gut?«, fragte Louisa außer Atem, wobei ich ihr in der Sekunde um den Hals fiel, in der sie die Wohnung betrat. Nachdem ich sie panisch angerufen hatte, hatte sie ihre Termine verschoben und stand jetzt endlich vor mir. Mit dem knallroten Lippenstift und den getuschten Wimpern entsprach sie der Business-Optik. Ich war verheult und gerädert.

Während sie taumelnd aus den Pumps schlüpfte, zog sie mich gleichzeitig weiter ins Wohnzimmer. Ich plumpste kraftlos auf den Teppich. Louisa kniete in ihren teuren Klamotten vor mir. Sie hörte stillschweigend zu, nickte konzentriert und tätschelte zwischendurch meine Schultern. Ohne irgendetwas zu verschönern, berichtete ich ihr die Ausmaße meines Ruhms und schilderte ihr auf dramatische Art, wie mich die Reporter vor der Haustür belästigt hatten.

Aufmerksam lauschte sie meinen Ausführungen. Ihre einzige Reaktion bestand darin, sich die Haare mit einem Zopfgummi zurückzubinden. Als ich nichts mehr zu beichten hatte, sondern aufgebracht schnaufte, lächelte sie. Louisa hob mein Kinn mit ihren filigranen Fingern an und zwang mich, sie anzusehen.

»Ich verstehe, dass du erschöpft bist. Die letzten Tage waren kräftezehrend für dich. Du hattest ein großes

Geheimnis und dann dieses Gefühlschaos mit Jari. Einmal wünschst du ihm die Pest an den Hals und kurz danach knutscht ihr hemmungslos rum. Dann verabschiedet ihr euch für immer und später gehst du zu seinem Konzert, um erneut an seinen Lippen zu hängen. Und jetzt dieser ganze Trubel mit dem Foto. Die Reporter warten übrigens immer noch unten. Dazu kam der Unfall mit Leo ...«, zählte sie auf und stockte, weil meine Unterlippe begann zu beben. Sie zog die Stirn kraus und presste mir ihre kleine Hand auf den Mund. Der Heulreflex verschwand sofort. »Süße, du weißt, ich liebe dich. Aber als ein adoptierter Teil deiner Familie muss ich dir jetzt ganz ehrlich sagen: Reiß dich zusammen.«

Ich war sprachlos. Sie nahm meine Finger in ihre Hände und strich über meinen Handrücken.

»Hannah, ich höre dir zu und ich bin für dich da. Aber du musst dir bewusst werden, wie du dich in diese Sache hineinsteigerst.«

Ich wollte protestieren, da kniff sie mir vorausahnend in den Arm. Meinen Schmerzenslaut ignorierte sie.

»Was ich damit sagen will, ist, dass du erwachsen bist. Du hast Fehler gemacht und musst für die Konsequenzen geradestehen und ja, ich weiß, ich habe dich dazu angestiftet«, sagte sie lachend, als ich ihr den naheliegenden Vorwurf entgegenschleudern wollte. »Die Hochzeit in Vegas war dumm, aber kein Weltuntergang. Du hast einen Plan. Die Presse hält das Ganze sowieso für ein Gerücht. Wer das ausgeplaudert hat, wollte euch schaden. Es hätte dich schlimmer treffen können, so besoffen, wie du warst. Du hattest Glück, einen charmanten, sexy Finnen abzubekommen, der weiß, was sich gehört und dazu noch heiß im Bett ist.«

Trotzig reckte ich das Kinn, bis sie weitersprach.

»Leo geht es gut. Er wird wieder gesund. Was die Sache mit diesem Foto betrifft, wird das vorübergehen. Jari ist sehr berühmt, aber nicht Madonna. Die Klatschpresse braucht etwas zum Lästern und wird es vergessen. Mein Fazit: Hannah, du hast mit 18 deine Eltern verloren, deinen 13 Jahre alten Bruder großgezogen und *das* war das Schlimmste, was dir passiert ist. Nicht eine Affäre mit einem sexy Rockstar.«

Zuletzt zog sie mich in ihre Arme. Ich prallte gegen ihre Schulter und fügte mich meinem Schicksal. Seufzend sog ich den Vanilleduft ein und hielt mich an ihr fest. Louisas Worte hallten in mir nach. Dass sie fruchteten, gab ich nicht zu.

***

Louisa blieb den ganzen Tag bei mir. Sie achtete darauf, dass ich nicht in Selbstmitleid versank und erzählte mir anzügliche Anekdoten von ihren Kunden. Sie wurde dafür bezahlt, fremde Häuser mit überteuerten Dekoartikeln einzurichten.

Am frühen Abend saßen wir nebeneinander auf dem Sofa, als die schrille Türklingel mich hochschrecken ließ.

»Erwartest du jemanden?«, fragte Lou mich skeptisch. Ich wollte mit *Nein* antworten, bis mir Jaris Worte am Telefon einfielen.

»Er wird doch nicht wirklich ...«, murmelte ich mehr zu mir selbst.

Louisas Augen begannen zu strahlen. Mit atemberaubender Geschwindigkeit sprang sie auf, schüttelte ihre blonden Haare aus und rannte zur Tür. Von der Vernunft, die sie soeben noch gezeigt hatte, fehlte jegliche Spur. Das Fangirl war in ihr erwacht und machte mir Angst.

Ohne auf mein Einverständnis zu warten, drückte sie auf den Summer und öffnete die Tür. »Ich bin so aufgeregt«, japste sie. »Meinst du, er gibt mir ein Autogramm, wenn ich lieb frage?«

Ein Stöhnen meinerseits war ihr Antwort genug, vertrieb ihre gute Laune jedoch nicht. Ich hörte hallende Schritte aus dem Treppenhaus und dann ihr freundlichstes »Hallo, ich bin Louisa!«

Die Tür wurde geschlossen. Ich kniff meine Augen fest zu und vernahm das Rascheln von Jacken und ein Schlurfen.

»Du warst mit Hannah in Vegas«, antwortete die mir vertraute, tiefe Stimme.

Louisa war absurd aufgekratzt und ihre Tonlage eine Spur höher als sonst. »Genau! Und du bist ihr Ehemann.«

»Ich bin Jari und das ist Anniina«, antwortete er. Ich fuhr erschrocken hoch, woraufhin mein Nacken knackste. Tatsächlich stand da nicht nur mein eigener Finne, sondern neben ihm die Gitarristin der Band. Hätte ich sie nicht bereits persönlich getroffen, hätte ich sie nicht erkannt. In einem engen, schwarzen Pullover und blauer Jeans sah diese Frau aus wie ein anderer Mensch. Ihre stark geschminkten Augen, die mich finster anvisierten, waren jedoch unverkennbar. Auch die gepiercte, blonde Augenbraue zog sie unvermittelt nach oben.

»Freut mich, euch kennenzulernen! Darf ich ein Foto mit euch machen?«, fragte meine Freundin ungeniert.

»Louisa!«, mahnte ich empört. Mordgedanken vertrieben meine Ängste.

Jari kam auf mich zu und verhinderte Louisas Ableben. Seine Jeans raschelte, als er sich neben mich setzte. Verlegen zog ich die Knie an und bettete meine Stirn darauf. Er flüsterte mir ein heiseres »Hei« ins Ohr. Da waren sie wieder. Die Hormone, die ihr Festtagsoutfit anlegten und sich bereit machten.

Er wartete vergebens auf eine Antwort und legte einen Arm um meine Schultern. Ich ließ es geschehen, dass mein Kopf gegen ihn fiel.

»Es tut mir leid«, murmelte er.

»Sind noch Leute unten, die auf ein Foto von mir hoffen?«, wagte ich zu fragen. Er schüttelte sofort den Kopf und ich atmete erleichtert aus.

»Wenn euch jemand gesehen hat, wird das die Sache verschlimmern«, sagte Louisa beiläufig.

»Hatten wir denn eine Wahl? Jari hat sich geweigert, jemanden zu schicken«, antwortete Anniina gereizt. Ihr scharfer Ton ließ mich weiter zusammensacken. Ich hörte ein kurzes »Mhm« von meiner Freundin.

»Was wird jetzt aus meinem Foto und dem Autogramm?«

»Louisa!«, wiederholte ich erbost, denn langsam verlor ich die Geduld. Jari unterdrückte ein Glucksen, was ich an der vibrierenden Brust fühlte. Seine Hand zog kleine Kreise an meiner Schulter.

»Sind sie nicht süß?«, fragte Lou schwärmend.

Ich öffnete die Augen, um ihren verträumten Blick aufzufangen. Diesmal lachte Jari laut. Louisa und Anniina saßen sich am Esstisch gegenüber und betrachteten uns mit unterschiedlichen Gesichtsausdrücken. Lou sah uns verklärt an, ehe eine furchtbare Erkenntnis in ihr Gesicht trat und sie entrüstet nach Luft schnappte.

»Wo sind eigentlich meine Schuhe?«

Ich hob nicht als Einzige verwirrt den Kopf. Mein stummes Flehen erhörte sie nicht. Jari drehte sich interessiert in ihre Richtung.

»Hannah hatte meine Schuhe in Vegas an und sie kam ohne wieder. Wo sind sie?«

Ich hob unschuldig die Hände, denn ich hatte keine Ahnung.

»Die waren teuer!«

»Louisa«, zischte ich bedrohlich.

»Wenn dir 300 Euro egal sind, okay. Mir nicht, denn ich habe keinen reichen Ehemann.«

Das brachte das Fass zum Überlaufen. »Du hast mich Schuhe für 300 Euro tragen lassen? Bist du irre?«

Sie zuckte mit den Schultern und stieß einen frustrierten Laut aus. »Guter Geschmack hat seinen Preis.«

Ich begriff nicht, dass niemand die Unwichtigkeit dieses Gespräches erkannte. Wütend stand ich auf und marschierte stampfend durchs Zimmer. Mein Kreislauf brauchte dringend Bewegung. »Wir haben wichtigere Dinge zu klären. Wie krieg ich mein Leben zurück?«

»Darüber hättest du lieber vorher nachgedacht«, murmelte Anniina vorwurfsvoll.

»Du sagst das, als wäre ich für die Gerüchte über die Hochzeit verantwortlich oder hätte das Foto mit Jari selbst verkauft«, spekulierte ich.

Anniinas Gesichtsausdruck sprach Bände. Sie wusste, dass das Foto beim Konzert nicht meine Schuld gewesen war, aber die Sache mit den Gerüchten kaufte sie mir nicht ab. Jari stand abrupt auf und stellte sich mir in den Weg. Zudem sah er seine Bandkollegin an und eine Falte bildete sich zwischen seinen Augen.

»Du weißt genau, wer das war, Anni. Niemand von uns zweifelt daran, dass Mikael derjenige war, der uns diese Scheiße eingebrockt hat«, erklärte er verärgert. Während ich ihn verwirrt anstarrte, zuckte Anniina mit den Schultern.

»Ich denke, meine Arbeitskollegen haben mich auch hintergangen, sonst wüssten die nicht, wo ich wohne«, fügte ich kleinlaut hinzu. Es behagte mir nicht, Menschen zu verdächtigen.

Er legte mir beide Hände auf die Schultern, drückte mich von sich und suchte Blickkontakt. »Du packst jetzt deine Sachen und kommst mit nach Finnland.«

Ich packe meiner Koffer …

Diesmal war es Anniina, die ruckartig aufstand. Sie bahnte sich ihren Weg trampelnd durch mein Wohnzimmer, genau zwischen Jari und mir hindurch. Wir traten erschrocken einen Schritt zurück, um nicht umgerannt zu werden. Die wütende Gitarristin riss die Balkontür ungefragt auf, ging ohne Jacke nach draußen und fischte eine Zigarettenpackung aus der engen Jeans. Mit einem lauten Knall zog sie die Tür hinter sich zu. Sie kehrte uns den Rücken zu, während sie den Rauch in die Kälte blies.

Als ich meinen angsterfüllten Blick von ihr losriss, fehlten mir die Worte. »Was hast du gerade gesagt?«, fragte ich Jari überrumpelt.

»Ich hätte dich nicht hinter die Bühne mitnehmen dürfen, wenn dort die Presse lauert. Es war unsere Schuld, dass die Sache mit Vegas publik wurde, daher werde ich dich von hier wegbringen, bis sich die Lage beruhigt hat. In Finnland werden dir garantiert keine Menschen hinterherlaufen, das verspreche ich.«

Aus den Augenwinkeln sah ich, wie sich Anniina kurz zu uns umdrehte. Bei ihrem hasserfüllten Blick bekam ich eine Gänsehaut. Zorn keimte in mir auf, weil ich nicht wusste, warum sie hier war. Vermutlich war sie vom Management mitgeschickt worden, um aufzupassen, dass wir keine weiteren Dummheiten begingen.

»Die Band war bisher ohnehin noch in München. Wir wären heute nach Hause geflogen«, erklärte Jari an mich gerichtet und ich schüttelte automatisch den Kopf.

Anniinas flache Hand klatschte gegen die Balkontür. Sie starrte wutentbrannt in meine Richtung. Ich wusste, dass man die Tür nur schwer von draußen aufbekam. Während ich die Gitarristin aussperren wollte, reagierte Jari sofort und ging zu ihr. Er öffnete ihr, doch sie verharrte in der Kälte. Sie war viel größer als ich und musste kaum zu ihm aufsehen.

Ich starrte auf Jaris breiten Rücken, der ihr Gesicht vor mir verbarg. Sie begann auf Finnisch mit ihm zu flüstern und deutete mit dem Zeigefinger auf mich. Jari schüttelte den Kopf und drückte ihre Hand runter. Der spitzbübische Ausdruck in seinem Gesicht, inklusive dem mir vertrauten Schmunzeln galten diesmal seiner Bandkollegin. Es erleichterte mich, dass es auf die taffe Anniina eine beruhigende Wirkung zu haben schien. Sie seufzte laut und ließ die Schultern sinken. Als er seine Hände zärtlich an ihre Wangen legte und sich zu ihr beugte, hielt ich den Atem an.

»Anni«, murmelte er sanft. Er sprach weiter auf sie ein und mit jedem Wort löste sich die Zornesfalte zwischen Anniinas Brauen auf. Ihr trotziges Schnauben beendete ihre merkwürdige Unterhaltung und Jari nahm seine Hände von ihrem Gesicht. Sie boxte ihm grimmig mit der Faust gegen die Brust, was er mit einem siegessicheren Lachen quittierte.

Sie kamen zurück in die Wohnung und als sie die Tür zudrückte, setzte er ihr einen flüchtigen Kuss auf die Stirn. Ich konnte nicht wegsehen, obwohl durch mein

Starren Anniinas Wut wieder aufflammte. Erstmals kam mir in den Sinn, dass sie womöglich driftigere Gründe hatte, mich zu hassen. Die Vertrautheit zwischen den beiden war nicht zu übersehen. Ich wusste, dass sie sich lange kannten, hatte aber nie darüber nachgedacht, ob sie je ein Paar gewesen waren. In meinen abgespeicherten BRAVO-Lebensläufen fand ich dazu jedenfalls keine Informationen.

Louisa beendete die peinliche Situation, indem sie in die Hände klatschte. »Das wird super!«, quietschte sie glücklich. Ich zeigte ihr den Vogel.

Lou sprang auf und zerrte mich an der Hand zu sich. »Wir packen jetzt deinen Koffer. Wie viel darf sie mitnehmen, Handgepäck?«

Jari zuckte mit den Achseln. »Privatjet.«

Meine Freundin machte sich vor Freude fast nass. »Ich beneide dich«, bekam ich zu hören und wurde ins Schlafzimmer geschoben.

»Du brauchst viele Socken, viele Pullover und ganz viel hübsche Unterwäsche«, zählte Louisa nachdenklich auf.

»Ich brauche ein Zeugenschutzprogramm und einen plastischen Chirurgen, der mein Aussehen verändert«, konterte ich missmutig.

Aufgeregt schob sie mich zu meinem Bett und zog zielstrebig einen Trolley von meinem Schrank herunter. Sie ignorierte meine Bissigkeit und öffnete sämtliche Schubladen der Kommode hinter mir, durchstöberte alles ohne Scham. »Wo hast du die schönen Dinge?«, wollte sie mit einem suchenden Blick wissen.

Ich plumpste rücklings aufs Bett, starrte die Deckenlampe an und seufzte. Als sie fünf verschiedene BHs, in

Spitze und halb durchsichtig, in die Hand nahm, sah ich sie skeptisch an. »Was denkst du, was ich in Finnland machen werde? Strippen?«

Sie überlegte mit ernster Miene. Die Vorstellung, dass ich heute Abend in Finnland sein sollte, war unbegreiflich.

»Ich muss meinen Chef anrufen und erst einmal fragen, ob das überhaupt in Ordnung geht, wenn ich spontan noch länger Urlaub mache.« Eine Lösung musste her. Dass das Finnland sein sollte, fiel mir schwer zu glauben.

»Du magst ihn«, sagte sie aus heiterem Himmel.

Die Deckenlampe wurde immer interessanter und forderte meine volle Konzentration. »Ich kenne ihn kaum«, entgegnete ich.

Sie klopfte stolz auf das gefüllte Gepäckstück und nickte. »Du magst ihn, und ich übrigens auch«, wiederholte sie grinsend.

Louisas Gewicht ließ die Matratze unter mir einsinken. Mit durchdringendem Blick musterte sie mich so lange, bis ich aufgab.

»Ich mag ihn«, gab ich klein bei und sie holte Luft, um etwas zu sagen. »Aber das spielt keine Rolle«, fiel ich ihr ins Wort. »Ich weiß nichts über diesen Mann, außer dass er einen guten Fitnesstrainer hat. Jari kann gut singen, er hat Humor, er ist ehrgeizig, was seine Karriere betrifft. Er kann sehr aufmerksam sein. Er reist viel. Er hat seine Arbeit und alles andere für mich stehen und liegen lassen. Mehr weiß ich nicht und trotzdem bringt mich seine Gegenwart ständig aus dem Konzept. Es ist, als wären meine Hormone auf einem Ecstasy-Trip, sobald er in meiner Nähe ist.«

Das wissende Schmunzeln auf ihren Lippen war ärgerlich. »Du hast dich verliebt«, stellte sie trocken fest.

Ich verzog das Gesicht, konnte aber nicht spontan widersprechen.

»Hannah, denkst du, man verguckt sich als erstes in all die wichtigen Dinge? Man verliebt sich nicht in Verantwortungsbewusstsein, Kinderwunsch, Haus, Hund und Garten. Anfangs muss die Chemie stimmen. Liebe ist ein Gefühl, das man nicht erklären kann. Wenn man mit dem vielen Rumvögeln fertig ist, beginnt sich die Sache in echte, wahre Liebe zu wandeln. Die besteht aus weniger Schmetterlingen, geht aber mit mehr Vertrauen einher«, erklärte sie zufrieden. Bevor ich ihre Weisheit infrage stellen konnte, sprang sie kichernd auf und streckte mir ihre Hand entgegen. »Also, der Plan steht! Flieg nach Finnland. Erhole dich, habe Spaß und finde raus, was du möchtest. Und vergiss mir ja nicht das viele Rumvögeln.«

***

Während ich anschließend mit meinem Chef telefonierte, stopfte meine beste Freundin diverse Hygieneartikel in die Seitentaschen des Trolleys. Ich beachtete ihr Zwinkern nicht, als sie die komplette Kondompackung aus dem Spiegelschrank nahm.

Die Nachricht, dass ich spontan zwei Wochen Urlaub brauchte, nahm mein Abteilungsleiter gelassen und regelrecht erfreut auf. Subtil teilte er mir mit, dass er erwartete, dass nach den Weihnachtsfeiertagen alles in normale Bahnen fand. Das Gespräch dauerte nicht lange, aber belastete mich trotzdem zusätzlich.

Mein Bauch kribbelte unangenehm, als wir uns im Flur anzogen. Ich schnappte mir einen dicken Wintermantel und drückte Lou an mich. Jari und Anniina setzten sich je ein schwarzes Cap auf, zogen es tief ins Gesicht und wandten sich zum Gehen. Jari nahm sich meinen Trolley. Es erschien mir lächerlich, dass ich diese Nacht in Finnland schlafen sollte.

»Was die Journalisten betrifft: Sieh ihnen bloß nicht in die Augen, das macht sie aggressiv«, riet mir Anniina mit zusammengekniffenen Augen. Den Scherz enttarnte ich erst, als Louisa loslachte.

Zu meiner Überraschung fand ich vor dem Haus außer kalter Dunkelheit nichts vor. Kein Blitzlichtgewitter und keine kreischenden Fans. Dennoch blieb ich misstrauisch stehen und starrte in die Schatten der Büsche. Jari legte einen Arm um meine Schultern, um mich weiterzuschieben.

Ohne dass uns jemand hinterrücks ansprang und nach einem Kommentar verlangte, erreichten wir ihren Mietwagen. Die Scheinwerfer des schwarzen Mercedes leuchteten auf.

»Willst du vorne sitzen?«, fragte mich Jari, der mein Gepäck in den Kofferraum lud. Ich antwortete nicht, sondern stieg schmollend auf der Rückbank ein. Es machte mich traurig, dass ich mein Zuhause verlassen musste, nur weil irgendwelche schlagzeilengierigen Zeitungen davor lagerten. Anniina ließ sich auf der Fahrerseite nieder und warf mir düstere Blicke im Rückspiegel zu. Jari schaute uns skeptisch an, nachdem er auf der Beifahrerseite eingestiegen war. Anniina schnaubte, ließ den Gurt einrasten und startete den Motor.

Zu Hause klingt gut

»Hör auf mich anzustarren, das macht mich nervös«, zischte ich über die Zeitung hinweg. Jari saß mir, tief in den Sitz gesunken, gegenüber. Breite Kopfhörer verdeckten seine Ohren und sein Blick ruhte unentwegt auf mir. Er fixierte mich, als hätte er Angst, dass ich mich in Luft auflöste, sobald er wegsah. Wir waren erst seit wenigen Minuten in der Luft und nicht eine Sekunde hatte dieser Mann etwas anderes angesehen als mich.

Im Flugzeug gab es keine Möglichkeiten auszuweichen. Demonstrativ blätterte ich raschelnd die nächste Seite der Tageszeitung um. Obwohl der Jet von außen gefährlich winzig ausgesehen hatte, entpuppte sich die Inneneinrichtung als großzügig und edel. Neben den Geräuschen der Triebwerke herrschte nur leises Gemurmel. Jeder schien beim Betreten der Maschine gewusst zu haben, wo sein Platz war, wohingegen Jari mich wortlos mit sich gezogen hatte. Zwei Stunden sollte mein Weg von Deutschland nach Finnland dauern.

Ich kauerte auf einem Fensterplatz und versuchte krampfhaft, den langweiligen Nachrichten der Tageszeitung zu folgen. Wir saßen zu zweit auf einem Viererplatz und ich hatte das Gefühl, dass die anderen mich mit Absicht mieden.

»Ich sagte, lass das«, wiederholte ich gereizt und legte die Zeitung vor mir auf den Tisch. Endlich klärte sich sein Blick und er zog die Stirn kraus. »Du starrst mich an! Ich kann das sehen und fühlen, so kann ich mich nicht konzentrieren«, erklärte ich seufzend. Er schob eine Seite der Kopfhörer weg, zerzauste sich die Frisur und lächelte mich schief an.

»Ich versuche herauszufinden, was in dir vorgeht.«

»Ich fliege mit fremden Menschen in einem Privatjet nach Helsinki. Ich flüchte vor meinem Leben und habe keine Ahnung, was ich dabei fühle«, gestand ich.

Bevor Jari antwortete, beugte sich eine der zwei Stewardessen mit einem zuckersüßen Lächeln zu uns. Sie fragte uns aufgesetzt höflich, ob wir Kaffee oder etwas zu essen haben wollten. Während ich verneinte, bestellte Jari einen Cappuccino. Die Dame grinste ihn für mein Empfinden einen Tick zu lange an.

»Was geht dir durch den Kopf, Hannah?«, fragte Jari, als die Flugbegleiterin endlich von ihm abließ.

»Wie es nach unserer Absprache so weit kommen konnte, dass ich jetzt hier sitze und mit dir nach Helsinki fliege.«

Ich sah, wie die Entschuldigung in ihm hochkroch und schüttelte heftig den Kopf.

»Spar dir das. Es ist, wie es ist und im Moment brauche ich Zeit, um mit allem zurechtzukommen.«

Jari schmunzelte und schob sich die Kopfhörer kommentarlos zurück über die Ohren. Er lehnte die Stirn gegen das Fenster und schloss die Augen. Ich hob die Zeitung an, blätterte um, schaffte es aber nicht mal, das

Wetter nachzulesen. Diesmal war ich jene, die ihn darüber hinweg anstarrte. Die Arme hatte er vor der Brust
verschränkt und sein Atem ging ruhig.

»Ich spüre das«, murmelte er, ohne die Augen zu öffnen, wobei ich ertappt zusammenzuckte. Meine Hormone waren wieder auf ihrem Trip.

***

Ich konnte meine Gedanken nicht zu Ende ordnen, weil
wir viel zu schnell landeten. Als wir ausstiegen, riss der
kalte Wind an meinem Mantel und wehte den Geruch
von Frost heran. Eine dünne Schneeschicht lag auf dem
Boden. Auf dem abgegrenzten Gelände um uns herum
glitzerte das Eis in der Flughafenbeleuchtung.

Ich blinzelte gegen eine eisige Böe und torkelte die
ausgeklappte Metalltreppe nach unten. Jari nahm meinen Trolley an sich und ließ mich mit einem Nicken vo-
rausgehen. Der Flieger stand abseits des Flughafens,
weshalb ein Shuttlebus mit offenen Türen auf uns wartete. Sobald ich festen Boden unter den Füßen hatte,
überholten mich die anderen, als wäre ich unsichtbar.
Nur Tomi stieß mich beim Vorbeigehen leicht mit der
Schulter an und zwinkerte mir aufmunternd zu.

Wir stiegen in den Shuttlebus und fuhren damit in
wenigen Minuten hinüber zum *Flughafen Helsinki-
Vantaa.* Gesammelt marschierten wir an den Gepäck-
bändern vorbei, da griff Jari zielstrebig nach meiner
Hand. Bevor ich protestieren konnte, schleifte er mich
mit. Er rief seinen Freunden etwas über die Schulter zu
und sie winkten ihm nach. Wir bahnten uns einen Weg

durch wartende Passagiere und verließen schnurstracks durch den zollfreien Ausgang die Gates.

Erst am anderen Ende des Flughafens traten wir in die Kälte hinaus und endlich konnte ich mich von ihm losmachen. Unter den Füßen fühlte ich eine matschige Schneeschicht, die schmatzende Geräusche verursachte. Wir blieben mitten zwischen parkenden Autos im Licht von Laternen stehen. Ich wischte mir den Schweiß von der Stirn, der durch die eisigen zwei Grad Minus auf meiner Haut stach wie viele kleine Nadeln.

»Wieso rennen wir, als würde uns der Teufel persönlich verfolgen?«, fragte ich aufgebracht. Während mein Atem stoßweise ging und kleine weiße Wölkchen vor meinen Lippen produzierte, stand er tiefenentspannt vor mir.

»Ich wollte weitere Fragen der anderen vermeiden.« Als hätte er mich nicht gerade fast über den Fußboden geschleift, stellte Jari das Gepäck neben einem schwarzen Porsche ab, zog aus seiner Hosentasche einen Autoschlüssel und entriegelte die Türen. Wortlos öffnete er mir die Beifahrerseite. Der Tag hatte mich geschlaucht, also stieg ich schweigend ein.

»Mietwagen oder deiner?«

»Meiner«, bekam ich die kurze Antwort, ehe er den Motor startete. »Meine Schwester und ihr Mann haben das Auto heute hergebracht. Ich lasse mein Baby sicher nicht tagelang auf einem Flughafen unbeaufsichtigt in der Kälte stehen.«

Er fuhr vom Parkplatz und bog auf die Hauptstraße ab. Mir fiel es schwer mir vorzustellen, wie Jaris Familie war. Das Bild, das ich von ihm hatte, umfasste keine familiären Geburtstagsfeiern oder Sonntagskuchen bei den Eltern. Viel eher sah ich ihn auf Aftershowpartys, öffentlichen Veranstaltungen und in teuren Hotels.

»Wie lange müssen wir fahren?«, wollte ich wissen und sah in die Dunkelheit hinaus.

»Etwa 50 Kilometer nach *Porvoo*.«

Er schien wieder kurz angebunden. Ich fragte mich, ob sich meine Anwesenheit in *seinem* Leben genauso merkwürdig anfühlte, wie ich es empfunden hatte, als er vor meiner Haustür gestanden hatte. Nachdenklich betrachtete ich mein Spiegelbild in der Scheibe und wartete, bis die Heizung meine Finger zum Kribbeln brachte.

»Wieso hat dich deine Schwester nicht abgeholt?«, fragte ich leise.

Er wechselte die Spur, um einen Mini zu überholen. »Deinetwegen.«

Überrascht blickte ich auf sein Profil, über das die Schatten der Straßenbeleuchtung huschten. »Bin ich dir peinlich?«

Er schüttelte lächelnd den Kopf und seufzte erschöpft. »Du machst mich fertig. Ich dachte, dir wäre es lieber, mit mir allein nach Hause zu fahren, ohne dass dich meine verrückte Familie mit Fragen überhäuft.«

»Wir fahren zu dir nach Hause?«, fragte ich ungläubig und er lugte verständnislos zu mir herüber.

»Möchtest du lieber in ein Hotel? Bei mir ist genug Platz. Du hast ein eigenes Zimmer, also mach dir nur keine Hoffnungen.«

»Zu Hause klingt gut.«

***

Die Lichter der Stadt zogen rasant vorüber, ich erkannte kaum etwas von der Landschaft oder der Infrastruktur. Jaris Gesellschaft war nicht minder frustrierend. Die dunklen Ringe unter seinen Augen sowie die Blässe zeugten von Müdigkeit.

»Du hast erwähnt, dass du ausgerastet bist an dem Morgen in Las Vegas. Auf mich hast du aber sehr gefasst gewirkt«, begann ich ihn abzulenken, damit er nicht am Steuer einschlief. Dass dieses Thema nicht zu seinen Favoriten zählte, deutete das Zucken um seinen Kiefer an.

»Ich hatte auch ein bisschen Vorsprung, denn ich war lange vor dir wach.«

»Was hast du die ganze Zeit gemacht?«

Sein Blick wanderte aus dem Fenster. »Einen Handtuchhalter ruiniert und 20 Minuten mit Joonas telefoniert, was ich machen soll.«

Und ich hatte die Vorhänge ruiniert. Wir passten ja toll zueinander.

»Was ging dir am Morgen durch den Kopf, als du neben mir aufgewacht bist?«

Wir fuhren auf die Autobahn und Jari trat das Gaspedal durch, bis wir 140 Stundenkilometer erreichten. »In der Nacht zuvor schien mir die Idee mit dem Heiraten genial. Nach zwei, drei Stunden Schlaf und einem Erwachen mit höllischen Kopfschmerzen war ich mir da nicht mehr ganz sicher. Ich habe mich ins Bad geschlichen, mir den Alkoholgestank von der Haut gewaschen, die teure Badezimmer-Einrichtung ruiniert und unseren Manager angerufen. Ich wusste, er kann dicht halten, wenn es um unser Image und damit um seine

Kohle geht. Außerdem hat er viel Erfahrung im Business, um zu wissen, wie man solche ... Angelegenheiten regelt.«

Murrend ließ ich mich in den Sitz zurückfallen. »Er war es, der dir gesagt hat, du sollst mir Geld anbieten, damit ich die Annullierung unterschreibe«, mutmaßte ich verärgert. Er holte langsam Luft und die Tachonadel wanderte weiter nach oben.

»Er hat mich lediglich darauf aufmerksam gemacht, dass ich keine Ahnung hatte, wer du bist und was du vorhast.«

Obwohl mich dieser Satz wurmte, war mir klar, dass er mehr zu verlieren hatte als ich. »Du glaubst mir, dass du nicht auf eine Betrügerin reingefallen bist?«

Er nickte, aber ganz konnte ich ihm dieses *Ja* nicht abnehmen. Er wechselte auf die rechte Spur und schmunzelte müde.

»Du hast keine Ahnung, was für Schauergeschichten Joonas über Fans wusste. Mein persönliches Horrorszenario war das mit dem Vorwurf einer Vergewaltigung und der Polizei. Mich aus der Sache rauszukaufen, erschien mir dagegen viel harmloser.«

Mein Verständnis für seine Lage wuchs nach seinen Erläuterungen. Jaris Ausgangspunkt dieser Geschichte war ein ganz anderer als meiner.

»Dein hysterischer Amnesie-Anfall hat mich nicht gerade entspannt«, sagte er und nahm die nächste Ausfahrt. Schuldbewusst sog ich die Luft ein und bewunderte seine Selbstbeherrschung. Als ich im Hotel ausgeflippt war, hatte er mich trotz der eigenen Ängste beruhigen wollen. Jari hatte stets die Kontrolle behalten, obwohl es in seinem Inneren anders ausgesehen hatte.

Abseits der Autobahn musste auch der Rennfahrer abbremsen. Wir durchquerten mutterseelenallein in der Finsternis einen Kiefernwald. Mit einem Kribbeln im Bauch bewunderte ich die mit einer dünnen Schneeschicht bedeckten Baumwipfel. Das Eis glitzerte im Mondlicht wie Diamanten. Der frische Duft von Bäumen, Erde und Winter suchte sich seinen Weg durch die Lüftung ins Wageninnere. Bald passierten wir die ersten Häuser. Mitten im dichten Wald eingebettet, fuhren wir an einem dunkelrot bemalten Holzhaus nach dem anderen vorbei. Ich nahm jedes Detail der liebevoll gestalteten Vorgärten in mich auf. Die beleuchteten Fenster funkelten zwischen den dunklen Bäumen hindurch. Man sah in ihnen vereinzelte Weihnachtslichter. Wie ein neugieriges Kind legte ich meine Handflächen an die kalte Scheibe, um kein Bild zu verpassen.

»Du wirst dir die Nase brechen«, warnte Jari erheitert und ich ließ mich in den Sitz zurücksinken.

»Wohnst du in einem von diesen?«, fragte ich voller Neugierde. Noch einmal bedachte er mich mit einem amüsierten Lächeln.

»Nein, wir wohnen außerhalb des Waldes, nahe an der Küste.«

»Wir?«

Automatisch musste ich an seine Ex-Freundin denken. Wieder eines dieser Themen, die er nicht gern ansprach.

»Der Großteil meiner Familie. Mein kleiner Bruder tingelt die meiste Zeit des Jahres durch die Welt, deshalb schlüpft er bei unserer Mutter unter, wenn er im Lande ist.«

Das war die privateste Information, die ich je von ihm erhalten hatte. Damit ich die angenehme Stimmung nicht sofort vernichtete, beließ ich es mit den Fragen.

Mittlerweile merkte auch ich die Müdigkeit deutlich und kämpfte dagegen an, bis ich irgendwann doch einnickte. Ich wurde erst von dem knirschenden Geräusch der Reifen, die einen Kiesweg entlangfuhren, aufgeweckt. Der Motor erstarb.

»Warum hast du mich geheiratet?«, fragte ich intuitiv mit geschlossenen Augen. Ohne das Surren des Motors hörte sich meine Stimme unangenehm laut an.

»Ich habe dich gebraucht. Du hast mir in diesem Augenblick gutgetan.«

Sofort öffnete ich die Augen, doch er hatte schon die Tür geöffnet und stieg aus. Nachdenklich folgte ich ihm.

Draußen begann ich sofort zu frieren, während Jari das Gepäck aus dem Kofferraum hob. Außer einer einsamen Leuchte auf einem Gartenzaun war es undurchdringlich düster um uns herum. Die Sterne und der Mond waren hinter einer Wolkendecke verborgen und der Wind brachte meine Augen zum Tränen. Wir parkten auf einer Anhöhe vor einer verschlossenen Garage, die eine Front aus Holzdielen hatte. Seine Schritte knirschten auf dem Schotter.

»Willkommen«, wisperte er mir zu. Vor uns erhob sich die dunkle Silhouette eines Hauses. Zwischen den Schatten der Umgebung leuchteten in der Ferne einzelne Lichter. Fenster der Nachbarn oder einsame Laternen wie jene an Jaris Gartenzaun.

Wir gingen einen schmalen Weg entlang, vorbei an einer bodentiefen Fensterfront, bogen um die Ecke und unter einem Vordach kramte Jari in seinen Hosentaschen. Mit einem Knarren schwang die Tür auf und wir traten ein.

Mir stieg der Geruch von Holz in die Nase samt einem Hauch von Jari, der sich zu mir beugte, um nach dem Lichtschalter zu suchen. Die abrupte Helligkeit ließ mich blinzeln, sodass ich den Kopf abwandte. Mein erster klarer Blick fiel auf die warmen Terrakotta-Fliesen auf dem Boden. Jari verschwand in einem Durchgang neben einer Front aus cremefarbenen Vorhängen. Zögerlich tapste ich ihm nach.

»Ich mach gleich den Ofen an, dann wird es sofort wärmer«, rief er mir euphorisch entgegen. Der nächste Lichtschalter setzte ein gigantisches Wohnzimmer in Szene. Kein Kamin, aber ein großer gemauerter Ofen war das einzige Klischee, das mich erwartete. Die restliche Einrichtung war schlicht, modern und alles andere als billig.

Jari schlüpfte durch eine weitere Wand aus schweren, weißen Vorhängen zurück ins Wohnzimmer. Einen Augenblick verharrte er mit den dicken Holzscheiten in der Hand. Seine Miene wirkte den Hauch einer Sekunde misstrauisch. Die Anwesenheit des vermeintlichen Groupies in seinem privaten Zuhause musste genauso ungewohnt für ihn sein, wie für mich der Rockstar in meinem Wohnzimmer. Als der Moment vorbei war, lächelte er mich an und schloss die Schiebetür hinter sich.

Er hockte sich vor den großen Ofen und öffnete dessen Glastür. Konzentriert begann er, das Holz in der Brennkammer zu stapeln. »Ich lasse ihn über Nacht glühen, dann zieht die Wärme durch das ganze Haus«, erklärte er mir. Bei dem Gedanken an wohlige Wärme gähnte ich wieder. Der Geruch von Rauch und das erste Knacken des Feuers ließen mich aufsehen. Jari war im Gegensatz zu mir wieder hellwach, aufgeregt und hatte ein beständiges Lächeln im Gesicht. Als die Flammen im Ofen hochstiegen, richtete er sich zufrieden auf und betrachtete sein Werk.

»Komm, ich zeige dir dein Zimmer«, sagte er und bewahrte mich davor, wie ein voller Sack Kartoffeln umzufallen. Er nahm meine Hand, sodass ich erneut träge hinter ihm her torkelte. Zusammen stiegen wir die dunkle Holztreppe nach oben, die unter unserem Gewicht knarzte, vorbei an unzähligen gerahmten Bildern an der Wand. Im ersten Stock schob er mich in das zweite Zimmer auf der linken Seite und schaltete das Licht ein, nur um mich direkt auf ein weiches Bett zu drücken.

»Ich bringe dir gleich deinen Koffer. Da hinten ist ein Gästebad«, erklärte er beim Rausgehen. Duschen zu gehen, klang großartig, aber die Gefahr, dass ich dabei müde gegen die Wand klatschte, war zu groß.

Kurz darauf kam Jari mit meinem Trolley wieder, den er mir vor die Füße stellte. Er legte mir eine Hand auf die Schulter und suchte meinen Blick. »*Hyvää yötä!* Schlaf gut, Hannah«, sagte er und wandte sich zum Gehen um.

Rasch stand ich auf, um diesmal ihn an der Hand zu mir zurückzuziehen. Jari wehrte sich nicht gegen meine Umarmung. »Danke für alles«, murmelte ich. Sein Herz schlug an meiner Wange rhythmisch und einlullend, sodass ich drohte, wie eine Giraffe im Stehen einzuschlafen.

»Schön, dass du hier bist«, antwortete er, strich mir ein letztes Mal über den Kopf und ließ mich allein.

Erdbeersocken

Mitten in der Nacht wachte ich auf. Ich lauschte in den Raum hinein und fühlte mich ausgeruht, obwohl es dunkel war. Murrend streckte ich die Arme nach oben und schob den Vorhang vorm Fenster zur Seite. Es drang kaum Licht in den Raum. Verwirrt tastete ich auf dem Boden nach meiner Jeans und fand mein Handy. Das Display zeigte mir neun Uhr an.

Seufzend ließ ich mich zurück ins Bett fallen und drehte mich wieder um. Der dritte Advent begann für mich in *Porvoo*, in Jaris Haus. Ich erinnerte mich an den Flug und die Ankunft in der verschneiten Landschaft. An vereiste Wälder und an die vielen Holzhäuser. Finnland, wie man sich das vorstellte.

***

Ich krabbelte aus den warmen Laken und wollte schon zur Tür schlurfen, als ein zartrosa Schimmer den Horizont erhellte. Fasziniert starrte ich hinaus in das Dämmerlicht und beobachtete die Sonne beim Aufgehen. Die Strahlen malten bizarre Schattenmuster an die Wände hinter mir. Auf dem Schnee auf dem Fensterbrett glitzerten die Eiskristalle. Als ich das Fenster öffnete, wehte mir ein eisiger Lufthauch ins Gesicht. Grinsend hielt ich meine Nase in den Winter hinaus. Vor mir erhob sich eine malerische Landschaft mit sanften Hügeln. Einzelne Bäume unterbrachen die unangetastete Weite der Schneedecke. Der Ausblick auf das Meer war unverbaut, nur vereinzelt ragten Nachbargebäude weit entfernt aus dem Schnee. Ich steckte die Hand in die Schicht auf dem Fensterbrett und genoss das eisige Gefühl auf meiner Haut.

Unweigerlich drängten sich Erinnerungen in meine Gedanken, die ausnahmsweise nicht aus Vegas stammten. Früher waren wir alle gemeinsam als Familie jedes Jahr auf den Weihnachtsmarkt am Marienplatz gegangen. Viel Glühwein und noch mehr Schokoladenerdbeeren am Spieß gehörten zu dieser Tradition. Der Schnee weckte das heimische Gefühl. Normalweise vermied ich es, in die Spirale der Emotionen zu trudeln. Diesmal jedoch war meine Angst unbegründet, denn während ich an die Leckereien vom Weihnachtsmarkt dachte, verwandelte sich meine Melancholie in ein anderes Gefühl. Ein Déjà-Vu mischte sich als Geschmack von Schokoladenerdbeeren mit Tequila in meinem Mund.

Unbewusst trat ich einen Schritt zurück. Das Schmelzwasser tropfte von meinen tauben Fingern zu Boden. Mir wurde schlagartig bewusst, wieso ich diese Schokoerdbeeren auch mit Jari verband.

Aufgeregt schloss ich das Fenster mit einem lauten Knall und eilte aus dem Zimmer. Polternd stapfte ich die Treppe hinunter, ließ meinen Blick nur flüchtig über die Bilder an der Wand gleiten und kam schnaufend im Wohnzimmer an. Die Größe dieses Raumes nahm mir erneut den Atem. Das Feuer im Ofen knisterte und erfüllte das gesamte Haus mit Wärme.

Ich sah mich um und entdeckte Jari in der Küche. Grinsend hob er den Kopf, lehnte sich an den Tresen und sah zu mir. »Hyvää huomenta«, sagte er, bevor er einen Schluck aus einer Tasse nahm.

»Guten Morgen«, antwortete ich kleinlaut. Ruhiger als zuvor ging ich zu ihm und setzte mich auf einen der drei Hocker, die vor der modernen Kochinsel standen.

»Gut geschlafen?«, erkundigte er sich. Er griff in einen Hängeschrank und holte eine zweite Tasse hervor.

»Du hast mir die Schokoladenerdbeeren organisiert, nachdem ich dir im Restaurant von meiner Familie und dem Weihnachtsmarkt erzählt habe«, platzte es sofort aus mir heraus.

Jari hielt in der Bewegung inne. Neugierig musterte er mich, ohne etwas zu sagen. Er trug eine blaue Jeans und ein langärmliges Shirt, das seine Tattoos verdeckte. Die dunkelblonden Haare glänzten feucht und er sah munter aus. Verspätet bildete sich ein sanftes Lächeln auf seinen Lippen.

»Wir haben uns über die Traditionen in Deutschland und Finnland zur Weihnachtszeit unterhalten. Ich habe erzählt, wie toll ich es fand, mit meiner Familie auf den Markt zu gehen und dass ich dort jährlich meine Erdbeeren bekam.«

Sein Lächeln wurde breiter. »Du meintest, du vermisst diese kleine Tradition und es hat dich traurig gemacht. Ich wollte dir eine Freude bereiten.« Jari stützte sich mit den Armen auf der Arbeitsfläche auf und beugte sich zu mir. Unbewusst kam ich ihm ein Stückchen entgegen, während ich versuchte, die Erinnerung aufrechtzuerhalten.

»Wir sind in ein Restaurant gleich neben dem Casino gegangen. Du bist auf die Toilette verschwunden und nachdem du wieder da warst, hat uns der Kellner unbestellt zwei Spieße mit Schokoladenerdbeeren und zwei Sektgläser gebracht.«

Er fuhr sich mit der Zunge über die Lippen. Auch er schien es erneut zu schmecken. »Mit ein bisschen Trinkgeld bekommt man in Vegas alles, was man möchte. Ein paar Erdbeeren in Schokolade zu tunken und sie aufzuspießen, sollte wohl jeder Sternekoch hinbekommen. Ich wollte dich aufheitern.«

Beim letzten Satz sah er mich unsicher mit gesenktem Kopf an. Ich griff über die Tischplatte hinweg nach seiner Hand. So, wie er es immer tat. Schockiert überlegte ich, ob ich ihm die ganze Geschichte rund um meine Eltern erzählt hatte. Es sah mir nicht ähnlich, fremden Menschen vom Unfall zu berichten. »Das war das Netteste, was je jemand für mich getan hat. Ich habe mich darüber gefreut«, stellte ich richtig. Der Gedanke daran reichte aus, um ein Prickeln in meine heißen Wangen zu schicken.

Jari räusperte sich, sodass ich seinen Atem auf meiner Haut spürte. Auf einmal waren diese Bilder ganz klar vor mir. Ich wusste, wir hatten lange in diesem Restaurant gesessen und Sekt getrunken. Immerhin bedeutete das, dass wir uns unterhalten hatten, bevor wir geheiratet hatten und im Bett gelandet waren.

»Danach kam die peinliche Karaoke-Bar«, gab ich mit verzogener Miene zu und er lachte auf. Sein Daumen strich vorsichtig an meinem entlang. Das freche Grinsen verleitete mich, ihm auf die Lippen zu starren.

»Ich hab dich zuerst geküsst«, rief ich schockiert, was ihn nur noch lauter lachen ließ. Meine Hormone fanden dieses Geräusch mehr als nur entzückend. Augenblicklich wurde mir bewusst, dass ich in diesem Restaurant die Kontrolle verloren hatte. Als wir aufgestanden waren, hatte ich ihn ohne Vorwarnung an mich gezogen und meine Lippen auf seinen Mund gedrückt. Eine Unart, die er sich von mir abgeschaut hatte, wie ich heute wusste. Den dreisten Annäherungsversuch hatte er überraschenderweise erwidert, statt mich wegzustoßen. Die Erinnerung manifestierte sich gefährlich real zwischen meinen Synapsen. Das Gefühl seiner Hände an meiner Hüfte und seiner Zunge an meiner.

Dass er soeben seine Finger unter meinen hervorzog und sie auf meine legte, machte die Befangenheit nicht besser. Sein Lächeln verbreiterte sich, der Abstand zwischen unseren Gesichtern schwand. »Richtig, unser erster Kuss schmeckte nach Erdbeeren und Schokolade«, stellte er amüsiert fest und unpassenderweise musste ich an meine Socken denken, auf die grinsende Erdbeeren gedruckt waren.

Bevor ich genau das tun konnte, was Louisa von mir erwartete und Leo fürchtete, beendete ein Klingeln mein wildes Herzpochen. Jari verzog skeptisch das Gesicht und wir beide starrten in Richtung des Flures zur Eingangstür.

»Erwartest du jemanden?«, fragte ich überrascht. Ein wissendes Luftausstoßen, das nicht glücklich klang, war seine Antwort. Jari stellte sich aufrecht hin und schüttelte genervt den Kopf.

»Nein, leider nicht.«

Gefrorene Einblicke

»Es tut mir leid«, murmelte er mir zu. Das schlechte Gewissen stand ihm ins Gesicht geschrieben, während er nach nebenan ging, um die Tür zu öffnen.

Verwirrt und mit mulmigem Gefühl im Magen blieb ich sitzen. Ich vernahm das Scheppern von Schlüsseln. Jari begrüßte mäßig erfreut seinen Besuch. Klang Finnisch generell schon temperamentvoll, verstärkte sich dieser Eindruck noch, wenn er fluchte. Ihm antworteten zwei verschiedene weibliche Stimmen und ich fiel vor Schreck beinahe von meinem Sitz. Die hitzige Diskussion im Flur dauerte nicht lange, ehe sie gemeinsam ins Wohnzimmer kamen. Jaris Miene war angespannt. Er fixierte mich nachdenklich, als er hinter den beiden Frauen hereinkam. In den Händen hielt er zwei übervolle Einkaufstüten.

»Du bist also Hannah!«, fragte mich die Ältere von beiden auf Englisch. Sie musterte mich mit dunkelbraunen Augen und strenger Miene. Jari stand vollbepackt daneben. Derart verunsichert hatte ich ihn bisher nie gesehen. Die Dame war kleiner als ich, trug eine Brille und strahlte trotz der schlanken Figur eine unverkennbare Autorität aus. Mein Mund wurde trocken.

»Ja, ich bin Hannah«, antwortete ich unsicher. Die andere Frau war deutlich jünger, doch die Ähnlichkeit war nicht abzustreiten. Mich überkam eine ungute

Vorahnung. Sie überragte die Ältere um zwei Köpfe und strich sich mit den rosa lackierten Fingernägeln durch die Haare. In der akkurat geschnittenen blonden Bob-Frisur stand nicht ein einziges Haar zur Seite. Um ihre freie Hand baumelte ebenso eine prall gefüllte Einkaufstasche, die raschelte, wenn sie das Gewicht verlagerte. Sie stöckelte langsam an mir vorbei und rief den beiden anderen etwas auf Finnisch zu.

»Hannah, das sind meine Mama Mari und meine Schwester Viktoria. Sie waren beide nicht eingeladen«, erklärte Jari genervt. Mari musterte mich erneut aufmerksam. Ich bewegte nicht einen Muskel. Wohlwissend, dass ich mit Erdbeersocken, einer schwarzen Stoffhose und einem ausgeleierten grauen Sweatshirt, unfrisiert und mit Schlaf in den Augen vor seiner Mutter stand. Viktoria begann die Einkaufstüten auszuräumen und stellte die vielen Lebensmittel auf die Kochinsel. Das Surreale an diesem Moment war die Normalität. Jari, der Rockstar, dessen Mama und Schwester ihm Essen vorbeibrachten. Wiederholt huschte Viktorias Blick zu mir.

Mari hingegen kam direkt auf mich zu. Ich versteifte mich mit jedem ihrer Schritte mehr. Jari redete sanft auf sie ein und schloss sich dann seiner Schwester an, den Einkauf zu sortieren. Seine Mutter blieb seufzend vor mir stehen und streckte mir die Hand entgegen.

»Du siehst nicht aus wie die anderen«, sagte sie zu mir.

Jari knallte eine Dose Tomatensoße auf den Tisch. Erneut zog Mari eine ihrer Augenbrauen hoch, exakt wie ihr Sohn es machte. Nach einem weiteren langen Blick über meine Person bis hin zu den Erdbeersocken, an denen ihre Augen hängen blieben, atmete sie hörbar aus. Mit diesem Atemzug lockerte sich ihre steife Haltung und ein zartes Lächeln erschien. »Willkommen in Finnland, Liebes«, sagte sie sanft. Ich drückte zaghaft ihre Hand. Viktoria plapperte wieder aggressiv zu ihrem Bruder, der genauso zurückblaffte und Mari brummte genervt. Dies war eindeutig eine Familie.

»Es ist unhöflich, Finnisch zu reden, wenn Hannah nichts versteht«, erklärte sie den beiden Streithähnen mit ernster Miene.

Überrascht sahen diese auf. Jari lächelte und Viktoria kämpfte mit ihrer Fassung. Stillschweigend fuhren sie mit ihrer Tätigkeit fort.

»Es tut mir leid, dass wir euch überrumpeln. Wenn ich gefragt hätte, hätte Jari dich bis in alle Ewigkeit in einer unserer Waldhütten vor uns versteckt«, sprach Mari an mich gewandt.

Nicht bis in alle Ewigkeit, aber bis zu unserer Annullierung, schoss es mir durch den Kopf. Seine Mutter lächelte versöhnlich und legte ihre Hand beruhigend auf meine Schulter.

»Alles ist in Ordnung. Hier wird dich niemand belästigen, außer unsere Familie natürlich«, erklärte sie mit einem Zwinkern. Von ihrer strengen Fassade war nichts mehr übrig. Die Lachfältchen rund um ihre Augen machten sie sympathisch. Sie schien nett zu sein, was ich von seiner Schwester nicht behaupten konnte.

»War der Flug in Ordnung?«, fragte Mari beiläufig und gesellte sich zu ihren beiden Kindern. Dankbar für dieses belanglose Thema nickte ich aufrichtig.

»Großartig. Ich bin noch nie so komfortabel geflogen. Ein Privatjet ist eine tolle Sache.«

Viktoria schnaubte und knallte dabei die Packung Karotten unsanft in das Gemüsefach des Kühlschranks. »Man muss sich dieses Privileg auch hart erarbeiten«, sagte sie trotzig.

»Misch dich nicht in meine Angelegenheiten ein«, fuhr ihr Bruder sie zornig an und Mari hob verzweifelt die Arme über den Kopf.

»Könnt ihr euch nicht zusammenreißen? Was glaubt ihr, wie sich die Kleine fühlt? Gerade wurde sie aus ihrem Leben herausgerissen.«

»Sie hätte sich auch nicht besaufen und in Jaris Bett kriechen müssen«, fuhr mich Viktoria wütend an. Ich sank auf meinem Hocker schuldbewusst ein. Diese Familie war umfangreich über mein persönliches Jahreshighlight informiert. Gab es hier irgendwo vielleicht einen detaillierten Aushang darüber?

»Das geht dich überhaupt nichts an!«, warf ihr Jari aufgebracht entgegen und sie verpasste ihm eine feste Kopfnuss.

»Du bist selbst schuld. Du Holzkopf.«

»Hört mit diesem Schwachsinn auf«, fauchte Mari dazwischen. Viktoria schien kurz vorm Explodieren zu sein, massakrierte einen Laib Brot und fuchtelte mit einer Zucchini in der Luft. Als Jari ihr erneut etwas ins Ohr flüsterte, verlor sie augenblicklich die Beherrschung.

»Lasst uns die Karten auf den Tisch legen! Diese dumme, verantwortungslose Nacht, inklusive wahnwitziger Hochzeit in Vegas, war einzig und allein das Produkt von Jaris Frustration wegen Mikael und der Tatsache, dass ihm Ella kurz davor den Laufpass gegeben hat. Wenn hier irgendjemand denkt, ich sei freiwillig hier und würde gute Miene zu diesem furchtbaren Spiel machen, dann täuscht ihr euch. Solange diese Frau die Annullierung nicht unterschrieben hat, kann mich niemand vom Gegenteil überzeugen. Sie gehört nicht hierher, nicht in unsere Familie. Ich fass es einfach nicht, dass du sie hergebracht hast.«

Der letzte Teil war an ihren Bruder gerichtet, der sie mit angespannter Miene anstarrte. Damit waren die Fronten eindeutig geklärt und Viktoria besser informiert als ich selbst. Ich schob sie sofort in die Kategorie Anniina. Diese beinhaltete Menschen, die mich mit Honig bestreichen wollten, um mich nackt auf einen Ameisenhaufen zu setzen.

Ich verstand ihre Bedenken. Außerdem hätte es kaum glaubwürdig gewirkt, jetzt hysterisch loszuplappern. Schon gar nicht mit diesen verdammten Erdbeersocken an meinen Füßen.

Das Schweigen legte sich drückend auf uns. Jaris Fäuste waren geballt und Mari schaute mich mitleidig an. Viktoria legte die Zucchini beiseite und fuhr sich mit ihren Fingern erneut durch das glatte Haar.

»Entschuldigt bitte. Das regt mich seit Wochen auf.«

Ich räusperte mich und knetete nervös meine Finger, während ich meinen Mut sammelte. »Wenn ich auch mal etwas dazu sagen darf, dann kann ich euch versichern, dass ich am siebten Januar aus eurem Leben verschwinde und ihr mich nie wieder zu Gesicht bekommen werdet«, versuchte ich die Situation zu entschärfen.

Seine Schwester überlegte, ob sie mir glauben konnte und Mari holte hörbar Luft. Jari durchbohrte mich mit seinem Blick. Kein Muskel regte sich in seinem Gesicht. Lange hatte ich nicht mehr über den Termin der Annullierung nachgedacht. Ich war allein damit beschäftigt gewesen, mein Leben in normale Bahnen zu lenken, und jämmerlich daran gescheitert. Diese Unterhaltung rief mir mein Ziel vor Augen. Ich machte mir bewusst, dass es nur noch knapp drei Wochen waren, in denen ich Jaris Ballast darstellte. Danach gab es einen Alltag, ohne gereizte Gitarristinnen oder Paparazzi.

Viktoria gab auf, umarmte ihre Mutter und murmelte ihr etwas ins Ohr. Sie drückte auch ihren Bruder, nur mir nickte sie kühl zu. »Es ist nichts Persönliches, Hannah. Ich muss meine Familie beschützen«, erklärte sie, ehe sie mit großen Schritten aus dem Zimmer marschierte. Als die Eingangstür ins Schloss fiel, löste sich die angespannte Stimmung etwas auf. Mari räumte weiterhin die Einkäufe ein, während Jari gedankenversunken seiner Schwester hinterherstarrte.

»Das ist meine Schuld. Ich hätte sie nicht überreden sollen mitzukommen«, sagte seine Mutter entschuldigend.

Als alle Einkäufe fachmännisch von Mari verstaut worden waren, sah sie ein letztes Mal zwischen mir und ihrem Sohn hin und her.

»Ich werde euch jetzt allein lassen, damit Hannah einmal richtig ankommen kann. Bitte sei nicht zu böse, er hätte mich nie eingeladen. Ich wollte dich einfach persönlich kennenlernen.«

Ich rutsche lächelnd von meinem Hocker. Es war schön, endlich einmal ein mir gegenüber aufgeschlossenes Gesicht zu sehen. Mari und Tomi mochten mich, damit standen sie Anniina und Viktoria gegenüber. Ich sammelte Punkte im Team Hannah.

Zur Verabschiedung bot ich Mari meine Hand an, an der sie mich in eine Umarmung zog. Sie roch wie ein herber Kräutergarten. Als sie mich losgelassen hatte, legte sie ihre warmen Hände an meine Wangen. »Hast du was dagegen, wenn ich morgen wieder zum Frühstück vorbeikomme, damit wir uns ein wenig unterhalten können?«, fragte sie zaghaft. Diese Vorstellung gefiel mir, deshalb war ich einverstanden.

***

Kurz darauf war ich wieder mit diesem Mann allein, der mein Leben in kurzer Zeit auf den Kopf gestellt hatte. Ich musste auflachen, als er sichtlich erschöpft zurück ins Wohnzimmer kam. Jari zerwühlte seine Haare und krempelte die Ärmel seines Shirts hoch. Er begann uns ein Frühstück anzurichten und ich wechselte auf das gigantische Sofa, das die Form eines Sichelmondes hatte. Davor stand ein Tisch, der aus dem Anschnitt eines alten Baumes bestand, dessen Jahresringe dunkel hervortraten.

Es war erstaunlich, wie beruhigend Jaris Anblick auf mich wirkte, wenn er in der Küche werkelte. Er sah entspannt aus und mit jedem Arbeitsschritt hob sich seine Stimmung. Der Rockstar, der sich Halbfettmargarine aufs Brot schmierte, war faszinierend.

»Die Zeit vor Vegas«, begann er schmunzelnd. »Kannst du dich überhaupt daran erinnern? Scheint mir ewig her zu sein.«

175

Ich wusste genau, was er meinte und versuchte an mein Leben vor Jari zu denken. Er hatte mich nicht in meiner besten Phase getroffen. Ich befand mich im Umbruch und war schwer damit beschäftigt gewesen, mein gebrochenes Herz wieder zusammenzufügen. Statt einer Antwort schüttelte ich gedankenversunken den Kopf.

Jari legte Holz im Ofen nach, bevor wir wie Könige frühstückten, mit dem Knistern des Feuers im Hintergrund. Als ich dachte, ich würde platzen, räumte der Hausmann alles beiseite und zeigte mir das Haus.

»Magst du einen Spaziergang zum Meer machen?«, schlug er mir vor, als wir wieder im Wohnzimmer standen und den atemberaubenden Ausblick aus der Glasfront hinter dem Sofa genossen. Über dieses Angebot brauchte ich nicht lange nachdenken.

Obwohl es nach Mittag war und die Sonne am wolkenlosen Himmel stand, wirkte das Licht seltsam. Meine skeptische Miene blieb nicht unbemerkt.

»Gegen drei am Nachmittag geht die Sonne zu dieser Jahreszeit wieder unter. Wir haben im Winter nicht viele helle Stunden. Dafür kann man diese umso mehr genießen«, erklärte Jari mit einem verträumten Blick in die Ferne.

In seinem Garten übertrug sich die friedliche Stimmung auf meine aufgewühlten Gedanken. Der Wind blies zwar mit eisigem Atem über mein Gesicht, doch die Sonnenstrahlen machten das wett. Ab und an fuhr ein Auto auf der Straße vorbei und über uns kreischte eine Möwe. Das Meer konnte nicht weit weg sein.

Ich stapfte lächelnd voran, weil jeder meiner Schritte ein knirschendes Geräusch im Schnee verursachte. Unser Atem kondensierte in weißen Wölkchen vor uns. Die Kälte kroch trotz Wintermantel, Boots, Schal und Handschuhen schnell durch die Kleidung durch, aber das hielt mich nicht davon ab, durch den knöcheltiefen Schnee zu waten und zu hüpfen. Jari ging hinter mir her und rauchte amüsiert eine Zigarette. Er hatte sich eine rote Mütze tief ins Gesicht gezogen, die blonden Haare standen an allen Seiten hervor.

Wir liefen seine Wohnstraße entlang, bis wir auf einen wilden Weg abbogen. In der Luft lag eine frische Mischung aus Frost und Kamin. Die Hügellandschaft verbarg die vereinzelten Häuser und bot damit den Nachbarn Privatsphäre. Aus den Schornsteinen stieg überall dichter Rauch auf und in fast allen Gärten leuchteten Weihnachtslichter.

Je weiter wir liefen, desto mehr veränderte sich die Umgebung. Anfangs standen nur vereinzelt ein paar kahle, vereiste Bäume am Wegesrand. Die Sonne brachte die Kristalle an den Ästen zum Funkeln und sobald ein Windstoß kam, tanzten die Spiegelungen auf dem Schnee am Boden. Begeistert blickte ich mich um, bis wir zu einem Waldstück kamen. Sowie ich am anderen Ende ein verdächtiges Glitzern bemerkte, stieg Vorfreude in mir auf. Automatisch wurde ich schneller, bis mein Atem stoßweise ging und ich zu schwitzen begann.

Mit einem breiten Grinsen trat ich aus dem Wald heraus und stand an einer zugefrorenen Küste. Felsen säumten den Strand. Schneewehen, in denen der Wind

Wellenmuster gemalt hatte, vervollständigten das magische Bild. Fasziniert verharrte ich und blickte auf die teilweise vereiste Wasseroberfläche. Weiter draußen sah ich Schollen sanft umherschwappen, während bis zur Küste das Eis dichter wurde. Die Sonne wirkte hier draußen größer als normal. Sie hatte einen ganz eigenen Schimmer. Es war hell, trotzdem schummrig und die Stimmung überwältigte mich. Ich bekam gar nicht mit, dass Jari hinter mir aus dem Wald kam und beide Hände auf meine Schultern legte.

»Das ist wunderschön«, flüsterte ich ehrfürchtig. Jari schob vorsichtig den Arm quer über meine Brust. Diese Nähe brachte mich dazu, innezuhalten. Es war ein intimer Moment, wie wir dastanden und stumm auf das glitzernde Eis blickten. Möwen flogen über den Horizont, kreischten, als wollten sie uns begrüßen. Der Wind strich über die Ebene und ich versank vollkommen in dieser Atmosphäre.

»Wir sollten langsam zurückgehen, du erfrierst mir sonst«, murmelte er zu meinem Bedauern. Ich hatte jegliches Zeitgefühl verloren.

»Können wir noch ein bisschen bleiben?«

Ich versuchte das Klappern meiner Zähne zurückzuhalten. Jari lachte leise und trat einen Schritt zurück. Der Abstand zwischen uns ärgerte mich genauso wie die Vorstellung, diesen Ort zu verlassen. Ich hörte, wie er seine Winterjacke bis zum Anschlag zuzog und in seine Hände pustete, um sie zu wärmen. Das brachte mich zum Grinsen. Der Mann war also doch kein lebendes, transportables Heizkissen. Seine Nase und Wangen leuchteten rot.

»Deine Lippen sind blau angelaufen. Wir sollten zurückgehen«, insistierte er. Ich spürte weder meine
Oberschenkel noch meine Zehen, wollte mich dennoch
nicht losreißen. Er wies mit dem Kopf auf den Heimweg. Mit diesem schiefen Lächeln, das er gewiss vorm
Spiegel einstudiert hatte. Nur widerwillig nickte ich
und wandte dem Meer den Rücken zu. Den Heimweg
trat ich deutlich stiller und gelassener an. Meine Flucht
aus Deutschland hatte wunderschöne Aspekte, die ich
jetzt schon niemals vergessen wollte.

»Warte«, sagte Jari, als wir sein Haus wieder erreichten und ich auf die Tür zuhielt. »Ich gebe dir schnell einen Blick rund um deine neue Bleibe.«

Wir umrundeten das riesige Haus. Er zeigte mir stolz
die kleinen Nebengebäude, die ich naiverweise für
Nachbarhäuser gehalten hatte. Ich besaß kein Tonstudio oder eine Sauna auf dem eigenen Grundstück. Wenigstens äußerte sich sein Luxus nicht in hässlichen
Goldkettchen, sondern in nützlichen Dingen. Beeindruckt stand ich zwischen seinen Heiligtümern im Garten und klapperte mit den Zähnen. Das viele Gehopse
durch die Schneewehen hatte meine Jeans durchnässt
und das Zittern beeinflusste mein Gleichgewicht.

»Wir könnten eine Sauna nehmen, das wärmt dich
richtig auf«, schlug Jari vor.

Verlegen schielte ich an ihm vorbei zum Holzhäuschen. Ich mochte saunieren, wenn ich mit Louisa in der
Therme war, aber das hier war das nächste Level. Ich
schüttelte bibbernd den Kopf.

»Ich habe keinen Bikini dabei.«

Er hätte kaum fassungsloser dreinblicken können.
»Auch wenn man in Finnland unter Fremden niemals

nackt sauniert, sind wir das nicht mehr«, protestierte er fast beleidigt.

Ich wankte mit meinen Eiszehen zur Seite. »Ich werde mich bestimmt nicht nackt mit dir allein da reinsetzen.«

Ich hatte mich getäuscht, er konnte doch noch fassungsloser aussehen, wobei sich ein breites Grinsen in sein Gesicht legte. Seine Zungenspitze berührte kurz den rechten Mundwinkel. Danach biss er sich schelmisch auf die Unterlippe. Ein atemberaubendes Schauspiel seiner Gesichtsmuskeln. Sein Blick wanderte von meiner Mütze bis zu meinen nassen Füßen. Er breitete die Arme aus, fuhr damit übertrieben großzügig meine Silhouette von oben bis unten nach. »Dir ist klar, dass ich *das da* …« Er wiederholte die Bewegung erneut, ehe er fortfuhr. »Bereits alles gesehen, geschmeckt, gerochen und gefühlt habe?«

Schlagartig war mir so was von nicht mehr kalt. Er fixierte mich abwartend, während er auffordernd mit den Brauen zuckte. Ich ahmte ihn melodramatisch nach, um links und rechts mit meinen Händen seine Kontur nachzufahren.

»Solange ich mich aber an *das da* … nicht erinnern kann, zählt das nicht.«

Mit zwei Schritten stand er bei mir. Sein Atem kroch über mein eiskaltes Gesicht, das plötzlich heiß kribbelte.

»Du brauchst mich nur darum bitten und ich zeige dir alles, was du sehen willst«, murmelte er mit rauer Stimme.

Dass er das ernst meinte, zweifelte ich nicht an. Wenn ich jetzt an mir heruntergesehen hätte, wäre der

Schnee zu einer riesigen brodelnden Pfütze zusammengeschmolzen. Es war schwierig, die aufkeimenden Bilder von einem nackten, verschwitzten Jari in der Sauna zu verdrängen. Schweiß, der seine glänzende Brust hinunterrann und sich über dem Bauchnabel sammelte. Ich legte unsicher den Kopf in den Nacken. Er wusste, welche Wirkung er auf mich hatte. Ich sah es in seinen Augen. Die blonden Haare klebten feucht an seiner Stirn. Fast berührten sich unsere Nasen.

»Ich bekomme gerade Lust auf Erdbeeren. Auf saftige, reife Erdbeeren mit Schokolade«, wisperte er dreckig grinsend.

Hilflos stand ich da, gefangen in seiner Ausstrahlung und wünschte mir, ich wäre eine Erdbeere, in die er hineinbiss ... doch nach ein paar wilden Herzschlägen riss ich mich zusammen, trat zurück und flüchtete zur Eingangstür.

»Feigling«, rief er mir lachend hinterher, weshalb ich mich auch prompt mit zorniger Miene umdrehte, um zu antworten – stattdessen knallte mir etwas Hartes mitten ins Gesicht. Vor Schreck und Schmerz taumelte ich zurück, mein Fuß rutschte auf der Eisfläche unter mir weg. Ich plumpste schreiend der Länge nach rücklings in ein kaltes, nasses Bett und blieb hustend liegen. Sein Schneeball hatte mich fast ausgeknockt.

Jari stand kurz darauf halb besorgt, halb lachend über mir und zog mich ohne mein eigenes Tun hoch. »Ach Hannah, irgendwann brichst du dir etwas. Wie kann man nur so tollpatschig sein?«, rügte er mich.

Ich klopfte empört meine Kleidung ab. »Du hast mir einen Schneeball ins Gesicht gepfeffert, warum bin ich dann ungeschickt?«

Er hielt mich glucksend an der Taille, damit ich nicht wieder hinfiel. »Der sollte dich am Rücken treffen, nicht auf deiner Nase.«

Er bugsierte mich lachend ins Haus. Sofort warf ich den Mantel von mir, schlüpfte aus den nassen Schuhen und watschelte steif mit Klumpfüßen in das warme Wohnzimmer. Jari prustete hinter mir wieder ungeniert los.

»Du läufst wie eine kleine Ente«, sagte er hämisch grinsend. Ein vernichtender Blick über meine Schulter ließ ihn nur lauter lachen. Es dauerte nicht lange, bis jeder Nerv in mir stechend kribbelte. Ich fühlte mich, als stände ich unter Strom. Jari legte Holz in den Ofen und ich stellte mich vors lodernde Feuer. Zitternd verharrte ich und schlang meine Arme um die Brust.

»Du solltest ein heißes Bad nehmen, sonst wirst du krank. Im großen Badezimmer gibt es eine Wanne. Ich wollte jetzt sowieso zu meiner Schwester fahren, um die Wogen etwas zu glätten.«

Ich nickte sofort. Die Vorstellung, im heißen Wasser zu sitzen, war himmlisch.

Als ich bereits die halbe Treppe wacklig hinter mich gebracht hatte, drehte ich mich zu ihm um. »Hasst Viktoria mich?«, fragte ich mit einem Ziehen im Bauch.

»Nein! Sie liebt mich und macht sich Sorgen. Das ist ein Unterschied.«

»Also liebt dich Anniina genauso«, stellte ich mit verzogenem Gesicht fest.

Jaris Mundwinkel zuckten verdächtig. Mir kam erneut der Gedanke, dass die beiden ein Paar gewesen waren. Mir fehlte der Mut danach zu fragen, also schwieg ich. Jari überraschte mich, als er zu mir auf die

Treppe kam. Er strich mir eine verschwitzte Haarsträhne aus dem Gesicht. »Ja, das tut sie. Sehr.«

»Vor dem Konzert war sie super nett zu mir, danach wollte sie mich lebendig frittieren! Was hat sich innerhalb dieser zwei Stunden auf der Bühne verändert?«, musste ich endlich wissen.

Jari stieg eine Stufe höher und sein Blick blieb an meinen Lippen hängen. Vielleicht sehnte er sich wieder nach Obst.

»Danach habe ich dich geküsst. In der Öffentlichkeit, was die ganze Band in Schwierigkeiten bringen kann. Wir befinden uns sowieso in einer Krise und können uns keine weiteren Probleme leisten. Sie hat außerdem erfahren, dass wir geheiratet haben.«

Ich runzelte die Stirn und lehnte mich gegen das massive Holzgeländer. »Als sie dachte, ich sei irgendein Fan aus Vegas, mit dem du Sex hast, mochte sie mich. Aber als deine Ehefrau kann Anniina mich nicht mehr leiden?«, hinterfragte ich ihre seltsamen Beweggründe. Jaris Schmunzeln sah verunsichert aus, aber er nickte.

»Sie zweifelt an meinem Urteilsvermögen und an dir, das ist alles.«

Ach, na wenn es sonst nichts war.

Fröhliche Obstmomente

Der zweite Tag in *Porvoo* startete ähnlich wie der erste. Mari tauchte wie angekündigt bei uns auf, nachdem sie ihre Einkäufe erledigt hatte.

»Du musst unbedingt mit einem Schlitten fahren, Rentier essen und eine Sauna nehmen«, zählte sie kichernd auf, während ich mit Jari unser Frühstück herrichtete. Jaris Mutter war eine liebenswerte Person mit einer warmen Ausstrahlung. Wenn sie ihre feinen Augenbrauen hochzog, erkannte ich ihn darin.

»Morgen kommt Pekka, mein Jüngster, nach Hause und wir geben eine Willkommensfeier. Viktoria wollte mir mit den Vorbereitungen helfen, doch der Kleinste ist heute mit Fieber aufgewacht. Was habt ihr heute geplant? Ich könnte ein paar helfende Hände gut gebrauchen«, fragte Mari in den Raum hinein. Ihr Blick wanderte zu den Käsescheiben, die ich mit einem Ruck aus der Packung auf den Teller leerte.

Jari lachte auf und drapierte den Käse hübsch im Fächermuster. Aus einer Schublade holte er geschälte Walnüsse und zuletzt legte er einen Zweig Weintrauben aus dem Kühlschrank dazu. »So macht man das«, sagte er stolz.

»Ich denke, Jari ist eine größere Hilfe in der Küche als ich«, beantwortete ich Maris Frage. Mein Talent war das Essen, nicht das Kochen.

Jari reichte mir ein großes Messer und eine Avocado, während er Bananen schnitt und seine Mutter Schüsseln sowie Müsli aus dem Schrank holte. Ich legte die grüne Frucht unschlüssig auf ein Brett und rollte sie hin und her. Mein ratloses Gesicht reichte aus, damit er sich meiner annahm und sich hinter mich stellte.

»Ich trage jetzt Verantwortung für dich, also bitte schneid dir keinen Finger ab«, sagte er und umgriff meine Hand am Messer mit seiner. »Du musst seitlich, vorsichtig am Kern entlangschneiden.«

Die Klinge glitt langsam durch die Avocado, dabei kitzelte sein Dreitagebart zart an meinem Hals. Es war gut, dass er die Kontrolle behielt, weil ich ausnahmslos auf seinen Körper konzentriert war, der sich dicht an mich presste. Vor den Augen seiner Mutter lief ich rot an, während Jari das Fruchtfleisch mit meiner Hand professionell vom Kern trennte. Mari sah uns stumm an, das brachte ihn aber nicht aus der Fassung.

»Rührei und Pasta sind großartig, aber ab und zu darf es etwas exotischer sein«, scherzte er, während seine Hand an meine Hüfte wanderte. Ich blickte über meine Schulter zu ihm und traf auf ein freches Grinsen. Er schob die Finger sanft nach vorn über meinen Bauch und übte Druck aus, sodass ich ihn noch intensiver hinter mir spürte. Der offensive Flirt kam spontan und mein Körper signalisierte mir, dass ich es genoss.

Das Läuten der Türglocke verhinderte Schlimmeres. Die Falte zwischen seinen Augen deutete aber an, dass er wieder mal keinen neuen Besuch erwartete.

Er atmete tief ein und verschwand im Flur, um die Tür zu öffnen.

»Wie sieht's aus, Hannah? Lieber bodenständiges Müsli oder den exotischeren Avocado-Toast?«, fragte mich Mari, als sei es ein Test. In der einen Hand hielt sie eine mit Milch gefüllte Schüssel und in der anderen ein Stück Toast mit Avocado drauf.

Ich entschied mich für das Müsli und setzte mich auf einen Barhocker. Ihr Grinsen war breit, als sie mich betrachtete.

Erst als Jari gemeinsam mit einer jungen Frau zurück ins Wohnzimmer kam, schnappte sie kurz nach Luft. Auch Jaris Blick huschte hektisch zwischen dem Neuankömmling und mir hin und her, bis mir schwindlig wurde. Eine ähnliche Szene hatte sich am Vortag abgespielt, nur dass ich den Besuch diesmal erkannte. Meine Nervosität war schuld, dass ich mir verlegen einen übervollen Löffel Müsli in den Mund steckte.

Mari fasste sich schnell wieder und ging freudig auf die blonde Frau zu, um sie herzlich zu umarmen. Sie begrüßte sie auf Finnisch, strich ihr die Haare aus dem Gesicht und küsste sie auf die Wange. Der Besuch und ich musterten uns gegenseitig mit einem jener Blicke, den nur Frauen draufhatten. Es war dieser Ganzkörperscan, bei dem die jeweils andere einen unausweichlichen ersten Eindruck in sich aufnahm, der kaum revidierbar war. Sie war bildhübsch, gertenschlank und reichte Jari über die Schulter. Das hellblonde Haar fiel ihr glatt über den Rücken. Ihr Outfit bestand aus einer hautengen Röhrenjeans und einem schwarzen Rollkragenpullover, in dem ich Atemnot bekommen hätte. *Eindeutig Model-tauglich*, lautete mein bewunderndes Fazit.

Meinereiner wollte unsichtbar werden, denn ich trug meine Schlafhose, ein ausgewaschenes Shirt mit dickem Teddybären auf den Bauch gedruckt und hatte, natürlich, schwarze Wollsocken mit grinsenden Bananen darauf an. Ich hätte Louisa die Schuld geben können, aber tatsächlich besaß ich eine ganze Kollektion an Socken mit fröhlichen Früchten. Zu Hause, wo mich niemand sah, erschien mir das süß. Jetzt fühlte ich mich wie im Kindergarten.

»Hannah, darf ich dir Ella vorstellen?«, stellte mir Jari seine Exfreundin vor. Ich saß da, mit einem eingefrorenen Grinsen im Gesicht und die Milch rann mir aus dem verkrampften Mundwinkel. Erschrocken nahm ich endlich den Löffel runter und wischte mir hektisch mit dem Handrücken über das Kinn. Großartig. Bananen-Söckchen und aus dem Mund tropfende Milch. Ich war froh, ihre Gedanken nicht lesen zu können, um ihr Urteil zu hören. *Sabbernde Neandertalerin*, könnte es realistisch betrachtet lauten. Ich begann, diese morgendlichen Besuche samt Küche zu hassen. Jaris Haus war der Mittelpunkt aller Peinlichkeiten. In diesem Gebäude in der finnischen Einöde herrschte eindeutig ein reges Kommen und Gehen.

»Freut mich, dich kennenzulernen«, sagte Jaris Exfreundin mit angenehmer Stimme und einem Lächeln.

»Ja, freut mich auch.«

Das stimmte nicht, so was konnte man aber nicht laut sagen. »Liebes, möchtest du mit uns frühstücken?«, fragte Mari höflich und mein Magen krampfte sich zusammen. Auch Jaris Miene verriet, dass er die Idee keinesfalls guthieß. Ein paar Sekunden vergingen, bis Ella den Kopf schüttelte, jedoch gleichzeitig zum Tresen trat.

»Ich habe nicht so viel Zeit, aber zu einem Avocado-Toast sage ich nie nein.«

Ich schluckte mein Müsli runter und unterdrückte das Augenverdrehen, als sie sich eine Scheibe nahm. Mari grinste mich breit an.

Jari und Ella begannen unverständlich miteinander zu reden, während sie ihren Toast aß. Ich versuchte in seiner Mimik zu lesen, die wenig preisgab. Als er sie inniglich umarmte, rieb ich meine Bananen-Socken fest aneinander und hoffte, dass ich freundlich dreinblickte. Seine volle Aufmerksamkeit galt ihr, wobei sie ihn zärtlich am Arm berührte. Sie betrachtete ihn genauso interessiert wie er sie. Jari hatte behauptet, er hätte sich von der finnischen Moderatorin getrennt. Ich musste ihm das glauben, auch wenn der Anblick eine andere Sprache sprach.

Ich zwang mich, mich wegzudrehen. Mein Kopf wollte nicht mit, deswegen schielte ich über die Schulter hinweg und versuchte mich an der Szene aus dem Exorzisten. Seine Hand legte er auf Ellas Rücken, während sie gemeinsam nach oben gingen.

»Sie holt sich ein paar Sachen«, sagte Mari. Ich drehte mich ruckartig in ihre Richtung. Es knackste laut in meinem Nacken und ich keuchte auf. Ein stechender Schmerz wanderte meine Wirbelsäule hinunter. Mari lachte amüsiert. »Ella ist vor zwei Monaten ausgezogen. Sie hat noch ein paar Dinge hier«, setzte sie erklärend hinterher.

Ich rieb mir den schmerzenden Nacken und verfluchte mich. Natürlich war er vertraut mit ihr. Er war Jahre mit ihr zusammen gewesen.

Mari und ich sprachen über das Fest morgen und dass ich heute vorbeikommen könnte, um ihr beim Kochen zu helfen. Die Ankunft des jüngsten Sohnes schien etwas Besonderes in der Familie zu sein. Ich schaffte es dennoch nicht, die beiden dort oben zu vergessen.

»Hannah? Hast du mir zugehört?«

Fragend blickte ich in ihre braunen Augen. Mari begann wieder laut aufzulachen. »Entschuldige, ich bin etwas abgelenkt gewesen«, murmelte ich ertappt. Eine Rechtfertigung blieb mir erspart, weil Jari mit Ella zurückkam. Er trug eine Sporttasche, die sie unten entgegennahm.

»Hat mich gefreut, Hannah. Hoffentlich kehrt bei dir zu Hause bald wieder Ruhe ein«, sagte sie an mich gerichtet. Es ärgerte mich, dass hier jeder über mich informiert war. Als hätte ich einen ›Hat ihn in Vegas besoffen geheiratet und ihr Höschen fallen lassen‹-Stempel auf der Stirn. Ich durfte niemandem etwas erzählen und Jari ging damit hausieren.

Die Tür fiel ins Schloss und Jari kam allein zurück. Er wirkte erleichtert, sah mir jedoch nicht in die Augen. Einen Moment lang herrschte eine bedrückende Stille, bis Mari in die Hände klatschte und uns erschreckte.

»Sehr schön, dann habt ihr ja jetzt Zeit, mit zu mir zu kommen, um mir zu helfen«, stellte sie forsch fest und ließ keinen Zweifel aufkommen, dass die Sache indiskutabel war.

Süße Versuchung

Mari war jemand, dem man nicht widersprach. Auch nicht der Sohn Herr Rockstar, also fuhren wir kurz darauf in seinem Wagen hinter ihr durch die weiße Landschaft, an der ich mich nicht sattsehen konnte. Die Häuserdichte nahm stetig zu. Während man von Jaris Haus zum nächsten Nachbarn mehrere Minuten zu Fuß brauchte, waren es hier nur wenige Meter zwischen den Zäunen. Die Wohngegend bestand aus großen Anwesen mit teuren Autos davor und gepflegten Gärten, in denen die bunten Weihnachtsdekorationen den trüben Tag erhellten.

Das Auto war nicht ansatzweise warm geworden, als wir von der Straße abbogen und vor einer zweistöckigen Holzvilla parkten. Den Vorgarten, der von einem weißen Zaun umgeben war, zierten verschiedene Büsche und Beete, die alle unter einer dicken Schneeschicht versteckt lagen. Maris Heim wirkte traditionell und imposant, aber nicht protzig.

»Kommt nur herein und wärmt euch erst einmal auf«, sagte sie auffordernd, während sie die Eingangstür öffnete.

Als Jari und ich hinter ihr ins Wohnzimmer eintraten, beeilte sie sich, Holz im offenen Kamin nachzulegen. Der typische Rauchgeruch zog durch das Zimmer und ich schüttelte mich, als die Wärme durch meinen fröstelnden Körper kroch.

»Ist Papa wieder Eisfischen?«, fragte Jari schmunzelnd. Seine Mutter machte eine Wischbewegung mit der Hand in der Luft.

»Besser, er sitzt dort an seinem Loch im Eis, als dass er hier Chaos verbreitet«, erklärte sie und verschwand durch eine weitere Tür aus unserem Blickfeld. Jari sah ihr amüsiert hinterher. Ich nutzte die Gelegenheit, um mich in dem großen, aber gemütlich eingerichteten Raum umzusehen. Auf dem Kaminsims standen weihnachtliche Keramikfiguren. Schneemänner, Rentiere und ein Weihnachtsmann, dem ich über die glitzernde Zipfelmütze strich. Es roch nach Orangen und Gewürzen, ohne dass ich ausmachen konnte, wo der Duft herkam. Auf dem großen Esstisch stand ein großes Gesteck aus Tannenzweigen mit rustikalen Holzschnitzereien und in den Fenstern hingen selbst gebastelte Papiersterne, die vermutlich von ihren Enkelkindern stammten. Jaris Haus zeigte keinen Hauch von Weihnachten, doch seine Mutter wusste, wie man prachtvoll dekorierte.

»Bist du hier aufgewachsen?«, fragte ich Jari, der mit den Händen in den Hosentaschen dastand und mich beobachtete.

»Ja. Im oberen Stock waren unsere Kinderzimmer, aber meine Eltern haben umgebaut, seit wir alle flügge geworden sind. Mein Vater hat eine eigene Forstwirtschaft und meine Mutter leitet das Büro. Wir hatten immer alles, was wir brauchten«, erzählte er von sich aus.

Interessiert schlenderte ich umher. Gerahmte Familienfotos hingen an den Wänden, doch ich traute mich nicht neugierig hinzugehen, um sie genauer zu betrachten. Jari rührte sich nicht von der Stelle. Vor nicht mal einer Stunde hatte er mich grinsend vor seiner Mutter verlegen gemacht, doch nun schien er reservierter.

»Ist es okay für dich, dass ich hier bin?«, wollte ich wissen und ging auf ihn zu. Ein langes Seufzen war seine erste Antwort, gefolgt von einem durchdringenden Blick.

»Als ich dich nach Finnland mitgenommen habe, war das nicht mit dem Gedanken, dich in einem Zimmer einzusperren. Ich möchte, dass du hier bist«, sagte er schließlich mit einem zaghaften Lächeln.

Ein lautes Poltern, gefolgt von einem finnischen Fluch ließ uns beide in Richtung jener Tür schauen, hinter der Mari verschwunden war.

»Kinder, morgen wird gefeiert, heute gearbeitet!«, rief sie auch schon schnaufend.

Jari nickte und ging voraus zu seiner Mutter in die Küche. Noch ehe ich die Ausmaße der modernen Einrichtung bestaunen konnte, drückte sie mir eine weiße Schürze gegen die Brust.

»Wieso krieg ich eine und Jari nicht?«, feixte ich, während ich sie mir am Rücken zusammenband. Jari wusch sich die Hände und lachte tief.

»Weil ich ihr schon ein bisschen von dir erzählt habe.«

Beleidigt war ich nicht, nur erstaunt, dass er tatsächlich mit seiner Mutter über mich gesprochen hatte. Doch statt noch lange zu plaudern, teilte Mari uns unsere Arbeitsplätze zu.

»Ich möchte Brot und Beerentorten backen und das Fleisch und den Fisch für morgen vorbereiten. Hannah, du knetest den Teig, Jari du marinierst den Braten«, zählte sie auf und holte diverse Schüsseln aus den Unterschränken.

»Wie viele Leute kommen denn?«, hakte ich vorsichtig nach.

Mari stellte einige Packungen Roggenmehl auf die Arbeitsfläche und starrte ins Leere, als würde sie im Kopf zählen. »Wenn alle kommen, sind wir 25 Personen«, stellte sie fest und schaltete das Radio an.

Das war eine beeindruckende Zahl an Menschen.

»Nur Nachbarn und Freunde«, witzelte Jari.

Wir wogen Mehl, schälten Kartoffeln und rieben sie für einen Teig.

»Jari hat erzählt, du weißt ein gutes Essen zu schätzen«, sagte Mari schmunzelnd zu mir. Dass ich verfressen war, stimmte, aber er musste das doch nicht rumerzählen, als könnte man stolz darauf sein.

»Wieso kriegt dein jüngerer Bruder eine Party, wenn er wiederkommt, und du nicht? Du reist doch auch sehr oft«, fragte ich, während ich die Hände bis zum Ellenbogen in einer riesigen Schüssel Roggenteig versenkte. Der Duft der getrockneten Kräuter darin brachte meine Nase zum Kribbeln.

»Weil ich ein braver Sohn bin und ein Haus in der Nähe meiner Eltern gekauft habe. Ich bin viel unterwegs, verbringe aber meine Freizeit sehr gern zu Hause. Pekka allerdings reist als Fotograf durch die ganze Welt. Mama sieht ihn nicht sehr oft im Jahr«, erklärte Jari. »Außerdem gibt sie gern Feste.«

Den letzten Satz flüsterte er mir verschwörerisch zu, doch Mari hörte alles und zog ihm das nasse Geschirrtuch schwungvoll tadelnd über den Kopf. Ich mochte diese ausgelassene Stimmung zwischen ihnen. Jari kam aus einer bodenständigen Familie und ich genoss das Geplänkel zwischen Mutter und Sohn.

Ich mühte mich immer noch mit dem klebrigen Teig ab, während Mari bereits die Füllungen für die *Karelischen Piroggen* anrührte. Sie stellte eine Masse aus Kartoffeln mit Kräutern, Karotten, Reis und eine mit Fisch her. Bald war das Haus erfüllt von den Gerüchen nach Zwiebeln, Brot und Gewürzen. Ihre Handgriffe saßen präzise und sie hatte sichtlich Spaß daran, Jari und mich anzuweisen. Die Vorstellung, wie er als Kind gemeinsam mit seinen Geschwistern in der Küche geholfen hatte, brachte mich zum Grinsen.

Die hinterhältige Melancholie, die in meinen Gedanken lauerte, hielt ich gut in Schach. Jaris familiäres Umfeld war zu harmonisch, um mich nicht neidisch werden zu lassen. Ich war zufrieden mit meinem Leben, aber diese Idylle war etwas, das ich vermisste. Ich durfte keinesfalls zulassen, dass ich diese Emotionen mit nach Hause nahm.

***

»So doof stellst du dich ja gar nicht an«, kommentierte Jari wenig später mein Können. Ich pinselte gerade ein Ei-Milch-Gemisch auf unzählige Zimtschnecken. Allein beim Anblick des Hefegebäcks begann mein Magen lautstark zu knurren. Ich zog beschämt den Kopf ein, aber Mari und Jari lachten zeitgleich los. Hingebungsvoll betupfte ich die *Korvapuusti* zu allen Seiten und freute mich schon auf das Ergebnis.

»Hier, koste mal«, sagte Jari und stopfte mir augenblicklich eine Pirogge in den Mund. Der warme Milchreis mischte sich mit dem herben Geschmack des Teigs.

»Mhhh«, summte ich genießerisch beim Kauen.

»Und hast du Mamas Beeren schon probiert?«, fragte er, ehe ein randvoller Löffel mit einer heißen, marmeladenähnlichen Soße drauf folgte. Ich schreckte zurück, weil meine Zunge verglühte, aber der süß-säuerliche Geschmack war herrlich.

»Tut mir leid«, murmelte er schuldbewusst und wischte mir mit dem Daumen die Reste der Marmelade von den Lippen. Aus purem Reflex nahm ich seine Fingerspitze kurz in den Mund und leckte die süßen Beerenreste ab.

Jaris Augenbrauen wanderten nach oben. Er zog seine Hand nicht zurück, sondern verweilte mit dem Zeigefinger an meinem Kinn. Schockiert starrte ich ihn an.

»Hast du mich so rumgekriegt? Mir ständig leckere Dinge in den Mund gesteckt?«, fragte ich, ohne die naheliegende Zweideutigkeit rechtzeitig zu bemerken. Es war zu spät. Jaris Grinsen wurde breiter und breiter. Allein die Anwesenheit seiner Mutter, die plötzlich neben uns stand, verhinderte einen frechen Spruch seinerseits. Sie sah interessiert abwechselnd zu ihm und zu mir. Erst jetzt nahm er seine Hand von meinem Gesicht.

»Okay. Das Kochen ging zwar schneller mit euch, aber nachher muss ich wohl die Küche renovieren«, sagte Mari, um den peinlichen Moment zwischen uns wieder mal aufzulockern. Jari und ich sahen uns sofort synchron um. Dreckige Schüsseln stapelten sich in der Spüle und den Boden bedeckte eine feine Schicht aus Mehl, Kartoffelschalen und Reiskörnern.

Unter Maris strengem Blick begann Jari den Dreck mit einem Besen zusammenzukehren, während ich mich hinhockte und feucht drüber wischte. Jari brach in schallendes Gelächter aus, weil ich krumm gebückt hinter ihm her torkelte und versuchte, nicht auf dem nassen Boden auszurutschen.

»Wie eine kleine Watschelente. Das passende Schwänzchen hast du auch«, warf er mir vor.

Bevor ich begriff, zupfte er an meinem Rücken herum. Mein T-Shirt hatte sich in der Schleife der Schürze verfangen und stand über meinem Hintern ab. Mit hochrotem Kopf richtete ich sie und trieb ihn an, schneller zu fegen.

Jari und ich bemühten uns, das Küchenchaos weiter unter Kontrolle zu bringen. Der Tag war anstrengend gewesen, aber ich hatte nicht bemerkt, wie schnell die Zeit vergangen war.

Als könnte es anders sein, unterbrach uns ein Türklingeln. Mari wischte sich die Hände ab und eilte aus der Küche. Als sie freudig aufquietschte, sahen wir uns überrascht an. Eine männliche Stimme mischte sich mit ihrer. Nun grinste auch Jari.

»Das ist mein Bruder«, verriet er und folgte ihr ins Wohnzimmer, wo sich Mutter und Sohn freudestrahlend in den Armen lagen. Der junge Mann umklammerte Mari fest, während sie ihm übermütig über den Rücken strich. Auch Jari nahm ihn überglücklich in den Arm. Alle lachten, Mari standen Tränen in den Augen und ich puhlte unsicher die eingetrockneten Teigreste von meinen Fingern.

»Hannah, das ist mein Jüngster, Pekka«, sagte sie gerührt zu mir, als sich alle beruhigt hatten. Jaris Bruder war kleiner als er und hatte dunkleres und kürzeres Haar.

»Hauska tavata«, sagte er zu mir. Ich hoffte einfach, dass es nicht direkt eine Beleidigung war.

Mari schüttelte grinsend den Kopf. »Sie ist das erste Mal in Finnland und kommt aus Deutschland. Hannah ist bei Jari zu Gast«, erklärte ihm seine Mutter.

Überrascht wechselten Jari und ich einen verstohlenen Blick. Sie stellte mich als *seinen Gast* vor. Nicht als seine Freundin und auch nicht als seine Ehefrau und Gott sei Dank nicht als sein Betthäschen. Ich hörte kein »*Hannah aus Vegas*«. Ein Funken Hoffnung keimte in mir auf. Da war ein Mensch, der mich nicht kannte und mich nicht gleich mit Vegas verbinden würde. Großartig! Ich musste ihn markieren, damit er mir nicht verlorenging.

Ich schüttelte Pekkas Hand ein bisschen zu heftig und lächelte freundlich, um sofort sympathisch zu wirken. Das Team Hannah brauchte dringend Verstärkung und ich wollte ihn als neues Mitglied anwerben. Fast hatte ich vergessen, wie es sich anfühlte, fremde Menschen kennenzulernen, die nicht von mir dachten, ich sei ein Groupie oder ein Flittchen.

»Ich dachte, du kommst erst morgen zurück?«, fragte Mari überrascht. Ich war ihnen dankbar, dass sie auch untereinander Englisch sprachen, damit ich mir nicht ausgeschlossen vorkam.

Pekka zwinkerte ihr zu. »Ich wollte gern einmal durchschlafen, bevor du die Feier für mich gibst und ich mir die Nacht mit viel Wein um die Ohren schlage«, erläuterte er mit gespielt gequälter Miene.

Mari nickte zufrieden und umarmte ihn erneut. »Lass uns damit direkt anfangen«, schlug sie lächelnd vor.

***

Pekka stellte sich als Quasselstrippe heraus. Innerhalb weniger Minuten, die wir zu dritt vorm Kamin verbrachten, wusste ich, dass er die letzten Monate in Asien als Fotograf gelebt hatte. Mari und Jari genossen die Anwesenheit des Reisenden und ich die Wärme des Feuers. Der Raum leuchtete in einem angenehmen roten Schimmer, die Schatten wanderten über die vielseitige Dekoration und ließen sie glitzern. Eine Lichterkette am Kaminsims wechselte stetig ihre Farbe.

»Du hast hier gefehlt. Dein Vater war fast so weit, mich zum Fischen mitzunehmen. Das konnte ich gerade noch verhindern«, erzählte Mari leidend und nippte an einem Glas Wein. Ich sank tiefer in den weichen Ohrensessel und inhalierte die weihnachtlichen Düfte. Die Familie saß auf dem Sofa mir gegenüber und kostete ihr Wiedersehen in vollen Zügen aus. Dass Pekka viel von seinen Reisen zu berichten hatte, kam mir zu Gute, weil ich nicht im Fokus stand. Er bedachte mich zwar öfter mit einem fragenden Blick, aber Mari quetschte ihn über jede Kleinigkeit seiner Abenteuer aus. Inklusive aller Frauen, die er erwähnte. Er hatte keine feste Freundin, wie ich heraushörte, und das störte seine Mutter.

198

»Und, hast du einen Freund, Hannah?«, richtete er überraschend das Wort an mich, um sichtlich von sich abzulenken.

Überrumpelt versuchte ich meine schweren Augen aufzubekommen. Maris Lachen hallte schrill in meinen Ohren. »Sie ist verheiratet«, antwortete sie, weil Jari und ich uns beide stumm anstarrten.

Er hob unbeeindruckt seine Tasse Tee und schlürfte laut vor sich hin. Jari war offenbar nicht gewillt, seinen armen Bruder einzuweihen. Nervös nestelte ich wieder an den Teigresten an meinen Fingern.

»Es ist aber kompliziert«, murmelte ich.

Mari unterdrückte ein erneutes Lachen und Jari schwieg weiterhin. Vermutlich wollte er das erste Wiedersehen nach langer Zeit mit seinem Bruder nicht damit verbringen, unsere Katastrophennacht zu schildern. Ich auch nicht.

»Ich glaube, wir sollten uns jetzt auf den Weg machen«, erlöste er mich aus der unangenehmen Situation. Außerdem war ich erschöpft, bemehlt und klebrig. Die Schürze hatte ihren Dienst erfüllt, hatte mich aber nicht komplett daran hindern können, mich trotzdem einzusauen.

Müde hievte ich mich aus dem herrlichen Sessel hoch. Beim Strecken meiner Gliedmaßen knackste jedes Gelenk. Meine Schultern und Beine schmerzten und ich fürchtete, den Geruch von Zimt und Brot nie wieder aus den Haaren zu bekommen. Mari blickte von einem Sohn zum anderen, sichtlich gerührt, endlich ihre Kinder bei sich zu haben.

»Ich bringe das kleine Entchen mal ins Bett«, sagte Jari neckend. Seine Mutter lehnte sich auf Pekkas

Schulter. Ihr Blick behagte mir gar nicht. Sie steigerte sich in die Sache viel zu sehr rein. Sie dachte vermutlich darüber nach, was sie ihren zukünftigen Enkeln von Jari und mir stricken sollte. Bloß keine Söckchen mit psychedelisch grinsenden Früchten darauf.

»Wir sehen uns dann morgen«, sagte Mari, als Jari mich sanft zur Tür drehte. Ich nickte träge und bekam nur am Rande mit, dass ich hiermit offiziell zur Feier eingeladen worden war. Mit knirschenden Schritten stapften wir zum Auto.

Finnischer Familienwahnsinn

Der folgende Tag begann weder mit Erdbeer-, noch mit Bananensocken, sondern mit einem Turm aus duftenden Blasen mit Regenbogenschimmer. Im Masterbad von Jaris Haus stand das Prachtexemplar von freistehender Wanne, in der ich bis zur Nasenspitze versank. Schon zum zweiten Mal entspannte ich mich in dem luxuriösen Badezimmer, das Suchtpotenzial besaß. Ein großes Fenster bot den Blick auf die winterliche Landschaft, während ich im nach Mandarinen duftenden Schaumbad schwebte. Es war die Ruhe vor dem Sturm, denn in wenigen Stunden wurde ich bei Mari zur großen Feier erwartet. Jari hatte sich vor einer Stunde entschuldigt und mit der Band ins Tonstudio zurückgezogen. Sie würden wohl eine ganze Weile brauchen, deshalb würde er später zu Pekkas Party nachkommen und ich sollte schon mal allein vorgehen.

Die wundervollen Minuten der Stille in diesem Traum von einer Wanne kostete ich aus, um mich seelisch auf den Nachmittag vorzubereiten. Dass ich plötzlich so in sein Leben einbezogen wurde, überraschte mich. Seitdem ich in Finnland war, kamen Jari und ich uns näher. Oft ergriff er die Initiative und ich wusste noch nicht ganz damit umzugehen. Louisa hatte recht, dass er mich anzog. Jari hatte eine ruhige Art, die konträr zu seinem Bühnendasein stand und mich faszinierte.

Wenig später stieg ich aus dem Wasser und machte mich noch nervöser bereit, zu Mari zu gehen. Ich suchte mir extra Socken ohne grinsendes Obst aus.

Der knielange Wickelrock aus schwarzem Stoff mit der dünnen Strumpfhose hatte vor dem Spiegel fantastisch ausgesehen, aber auf dem Fußmarsch durch die verschneiten Straßen von *Porvoo* verfluchte ich meine Wahl. Der Weg war auch ohne Auto nicht weit, aber saukalt. Als ich am späten Nachmittag bei Mari eintraf, war ich durchgefroren.

»Schön, dass du da bist. Pekka ist schon in der Küche«, begrüßte mich Mari. Wie am Vortag war das Haus von einem Potpourri aus Düften durchdrungen. Herzhaft, weihnachtlich, süß und holzig. Nur die Gäste fehlten.

»Bin ich zu früh?«, fragte ich überrascht, doch Mari schüttelte den Kopf und schob mich fordernd in Richtung Küche.

»Nein, nein, aber gestern hatten wir so viel Spaß und ich habe es genossen, Zeit mit euch zu verbringen. Ich dachte, du hilfst uns wieder.«

Überrumpelt stolperte ich voran. Auf dem Weg quer durch das Wohnzimmer entdeckte ich einen großen Mann mit langem, grauem Bart im Sessel und einer Zeitung in den Händen vor dem Kamin. Er hob den Blick unter den buschigen Brauen und lächelte mich freundlich an.

»Das ist Veeti, mein Mann. Aber den lass ich nicht an meine Kartoffeln ran«, erklärte Mari. Ich hob die Hand zum Gruß, doch da schob sie mich schon weiter.

In der Küche fand ich Jaris Bruder vor, der sich eine Handvoll Mandeln in den Mund steckte. »Moi, Hannah«, sagte er schmatzend unter Maris strengem Blick. »Wurdest du auch zwangsverpflichtet?«

Der Anblick des jüngeren Mäkinen amüsierte mich. Er trug die gleiche Schürze wie ich am Vortag und hatte dasselbe einnehmende Lächeln wie Jari. Es störte mich nicht, dass Mari mich früher herbestellt hatte. Ich konnte es sogar nachvollziehen, dass sie die Frau besser kennenlernen wollte, die in ihr aller Leben geplatzt war.

Diesmal fand ich mich in der Küche schon zurecht und konnte tatkräftig mithelfen. Das fertige Fleisch und der Fisch wurden aufgeschnitten und auf großen Tellern auf einen langen Klapptisch im Wohnzimmer gestellt. Pekka half genauso begeistert mit wie Jari. Er war ein aufgeweckter Mann, der ständig zur Musik im Radio mitsang und mit den Hüften wackelte. Mit ihm zu kochen, machte Spaß. Es gab geschmortes und gefülltes Gemüse sowie verschiedenes Gebäck, das Mari noch frisch zubereitete. Auf dem Herd köchelte in einem monströsen Topf köstlich duftendes Rentiergulasch.

»Wo ist denn dein komplizierter Mann?«, fragte Pekka, als ich dabei war, einen schweren Stapel Teller ans Ende des Buffets zu stellen. Zögernd rieb ich mir über den Nacken und überlegte, wieso Mari ihn immer noch nicht aufgeklärt hatte. Vielleicht ließ sie Jari die Chance, seinen Bruder selbst einzuweihen. Gestern Abend hatte er ihn jedenfalls im Dunkeln über uns gelassen.

»Er wollte nachkommen«, wich ich aus.

Neugierig stemmte Pekka die Hände in die Hüfte. »Ist er Finne?«, hakte er nach.

Das aufkommende Lachen unterdrückte ich. Es war meine Chance, das Missverständnis aus der Welt zu schaffen, aber die komplette Vegas-Geschichte aufrollen, wollte ich auch nicht. »Ja, er wohnt hier in *Porvoo* und ich bin hier, um ein paar Dinge zu klären.« Das war nahe an der Wahrheit.

»Und welche Rolle spielt mein Bruder dabei?«

Es behagte mir nicht, ihn anzulügen, aber Jaris Privatleben wollte ich nicht unerlaubt offenlegen. »Er hat mir aus einer misslichen Lage geholfen«, murmelte ich und dachte an die aufdringlichen Reporter vor meiner Wohnung. Konzentriert begann ich die anderen Speisen auf dem Buffettisch aufzustellen, aber Pekka blieb mir auf den Fersen. Mit einer riesigen Schüssel Kartoffelsalat in den Händen folgte er mir.

»Mit komplizierten Beziehungen kenne ich mich aus. Meine Ex hat mich mit ihrer Wankelmütigkeit in den Wahnsinn getrieben«, erzählte er betroffen.

»Meiner hat mich betrogen. Hab ihn mit seiner Arbeitskollegin in unserem Schlafzimmer erwischt«, plapperte ich leichthin aus und bereute es sofort. Selten hatte ich so unverblümt über Chris gesprochen, aber Pekkas offenherzige Art war ansteckend.

Entsetzt fasste er mich an der Schulter und zwang mich, ihn anzusehen. »Dein Mann hat dich betrogen und trotzdem kommt er nachher zur Feier? Das ist aber mehr als kompliziert, Hannah«, sagte er. Er kombinierte falsch, doch mir fehlte akut die Schlagfertigkeit, etwas Sinnvolles darauf zu antworten.

»Ich ... mein Ex«, stotterte ich, ohne zu wissen, welche Worte folgen sollten. Ich war kurz davor, alles zu beichten.

Pünktlich wie gewohnt, erklang das berühmte Türklingeln. Es besaß große Macht in Finnland. Jaris Schwester Viktoria trat ins Wohnzimmer und brachte einen kalten Schwall Winterluft mit. Sie rief ein gut gelauntes »Hei« in den Raum und klopfte sich den Schnee vom Mantel. Ihre Ankunft lenkte Pekka zum Glück ab und er fiel ihr augenblicklich in die Arme. Sie fuhr ihm neckend durch die Haare, was er mit einem genervten Schnauben quittierte.

Unsere Blicke trafen sich. Ich war anvisiert und sie schussbereit.

»Viktoria, das ist Hannah, hast du sie schon kennengelernt?«, fragte Pekka fröhlich.

Ich sah mich zerstückelt im Gulasch schwimmen, aber Viktoria lächelte milde und zog die Familie-Mäkinen-Brauen nach oben.

»Das ist ja nett, dass du auch vorbeischauen konntest«, sagte sie und durchbohrte mich einige quälende Sekunden, bis sie grinsend den Kopf schüttelte und ihrer Mutter half Käsestückchen auf die Platten aufzuteilen.

»Hannah und Jari waren mir gestern eine große Hilfe. Sie hat ein Händchen für den Brotteig«, erklärte Mari mit stolzer Brust.

Viktoria sah mich überrascht an. »Sie hat dir geholfen?«, fragte sie bei ihrer Mutter unsicher nach. Ihre Stimmlage verriet, dass sie mir nicht mal zutraute, ein Butterbrot zu machen.

»Ja, ohne sie hätte ich das nicht geschafft. Wie geht es dem Kleinen denn?«, sprach Mari beiläufig weiter.

»Er hat Fieber und Olivia schnupft auch, deshalb kann Elias heute auch nicht kommen«, sagte Viktoria matt und Mari nickte verständnisvoll.

»Hoffentlich sind die beiden zum Weihnachtsfest wieder fit«, antwortete ihre Mutter gelassen, aber sichtlich bedrückt.

Es war mir unangenehm, diese intimen Details zu erfahren, denn ich hatte das Gefühl, ungewollt in ihre Privatsphäre einzudringen.

»Veeti, würdest du bitte die große Lichterkette draußen aufhängen?«, fragte Mari ihren Mann. Ich sah darin meine Chance, mich aus Viktorias Schusslinie zu bewegen.

»Ich mache das«, quietschte ich eilig in schiefen Tönen. Der sympathische, aber schweigsame Holzfäller zeigte mir die Kiste mit der Lichterkette, die einen einzigen großen Klumpen aus Kabeln und bunten Lampen darstellte. Während ich mich daran machte, das Knäuel zu entwirren, musste er für Mari Feuer im Kamin nachlegen und ihr in der Küche beim Abwaschen der Pfannen helfen.

Ich war froh, mich endlich beschäftigen zu können und nicht mehr im Mittelpunkt zu stehen. Mühsam friemelte ich Lämpchen für Lämpchen aus dem Kuddelmuddel. Zentimeter für Zentimeter arbeitete ich mich vor, nur um immer wieder vor einem neuen Knoten zu stehen. Bald war ich kurz davor, dieses blöde Teil als buntes Storchennest aufs Dach zu werfen. Damit es mir nicht entglitt, legte ich mir das entwirrte Kabel zwischen die Lippen und biss konzentriert zu, als exakt in dieser Sekunde alle Lampen gleichzeitig aufleuchteten. In einer Helligkeit, die Flugzeuge lotsen hätte können.

Ich kreischte vor Schreck auf, kippte zur Seite und hinter mir prusteten vier Menschen gleichzeitig los. Pekka stand bei der Steckdose und hielt sich dort lachend den Bauch. Komplett in dem Kabeln verheddert, lag ich irritiert auf dem Boden und fürchtete um mein Augenlicht. Eine Lampe klemmte in meinem Mundwinkel und eine Schlaufe spannte sich quer über meine Stirn. Die Familie kicherte im Einklang. Überraschenderweise war es Viktoria, die sich mit gerümpfter Nase zu mir kniete und versuchte, mir die Lämpchen vom Kopf zu zupfen.

»Jari hat nicht übertrieben, was dich betrifft«, sagte sie amüsiert.

»Was hat er denn über mich gesagt?«, fragte ich unbedacht und wand mein Knie aus dem Haufen heraus. Während ich stolpernd auf die Füße kam, grinste sie mich verschwörerisch an.

»Ich zitiere meinen kleinen Bruder: Aber passt mir bloß auf sie auf, sie ist ziemlich ungeschickt.«

Wieder stimmten Pekka und ihre Mutter in erheitertes Glucksen ein. Selbst Veeti grinste hinter seiner Zeitung. Mari erzählte er also ich sei verfressen und seiner Schwester von meiner Tollpatschigkeit.

»So wie sie jetzt aussieht, könnten wir auch einfach Hannah aufs Dach stellen«, erklärte Pekka begeistert.

Als das Essen fertig vorbereitet war und die ersten Gäste eintrafen, stieg meine Nervosität. Ich versteckte mich in der Küche und ordnete akribisch *Korvapuusti* auf einem Teller an. Solange, bis mich Mari energisch ins Wohnzimmer zog. Die bunten Lichter der Dekoration erhellten gemeinsam mit Kerzen das ganze Haus. Das Feuer knackte, Gläser klirrten und das Klappern von Besteck vermischte sich mit dem aufgeregten Stimmengewirr. Jeder Neuankömmling drückte Pekka glücklich an sich. Manche klopften ihm auf die Schulter, andere wuschelten ihm durch die Haare.

Ich vermied es, mich unter die Leute zu mischen, sondern verharrte steif beim Buffet. Der Gulaschduft half mir ein bisschen über die Nervosität hinweg. Mari wuselte wie ein flinkes Kaninchen durchs Zimmer und plauderte mit allen gleichzeitig. Ihr Mann Veeti saß mit drei Herren in seinem Alter auf dem Sofa. Vermutlich unterhielten sie sich über das Fischen oder Holzfällen. Viktoria wich nicht von der Seite ihres kleinen Bruders. Sie wirkte entspannt und ausgelassen.

Jaris Ankunft erwartete ich mit Sehnsucht, weil ich mich immer unsicherer fühlte. Ich wusste nicht, wem ich was erzählen durfte und wollte mich nicht verraten. Als er dann tatsächlich mit einer Gruppe gemeinsam eintrat, hielt sich meine Erleichterung nur kurz.

Nicht Tomi erschreckte mich, der Pekka bei der Begrüßung von den Füßen hob, sondern die beiden Frauen bei ihnen. Anniina in einem atemberaubend engen, dunkelblauen Kleid, und neben ihr Ella. Jaris Exfreundin höchstpersönlich. Ich überlegte, ob es jetzt zu spät war, um freiwillig ins Gulasch zu springen.

Jari strahlte mit rot glühenden Wangen über das ganze Gesicht. Er umarmte ausgelassen seine Freunde und Familie. Noch hatte er mich nicht bemerkt, weil ich mich erneut versuchte in Maris Vorhängen zu verstecken. Anniina war offensichtlich genauso willkommen wie Ella und begrüßte die Anwesenden herzlich. Ich fühlte mich erstmals fremd.

Jari drehte den Kopf suchend umher, bis er mich in meiner Ecke fand. Er durchquerte mit wenigen Schritten das Wohnzimmer und lächelte mich breit an. »Versteckst du dich vor mir?«, fragte er amüsiert, griff meine Hand und zog mich aus den Vorhängen. Unsicher biss ich mir auf die Unterlippe.

»Ich weiß nicht, was ich wem erzählen darf, also habe ich mich zurückgehalten.«

Er sah sich kurz um und zuckte mit den Schultern. »Soll ich dich vorstellen?«

Ich wollte gerade fragen, als was er mich in seinen Freundeskreis einführen wollte, als ihn sein kleiner Bruder von hinten anrempelte. Jari schüttelte ihn lachend ab und boxte ihm als Revanche so kräftig gegen die Schulter, dass meine vermutlich sofort aus dem Gelenk gesprungen wäre.

»Ich weiß nicht, ob mehr Leute gekommen sind, um mich wiederzusehen oder den berühmten Musiker«, scherzte Pekka. Er nahm einen großen Schluck aus einer Bierflasche und leckte sich den Schaum von der Oberlippe.

»Ich bin deutlich öfter zu Hause als du. Ich bin der, der auf unsere Nichte und unseren Neffen aufpassen muss, wenn Viktoria und Elias Date-Night haben«, konterte Jari. Pekka trank weiter und schien unbeeindruckt.

Eigentlich genoss ich die Unterhaltung zwischen den beiden, weil man ihnen ansah, wie gern sie sich hatten. Es war Ella, die uns unterbrach, als sie sich zu uns stellte. Sie legte die Hand an Jaris Hüfte, als sie ihm etwas auf Finnisch ins Ohr flüsterte und ihn zum Grinsen brachte. Mich ignorierte sie vollends.

Ich starrte die großgewachsene Frau an, die perfekt an Jaris Seite passte. Sie trug ein schneeweißes Kleid im Häkellook mit kurzen Ärmeln. Ihre blonden Haare hatte sie zu einer höchst komplizierten Flechtfrisur hochgesteckt. Beide spähten über die Schultern zu jemandem, den ich nicht kannte.

»Entschuldigt bitte. Mama erzählt schon wieder, wie ich als Kind die Röcke meiner Schwester anprobiert habe«, sagte Jari schließlich seufzend mit Blick zu Mari. Diese Geschichte hätte ich liebend gern gehört, wenn nicht Ella niedlich gekichert und sich an ihn gelehnt hätte. Der Anblick der beiden versetzte mir einen Stich. Jari hatte mir nicht erzählt, dass sie auch zu Pekkas Feier eingeladen war und ihre Vertrautheit verwirrte mich. Natürlich wollte ich nicht, dass er mir hier vor allen Gästen Marmelade in den Mund steckte, aber ich fühlte mich ausgeschlossen.

Als hätte Pekka meine Gedanken gelesen, legte er einen Arm um meine Schultern und lächelte mich an. »Schau nicht so ernst. Lass mich dich etwas aufmuntern«, säuselte er gutgelaunt in mein Ohr und zog mich mit sich. Ich ließ mich von ihm zum Buffet ziehen, doch ich kam nicht dazu, mir etwas von den Leckereien zu nehmen. Diesmal stellte sich Anniina uns in den Weg.

»Dich trifft man auch überall«, begrüßte sie mich mit ernstem Blick. Pekka beeindruckte ihre schroffe Art überhaupt nicht.

»Anni! Hast du den Kartoffelsalat schon probiert? Den haben Hannah und ich gemacht. Er ist eine Kartoffeloffenbarung!«, rief er voller Begeisterung aus. Sein Alkoholpegel war definitiv schon auf einem fröhlichen Niveau angekommen.

Anniina zog die gepiercte Braue skeptisch nach oben. Sie sah in ihrem langen Kleid sehr hübsch aus, aber irgendwie passte es nicht zu ihr. In dem Lederoutfit oder der legeren Jeans wirkte sie natürlicher. »Du hast Mari hierbei geholfen?«

Schon wieder dieser unüberhörbare Ausdruck, der meine mutmaßliche Unfähigkeit untermalte. Sie machte mir immer noch Angst, obwohl um ihre rot geschminkten Lippen ein angedeutetes Lächeln zuckte.

»Das war nett von dir.«

Erstaunt blickte ich in ihre eisblauen Augen. Ich suchte nach der gewohnten Abneigung, fand aber nur Neugierde.

»Können wir uns draußen kurz unterhalten?«, fragte sie und wechselte damit das Thema so abrupt, dass selbst Pekka der Arm von meiner Schulter rutschte.

Aha! Das war also ihr Plan. Sie war nett zu mir, nur um mich nach draußen zu locken und irgendwo im Wald im Schnee zu verscharren. Ich sah die Schlagzeile in großen Lettern vor mir.

»Hannah?«, holte sie mich in die Realität zurück und ich schüttelte meine düsteren Gedanken ab. Ich hatte die Wahl, mit Anniina nach draußen zu gehen, der offensichtlich etwas auf der Seele brannte, das die anderen nicht mitbekommen sollten, oder mich vom angetrunkenen Pekka herumführen zu lassen, wo ich aufpassen musste, nichts Falsches über mich und Jari zu verraten.

»Frische Luft klingt gut«, antwortete ich und Pekka formte sofort eine enttäuschte Miene. Er sah süß aus und verscheuchte meine Angst vor Anniina eine Sekunde.

»Ich bin hier, wenn du mich brauchst«, lallte er und umarmte mich schwungvoll.

Als ich Anniina zur Garderobe folgte, sah ich mich nach Jari um. Er nickte mir aufmunternd zu, als ob er wüsste, was jetzt passieren würde. Er hatte sichtlich keine Angst um mich, während ich nervöser wurde.

Draußen fiel der Schnee in dicken Flocken und knarzte unter unseren Schritten. Die Gitarristin ging langsam vor mir her und zündete sich eine Zigarette an. Das Veranda-Licht über der Tür schenkte uns ein bisschen Sicht, trotzdem glühte ihr Glimmstängel im Dunkeln deutlich auf. Sie zog genüsslich daran und ließ den Rauch kurz darauf zwischen ihren Lippen entweichen. Ich fühlte ihren Blick auf mir, bereit, jede Sekunde loszulaufen oder mich in den Schnee zu werfen.

»Hast du was von deiner irren Freundin gehört? Wie ist die Lage vor deiner Wohnung?«, fragte sie gelassen.

Ich schmunzelte, denn Louisa hinterließ bei jedem einen bleibenden Eindruck. »Die Reporter sind fort, aber vergessen ist das Foto leider nicht«, antwortete ich. Nervös trat ich den Schnee unter meinen Füßen fest. Sie zog erneut nickend an der Zigarette.

»War ziemlich verrückt. Geht es dir besser?«

Ihr besorgter Tonfall ließ mich aufblicken. Misstrauisch beäugte ich die junge Frau vor mir. Das konnte unmöglich die angriffslustige Raubkatze sein, die mich ihre Missgunst deutlich hatte spüren lassen.

»Ja, ich fühle mich hier sehr wohl. Ich bin euch dankbar.«

»Hat dich Viktoria angeschrien?«, fragte sie weiter und sah mich mitleidig an. Ich beobachtete eine besonders dicke Flocke auf ihrem Weg zu meiner Schulter, wo sie schmolz.

»Sie hat ihre Meinung gesagt, das respektiere ich.«

Anniina mischte ein langsames Nicken mit einem lustigen Brummen. Natürlich wusste sie von dieser Begegnung. Der Aushang zum Thema Hannah war aktualisiert worden.

»Und du akzeptierst auch meine Meinung?«, wollte sie grinsend von mir wissen.

Verwundert zuckte ich mit den Schultern. Ich war mir nicht sicher, welchen Standpunkt sie vertrat. Sie zu fragen, ob und wie lange sie das Bett mit Jari geteilt hatte, hätte meinen Mord eingeleitet. Daher entschied ich mich für die harmlosere Variante.

»Du meinst, dass du denkst, ich sei eine geldgierige Schlampe, die es auf Ruhm, Schlagzeilen oder Jaris Kohle abgesehen hat?«

Sie lachte trocken auf und nahm einen neuen Zug von der Zigarette. »Anfangs dachte ich das«, gestand sie ohne den Anschein von schlechtem Gewissen.

»Wieso war es dir egal, als du dachtest, ich sei ein One-Night-Stand aus Vegas, aber bist ausgerastet, als du erfahren hast, dass wir verheiratet sind?«, tastete ich mich an die Frage heran.

»Weil es nicht Jaris erster Fehltritt in den letzten Wochen war. Eine Bettgeschichte wäre harmlos gewesen. Kurzweilig, schnell vorbei und er hätte seinen Spaß gehabt, um den Kopf frei zu kriegen. Eine Ehe, ein Gerichtsprozess und die damit verbundenen Skandale hätten ihn nach der Sache mit Mikael und Ella weiter runtergezogen.«

Die unausgesprochene Drohung, dass sie mir den Hals umdrehen wollte, wenn ich Hintergedanken Jari gegenüber hegte, nahm ich wahr.

»Aber er scheint sich gefangen zu haben. Wir haben heute die Vertragsauflösung unterzeichnen können. Mikael ist nächstes Jahr raus aus der Band. Es wird noch Streit geben, doch ich bin froh, dass es eine offizielle Lösung gibt«, fügte sie hinzu.

Dass es Probleme mit dem Keyboarder gab, war mir bewusst gewesen, nicht aber, wie ernst die Lage wirklich war. Ich wollte das gar nicht kommentieren, weil Anniina plötzlich offen und ehrlich mit mir umging. Weder so aufgesetzt fröhlich wie vor der Show, noch feindselig wie danach. Ich sah sie nachdenklich an, weil es viele Informationen waren, die ich verdauen musste. Ihre Angst um Jari kam von Herzen. Sie musterte mich, bis ein tiefes Seufzen aus ihr herausbrach.

»Sieh mich nicht an, als würde ich dich gleich fressen. Tut mir leid, ich wollte dir nicht zu nahe treten. Ich habe dich vielleicht falsch eingeschätzt. Ich habe mir Sorgen um Jari gemacht und dachte, er dreht vollkommen durch. Wir waren kurz davor, ihn irgendwo einzuweisen. Aber du tust ihm gut und das tut der Band gut.«

Was ihre Worte bedeuten sollten, wusste ich nicht. Allein die Gewissheit, dass sie mich nicht töten und vergraben wollte, nahm mir etwas von der Anspannung.

»Deine Hände zittern. Ich denke, wir sollten wieder hineingehen«, schloss sie unser Gespräch ab. Sie trat die Zigarette im Schnee aus und legte mir den freien Arm um die Schulter, so wie Pekka vorher. Ich war perplex, verwirrt und fühlte mich überfordert.

»Anniina im Team Hannah«, nuschelte ich erstaunt und erschrak, weil ich es nicht nur gedacht, sondern auch geflüstert hatte. Sie sah mich skeptisch an, aber ich vermied es, die Sache noch peinlicher zu machen. Der Fall Anniina war noch nicht abgeschlossen und ich reihte ihn bei den X-Akten ein.

***

»Da bist du ja wieder«, erschreckte mich Pekka, als wir reinkamen, weil er direkt hinter der Tür stand. Ich zog die Schuhe aus, während er mich breit grinsend beobachtete. »Dein Mann hat dich wohl wirklich hängen lassen«, sagte er feststellend und nicht fragend.

215

Diese falsche Geschichte aufrechtzuerhalten, wurde zunehmend anstrengend. Während die Stimmung im Haus ihren Höhepunkt erreichte, sackte meine ab. Der Geräuschpegel war während des Gesprächs mit Anni-ina angestiegen und lautes Gelächter drang aus allen Richtungen. Ich wollte zu Jari gehen und mich lieber verabschieden, doch Tomi drängte sich in mein Blickfeld.

»Schön, dich wiederzusehen«, begrüßte er mich.

Die Feier wurde zu einem Hindernislauf in Richtung Jari, bei dem die Hürden aus Finnen bestanden. Auch Tomis überschwängliche Freude führte ich auf mehrere Gläser Wein zurück, von denen er eins in der Hand hielt.

»Anscheinend muss ich dich gar nicht mehr rumführen, du kennst hier ja eh schon alle!«, stellte Pekka fest.

»Wir haben uns hinter der Bühne das erste Mal getroffen«, klärte ihn der Drummer auf. Jaris Bruder verzog das Gesicht zu einer Grimasse.

»Oh nein, sag mir nicht, du bist ein Fan? Dann habe ich ja wie immer keine Chance mehr«, scherzte er.

Der Gedanke brachte mich doch zum Grinsen. Ich versuchte an Tomi vorbeizuschielen, um Jari wiederzufinden. Er stand mit dem Rücken zu mir und immer noch war Ella an seiner Seite.

Diese Situation zerrte zunehmend an meinen Nerven. Nach all der Finnland-Euphorie begann ich mich zu fragen, was ich hier eigentlich tat. Ich war dankbar für die freundliche Behandlung von Mari und Pekka, aber in Anbetracht der Tatsache, dass ich in drei Wochen eine Annullierung unterschreiben musste, damit Jari und ich frei waren, wurde mir im Augenblick alles zu viel. Besser wäre es gewesen, wenn ich heute in Jaris Badewanne geblieben wäre.

Das Geplänkel der beiden Männer war dumpf geworden, bis Pekka mich amüsiert mit dem Ellenbogen gegen die Seite stieß.

»Du hörst uns ja gar nicht zu«, beschwerte er sich. Mein Gesichtsausdruck schien Bände zu sprechen, denn er beugte sich zu mir. »Hier unten ist es etwas laut, nicht wahr? Möchtest du eine kurze Auszeit und mit raufkommen? Ich habe oben einige Geschenke von meiner Reise, hilfst du mir, sie runterzutragen?«

Ohne zu zögern nickte ich, dankbar darüber, den Lärm hinter mir zu lassen. Auf einmal waren es viel zu viele Menschen um mich herum. Geschickt schlängelten wir uns durch die feiernde Menge, die uns kaum beachtete.

»Ich habe viele Glücksbringer für meine Geschwister und die Kinder. Du kannst auch einen haben, wenn dir einer gefällt«, erzählte er. Bei der Treppe verneigte er sich grinsend vor mir, um mit der Hand nach oben zu zeigen. Mit skeptischer Miene begann ich die steilen Stufen nach oben zu steigen.

»Weißt du, nicht jede Beziehung mit einem Finnen muss kompliziert sein. Es gibt auch ganz simple Verhältnisse, die einen aufmuntern und ablenken können«, sagte er, was dazu führte, dass ich verwirrt stehen blieb. Er stolperte in mich hinein, als ich mich verdutzt umdrehte.

»Ich bin ein netter Kerl«, meinte er grinsend.

»Und ich bin verheiratet«, wies ich ihn auf die Tatsachen hin.

Dank der Stufen befanden wir uns mit dem Gesicht auf gleicher Höhe. Seine Alkoholfahne ließ mich die Nase rümpfen.

»Aber der Typ hat dich betrogen. Ich bin nicht unbedingt ein Beziehungsmensch, doch stehe zur Verfügung, wenn du es ihm heimzahlen willst«, erklärte er so unschuldig, als würde er mir nicht gerade ein unmoralisches Angebot machen.

Ich wusste nicht, ob ich entsetzt nach Luft schnappen oder auflachen sollte. Auf einmal wirkte die Aussicht, oben mit Jaris jüngerem Bruder allein zu sein, nicht mehr harmlos. »Das ist eine ganz dumme Idee und ich habe kein Interesse«, erklärte ich und wandte mich um. Auf der engen Treppe stand er im Weg, also versuchte ich, mich so schnell wie möglich an ihm vorbeizuschieben.

Plötzlich rutschte ich mit der Ferse an der Kante der Stufe ab. Erschrocken krallte ich mich mit den Fingern in sein Shirt, fand aber keinen Halt. Er griff hastig nach meinen Händen, doch mein graziler Körper war bereits auf dem Weg nach unten. Kreischend fuchtelte ich mit den Armen herum. Eine Hand donnerte schmerzhaft gegen die Wand, die andere landete auf Pekkas Nase. Sein Schmerzenslaut war das Letzte, was ich hörte, während ich mich taumelnd drehte, über meine eigenen Beine stolperte und vornüber nach unten segelte. Ich kniff die Augen fest zusammen, damit ich nicht mitansehen musste, wie ich mir alle Knochen brach – aber es krachte nicht, weil ich gegen etwas Weiches prallte.

Von meinem Gewicht überwältigt, rumste Anniina mit dem Rücken gegen die Wand. Ich knallte ohne zu bremsen auf ihre Vorderseite, mit dem Gesicht auf ihre

Brust. Es dauerte einige Sekunden, bis ich vom Adrenalinschub zitternd aufsah. Meine Nase lag weich gebettet mitten in ihrem freizügigen Dekolletee.

»Alles okay mit dir?«, fragte sie sarkastisch. Ich nickte stumm und rieb dabei meine Nase zwischen ihren Brüsten. Als mir das bewusst wurde, hob ich verlegen den Kopf an. Pekka starrte geschockt vom Treppenabsatz zu uns herunter.

»Hast du dich verletzt?«, fragte er ernsthaft besorgt mit blasser Miene.

Ich drückte mich endlich von Anniinas Brust ab und fing ihren amüsierten Blick auf, wo ich Ärger erwartet hätte. Zu allem Überfluss tauchten Jari und Ella im engen Gang auf und sahen verwirrt zwischen uns hin und her.

»Was treibt ihr hier? Wer hat geschrien?«, fragte Jari und stierte zu seinem Bruder hoch.

»Ich wollte nur eine Kiste Bier aus dem Keller holen und wurde unfreiwillig zum Airbag«, erklärte Anniina.

Ich trat einen Schritt zurück, während sich mein rasender Herzschlag nur langsam beruhigte. »Ich bin gestolpert und die Treppe runtergefallen! Hab ich dir wehgetan?«, fragte ich die Gitarristin kleinlaut.

Sie zog die Stirn in Falten und schüttelte den Kopf. Demonstrativ rückte sie ihren BH unter dem Kleid zurecht. »Alles noch dort, wo es sein soll.«

Ich spürte, wie die Hitze in meine Wangen schoss. Pekka griff sich an die Kehle und atmete durch.

»Herrgott, Hannah, du hast mir einen riesigen Schrecken eingejagt. Du musst doch nicht gleich davonlaufen. Es war nur ein Angebot«, fuhr er mich ernst an.

Jari trat zu uns heran, scannte mich von oben bis unten und sah zu seinem kleinen Bruder. »Was für ein Angebot?«

Seine Stimme sank eine Tonlage tiefer. Normalerweise ließ das meine Zellen erregend vibrieren, diesmal zog sich mein Magen krampfhaft zusammen. Pekka hob augenblicklich verteidigend die Arme, ihm behagte die Tonlage sichtlich auch nicht.

»Hey, ihr Mann hat sie betrogen. Ich würde nie eine funktionierende Ehe gefährden.«

Ich schluckte und sah dabei aus den Augenwinkeln, wie Anniina die Arme verschränkte.

»Das heißt, du wolltest *meine* Frau anfassen? Und *du* erzählst rum, ich hätte dich betrogen?«, fragte Jari zuerst seinen Bruder und dann mich. Ella neben ihm blieb schweigsam. Sie beobachtete uns, aber was in ihr vorging, ließ sie sich nicht anmerken.

Pekka erblasste abrupt. »Deine was?«

Die hübsche Gitarristin hinter mir machte ein grunzendes Geräusch, weil sie versuchte, ein Lachen zu verkneifen. Sie fand dieses Theater offensichtlich sehr lustig.

»Ich habe dir gesagt, dass ich verheiratet bin, aber nicht, dass mein Mann mich betrogen hat. Es war mein Exfreund«, warf ich tonlos ein.

»Du bist mit Jari verheiratet? Wann ist denn das passiert?«

Innerhalb weniger Sekunden nüchterte der kleine Mäkinen-Bruder aus. Aus großen Augen starrte er mich überfordert an. Er kam eine Stufe tiefer, während

Anniina leise kicherte. Mich jedoch traf ein derart giftiger Blick von Jari, dass es ein Wunder war, dass ich nicht sofort tot umfiel.

»Und du wolltest mit ihm nach *oben* gehen?« Eine Zornesfalte bildete sich zwischen seinen Augen.

»Nein! Ich wollte ihm helfen, etwas runter zu bringen.« Dass ich schrill und hysterisch klang, half nicht.

»Und ich wollte mit dir rummachen«, sagte Pekka leichenblass.

Anniina brach in lautes Gelächter aus. Jaris Kiefermuskeln zuckten und mein Herz schlug im Rammstein-Takt.

Er blickte zu seinem Bruder, schüttelte den Kopf und brummte.

»Wieso erzählst du mir nicht, dass du geheiratet hast? Weiß Mama schon davon?«, wollte Pekka wissen und visierte Jari an. Dieser schnaubte laut.

»Ich hätte es schon noch erzählt, aber ich hatte genug damit zu tun, die Katastrophe rund um Mikael in den Griff zu kriegen. Ich wollte dir bei deiner Ankunft nicht direkt all meine Fehltritte auftischen«, erklärte Jari entschuldigend. Seine Worte trafen mich, weil er mich soeben als Fehltritt bezeichnet hatte.

»Moment. Ihr seid nicht mehr zusammen? Weiß dein Bruder davon? Er ist mein bester Freund! Wieso erzählt mir hier keiner mehr etwas?«, richtete Pekka seine Worte nun an Ella, die erstmals überrascht dreinblickte, sich aber nicht äußerte.

Anniina hingegen bekam ihren Lachanfall überhaupt nicht mehr unter Kontrolle. Sie krümmte sich, während glitzernde Tränen in ihren Augenwinkeln standen. Ihren Humor hätte ich gern geteilt.

»Jetzt übertreibst du aber. Wir sind seit Monaten getrennt. Lebst du auf dem Mond?«, schnauzte Jari seinen Bruder an.

Pekka kam eine Stufe weiter herunter und schüttelte erschöpft den Kopf. »Nein, in *Asien*! Und nach wenigen Monaten Trennung bist schon du verheiratet?«

Mir schwirrte der Kopf von all den Vorwürfen und Missverständnissen. Hastig drängte ich mich an Jari und Ella vorbei. Das Herz schlug wild in meiner Brust, begleitet von einer unangenehmen Hitzewallung. Hinter mir hörte ich Jaris tiefe Stimme, die seinen Bruder mahnte. Weit war ich nicht gekommen, als ich eine Hand an meiner Schulter spürte.

»Wir reden. Jetzt! Draußen!«, zischte Jari mir ins Ohr. Ohne auf meinen Protest einzugehen, schob er mich in Richtung der Haustür. Ich kam eh nicht gegen ihn an, also schlüpfte ich zum zweiten Mal an diesem Abend in die Winterstiefel. Sie waren noch feucht von der Aussprache mit Anniina. Jari zog sich fahrig seine Jacke an und stürmte raus. Die Tür fiel zu und er lief vor mir auf und ab. Warum ich an diesem Abend ständig im Vorgarten landete, um ein unangenehmes Gespräch zu führen, wusste ich selbst nicht.

»Willst du mir was erklären?«, fragte er mich aufgebracht und trottete weiter. Mein Trotzmodus aktivierte sich, deshalb zuckte ich mit den Schultern. Jari hatte klar gemacht, dass ich etwas war, mit dem er seinem Bruder die Heimkehr nicht verderben wollte.

»Es ist alles geklärt.«

Murrend entfernte er sich vom Haus. Ich folgte ihm langsam, denn in den offenen Stiefeln rutschte ich ständig mit dem Fuß heraus.

»Wolltest du mich provozieren und mit meinem Bruder rummachen?«, fuhr er erregt fort. Als Antwort darauf verdrehte ich theatralisch die Augen.

»Die Frage kann nicht ernst gemeint sein! Natürlich nicht.«

Er trat gegen einen Schneehaufen und ich ging einen Schritt auf ihn zu.

»Du bist derjenige, der hier mit seiner Exfreundin herumläuft, als gäbe es mich nicht«, holte ich zum Gegenschlag aus.

Perplex drehte er sich zu mir. Im Grunde hatte nicht ich diese Frage gestellt, sondern das kleine grün-gelb getupfte Monsterchen namens Eifersucht, das plötzlich aus seinem Versteck hervorgesprungen war, um das Ruder zu übernehmen. Er verengte die Augen und verschränkte die Arme.

»Sie war eingeladen«, antwortete er genauso trotzig. Wir stritten wie ein Paar, ohne dass wir eines waren. Ich schnaufte wütend, weil ich mich nicht für dumm verkaufen lassen wollte.

»Deine Mutter und Viktoria wissen vielleicht über uns Bescheid, aber da drinnen scheint niemand mitbekommen zu haben, dass Ella und du kein Paar mehr seid.«

»Jeder da drinnen weiß, dass Ella und ich getrennt sind«, beharrte er jetzt deutlich ruhiger. Diesmal war ich es, die stampfend hin und her lief.

»Und die Öffentlichkeit? Wieso glaubt jeder, *ich* sei der Trennungsgrund?«, platzte es aus mir heraus.

Die Worte hallten über die Schneefläche und ebbten in der verlassenen Straße vor dem Haus ab. Er nahm sich Zeit, mich lange anzusehen. Minuten, in denen mir bewusst wurde, wie albern ich mich aufführte. Er kam näher und blickte suchend in den Himmel, nur um mich dann mit ernster Miene zu fokussieren.

»Es ist egal, Hannah. Ob du jetzt das Flittchen bist, mit dem ich meine Freundin betrüge oder ob du der Fan bist, mit dem ich nach der Trennung eine Affäre habe. Oder meine Ehefrau, die ich im Rausch geheiratet habe. Alles davon wäre auf die gleichen negativen Schlagzeilen hinausgelaufen. Manchmal ist es besser, einfach nichts zu sagen, dann verläuft das Ganze von allein im Sand und Ella weiß das.«

Ich wollte zurückweichen, aber mein Fuß blieb im Schnee stecken, also zuckte ich nur schwankend zusammen, als er weiter auf mich zukam. »Ich denke, Ella sagt nichts, weil sie hofft, dass das wieder etwas mit euch wird. So wie sie sich da drin an deiner Seite verhalten hat. Als gäbe es mich nicht ...«, nuschelte ich verärgert. Vergeblich zerrte ich an meinem Fuß, bekam ihn aber nicht frei. Das grüne Eifersucht-Monsterchen hüpfte wild auf und ab. Mein frustrierter Anblick belustigte Jari, denn er begann breit zu lächeln.

»Meine Familie kennt sie, seit wir Kinder waren. Sie hat uns alle hergefahren, weil wir heute die Vertragsauflösung von Mikael unterschrieben und zur Feier des Tages bereits etwas getrunken hatten. Sie ist Anniinas beste Freundin und hat uns abgeholt.«

Ich zog verzweifelt an meinem Schuh, aber er saß fest. Als hätte ich einen epileptischen Anfall, wackelte ich, keuchte und war kurz davor zornentbrannt loszuschreien.

Plötzlich war er bei mir und legte seine Hände an meine eisigen Wangen. »Ich habe mich da drin von dir ferngehalten, weil ich nicht wusste, wie ich damit umgehen soll. Ich will, dass du hier bist, aber es ist auch schwierig für mich«, gestand er flüsternd und küsste mich.

Alles war wie immer. Der dadurch ausgelöste Stromschlag verkohlte meine Wut zu einer Rauchwolke. Als er seine kalten Finger sanft in meinen Nacken schob, sog ich scharf die Luft ein. Das hielt ihn nicht davon ab, seine Lippen fester auf meine zu pressen, um den Kuss zu intensivieren. Dieser Geschmack auf seiner Zunge war besser als jede Zimtschnecke. Gierig griff ich nach seiner Jacke, zog ihn daran näher. Die winzigen Bewegungen seiner Fingerkuppen hinter meinem Kopf lösten ein schwindelerregendes Kribbeln aus.

Mit dem Sauerstoffmangel kam die Erkenntnis, dass wir abermals in unseren Wahnsinn verfielen. Widerwillig löste ich mich von ihm, wobei er brummend in mein Haar griff, um mich daran zu hindern. Die kalte Luft brannte in meinen Augen, als ich sie öffnete. Sein verhangener Blick war kaum auszuhalten. Hilflos machte ich einen Schritt zurück, damit wir vernünftig wurden. Der Schuh steckte aber immer noch tief vergraben fest. Ich schlüpfte heraus, stolperte und riss diesen riesigen Mann an seiner Jacke mit mir.

Gemeinsam krachten wir ächzend in den Neuschnee, der nicht ansatzweise den Sturz dämpfte. Jaris Gewicht lag schwer auf mir und ein bekannter Schmerz fuhr in meinen Rücken. Ich starrte auf seinen halb geöffneten Mund, der eine unnatürliche Faszination auf mich ausübte. Der schmerzhafte Sturz hatte die Stimmung zwischen uns überhaupt nicht reduziert. Ich selbst kämpfte mit meiner Selbstbeherrschung, ehe ich seine warmen Lippen erneut auf meinen spürte. Fordernd küsste er mich leidenschaftlicher als zuvor. Es war unmöglich, diesem Gefühlsrausch zu widerstehen. Statt aufzuhören, presste er sich fester an mich, sodass ich leise aufstöhnte. Dieser Laut war eine Mischung aus Atemnot, dumpfem Pochen an meinem Kreuz und dem Verlangen nach mehr.

»Warum machst du das? Wir streiten, ich schreie dich an und du küsst mich«, nuschelte ich atemlos. Er tat es noch mal, wobei ich sein Lachen an meinem Mund spürte. Mit funkelnden Augen hob er den Kopf, sodass beim Sprechen seine Lippen sanft über meine strichen.

»Das ist die einzige Methode, dich zum Schweigen zu bringen.«

Diese Manipulation war eine Vorgehensweise, mit der meine Hormone absolut einverstanden waren. Ich grub meine steifen Finger in seine Haare, inhalierte seinen heißen Atem und erwiderte den Kuss. Mein Mantel war verrutscht, daher spürte ich seinen schweren Körper ohne Schutzbarriere auf mir. Mein nur in Strumpfhose gekleideter Fuß grub sich in den Schnee, als ich die Beine auseinanderschob, um ihm Platz zu machen. Der Boden unter uns verfestigte sich zu einer steinharten Eisplatte. Es war kalt, aber auch verdammt heiß.

Sowie er meinen Rock nach oben schob, spürte ich seine harte Gürtelschnalle am Schenkel. Ich drängte mich ihm entgegen, bis er erneut brummte und mir zärtlich in die Unterlippe biss. Ganz von allein schlichen sich meine Hände unter seine Winterjacke. Eiszapfenfinger trafen auf seinen warmen Bauch. Er zuckte zusammen, grinste schelmisch und küsste sich dafür fest an meinem Hals entlang. Ohne aufzuhören, mich mit der Zunge in den Wahnsinn zu treiben, wanderte seine rechte Hand zu meinem Oberschenkel. Auch seine Finger waren alles andere als warm, als sie über mein Knie strichen, höher, unter den Saum des Rockes. Ich wusste nicht, was mir mehr die Sinne raubte. Die furchtbare Kälte oder das heiße Prickeln. Er tastete sich meinen Schenkel hinauf, während ich mich ihm vollkommen außer Kontrolle entgegendrückte.

Mein hormonell bedingter Aussetzer war der Grund, dass ich nicht sofort bemerkte, wie Jari innehielt. Er küsste mich nicht mehr, sondern sah mir mit hochgezogenen Brauen in die Augen.

»Hannah, dein ganzer Körper zittert! Ist das wegen der Kälte oder meinetwegen?«

Seine Hand ruhte an meinem Oberschenkel. Das lenkte mich zwar ab, weil die kleinen Kreise, die sein Daumen darauf zog, intensiv kitzelten, aber das Zittern meiner Muskeln war überall zu spüren. Er lachte leise auf und zog seine Finger zurück. Mit sorgenvollem Gesicht stützte er sich im Schnee ab, damit er sich aufrichten konnte.

»Ich denke, hier draußen im Schnee Sex zu haben, wäre nicht das Klügste. Wir könnten sterben«, scherzte er. Sein dunkler Blick dabei ließ mich schlucken. Die Worte erschreckten mich, doch er hatte recht. Sowohl mit der Gefahr des Erfrierens als auch mit dem Sex. Wir beide waren drauf und dran, den Verstand zu verlieren. Mitten im Vorgarten seiner Mutter, während einer Party für seinen Bruder, der mich gerade noch selbst hatte flachlegen wollen. Grinsend stemmte er sich hoch, um das Gewicht von mir zu nehmen.

Damit verschwand der Rest an Körperwärme von mir. Meine Muskeln krampften schmerzhaft, allein wäre ich in diesem Zustand nie wieder auf die Beine gekommen. Er zog mich zu sich und während ich bibbernd verharrte, zerrte er meinen Stiefel aus dem Schnee. Die Taubheit in meinen Zehen spitzte sich zu. Jari kniete sich nieder, damit ich mit dem nassen Fuß in den gefütterten Schuh schlüpfen konnte. Das änderte gar nichts an dem Frost in meinen Knochen und ich sank weiter in mich zusammen.

Er nahm meine Hand und wollte mich zurückführen, als meine Beine mir den Dienst versagten. Ich hatte keinerlei Kontrolle über meine motorischen Fähigkeiten. Seufzend schob er die Arme unter meine Kniebeugen und hob mich hoch. Ich wehrte mich nicht.

Ich habe dich gefragt

Die Aufmerksamkeit der gesamten Partygesellschaft war uns sicher. Sobald wir reinkamen, verstummten alle Gespräche und das Geschirrklappern.

»Was ist passiert?«, fragte Mari mit sorgenvoller Miene, kam auf uns zu und legte mir sofort ihre Hand an die Wange. Ich zitterte am ganzen Leib, weshalb Jari mich nur zögerlich runterließ. Mir wurde der durchnässte Mantel abgenommen und ich schlüpfte aus den Schuhen. Meine Klumpfüße hinterließen feuchte Flecken auf dem Boden.

»Sie ist in den Schnee gefallen«, erklärte Jari.

»Und hat sich dann darin gewälzt?«, fragte Viktoria misstrauisch, während sie an meinem nassen Rock zupfte.

Mari klatschte energisch in die Hände und scheuchte die Gäste zurück zum Buffet, von wo aus Ella mich nachdenklich beobachtete. »Du musst aus den nassen Sachen raus, Liebes, du holst dir noch eine Lungenentzündung. Ich hole dir schnell neue Klamotten, dann nimmst du oben eine warme Dusche.«

Ich nickte und stapfte durch den Raum, um die Wartezeit zumindest vor dem Feuer zu verbringen. Ich schlang die klammen Arme um die Brust und versuchte meine Zehen aneinander zu reiben. Mir war bitterkalt, weshalb ich mich am liebsten mitten in die Flammen gesetzt hätte. Selbst meine aufgeregten Hormone, die gerade Samba im Schnee getanzt hatten, kullerten als Eiswürfel leblos durch meine Sinne. Nicht einmal der Gedanke an Jaris weichen Lippen und die Berührung seiner Hände brachten sie zum Auftauen.

Plötzlich stand Pekka grinsend vor mir und blickte mit seinen ausdrucksvollen Augen auf mich herab. »Du bist also meine Schwägerin. Willkommen in der Familie, Hannah Mäkinen«, sagte er unverschämt laut und umarmte mich. Die Körpernähe tat gut, weshalb ich meine steifen Finger automatisch um seinen breiten Rücken legte. Er lachte gegen mein Ohr. »Entschuldige das Missverständnis, aber bevor ich wusste, wer du bist, hab ich dich heiß gefunden.«

»Bin ich jetzt nicht mehr heiß?«, fragte ich zweifelnd.

Er runzelte die Stirn und nahm sich Zeit, mich ausführlich zu mustern. Der nasse Rock klebte unsittlich eng um meine Schenkel und Pekka zwinkerte mir frech zu. »Natürlich! Aber du bist tabu.«

»Was hast du da im Gesicht?«, fragte Viktoria plötzlich auf Englisch, für alle hörbar, ihren Bruder. Jari zuckte gelassen mit den Schultern. Selbst als seine Schwester mit verzogener Miene mit dem Daumen über seinen rechten Mundwinkel rubbelte, blieb er ruhig. Ich fuhr mir automatisch verräterisch mit den kalten Fingern an die Lippen. Jaris Blick heftete sich an mich, gefolgt von Viktorias und Ellas. Ich genoss den erstaunten Ausdruck im Gesicht seiner Exfreundin, als ihr bewusst wurde, was der Lippenstift an Jaris Mund bedeutete. Das gelb-grün getupfte Eifersucht-Monsterchen kicherte erfreut. Diese Runde hatte ich gewonnen.

Während Ella sich mit Handauflegen bei Jari zufriedengeben musste, hatte ich mich todesmutig mit ihm im Schnee gerollt und meine Markierung gesetzt. Strike!

Erschrocken schüttelte ich den Kopf, weil mir diese Gedanken Angst machten. Die Gefühlsachterbahn, die dieser Mann in mir auslöste, war mir fremd. Außerdem war unser Verhältnis mehr als nur kompliziert und mit jedem weiteren Tag verlor ich mich mehr in dem Chaos.

Jari wischte sich selbstbewusst den rosa Farbton ab und Viktoria zuckte lachend mit den Augenbrauen.

»Sie ist also in den Schnee *gefallen*? Und ihre Lippen dabei zufällig auf deine?«

Sie wollte, dass ich ihre Unterhaltung mithörte und hatte Spaß an meiner Verlegenheit. Er knuffte sie grinsend in den Oberarm, während ich den Blick abwandte, um in die tanzenden Flammen zu schauen. Mari kam mit einem neuen Bündel Klamotten zurück. Sowohl innerlich als auch rein körperlich fühlte ich mich jedoch kraftlos.

»Ich will nach Hause«, murmelte ich.

»Du willst nach Deutschland zurück?«, fragte Mari entrüstet.

»Nein, ich meinte in Jaris Haus zu meinen Sachen!«

Sie sah mich lange durchdringend an. Ihren Blick erwiderte ich nicht, weil ich das Feuer im Kamin beobachtete, aber ihre Aufmerksamkeit galt ganz mir.

Niemand versuchte mich weiter zu überreden, mich umzuziehen oder duschen zu gehen. Meine zusammengesunkene Haltung erregte ihr Mitleid. Mari brachte mir zwei dicke Decken, in die sie mich einhüllte. Liebevoll rubbelte sie über meine Schultern, um mir zusätzlich Wärme zu spenden. »Dann bringen wir dich jetzt zu Jari ins Bett«, sagte sie. Die Zweideutigkeit in diesem Satz brachte mich zum Schmunzeln. Damit wir nicht zu Fuß durch die Nacht gehen mussten, erklärte sich sein gutmütiger Holzfäller-Vater Veeti bereit, uns zu chauffieren. Gesprächig war der Kerl nicht, aber sympathisch.

Bei der Verabschiedung gab mir Mari eine Stofftasche mit eingepacktem Essen drauf. Ich hoffte heimlich, dass es viele zimtige *Korvapuusti* waren.

***

Auf der Autorückbank wickelte Jari mich in die Decken ein. Er setzte sich neben mich und sein Vater fuhr schweigend los. Trotz der kurzen Fahrt hatte ich Mühe, wach zu bleiben und musste mich beherrschen, Jaris verlockende Schulter zu ignorieren. Ich fühlte mich wie ein lebendes Maki, weil ich meine Arme kein bisschen bewegen konnte.

Bei seinem Haus angekommen, musste Jari mich dementsprechend aus dem Auto manövrieren und auspacken. Ich stakste in meinen nassen Schuhen zur Haustür, nachdem ich mich von Veeti verabschiedet hatte. Statt wütend zu sein, wünschte er mir gute Erholung und eine schöne Nacht. Kaum ein Wort hatte ich mit ihm gewechselt und trotzdem mochte ich ihn.

»Ich lass meiner kleinen Ente das Badewasser ein, damit du endlich auftaust«, sagte Jari, kaum dass wir im Haus waren.

Normalerweise war das immer eine Option, aber ich war fix und fertig und wollte nicht ertrinken, weil ich einschlief. »Ich bin zu müde.«

»Hannah, du musst aber warm werden.«

»Das werd ich schon.« Mühsam erklomm ich die Stufen hinauf in mein Zimmer und plumpste erleichtert auf die Bettkante. Mit zitternden Fingern befreite ich mich aus den nassen Klamotten und schlüpfte unter der Decke in eine Jogginghose und ein trockenes Shirt, während Jari kopfschüttelnd vor dem Bett stand.

»Du bist stur«, zischte er mich an und warf einen finnischen Fluch hinterher. Ich kuschelte mich tief in die Laken, während er vorwurfsvoll auf mich herabsah. Trotzig zog ich die Decke bis über meine Nase.

»Meine Mutter bringt mich um, wenn du dich erkältest.«

Ich rollte mich auf die Seite und kehrte ihm damit gähnend den Rücken zu. »Entspann dich, mir wird schon ganz warm. Hyvää yöta«, nuschelte ich.

»Wie du willst«, zeterte er, dann hörte ich die Tür zuschlagen.

Das Licht hatte er nicht ausgemacht, aber ausgelaugt, wie ich war, hatte ich keine Kraft, mich darüber zu ärgern. Ich schloss die Augen und rieb die kalten Zehen aneinander, die trotz der dicken Socken weiterhin froren.

»Du lässt mir keine Wahl«, polterte Jari, als er kurz darauf wieder hereingetrampelt kam und mich aufschreckte. In jedem seiner Schritte hörte ich seine Verärgerung. Vorsichtig schielte ich über die Schulter zu ihm. »Ich habe den Ofen ordentlich angeheizt, so sollte die Wärme bis nach oben ziehen.«

Ich wollte ihm schon danken, da zog er sich mit einem Ruck den Pullover über den Kopf und warf ihn auf das Sofa.

»Was machst du denn?«, fragte ich dumpf, da mein Mund und meine Nase unter der Bettdecke steckten.

»Dich auf die altmodische Art wärmen. Immerhin trage ich als Gastgeber Verantwortung für dich.«

Ich krallte die Finger in den weißen Bezug, während er sich auch seines T-Shirts entledigte. Ich starrte auf den mir dargebotenen nackten Oberkörper. Er machte sich an seiner Jeans zu schaffen, was mich nach Luft schnappen ließ. Ich fixierte seine Hände, während er ganz gelassen die silberne Schnalle des Gürtels öffneten und den Reißverschluss aufzog.

»Was zum Teufel hast du vor?«, quietschte ich überfordert und starrte auf seine Tattoos. Ich folgte den Mustern über seinen Muskeln bis zu dem flachen Bauch. Die Hose flog zum Shirt auf das Sofa.

»Ich werde ein Unschuldslamm sein«, antwortete er keck.

Ich verriet nicht, dass meine Gedanken alles andere als unschuldig waren. Wenn ich seine breite Brust, den Bauch und seine nackten Beine betrachtete, wurde mein Mund trocken. Wir waren uns heute gefährlich nahe gekommen, das hatte ich nicht vergessen. Allein die Erinnerung an unsere Akrobatik im Schnee wärmte mich von innen. Nun stand er fast nackt vor mir und meine Selbstbeherrschung rief um Hilfe.

Der Anblick seiner schwarzen Boxershorts machte mich fertig. Wie ein ausgehungerter Löwe starrte ich diesen Mann an, als sei er das letzte Stück Frischfleisch.

»Rutsch zur Seite und mach mir etwas Platz, ich bin kein Zwerg wie du«, befahl er und löschte das Licht.

Ich sah ein paar Herzschläge lang nichts mehr, das bedeutete jedoch nicht, dass ich die Bilder nicht plastisch vor Augen behielt. Ich hörte seine Schritte, bis sich das Bett neben mir absenkte.

»Jetzt mach dich nicht so breit, Hannah«, beschwerte er sich lachend. Ich rührte mich keinen Millimeter, als er seine langen Beine neben meine legte, um an mich heranzurutschen.

»Ist es zu spät für die Alternative mit dem Bad?«, fragte ich zittrig.

»Stell dich nicht so an und beweg endlich deinen hübschen Hintern nach da drüben.«

Bevor ich mich wehren konnte, griff er meine Hüfte und schob mich weiter nach rechts. Ich rollte auf die Seite, wandte ihm somit den Rücken zu. Schließlich legte er seinen linken Arm über meine Taille, fasste um meinen Bauch und schob den anderen Arm bestimmt unter mir durch, um mich komplett an seine Brust zu ziehen.

Jari strahlte eine Wärme aus, die Zentimeter für Zentimeter über mich kroch. Ich schloss die Augen und versuchte mich zu beruhigen. Seine Finger bewegten sich über das Shirt an meinem Bauch, aber ich spürte jede einzelne Bewegung auf meiner Haut. Er atmete tief aus und sein Arm wanderte unter mir nach oben, um meine Schultern zu umfassen. Trotz dieser Nähe blieb er erstaunlich zurückhaltend.

»Du bist ein kleiner Eiswürfel«, flüsterte er. Ich hörte das Grinsen in seiner Stimme ganz deutlich heraus.

»Echt? Dein kleiner Bruder sagt, ich sei heiß.«

Sein Griff wurde fester. »Nicht witzig«, grummelte er mir ins Ohr und ich gluckste zufrieden. Er sog laut die Luft ein und rutschte näher an mich heran. Dabei schob er seine nackten Zehen zwischen meine Socken. Ich lehnte den Kopf an seine Schulter hinter mir und erlaubte mir, es zu genießen. Egal wie turbulent die letzten Wochen gewesen waren, in dieser Sekunde fühlte ich mich geborgen. Mir wurde endlich warm und er strahlte eine mir unbekannte Sicherheit aus. Jede Faser meines Körpers kam zur Ruhe, auch wenn das Stechen der auftauenden Gliedmaßen unangenehm war. Schmunzelnd driftete ich in den ersten Dämmerschlaf. Hinter mir spürte ich seine gleichmäßigen Atemzüge, die ebenfalls langsamer wurden. Ich drehte den Kopf nach unten und küsste sanft seinen Unterarm, der über meiner Brust lag. Zu meiner Erleichterung kommentierte er diese unbedachte Geste nicht.

Dieser Rockstar brachte Seiten an mir zum Vorschein, mit denen ich erst lernen musste umzugehen. Gleichzeitig verleitete er mich dazu, sämtliche Vorsicht zu vergessen und mich fallen zu lassen. Bei Jari fühlte ich mich fremd und sicher zugleich.

Mit diesem Gedanken schob sich eine Erinnerung in mein müdes Hirn, die mich den Atem anhalten ließ. Auf dieser verdammten Holzbank in Vegas hatte ich dieses Gefühl auch schon gehabt. Als wir betrunken und eng umschlungen in der Dunkelheit gesessen hatten, hatte ich diese einlullende Sicherheit das erste Mal gefühlt. Mir schnürte es die Kehle zu, weil gleichzeitig Angst in mir hochkroch. Die gleiche Panik, die damals

in mir aufgekommen war, wenn ich daran dachte, das
wieder zu verlieren.

»Heilige Scheiße. Ich habe dich gefragt«, sagte ich in
Zimmerlautstärke, was sich in der Stille der Nacht wie
schreien anhörte. Jari zuckte hinter mir zusammen. Ich
hörte, wie er schluckte und die Arme enger um mich
zog.

»Hast du was gesagt?«, fragte er schlaftrunken. Ich
war auf einmal komplett aufgedreht und alles andere
als müde.

»Ja! Ich sagte, dass ich dich in Vegas gefragt habe, ob
du mich heiraten möchtest.«

Es wurde still im Raum, wodurch ich den Wind draußen hörte.

»Hast du mich verstanden? Ich erinnere mich, dass
ich dich auf der Parkbank vor dem Hotel einfach gefragt habe, ob du mich heiraten willst.«

Nach kurzem Zögern fand er seine Fassung wieder.
»Ja, das hast du. Und ich habe augenblicklich Ja gesagt.«

Ich war von dieser Erkenntnis fasziniert und überwältigt. »Wie konnte ich das nur vergessen? Du hast da
gesessen und ich lag mit dem Kopf an deiner Schulter.
Wir haben in die Sterne geschaut und du hast mich
festgehalten. Das Einzige, was ich dachte, war, dass ich
mich lange nicht mehr so sicher gefühlt hatte.«

Jari bewegte die Hand auf meinem Bauch und seine
Füße fuhren meine Waden rauf und runter.

»Du meintest nur, du willst, dass die Nacht niemals
endet und wir deshalb heiraten müssen. Ich fand das
logisch ...«, bestätigte er und fing hinter mir an, vibrie-
rend zu lachen.

»Ja, ganz logisch«, antwortete ich sarkastisch.

»Danach wolltest du, dass wir diesen Entschluss feiern, also sind wir in die Disco gegangen.« Er legte die Handfläche auf meinen Bauch, um mich an sich zu drücken. »Die Disco ist der Beweis, dass ich stockbesoffen war«, brummelte er an mein Ohr. »Viele Lücken hast du gar nicht mehr.«

Bevor ich darauf antworten konnte, strich er meine Haare zur Seite. Ich spürte, wie er sich aufrichtete und sich zu mir beugte. Ohne Vorwarnung legte er die Lippen in meinen ungeschützten Nacken und jagte mir mit der Berührung seiner Zunge einen Schauer über den Rücken.

»Erinnerst du dich daran?«, fragte er grinsend zwischen zwei Küssen. Genau genommen erinnerte ich mich gerade an gar nichts mehr. Weder an meinen Namen noch daran, dass meine Zellen Sauerstoff zum Überleben brauchten.

Er küsste sich langsam zu meinem Hals vor, bis seine Wange an meiner Haut kratzte. Seine Lippen erreichten die Stelle unter meinem Ohr und ich fand endlich meine Stimme wieder.

»Ein Unschuldslamm würde das aber nicht tun.«

Er lachte heiser, während seine Hand zu meiner Hüfte zurückkehrte und fest über meine Kurven strich. »Das ist sogar noch unschuldig. Das hingegen ...«, flüsterte er diabolisch und saugte an meinem Hals. Mit der Hand fuhr er meinen Oberschenkel außen an der Seite entlang bis zu meinem Knie, nur um dann an der Innenseite zurück nach oben zu wandern. Wir näherten uns wiederholt diesem gefährlichen Grenzgebiet. Wenn man zu oft mit dem Feuer spielte, gewöhnte man sich an die Hitze und ich hatte keine Angst mehr, mich zu verbrennen.

Etwas, das sich gut anfühlte, konnte nicht falsch sein. Also drehte ich mich ihm entgegen und meine Lippen fanden seinen Mund. Ich griff ihm ins Haar, damit ich ihn an mich ziehen konnte, doch trotz der zunehmenden Vernebelung meiner Gedanken hielt ein Stimmchen in mir dagegen. Es war falsch. Es war schön. Mir war kalt und heiß. Ich machte einen großen Fehler und gleichzeitig verspürte ich Erleichterung.

Ach Hannah, halt die Klappe und küss ihn weiter, schalten mich meine Hormone, die eine wohlige Betriebstemperatur erreichten.

Einer seiner Arme lag unter meinem Rücken. Mit der anderen Hand umfasste er mein Gesicht und strich mit der Nasenspitze über meine, bis wir uns erneut leidenschaftlich küssten. Er glitt mit den Knöcheln vorsichtig an meiner Wange entlang. Als er über mein Kinn und meinen Hals nach unten wanderte, entkam mir ein Seufzen.

Seine Stirn ruhte an meiner und wir sahen uns an. Als fragte er stumm um Erlaubnis, beobachtete er meine Mimik im Dunkeln, während seine Hand fest, aber langsam zwischen meinen Brüsten hinabglitt. Ich konnte ihm diese Zaghaftigkeit nicht übel nehmen, denn das letzte Mal war ich hysterisch aufgesprungen. Ich erschauderte unter seinen mutiger werdenden Berührungen. Unterwäsche trug ich sowieso keine, immerhin hatte ich damit gerechnet, allein zu schlafen. Dennoch war mir die Stoffschicht zu viel Barriere zwischen uns. Ich fühlte jede kleinste Bewegung, als seine Finger mutiger wurden. Trotz des Shirts brachte er mich spielend leicht dazu, laut nach Luft zu schnappen. Mein Körper war voller Erwartung, als wäre jede unserer Begegnungen bisher ein kleiner Schritt hin zu dieser Situation gewesen.

Der Kuss in meinem Apartment, noch bevor ich geahnt hatte, was wir in Vegas alles getan hatten. Die Aktion auf dem Sofa. Die Knutscherei hinter der Bühne, welche mich hier nach Finnland gebracht hatte. Der Unfall im Schnee und all die Beinahe-Küsse, die mich meine Kraft gekostet hatten, endeten hier. Irgendwann war Schluss mit der Selbstbeherrschung. Wenn nicht einmal der frostige Schnee meine Hormone auf Eis legen konnte, dann hatte ich keine Chance zu gewinnen.

Ich rollte mich herum und sah ihn an. Ehe er nach meinem Bein greifen konnte, legte ich es ihm um die Hüfte. Sein tiefes Brummen feuerte meinen Entschluss an. Ich fuhr seine Schultern entlang, ertastete die Muskeln auf seinem Rücken. Er packte energisch meinen Po, woraufhin ich schmerzerfüllt aufächzte. Nicht weil er grob war, sondern weil meine Blessuren der letzten Tage deutlich zu spüren waren. Sofort zog er sich mit einem erschrockenen Gesicht zurück. Ich lachte hingegen entschuldigend.

»Ich habe da Flecken«, wisperte ich.

Seine skeptische Miene war in der Finsternis ganz klar zu erkennen. »Du hast da Flecken?«

Ich nickte bestimmt. »Ja, in rot, blau und lila.«

Sanfter strich er über meinen Hintern, während er leise gluckste. »Also das muss ich mir genauer ansehen.«

Ehe ich irgendwelche Einwände hervorbringen konnte, drehte er mich gänzlich auf den Rücken, um sich auf mich zu legen. Sein Gewicht presste mich in die Matratze. Mit den Unterarmen stützte er sich neben meinem Gesicht ab, schob sich zwischen meine Beine und ich keuchte auf. Er drückte sich provozierend eng an mich. Diesmal war ich es, die unverständliche Laute von sich gab.

Eifrig erkundete ich ohne Scham seine nackte Haut. Fahrig strich ich über seine Schulterblätter, kratzte zart mit den Nägeln darüber und genoss jeden einzelnen Kuss. Seinen Geruch, seinen Geschmack und seine Körperwärme. Das alles harmonierte in dieser Sekunde, in diesem Bett. Ich verschwendete keinen Gedanken an belanglose Dinge wie Trauscheine, Elvise oder Exfreundinnen.

Ich bäumte mich auf und zwang meine Finger, sich von ihm zu lösen, nur um mir hektisch das Shirt auszuziehen. Mein Kopf steckte noch im Stoff, als seine Zunge bereits über mein Dekolletee strich. Kurz wog ich in Betracht verheddert liegenzubleiben, weil ich ihn nicht in seiner Kunst unterbrechen wollte. Er nahm mir die Entscheidung ab und zog fest am T-Shirt, warf es achtlos weg. Ohne mir eine Pause von all dem Prickeln zu gönnen, küsste er sich erneut zwischen meinen Brüsten tiefer. Zielstrebig glitt er über meinen Bauch weiter nach unten. Seufzend griff ich ihm in die Haare, weil ich mich irgendwo festhalten musste. Sowie ich die Beine besitzergreifend um seine Hüfte klammerte, knurrte er mir in den Bauchnabel. Lachend zog ich Jari wieder zu mir hoch, wo er mir seinen heißen Atem ins Gesicht blies.

»Wie war das mit den Flecken auf deinem Hintern? Da war etwas, was ich mir ganz genau ansehen wollte.«

Jari glitt quälend langsam mit den Händen von meinem Hals bis zum Hosenbund. Die Hose selbst landete dafür umso schneller auf dem Fußboden, gemeinsam mit den flauschigen Socken. Damit lag ich splitterfasernackt in Jaris Bett in Finnland.

Als er auf mir niedersank, war da nur noch Haut auf Haut. Er ließ mich spüren, wie sehr er mich wollte und das kratzte an meiner Geduld. Natürlich gaben mir seine Shorts als Schutzschicht zwischen uns die Chance, ihn in sein Zimmer zu verweisen, aber meine Hormone hätten mich ins Irrenhaus einweisen lassen.

»Bleib wo du bist und beweg dich nicht«, befahl er mir und hievte sich gleichzeitig stürmisch hoch, sodass ich vom Rückstoß mit wippenden Brüsten im Bett auf und ab hüpfte.

In den Sekunden, in denen er weg war, raste mein Herz. Mein Zustand hatte sich von eiskalt in vollkommen überhitzt gedreht, aber Gott sei Dank kam er nach wenigen Sekunden zurück. Außer Atem strich ich mir die verirrten Haarsträhnen aus den Augen. Das Knistern der Kondomverpackung konnte nur bedeuten, dass er sein letztes Kleidungsstück auf dem Weg nach draußen irgendwo verloren hatte. Zu gern hätte ich jetzt das Licht angemacht.

Hastig kroch er zu mir, drängte sich zwischen meine Knie und beugte sich nach vorne, um mich zu küssen. Sein Körper glühte, als ich damit fortfuhr, jeden Winkel seiner nackten Haut zu ertasten. Statt meiner Begierde endlich Erleichterung zu verschaffen, hatte er sich erstaunlich gut im Griff. Ich biss ihm sanft in die Lippe, als ich seine Finger zwischen meinen Schenkeln spürte. Es reichte nicht, dass ich vor Lust verging, er musste meine Leidfähigkeit auf die Probe stellen. Er verharrte über mir und beobachtete, wie ich mich unter ihm wand. Erst als ich mich nicht mehr beherrschen konnte und mir ein lautes Stöhnen entwich, war es um seine eigene Beherrschung geschehen.

Er ließ sich auf seinen Unterarmen nieder und küsste mich innig, ehe er die letzten Zentimeter zwischen uns überwand. Er blieb dicht bei meinem Gesicht und wir atmeten uns gegenseitig an, während wir uns daran gewöhnten, den anderen zu spüren. Keine frechen Sprüche mehr und keine Stimmen, die davon abrieten. Nur Jaris Körper auf meinem, als wir einen gemeinsamen Rhythmus fanden. Der ganze Tag war ein ewiges Vorspiel gewesen. Die letzte Grenze zu überschreiten, fühlte sich richtig an.

Hingebungsvoll küsste Jari mich, saugte an meinem Hals oder warf mir lustvolle Blicke zu. Ich schlang die Beine um seine Hüfte und er schob einen Arm unter mein Kreuz, um mich fester an sich zu ziehen. Ein dünner Schweißfilm legte sich auf seinen Rücken, weil wir beide uns verausgabten. Ein heißes Prickeln dominierte all meine Sinne.

In einem heftigen Rausch breitete sich der Höhepunkt in meinem Körper aus und ich ließ den Kopf zurück in das Kissen sinken. Für einen Augenblick hörte ich nur meinen eigenen Herzschlag, während ich die Schenkel fester um Jaris Hüfte klammerte. Dennoch bekam ich laut und deutlich mit, wie er kurz nach mir in seinem Orgasmus versank und auf mir niedersackte. Mein Herz klopfte schneller und auch er schnaufte mir aufgewühlt über die Haut.

Grinsend löste ich meine zittrigen Knie von ihm. Ich fuhr ihm über den verschwitzten Rücken und genoss dieses beflügelnde Gefühl. Die Hormone klatschten Beifall, aber ich hatte nur Augen für diesen Mann bei mir.

Langsam richtete er sich auf, um meine Stirn zu küssen. Liebevoll pustete er mir ins Gesicht und lachte leise. Ich strich ihm die Haare nach hinten und begriff, dass ich ein großes Problem hatte. Jari war nicht nur mein Ehemann, sondern ich hatte ihn richtig gern.

Der Gollum mit der süßen Lippen

Meine rechte Wange begann wehzutun, also drehte ich den Kopf um, damit die Linke auf der Arbeitsfläche lag. In dieser Position konnte ich in Richtung der Schiebetür in den hinteren Garten blicken. Ich schob die leere Kaffeetasse, meine dritte an diesem Morgen, auf der Kücheninsel im Kreis.

»Hmpf«, entkam es mir und ich presste die Augen fest zu. Mittlerweile war es sieben Uhr morgens und ich saß seit einer Stunde allein in Jaris Küche. Es war ruhig. Viel zu ruhig, aber in meinem Kopf schrien sich mein Herz und mein Verstand laut an. Die beiden hatten eine ausgiebige Beziehungskrise und ließen mich nicht zur Ruhe kommen.

Ich war halb auf Jaris Brust liegend aufgewacht. Sein Kopf war zur Seite gesunken, während sein Arm um meine nackte Taille geschlungen ruhte. Sofort war das verräterische Lächeln in mein Gesicht gekrochen. Lange hatte ich ihn schlafend beobachtet, bis es unheimlich wurde. Als ich ihm sanft den Bauch gekrault hatte, war kein Zucken durch seinen Körper gegangen. Ich hätte ihn aufwecken können, war aber lange still liegen geblieben, nur um ihn anzusehen. Irgendwann hatte *es* dann angefangen. Das Nachdenken.

Jetzt saß ich hier, seufzend, grübelnd und allein. Gestern hatte ich kaum getrunken. Ich hatte kein Blackout und keine Kopfschmerzen, aber einen Sex-Kater. Was hatte ich mir nur dabei gedacht, diese Grenze zu überschreiten? Der Gedanke daran ließ meinen Bauch kribbeln. Was bedeutete das? Waren wir jetzt zusammen? Wahrscheinlich nicht, denn wir waren ja verheiratet. War ich in ihn verliebt und reichte das aus? Eher nein. Das Gefühl von Vertrauen und Sicherheit zwischen uns bildete ich mir von meiner Seite aus definitiv nicht ein. Trotzdem blieb die Tatsache, dass wir unsere eigene Geschichte hatten, in der eine irre Hochzeit vorkam. Er war ein berühmter Musiker, der durch die Welt reiste und auf großen Bühnen stand. Die Presse interessierte sich für jeden seiner Schritte. Mein Privatleben war mir heilig und es machte mir extrem viel Angst, wenn ich daran dachte, was über mich und Jari verbreitet wurde.

Ich wollte mich keinesfalls den Rest meines Lebens vor Reportern verstecken müssen. Meinen Job müsste ich an den Nagel hängen, wenn sich die Sache nicht beruhigte. Dann gab es weitere Faktoren. Zum Beispiel jenen, dass ich alles ertragen konnte, wenn er mich küsste und dabei grinste. Wo würden wir leben? Er würde Finnland niemals verlassen. Hier war sein Rückzugsort, wo seine Familie war. Seine unglaublich liebevolle Familie und diese hübsche, ihm viel zu vertraute Exfreundin Ella, die ihre Griffel nicht von ihm lassen konnte. Ich hatte keine Lust auf einen Zickenkrieg. Die Sache mit Chris saß immer noch tief in mir. Ich war kein eifersüchtiger Mensch, aber wenn Jari und ich jetzt zusammen sein sollten, würde ich ihr das nächste Mal die Finger abhacken. Das grün-gelb getupfte Monsterchen hatte da die richtigen Krallen dafür.

»Hmpf«, brummte ich erneut und knallte meine Stirn verzweifelt auf die Holzfläche. Mein Herz wollte sofort zurück zu Jari ins Bett kriechen. Mein Verstand sagte, dass ich bald abhauen musste, um die Annullierung zu unterschreiben. Ich wurde wahnsinnig, hatte das Bild von Gollum aus *Der Herr der Ringe* vor mir, wie er seine Selbstgespräche mit Smeagol führte. Ich fühlte mich ganz genauso und hatte keine Ahnung, wer gewann. *Mein Schatzzz,* hallte es in meinem Hirn.

»Was ist denn so lustig?«

Augenblicklich schoss ich in eine aufrechte Position und drehte mich zu Jari um, der lächelnd auf mich zukam. Er trug eine blaue Jeans sowie ein graues T-Shirt und keine Socken. Als er die Hand an meine Wange legte und mir einen leichten Kuss auf die Lippen gab, roch ich sein Shampoo.

»Ich habe über *Herr der Ringe* nachgedacht.«

Jari stellte eine Tasse unter den Kaffeeautomaten und lehnte sich lässig neben den Kühlschrank. Eine Augenbraue fuhr nach oben, Falten bildeten sich auf der Stirn. Sowie seine Tasse voll war, machte er einen Schritt, um meine zu nehmen und sie neu zu füllen.

»Ich glaube, du grübelst über letzte Nacht und bist deshalb einfach abgehauen, ohne mich zu wecken.«

Er hatte diesen ›Ich weiß, was du letzte Nacht getan hast‹-Gesichtsausdruck. Ich war mir sicher, dass in meinem groß und fett *Ich hatte phänomenalen Sex* stand. Sein Grinsen trieb mir die Schamesröte auf die Wangen.

»Worüber sollte ich denn nachdenken? Was ist gewesen letzte Nacht?«

Leise lachend reichte er mir einen frischen Kaffee.
»Wenn du mir jetzt erzählst, du erinnerst dich nicht,
dann muss ich erstens ernsthaft an meiner Männlich-
keit zweifeln und zweitens an deiner Zurechnungsfä-
higkeit.«

Er gluckste und ich rührte in meinem Kaffee. »Ich erinnere mich an das, was wir getan haben, aber wie war
dein Name noch mal?«, ärgerte ich ihn mit dramatischer Miene.

Er leckte sich über die Lippen und stierte mich mit
funkelnden Augen an. »Merkwürdig, gerade den solltest du wissen. Immerhin hast du ihn letzte Nacht
mehrmals laut geschrien.«

Meine Finger zuckten, weshalb ich den Löffel sofort
beiseitelegte. Verfluchter Mist. Er brachte mich aus
dem Konzept und das, ohne mich zu berühren. Ich war
mir ziemlich sicher, dass er unrecht hatte. Ich hatte seinen Namen gehaucht, geflüstert, gewimmert, gestöhnt
oder gekeucht, aber ganz gewiss nicht geschrien.

Er schüttelte schmunzelnd den Kopf und kam zu mir.
Seine Tasse landete neben meiner, als er mich mit einem beherzten Griff an der Hüfte auf dem Hocker zu
sich drehte. Seine Lippen strichen über meine, bis er
mich zärtlich, aber fordernd küsste. Ich legte die Arme
um seine Schultern, schloss die Augen und genoss die
Kaffee-Liebkosung. Als er sich von mir löste, grinste er
mich zufrieden an.

»Guten Morgen, übrigens«, flüsterte er schelmisch
nahe an meinem Gesicht. Vorsichtig kraulte ich seinen
Haaransatz und sah ihm unsicher in die Augen, die einen Schlafzimmerblick verbreiteten. Solange, bis er
mich noch mal küsste. Es fiel mir leicht, mich diesem

Gefühl hinzugeben und ich schlang die Beine um ihn, während er mich bestimmt gegen den Tresen drückte. Ich erwartete schon, dass die Türklingel läutete und irgendwer von seiner Familie hereinplatzte, aber das geschah nicht. Seine Hände verschwanden stattdessen unter meinem Shirt und eine altbekannte Gänsehaut eroberte meinen Körper. Es war aufregend, wenn er mich anfasste und er wusste das. Ich zerstörte seine gekämmten Haare, weil er zärtlich meine Unterlippe zwischen seine Zähne zog, nur um mich direkt danach mit einem neuerlichen Kuss ins Gefühlsnirwana zu schicken. Mir wurde bewusst, dass die letzte Nacht jegliche Grenzen zwischen uns verwischt hatte.

Zielgenau wanderten meine Hände von seiner Brust tiefer. Als ich versuchte seine Hose zu öffnen, hielt er lachend inne. Verwirrt blinzelte ich, als er sich aufrichtete und Abstand zwischen uns brachte. Ich wollte, dass er mich auf den Tresen setzte und wir das wiederholten, was gestern so gut funktioniert hatte.

»Wir sollten heute einen Ausflug machen, damit du mal an die frische Luft kommst«, schlug er grinsend vor, als wäre ich diejenige gewesen, die mit der Knutscherei angefangen hatte.

Nach dem Frühstück fuhren Jari und ich nach Helsinki. Wir waren etwa eine Stunde unterwegs. Über uns strahlte die Wintersonne und brachte den Schnee zum Glitzern. Ich starrte fasziniert aus dem Fenster auf die weißen Wälder und Felder und kam aus dem Staunen nicht heraus. Zwischen den kahlen Birken blitzten rote Holzhäuschen auf. Die Verkehrsschilder, die vor querenden Elchen warnten, amüsierten mich.

Im Stadtverkehr unterschied sich Helsinki dann kaum von München. Jari steuerte zielstrebig eine Parkgarage an, bezahlte das Tagesticket mit seinem Handy und danach spazierten wir in die eisige Kälte hinaus. Die Temperaturen lagen weit unter Null, weswegen ich gefühlt zwanzig Schichten Stoff trug. Meine Mütze zog ich tief in die Stirn und mit dem Schal schützte ich meine Lippen.

Wir durchquerten die Innenstadt mit diversen Einkaufsmöglichkeiten, die weit über meinem Budget lagen. Dennoch genoss ich die bunt geschmückten Auslagen, die mit Weihnachtsmännern, Schneeflocken und Engeln besetzt waren. Die Lampen, die in der *Aleksanterinkatu* zwischen den hohen Wohngebäuden hingen, leuchteten schlicht in Weiß. Belustigt beobachtete ich einen Bagger, der zwischen den Autos eine Einfahrt von Schnee freiräumte. Vor den Eingängen der Restaurants und Geschäfte entdeckte ich dicke Bürsten auf dem Boden, an denen man seine Schuhe von Matsch und Schnee befreien konnte. Die Fassaden wechselten von modern zu alt, aber alle waren in gutem Zustand. Besonders gefielen mir die runden Türme, der Stuck sowie die Skulpturen. Jari beantwortete geduldig meine Fragen und zeigte mir viel. Er schien es zu genießen, mir seine Heimat näherzubringen.

»Da vorne geht es zum Hafen. Im Sommer gibt es dort einen schönen Markt«, erklärte er geradeaus deutend. Tatsächlich hörte man hier zwischen den grünen Straßenbahnen und Bussen das Kreischen der Möwen über uns, das Meer konnte nicht weit weg sein.

Unser Atem kondensierte in weißen Wolken vor uns, während mir die Kälte bis in den Hals brannte. Wir traten auf einen kleinen Platz mit stillgelegtem Brunnen hinaus. Direkt dahinter entdeckte ich die Schiffe. Weiter weg, links und rechts der Bucht, ankerten riesige Fähren.

»Die fahren nach Estland. Dort kaufen sich die Finnen günstigen Alkohol und fahren am Abend wieder nach Hause«, erklärte Jari grinsend. Ich war mir sicher, dass er das auch oft gemacht hatte.

In Küstennähe fror das Meer komplett zu. Dicke, gesplitterte Eisschollen zogen sich bis weit hinaus in die See.

Als das Sonnenlicht diffuser wurde, kehrten wir um und Jari führte mich durch enge Seitengassen, auf deren Boden ich zwischen den Schnee- und Eisresten altes Kopfsteinpflaster erkannte. Das Gefühl nach Urlaub war schwer zu unterdrücken, aber der Mann, der mit riesigen Schritten neben mir schlenderte, war kein Touristenführer, sondern mein Mann. Wenn man bedachte, wie wir die letzte Nacht verbracht hatten, hielt er sich jetzt bewusst von mir fern. Einen Stadtbummel mit verliebten Blicken und Händchenhalten hatte ich nicht erwartet, in Wahrheit jagte mir diese Vorstellung sogar Angst ein. Gleichzeitig sehnte ich mich nach seiner Nähe.

Der weiße Dom, das Wahrzeichen der Stadt, stand auf einem imposanten Treppenpodest perfekt in Szene gesetzt. Davor befand sich zu dieser Zeit ein Weihnachtsmarkt mit vielen Zeltständen und Hütten, mittendrin leuchtete ein nostalgisches Karussell in bunten Farben.

Die Kinder darauf saßen auf Pferden, in Kutschen, in Retro-Autos und klammerten sich an die Stangen.

»Jari, ich …«

»Auf keinen Fall. Sieh dir die Schlange mit den wartenden Kindern davor an. Ich stehe mir hier nicht die Beine in den Bauch, weil du im Kreis fahren willst«, zerstörte er meine Träume auf einen Schlag. Ich zog unter dem Schal einen Schmollmund, den er nicht sehen konnte.

»Aber ich kauf dir gern eine Tasse Glögi«, versuchte er mich zu besänftigen. Jari schnappte sich meine Hand und zog mich über die Straße hinüber zum Markt. Es war das erste Mal, dass er mich berührte, seit wir das Haus verlassen hatten.

Herrliche Düfte strömten uns entgegen. Es roch nach Gewürzen, Fleisch und Rauch von offenen Feuerstellen. Ich wollte gemütlich durch die Reihen der Stände spazieren, aber Jari führte mich sofort in die Mitte.

»Alkohol bekommt man nur hier in diesem Abschnitt. Du darfst damit nicht über die Linie treten«, erklärte er mir ernst. Ich blickte mich verwundert um und entdeckte das provisorisch angebrachte Stück Papier, das markierte, dass man ab hier achtzehn Jahre alt sein musste.

Auf einmal war mein Begleiter verschwunden und ich blieb verwundert zurück. Unzählige Menschen drängten sich beisammen und lachten. Irgendwo spielte Weihnachtsmusik.

»Vorsicht, heiß«, sagte Jari, als er mir kurz darauf eine Tasse in die eine und einen Pappteller in die andere Hand drückte. »Das eine ist ähnlich wie Glühwein in Deutschland, aber mit Johannisbeersaft, Gewürzen und als Beigabe Mandeln und Rosinen. Das andere ist ein Rentierhotdog mit Zwiebeln.«

Ich befreite meinen Mund vom Schal und schnupperte. Der Glögi roch fruchtig und nach Zimt. Vorsichtig pustete ich auf die rote Flüssigkeit. Dank meiner Gier verbrannte mir das süßliche Getränk dennoch die Zunge. Der Hotdog dampfte genauso köstlich. Ich hielt mich nicht lange damit auf, ihn anzusehen, sondern stopfte ihn zur Hälfte in meinen Mund. Der Alkohol floss wärmend in meinen Magen und ich leckte mir genüsslich die Finger ab.

Mein Begleiter stand mir die ganze Zeit über schweigend gegenüber. Mal beobachtete er mich, wie ich mir Kinn und Nase mit der Soße einsaute, kurz darauf blickte er scheinbar in Gedanken versunken um sich. Schließlich holte er tief Luft und sah mich ernst an. »Bevor wir zurückfahren, müssen wir reden, Hannah.«

Eisige Gespräche

»Da hinten gibt es eine ruhige Ecke«, erklärte Jari und nahm meine Hand. Mit sanftem Ruck zog er mich neben sich her, weg vom Weihnachtsmarkt.

Wir durchquerten einige enge Seitengassen, bis ein idyllischer Park zwischen den Gebäuden auftauchte. Durch die kahlen Bäume erkannte ich eine alte Holzkirche am anderen Ende.

»Ist es okay, wenn wir uns kurz hinsetzen, oder frierst du mir dann fest?«, fragte er und steuerte eine marode aussehende Holzbank an.

»Das halte ich schon aus.« Mein Hintern fühlte sich darauf an, als hätte ich mich auf einen Gletscher gesetzt, trotzdem blieb ich sitzen, weil ich ahnte, dass die folgenden Minuten wichtig waren. An das Frieren gewöhnte man sich in Finnland schnell.

Eine Weile blieben wir still und ich wartete, dass er anfing. Wir hätten es im Auto besprechen können. Oder in seiner Sauna, die verführerischer wurde, weil mein Hintern auf der Bank erfror.

»Wegen letzter Nacht ...«, startete er einen Versuch.

Allein diese drei Worte beschleunigten meinen Puls. Ich saß steif neben ihm, die Hände im Schoß zusammengefaltet, und starrte nach vorne. Die vereinzelten Laternen malten dunkle Schatten auf die Schneefläche.

Verlegen beugte ich mich zur Seite und griff in einen Schneehaufen.

»Wie es die letzten Tage zwischen uns gelaufen ist, musste es so kommen«, flüsterte ich, weil er keine Anstalten machte, weiterzureden. Mit steigendem Unbehagen bearbeitete ich den Schnee und formte ihn zu einer Kugel. »Ich weiß nicht genau, was es bedeutet«, murmelte ich in die Nacht hinein.

Jari lachte. Ruhig und sanft. Er legte seinen Arm hinter mir auf die Lehne der Bank und nickte bedächtig. »Dann finden wir es gemeinsam raus.«

Ich nickte ebenfalls und starrte wie er zu der Kirche.

»Vermisst du Chris?«, fragte er unvermittelt und mir wäre mein Kunstwerk beinahe runtergefallen. Mit großen Augen schaute ich zu ihm.

»Nein! Ich habe Chris geliebt und wir hatten eine schöne Zeit«, begann ich, schluckte schwer und beschloss, ihm die Wahrheit zu sagen. »Aber er hat mir das Herz gebrochen. Als er dachte, ich würde bei Louisa schlafen, hat er eine Arbeitskollegin in unserem Bett flachgelegt«, erklärte ich.

Jari sah mich lange an und ich rollte stumm den Schneeball zwischen meinen Händen, glättete die Oberfläche.

»Hast du mich geheiratet, weil du dich einsam gefühlt hast?«, fragte er weiter. Er klang unsicher. Jari hatte eindeutig Angst vor meiner Antwort. Er befeuchtete seine Lippen und schmunzelte mich verlegen an.

»Mein Trennungsschmerz war sicher mit ein Grund. Nachdem meine Beziehung in die Brüche gegangen war, waren all die Pläne zerschmettert. Aber ich denke, ich habe dich auch geheiratet, weil ich mich bei dir so sicher gefühlt habe wie lange nicht mehr. Du schaffst es immer wieder, mich aus meinem Trott zu befreien. Ich hatte panische Angst davor, dich und das damit verbundene Glücksgefühl zu verlieren. Seit meine Eltern tot sind, musste ich mich allein um meinen Bruder kümmern, unsere restliche Familie ist verkorkst oder verschollen. Ich hatte lange keine Momente mehr, in denen ich ... entspannt war. Langsam wird mir bewusst, dass Las Vegas passiert ist, weil ich bei dir loslassen konnte«, erklärte ich überzeugt. Den Blick hielt ich auf meinen Schneeball gerichtet und meine Stimme war fest, obwohl ich nicht sagen konnte, wann ich zu dieser Überzeugung gekommen war. Die Stille, die darauf eintrat, jagte ein Frösteln über meinen Körper, das die Kälte des Winters übertraf.

»Hannah, ich ... das mit deinen Eltern wusste ich nicht. Deswegen warst du also wegen der Schokoladeerdbeeren so gerührt«, begann er stockend. Ein paar Sekunden saßen wir stumm da. Meine Finger glätteten den Schnee, Jari starrte mich spürbar von der Seite an.

»Jetzt bist du an der Reihe«, forderte ich leise. Ich warf ihm den kleinen Schneeball zu und er fing ihn mit nackten Fingern auf. Er kaute auf seiner Unterlippe und zuckte resigniert mit den Schultern.

»Ella«, half ich ihm auf die Sprünge.

Seufzend nickte er. »Wir kennen uns seit der Schulzeit. Sie hat alle Höhen und Tiefen unserer Bandgeschichte miterlebt. Nachdem die wilde Zeit mit *The Wicked Elephant* vorbei war, wurden wir ein Paar. Sie ist ein toller Mensch, warmherzig, höflich und freundlich und macht jedes Abenteuer mit. Wir hatten viel Spaß.«

Es fiel mir schwer, ihm ruhig zuzuhören, aber ich wollte wissen, was passiert war. Vielleicht würde ich das seltsame Verhältnis der beiden dann endlich begreifen können. Der Wind strich über mein Gesicht und ließ mich weiter frösteln, aber ich rührte mich nicht von der Stelle.

»Ella wusste mit unserem Erfolg umzugehen. Sie selbst ist seit einigen Jahren erfolgreiche Moderatorin im Fernsehen. Sie liebt es, im Mittelpunkt zu stehen. Es war kein Problem, wenn ich mal ein paar Wochen fort war und sie akzeptierte, dass die Menschen jede Menge Mist über uns verbreitet haben.«

Wenn das kein verbaler Seitenhieb gewesen war, dann wusste ich auch nicht. Zerknirscht drehte ich den Kopf in seine Richtung, aber er sah mich nicht anklagend an, sondern lächelte milde. »Klingt perfekt. Warum hast du sie dann nicht geheiratet?«, antwortete ich trotziger, als ich wollte.

»Sie hat Nein gesagt.«

Er warf den Schneeball fort und er zerbarst vor uns auf dem Boden. Ich starrte auf den zurückgebliebenen Haufen.

Als ich mich davon abwandte und ihn ansah, war ich fassungslos. Seine Hände wanderten zurück in die Jackentaschen und auch seine Haltung wirkte teilnahmslos. Dabei sah ich die Anzeichen seiner Anspannung genau. Er hatte seine Körperhaltung gut unter Kontrolle, aber seine Kiefermuskeln zuckten.

»Du hast Ella einen Antrag gemacht?«, wiederholte ich flüsternd.

»Ja, und sie hat abgelehnt. Mach kein Drama daraus. Ich habe sie gefragt und sie hat Nein gesagt. Es war albern von mir, überhaupt zu fragen und wir haben darüber gesprochen und dann beschlossen, dass wir nur noch Freunde sein sollten. Ende der Geschichte.«

Wut stieg in mir auf, weil er versuchte, das Ganze runterzuspielen, während meine Gedanken Amok liefen. »Wieso war es albern von dir und warum habt ihr euch sofort getrennt?«

Er knetete seine Hände fester, nahm dann seine Mütze ab und fuhr sich durch die Haare. Ich ließ ihn nicht aus den Augen und er wand sich, als würde ich ihm körperliche Schmerzen bereiten. Genervt stand er auf und machte ein paar Schritte von mir weg. Ich verschränkte die Arme und wartete. Er hatte damit angefangen, ich würde jetzt sicher nicht nachgeben, nur weil es ihm unangenehm war.

»In den letzten Wochen gab es mit Mikael ziemlich viel Stress. Bevor er verkündete, die Band zu verlassen, hatten wir oft Streit. Ich habe es kommen sehen, aber nicht reagiert und das Problem verschleppt. Wie du vielleicht weißt, haben wir vor Jahren bereits ein Bandmitglied austauschen müssen und das wäre fast das Ende gewesen. Nach außen hin haben wir alles hinbekommen, aber Mikael möchte nicht nur *The Wicked Elephant* hinter sich lassen, sondern auch ein großes Stück vom Kuchen mitnehmen. Ohne Anwalt und eine Einigung könnte er das ganze Bandprojekt in den Ruin treiben. Es hat mich kaputt gemacht. Wir konnten keine neue Musik schreiben und mussten gute Miene zum bösen Spiel machen. Wochenlang mit jemandem auf der Bühne zu stehen, dem du eigentlich die Gitarre über den Kopf ziehen willst, ist zermürbend. Ella war für mich da. Ich wollte etwas Positives in meinem Leben und dachte, ihr einen Antrag zu machen, wäre eine gute Möglichkeit.«

Jedes seiner Worte ließ meinen Magen ein Stückchen weiter verkrampfen, denn ich hörte den Schmerz darin und die Traurigkeit. Es tat mir weh und gleichzeitig wollte ich ihn trösten.

»Ella wusste aber, dass das nicht der richtige Weg für uns ist. Ihr war klar, dass ich nur aus einer Kurzschlussreaktion handelte, und sie zog die Reißleine. Wir sind gut als Freunde und waren einen Moment ein perfektes Paar. Aber am Ende reichte es nicht für mehr. Deswegen haben wir uns getrennt. Sie wird immer ein Teil meines Lebens sein.«

»Das Gleiche hast du mit mir gemacht«, murmelte ich entsetzt. An einem Punkt, an dem Jari am Boden gelegen hatte, war ich in sein Leben geplatzt und hatte eine Lücke gefüllt. Ella war klug genug gewesen zu wissen, dass eine Hochzeit keine Lösung war, während ich selbst zu verblendet gewesen war. Es hätte mich nicht enttäuschen dürfen, denn ich hatte keine nobleren Beweggründe gehabt. Nach der Sache mit Chris war ich auch enttäuscht gewesen. Er war meine Chance gewesen auf eine Familie, sodass ich mit Leo nicht mehr allein hätte sein müssen. Ich spielte den Schmerz gern runter, weil ich nicht zugeben wollte, wie sehr mir der Verlust meiner Familie noch zusetzte. »Ich war deine zweite Wahl«, setzte ich nach.

Das Lächeln auf seinen Lippen verschwand für den Hauch einer Sekunde, aber dann schüttelte er den Kopf. »Das ist etwas völlig anderes«, sagte er, aber ich wusste es besser. Meine Augen begannen zu brennen und meine Kehle verengte sich. Ich riss mich zusammen und schluckte die Welle an Emotionen hinunter.

»Du bist kein so guter Schauspieler, wie du denkst, Jari. Seit ich hier gelandet bin, machen sich alle Sorgen um dich. Sie wissen, wie fertig dich nicht nur die Sache mit Mikael, sondern auch die mit Ella gemacht hat. Sie haben mich als Endergebnis deiner Odyssee gesehen«, murmelte ich erstickt und sah die letzte Zeit plötzlich ganz anders. »Deine Traumfrau hat deinen Antrag abgelehnt, deine Band stand vor dem erneuten Aus und du fliegst nach Vegas und heiratest besoffen ein Fangirl. Kein Wunder, das Anniina und Viktoria mich umbringen wollten. Egal was du ihnen erzählt hast, sie wussten, wie traurig du bist. Und du hängst an Ella und sie an dir«, sprach ich meine bedrückenden Gedanken aus.

Auf einmal spürte ich die Kälte kaum noch. Es ergab Sinn, dass jemand wie Jari jemanden wie mich spontan heiratete. Ich war so etwas wie ein Frustkauf gewesen. Diese Erkenntnis verletzte mich mehr, als mir lieb war.

Er seufzte tief und ließ seinen Blick über die gefrorene Schneefläche vor uns und zur Kirche wandern. »Sie ist mir nicht egal«, gestand er leise.

Ich hatte große Mühe, meine Gefühle unter Kontrolle zu halten. Ella war ein Teil seiner Familie. Statt mit ihr eine zu gründen, hatte er jetzt mich am Hals. Die Gründe, wieso wir geheiratet hatten, erschienen nun ersichtlicher, aber auch lächerlicher. Ich hatte mich einlullen lassen von diesem einen Augenblick der Schwäche. Von einer Sekunde, in der ich meine Einsamkeit, den Verlustschmerz und mein frisch gebrochenes Herz vergessen hatte. Ich hatte mich an ihn geklammert, weil er all das in nur einer Nacht hatte verschwinden lassen. Er hatte nichts anderes im Kopf gehabt, als Ella zu ersetzen. Ich kam ihm gelegen, genau wie er mir. Wir waren ein tolles, verzweifeltes Paar. Beide am Boden zerstört, hatten wir uns gemeinsam darin verloren. Jetzt saß ich hier mit Tränen in den Augen, weil ich eifersüchtig war auf die Frau, die er noch liebte.

Mein Blick wurde wässrig und meine Kehle fühlte sich zugeschnürt an. Die erste Träne rann warm meine Wange hinab und sickerte in den Schal. Ich sah nicht weg, sondern in Jaris blaue Augen, die er erschrocken verengte. Er beugte sich zu mir, nahm meine Hände und küsste mich zärtlich. Mit seinen kalten Fingern fuhr er mir übers Gesicht, strich mir das Haar unter die Mütze. Er küsste meine Stirn, meine Nase und dann wieder meine Lippen.

»Aber auch du bist mir nicht egal. So was von nicht egal, falls du das jetzt so verstanden haben solltest. Hannah, der einzige Grund, wieso ich dich hierhergeholt habe, war, dass ich wissen wollte, ob irgendetwas echt war. Denkst du, ich lade dich leichtfertig in mein Zuhause ein? Ich musste herausfinden, wer du bist.«

Das Lächeln stahl sich vorsichtig in mein Gesicht. »Was hast du rausgefunden?«

Er erwiderte mein Schmunzeln. »Dass du zuckersüchtig bist, meine große Badewanne liebst und dich in mein Herz geschlichen hast. Du bist emotional und ehrlich. Deine unbeschwerte Art bringt mich zum Lachen und du weißt, was wichtig ist im Leben. Obwohl du mich noch nicht lange kennst, hast du mir dein Vertrauen geschenkt. Du bist mein ungeschicktes Entchen. Sie hatten alle unrecht. Joonas, Anniina und auch Viktoria. Du wolltest nie etwas von meinem Ruhm abhaben, sondern nur den tollen Mann, der ich nun einmal bin«, antwortete und grinste er am Ende frech. Sanft strich er mir noch einmal über die Wange.

Seine Worte berührten mich auch, aber auf eine andere Art. Jari hatte mir das erste Mal einen kleinen Einblick in seine Gefühlswelt gegeben. Das bedeutete nicht, dass alles zwischen uns geklärt war, doch es war ein Anfang, auf dem wir aufbauen konnten. Jari und ich hatten den Funken, der uns zu Elvis getrieben hatte, nicht erstickt. Ob daraus ein loderndes Feuer werden konnte, in dem alle Zweifel verbrannten, wusste ich noch nicht.

Er reichte mir seine Hand und nickte mir aufmunternd zu.

»Lass uns zurück zum Auto gehen, sonst hast du am Ende deines Finnlandaufenthalts erst recht Frostbeulen. Meine Bemühungen dich warmzuhalten mache ich ständig selbst zu Nichte.«

Er zog mich hoch, ich prallte gegen seine Brust und klammerte mich an ihn. Die Tränen waren versiegt, aber diesen Moment brauchte ich. Er hielt mich stumm fest, bis ich mich sammeln konnte. Jari hatte es ausgesprochen. Mein Aufenthalt in Finnland war bald zu Ende und ich hatte keine Ahnung, wie es danach weiterging.

»Übermorgen fliegen wir übrigens für einen Termin mit dem Management nach Berlin. Wir bleiben eine

Nacht und dann bin ich wieder da«, begann er aus heiterem Himmel, als wir fast wieder beim Auto waren. Mit dieser Information konnte ich wenig anfangen. Ein kleiner Teil in mir ärgerte sich, dass er mir das nicht früher gesagt hatte, aber mir war auch bewusst, dass er mir keinerlei Rechenschaft schuldig war. Jaris Band hatte einen deutschen Plattenvertrag, also war es logisch, dass er dort Termine wahrnehmen musste.

»Wie stehst du eigentlich zu Weihnachten?«, begann er ein ganz anderes Thema, sodass ich verwirrt blinzelte. Offensichtlich war ich kurz ohnmächtig gewesen und hatte ganze Passagen überhört. Erst als wir das Auto erreichten und Jari den Schlüssel in der Hand hielt, sah er mich über das Dach hinweg an. Ich stand auf der Beifahrerseite und wartete darauf, dass er mir aufsperrte.

»Weihnachten ist bei uns ein ziemlich großes Ding. Das einzige Geschenk, welches wir unseren Eltern machen, ist, dass wir mindestens einmal im Jahr alle zusammen bei ihnen sind«, erzählte er, obwohl ich ihm nicht geantwortet hatte.

Langsam, aber sicher ahnte ich, in welche brisante Richtung er mich lenken wollte. Wenn ich über Weihnachten nachdachte, blieb ich emotionslos. Die letzten Jahre hatte ich mit meinem Exfreund gefeiert und davor mit Louisa und Leo. Es hatte niemals eine große Feier gegeben, war aber meistens ein netter Abend mit viel Wein.

»Ich fände es gut, wenn du noch hierbleibst, bis sich alles beruhigt«, war das nächste Puzzlestück seiner Gedanken, weil er sich nicht traute, alles in einem Satz zu formulieren. Ich setzte seine Hinweise zusammen. Jari wollte mich subtil fragen, ob ich über die Feiertage hierblieb.

»Meinst du, die Presse hat mein Gesicht noch nicht vergessen?«, fragte ich unsicher.

Er verzog das Gesicht. »Sicher können wir nicht sein. Hannah ... möchtest du bis nach Weihnachten hierbleiben und mit uns feiern?«

Die Frage hatte ich erwartet, aber sie laut zu hören, war merkwürdig. »Wir wissen nicht, wie es um uns steht, aber du willst, dass ich mit deiner Familie Weihnachten feiere?«, fragte ich skeptisch.

»Ich denke, wir brauchen mehr Zeit, um das Ganze zu begreifen. Ich muss wie gesagt kurz nach Deutschland und nach Weihnachten haben wir ein Charity-Event in Finnland. Ich würde gern mehr Zeit mit dir verbringen und da wäre es schön, wenn du länger hier bist«, erklärte er.

Knapp drei Wochen blieben uns noch bis zum Annullierungstag. Das klang vernünftig, aber der Gedanke daran, bei einer intimen Familienfeier dabei zu sein, bereitete mir ein mulmiges Gefühl. »Ich bleibe, aber ich weiß noch nicht, ob ich zu der Weihnachtsfeier mitkomme. Gestern war die Party ziemlich anstrengend«, gestand ich.

Er nickte verständnisvoll und öffnete mit einem Knopfdruck endlich die Türen. Ich glitt erleichtert auf den Beifahrersitz und rieb meine Finger energisch aneinander. Als Jari sich ebenfalls setzte und den Motor startete, hielt ich meine Hände der Lüftung entgegen, auch wenn sie erst kalte Luft hereinblies.

»Ich hatte Angst, du willst gleich übermorgen mit nach Deutschland zurückfliegen«, gestand er und sah

dabei unsicher aus. Nicht einen Moment hatte ich darüber nachgedacht.

Nächtliche Geschenke

Den nächsten Tag hatten wir ruhig verbracht. Es gab keine Überraschungsbesuche von Müttern oder Exfreundinnen, sondern nur Jari und mich. Nach unserer emotionalen Aussprache gönnten wir uns ein paar Stunden ohne lebensverändernde Entscheidungen. Er zeigte mir die Altstadt von *Porvoo*, die aus roten Holzhäuschen und steilen Kopfsteinpflastern bestand. Ich hatte es genossen, einen ganz normalen Touristentag mit ihm zu verbringen. Dennoch war es mir recht gewesen, dass Jari am nächsten Morgen dann nach Deutschland geflogen war. Ich brauchte Zeit für mich, um meine Gedanken zu ordnen.

Allein in seinem großen Haus zu bleiben, fühlte sich nur anfangs seltsam an. Die Ruhe tat gut und ich verbrachte viel Zeit in der Wanne, auch wenn ich dadurch meinen inneren Zwiespalt umso lauter wahrnahm. Das grün-gelb getupfte Monsterchen hielt Vorträge darüber, dass ich nach Hause fliegen sollte. Die Hormone legten Protest ein und machten sich hübsch für Jaris Rückkehr. Mein Verstand kapitulierte.

Die einzige Störung in der Zeit ohne Jari war Pekka gewesen. Er wurde von Mari geschickt, um mich mit Essen zu versorgen. Ich ließ ihn nur ein, weil er Zimtschnecken dabeihatte. Vermutlich hatte auch Jari ihn gebeten, nachzusehen, ob ich mich in der finnischen

Wildnis allein nicht umgebracht hatte. Der Kaminofen war eine Herausforderung gewesen, doch am Ende hatte ich das Haus nicht abgefackelt.

***

Als er dann endlich fast wieder da war, wurde ich hibbelig. Jaris Flug kam spät an und er hatte nicht gewollt, dass ich auf ihn wartete. Ich hatte es natürlich trotzdem versucht, war aber irgendwann eingeschlafen.

Seine Ankunft kündigte er damit an, dass er mitten in der Nacht, eiskalt und nach Winter duftend, zu mir unter die Decke kroch. Seine Finger waren gefrostet, als er sich von hinten an mich schmiegte. Ich erschrak schlaftrunken, doch sobald er seine Lippen gegen mein Ohr drückte, seufzte ich erleichtert.

»Hei, ich bin wieder da«, flüsterte er erschöpft.

»Wie war der Termin?«, fragte ich murmelnd und gähnte ihm ins Gesicht. Ich freute mich viel zu sehr, dass er wieder da war.

»Wir starten mit der Suche nach einem neuen Mitglied. Das deutsche Management ist einverstanden und ich bin erleichtert, dass alles seinen Lauf nimmt«, erklärte er und zog mich näher, weshalb ich genießend die Luft einsog. Obwohl ich gern mehr erfahren hätte, gab es im Moment andere Prioritäten. Ich rutschte zu ihm und legte zärtlich meine Lippen an seine. Als Reaktion darauf brummte er tief und fuhr mit den Händen über meinen Rücken.

»Ich habe dir ein Geschenk mitgebracht, aber du bekommst es erst morgen«, erzählte er zwischen zwei intensiven Küssen. Er biss mir verspielt in die Unterlippe und ich zog meinen Kopf grinsend zurück.

Ohne lange zu zögern, drehte ich ihn auf den Rücken und platzierte mich rittlings auf ihm. Ich wollte seine Haut spüren, fuhr unter sein Shirt und er beugte sich mir ungeduldig entgegen. Er setzte sich auf, damit ich ihn ausziehen konnte. Konzentriert strich ich die Konturen seiner nackten Brust nach und nahm mir die Zeit, jeden Zentimeter mit meinen Nägeln zart zu reizen.

»Wie steht es mit deinen Flecken? Darf man dich wieder ohne Gefahr anfassen?«, fragte er spitzbübisch und seine Hände glitten zu meinem Po. Sofort presste ich mich an ihn und ließ mich von dem Rausch davontragen.

Ich verfiel komplett Jaris Fähigkeiten, mich mit Berührungen in den Wahnsinn zu treiben. Mein Herz klopfte schnell in meiner Brust und mein Denkvermögen verabschiedete sich. Jari küsste mich weiter, neckte mich mit seiner Zunge und vergrub die Hände an meinen Oberschenkeln. Ich versank in den Impulsen, die er damit durch meine angeheizten Nerven jagte. Er ging forscher vor als das letzte Mal, was ich verdammt sexy fand – doch bevor er mich ausziehen konnte, krachte es plötzlich auf dem Flur. Ein elektronisches Quietschen durchdrang unser erregtes Keuchen.

Erschrocken klammerte ich mich an Jari und schaute in Richtung Tür.

»Was ist denn?«, fragte er murmelnd und brachte mich gleichzeitig mit seinen Zähnen an meinem Hals zum Seufzen.

»Ich glaube, da draußen ist jemand oder etwas.«

Er biss mich sanft in die Schulter, was mich leise lachen ließ. Seine Aufmerksamkeit galt ganz mir. »Das ist nur der Wind«, flüsterte er kaum verständlich mit den Lippen auf meiner Haut. Er zog mich eng an sich, bis mir die Luft wegblieb und ich kurz vergaß, was ich gehört hatte.

Kurz darauf befeuerten allerdings ein dumpfer Aufprall und hörbar schnelle Schritte meine Angst von Neuem, während Jari fokussiert an meinem T-Shirt zog.

»Da ist eindeutig jemand«, beharrte ich und endlich ließ er von mir ab. Er grummelte tief aus der Kehle heraus und fuhr sich mit beiden Handflächen übers Gesicht.

»Ja, da ist jemand. Und dieser Jemand ruiniert wahrscheinlich gerade meine Lieblingsgitarren.« Er massierte rhythmisch seine Stirn. »Ich habe dir gesagt, ich hab dir ein Geschenk mitgebracht.«

Ich überlegte, ob Pekka das Geschenk für mich war. Oder eine Katze. Ein Rentier wäre mir lieber gewesen und die Vorstellung, dass es tollpatschig durchs Haus stakste, gefiel mir.

»*Drecksteil*«, fluchte Rudolph hinter der Tür eindeutig auf Deutsch. Jari stöhnte erneut, diesmal nicht lustvoll. Meine Gedanken waren langsam, aber mein Bauchgefühl jauchzte erfreut auf. Ich kannte diese Stimme und starrte trotzdem ungläubig auf die verschlossene Tür.

»Wieso kann sie denn nicht einfach schlafen gehen?«, beschwerte sich Jari unter mir. Er wirkte verärgert, aber ich war hellauf begeistert.

»Du hast sie mitgebracht?«, flüsterte ich überfordert.

»Es sollte eine Überraschung sein. Damit du dich entscheidest, länger zu bleiben und mit auf die Weihnachtsfeier kommst, habe ich dir ein Stückchen blonde Heimat hergeholt«, nuschelte er verschwörerisch. Ich schnappte euphorisch nach Luft und kreischte los.

»Louisa!«

Sofort kam ein *»Hannah!«* von der anderen Seite des Flurs als Antwort. Ich kletterte von Jari herunter, versuchte, ihm nicht mein Knie in den Schritt zu rammen und er blickte mich leidend, aber lächelnd an.

Sekunden später polterte es erneut. Die Tür wurde ohne Vorwarnung aufgerissen. Es war erstaunlich, wie diese zierliche Person einen solchen Krach machen konnte. Das Licht des Ganges blendete uns, danach fiel mir ein nach Vanille duftender Cupcake um den Hals. Louisa quietschte, während wir uns inniglich auf dem Bett umarmten. Alles neben Jari, der versuchte sich aus der Kampfzone in Sicherheit zu bringen. Sie küsste meine Wangen, gleichzeitig wuschelte ich ihr durch die blonden Locken.

Sie kniete keuchend vor mir auf der Matratze und Jari raffte verlegen die Decke um sich. Er saß oben ohne grinsend bei uns. Louisas Blick glitt anzüglich über seinen Körper, woraufhin ich sie lachend in die Schulter zwickte. Sie schüttelte den Kopf und warf mir einen entsetzten Blick zu.

»Hab ich euch gerade bei etwas gestört?«

Sofort sagte ich »Nein« und Jari gleichzeitig »Ja«.

»Waren wir uns nicht einig, Hannah erst am Morgen zu überraschen?«, warf Jari ihr vor. Sie zuckte unschuldig mit den Achseln, zog eine Schnute und drückte mich fest an sich.

»Sie hat meinen Namen zuerst gerufen.«

»Weil du einen mordsmäßigen Radau veranstaltet hast. Was hast du da drüben gemacht?«, hakte ich nach.

Sie schnalzte mit der Zunge und biss sich verlegen auf die Lippe.

Jari verzog ängstlich das Gesicht. »Du solltest nichts anfassen«, sagte er besorgt.

»Ich habe nur kurz geguckt. Dann ist mir die rote Gitarre aus der Halterung gerutscht und dieses blöde Teil wollte einfach nicht mehr halten. Sie liegt jetzt am Boden«, verteidigte sie sich mit engelsgleicher Mimik.

Er stöhnte laut auf und vergrub sein Gesicht theatralisch in den Händen. »Okay, Mädels, das hier ist kein Pfadfinderlager, also wenn ihr nicht vorhabt, euch beide auszuziehen, um einem alten Mann einen Traum zu erfüllen, dann würde ich jetzt um drei Uhr morgens endlich schlafen gehen wollen!«

»Ich denke, zwei von uns würden dich eindeutig überfordern«, sagte mein Cupcake ernst, bevor sie flink aus dem Bett krabbelte. Sie warf mir ein strahlendes Lächeln zu und hüpfte wie ein rosa Flummi aus dem Zimmer. Hinter sich zog sie die Tür knallend zu. »Habt viel Spaß!«, brüllte sie.

Kopfschüttelnd saß ich im Bett und starrte den irren Mann neben mir an. »Was hast du nur getan?«, flüsterte ich fassungslos.

Er zuckte räuspernd mit den Schultern. »Sie hat mir bei unserer Abreise aus München im Flur ihre Nummer zugesteckt. Ich habe sie angerufen und sie war sofort davon begeistert, also haben wir vereinbart, dass wir uns in Berlin treffen und sie ist mit uns gemeinsam zurück nach Helsinki geflogen.«

Er erzählte das wie eine Gutenachtgeschichte und mir traten Tränen in die Augen. Ich rutschte zu ihm und setzte mich wieder auf seinen Schoß. Er schlang die Arme um meinen Rücken und ich sog seinen vertrauten Geruch in mich auf.

»Das war der aufregendste und wildeste Flug, den wir je erlebt haben, das kannst du mir glauben«, sagte er amüsiert. Ich konnte mir bildhaft vorstellen, wie meine durchgeknallte Freundin durch den Privatjet wuselte und alle wahnsinnig machte.

»Du überraschst mich immer wieder, Herr Mäkinen«, hauchte ich an seinen Lippen.

»Wie willst du deine Dankbarkeit zeigen?«, fragte er tief brummend. Wortlos zog ich mein Shirt aus und warf es achtlos in eine Ecke.

Team Hannah

Diesmal war ich es, die allein im Bett aufwachte. Träge sickerten die Ereignisse der letzten Nacht in mein Bewusstsein. Es gab stets viel zu verarbeiten, seit ich in *Porvoo* war. Sowohl sein Auftauchen in meinem Bett als auch Louisas Anwesenheit zauberte ein Lächeln auf meine Lippen. Das Ganze artete in einen Glückseligkeitsrausch aus, bei dem ich debil grinsend ins Kissen sabberte. Als hätten meine Hormone und Monsterchen bunte Pillen eingeworfen, suhlte ich mich in Zufriedenheit. Jari war verrückt. Er hatte mir meine beste Freundin als Weihnachtsgeschenk gebracht, nur damit ich länger bei ihm in *Porvoo* blieb. Ich gluckste grunzend vor mich hin, bis der Duft nach Pfannkuchen mich aus dem Bett trieb.

Bereits auf der Treppe hörte ich Louisa plappern und Jari lachen. Als ich an diesem vierten Advent in Jaris Küche trat, goss meine beste Freundin gerade in ihrem rosaroten Pyjama einen Schöpfer flüssigen Teig in eine Pfanne. Jari lehnte mit einer Kaffeetasse in der Hand neben ihr am Kühlschrank und lächelte sofort, als er mich bemerkte.

»Louisa macht Pfannkuchen mit Rosinen und Nutella im Teig«, erklärte er skeptisch.

Ich setzte mich auf meinen Stammplatz an den Tresen. Lou ließ sich nicht beirren, wendete gekonnt den

Teig und wackelte dabei mit den schmalen Hüften. Neben ihr stand ein Teller mit einem fertigen Stapel davon.

»Das ist eine Spezialität von ihr. Macht sie nicht für jeden«, erklärte ich und zwinkerte ihm zu. Jari sah müde aus, was nicht verwunderlich war, wenn man bedachte, dass er erst mitten in der Nacht nach Hause gekommen war. Louisa, die mit ihm geflogen war, sprühte allerdings vor Energie.

»Ich bin in einem Jet geflogen und man dachte, ich gehöre zur Band«, sprach sie meine Gedanken laut und stolz aus. Jaris Grinsen versenkte er in seiner Kaffeetasse.

Wenig später fielen wir beiden Mädels über die leckeren Eierkuchen her. Jari starrte finster auf seine und stach mit der Gabel lustlos darin herum.

»Jetzt probier mal«, meckerte meine Freundin mit vollem Mund inklusive schmatzenden Lauten. Nutella-Reste klebten an ihren Mundwinkeln.

Jari aß ein kleines Stückchen und sah drein, als wollten wir ihn vergiften. Übertrieben langsam kaute er und vollzog dabei eine absurd komische Gesichtsakrobatik. Gespannt starrten wir ihn an, bis er schluckte.

»Ist essbar«, murmelte er schief grinsend.

»Klasse. Dann räumt ihr mal ab, ich geh mich anziehen«, rief Louisa fröhlich, schob ihren Teller von sich und verschwand die Treppe hoch. Währenddessen starrte Jari schweigsam aus dem Fenster. Er knetete seine Hände in seinem Schoß, starrte dabei ins Leere.

»Was traust du dich schon wieder nicht zu sagen?«, hakte ich nach, weil ich spürte, dass ihm etwas auf der

Seele brannte. Nicht nur die Erschöpfung ließ ihn still werden.

Er sah mich überrascht an und wechselte zu einem versöhnlichen Lächeln. »Hat meine Idee funktioniert? Kommst du mit zu unserer Weihnachtsfeier?«, wollte er von mir wissen.

Ich visierte ihn skeptisch an. Er sah schuldbewusst aus, aber ich konnte nicht einordnen, wieso. Dass Louisa hier war, war ein Riesending und insgeheim freute ich mich darauf, ein finnisches Weihnachten zu erleben. Trotzdem sah mich Jari an, als verheimlichte er etwas.

»Louisa und ich sind zu einer Familienfeier eingeladen?«, fragte ich konkret nach.

Jari nickte seufzend. »Anniina und Pekkas bester Freund Niklas kommen auch. Sie bleiben zum Essen am Nachmittag und am Abend fahren Viktoria und Elias mit den Kindern zu den Schwiegereltern für die Bescherung.«

Aha, es war also auch eine gefühlsflexible Gitarristin vor Ort, bei der ich nie wusste, in welchem Team sie spielte. Nichtsdestotrotz nickte ich. Wenn Louisa bei mir war, konnte ich den einen Abend überstehen und Maris Kochkünste lockten mich sowieso.

»Hast du darüber nachgedacht, nicht zu unterschreiben?«, fragte er plötzlich und überrumpelte mich. Jari stand auf, zog mich auf die Beine und umarmte mich fest. Mir dämmerte, was ihm heute Morgen so erdrückend durch den Kopf ging. Es herrschte fast Halbzeit. Etwa drei Wochen waren wir verheiratet und circa genau so viele Tage standen noch zwischen uns und der Annullierung. Bisher war der siebte Januar mein Ziel gewesen. Der Moment, ab dem ich frei war und mein Leben zurückbekam. Ich fieberte dieser Unterschrift entgegen, aber jetzt schwebte das Datum wie ein Damoklesschwert über mir. Aus der weit entfernten Frist, bis zu der ich durchhalten hatte müssen, wurde ein Ablaufdatum, das mir Angst machte. Es erschien mir wie eine Deadline, um mich zu entscheiden, was ich wollte. Es ging aber nicht nur darum, was meine Hormone auf fetten Bannern in glitzernder Leuchtschrift schrieben und das Monsterchen schrie, sondern um die Realität. Diese idyllische Finnland-Illusion, inklusive Jaris fantastischer Familie, lullte mich ein. Er gab sich Mühe, mich zu integrieren und wir lernten uns langsam kennen, dennoch war ich mir nicht sicher, wie das alles danach funktionieren sollte. Wir lebten zwei verschiedene Leben, selbst wenn er hier den heimischen Mustersohn gab. Die Presse, die Schlagzeilen und die Gerüchte hatte ich nicht vergessen.

Es war offensichtlich, dass er den Zwiespalt in mir wahrnahm. Ich vergrub mein Gesicht tief im Stoff seines Shirts.

»Du meinst, ob ich darüber nachgedacht habe, dich zu verklagen, wenn wir uns scheiden lassen?«, nuschelte ich sarkastisch. Gott sei Dank lachte er und strich mir durchs Haar.

»Es gibt eine dritte Möglichkeit«, flüsterte er. Seine Stimme zitterte unmerklich, aber ich hörte die Unsicherheit deutlich heraus. »Wir könnten auch nicht unterschreiben und uns auch nicht scheiden lassen.«

Ich erstarrte in seinen Armen. Der Satz hallte in meinem Kopf wider und mein Körper reagierte darauf, indem er eine Gänsehaut über meine Haut jagte. Dieses

Szenario zuzulassen, fiel mir schwer. Ich bezweifelte, dass Jari in seinem verrückten Leben überhaupt Platz für mich hatte. Wir schwebten in dieser ›Wir verstecken uns in Finnland und spielen heile Familie‹-Blase, die sich verdammt gut anfühlte, aber jederzeit platzen konnte.

»Ich habe darüber nachgedacht, weiß aber nicht, wo uns dieser Weg hinführen soll«, antwortete ich und hob den Kopf. Einen Augenblick sah er mich eindringlich an, bis er mir einen zarten Kuss auf die Lippen gab.

»Was hab ich verpasst?«, rief Louisa fröhlich, als sie die Treppe herunterkam.

Mit einem Kloß im Hals richtete ich mich auf und drehte mich zu ihr um. Auch Jari trat demonstrativ einen Schritt zurück. »Nichts Besonderes, außer dass Jari möchte, dass wir mit seiner Familie gemeinsam essen«, erklärte ich ausweichend.

Die letzten beiden Stufen nahm Lou in einem, ehe sie sich mit nachdenklicher Miene neben mich stellte. »Ich bin dabei. Ich will auf jeden Fall seinen Bruder kennenlernen, der dich auf seiner eigenen Willkommensfeier abschleppen wollte«, erklärte sie.

Jari zog eine Grimasse und ich schüttelte den Kopf.

»Ich bin hier, um dich zu unterstützen. Team Hannah ist im Vormarsch und wir schaukeln das Ding schon«, fügte sie überzeugt hinzu.

»Team Hannah?«, fragte Jari verwirrt. Ich wäre am liebsten im Boden versunken. Dieses Thema meiner Schizophrenie wollte ich jetzt bestimmt nicht ausdiskutieren.

Den Vormittag über zog Jari sich in sein Tonstudio zurück, um noch irgendetwas wegen der Band zu klären. Aber ich hatte ja Louisa, und wir nutzten die Zeit für ein traditionelles Saunaerlebnis. Der Innenraum der Hütte im Garten reichte locker für eine Großfamilie und wir machten es uns auf den zweistufigen Liegeflächen gemütlich. Meine quirlige Freundin saß im oberen Bereich und ich auf der unteren Holzbank.

Als ich dachte, mein Körper bestehe nur noch aus Glibber und meine Knochen hätten sich in Luft aufgelöst, ließ ich mich davon hinreißen, weiterhin Louisas Vorschlägen Folge zu leisten. »Lass uns durch den Schnee laufen! Das wird total authentisch, das machen die Finnen doch immer«, gluckste sie mit feuerroten Wangen, während sie sich ein Handtuch um den nackten Körper wickelte. Ich wollte auf solche Abenteuer gern verzichten.

»Blasenentzündungen sind auch total authentisch«, grummelte ich wenig begeistert. Louisas Reaktion bestand darin, mich lachend aus der Hütte zu schupsen. Mein markerschütterndes Kreischen ignorierte sie.

»Finnland pur«, japste sie schrill. Ich dachte an Erfrierungen ersten Grades.

Mir stockte der Atem, als mein feuchter Fuß das erste Mal auf Eis trat. Louisa kreischte in allen Tonlagen dieser irdischen Welt und ich klammerte mich an das mickrige Stück Stoff um meinen Körper. Wie gackernde Hühner hüpften wir lachend durch die Schneeverwehungen auf das Haus zu.

Lou erreichte die Schiebetür zuerst und hechtete nach drinnen, während ich schlitternd folgte. Atemlos lehnte ich mich gegen die Scheibe, als ich bemerkte, dass wir nicht allein waren. Hinter Lou saßen Pekka und Anniina auf dem Sofa und starrten uns beide unverfroren an.

Sofort zog ich das Tuch fester und krallte mich daran fest. »Habt ihr kein eigenes Zuhause?«, rief ich forsch.

Pekkas Blick wanderte stetig über mich und meine Freundin grinste breit. Die grimmige Gitarristin neben ihm zog ihre gepiercte Braue hoch und presste die Lippen fest aufeinander, während Pekka mit den Schultern zuckte und lässig ein Bein auf das angewinkelte Knie legte. »Wir sind eingeladen worden«, stellte er klar.

Louisa schien Pekkas Musterung keineswegs zu stören. Sie steckte das Handtuch an der Brust enger und reichte ihm lachend die Hand. Weil sie sich zu ihm beugte, verschaffte sie ihm einen hervorragenden Einblick zwischen ihre Brüste.

»Ich bin Louisa. Bist du der attraktive Bruder?«, stellte sie sich frech vor.

Pekka machte nicht einmal den Versuch vorzugeben, als würde er ihr nicht in den Ausschnitt gaffen. In Anniinas Gesicht regte sich kaum ein Muskel. »Jari kann singen, aber mein Charme ist noch ausgeprägter«, antwortete Pekka grinsend. An Selbstbewusstseinsmangel litt keines der Mäkinen-Geschwister.

Unter meinen Füßen sammelte sich eine Pfütze, aus der ich behutsam heraustrat. Ich wollte jetzt wirklich nicht hinfallen und vor Anniina und Pekka blank ziehen.

»Was macht ihr eigentlich, wenn es im Winter minus zwanzig Grad kalt wird? Da kann man sich doch nur depressiv einsperren«, mutmaßte Lou und ließ sich zwischen die beiden Besucher aufs Sofa fallen. Sie überschlug die feucht schimmernden Beine mit einer deutlichen Gänsehaut darauf. Sowohl Pekka als auch Anniina starrten sie irritiert an. Louisa ignorierte ihre nackte Haut und plapperte drauf los. »Und wie ist das mit dem Eishockey hier? Ich steh auf Männer im Trikot, die sich brutal gegen die Bande werfen.«

Ich konnte nur perplex dastehen und vor mich hintropfen. Es war gruselig. Vor allem, weil Pekka und Anniina ihr sinnvolle Antworten gaben.

»Wir haben Motorwärmer, die man am Parkplatz per Zeitschaltuhr vorwärmt, und die Reifen haben fast alle Spikes im Winter. Man muss nicht depressiv werden, sondern kann zu den Eishockey-Spielen fahren und dort feiern«, erläuterte Pekka.

Da Lou anscheinend in bester Gesellschaft war, trottete ich die Treppe nach oben und schlüpfte in gemütliche Klamotten. Als ich zurückkam, plauderten die drei noch immer und meine Freundin gestikulierte wild vor sich hin. Jetzt war auch Jari dazugekommen und legte Holz im Ofen nach. Als er mich entdeckte, deutete er grinsend mit einem Nicken auf die drei.

»Wir wollten ein bisschen im Studio arbeiten. Pekka ist ein lausiger Musiker, kann aber gut mit dem Mischpult umgehen«, erzählte er.

Ich war viel eher davon fasziniert, dass Louisa Anniina soeben vor meinen Augen zum Lachen brachte. Ich starrte fassungslos hinüber. Anniina spielte im Team Louisa.

»Ist es okay, wenn wir uns wieder ins Studio zurückziehen?«, fragte Jari in den Raum hinein.

Louisa nickte vor mir begeistert. »Klar, dann machen wir einen Mädelstag und suchen die Eishockeyspieler!«

Zu Tisch, bitte

Lou hatte sich gut eingelebt und sich, wie ich, in die verschneite Winterlandschaft verliebt. Als wir zwei Tage später gemeinsam bei Mari einfielen, war sie diesmal an meiner Seite.

»Hyvää Joulua! Frohe Weihnachten. Ihr seht ja großartig aus. Ich freue mich, dass ihr mit uns feiert, je mehr, desto besser«, plapperte Mari freudestrahlend, als sie uns die Tür öffnete. Sie zog mich in eine Umarmung und drückte mir einen Kuss auf die Wange.

»Das ist meine beste Freundin Louisa. Jari hat sie mir geschenkt und hergeflogen«, stellte ich meinen Vanille-Cupcake vor. Maris Reaktion kam nicht unerwartet. Sie grinste breit, nickte und drückte sie an sich.

»Ist es wirklich okay, wenn wir uns bei Ihnen durchfuttern?«, fragte Lou wohlerzogen, während Mari sie immer noch festhielt.

»Veetis Eltern sind bereits verstorben und meine wohnen weit oben im Lappland. Seit die Jungs nur noch unterwegs sind, ist es immer stiller geworden im Haus. Ich liebe den Familienlärm«, versicherte sie überglücklich. »Kommt rein und lernt die Kinder kennen.«

Im Wohnzimmer reichte uns Veeti Wein und ich beschloss, endlich meinen Frieden mit dem Alkohol zu schließen.

Im Hintergrund lief stimmungsvolle Weihnachtsmusik. Das Haus glitzerte eine Spur mehr als bei Pekkas Feier. Statt dem langen Buffet von der Party stand der große rechteckige Esstisch im Mittelpunkt. Die opulenten Speisen darauf verbreiteten den gewohnt köstlichen Duft in Maris Haus. Zwischen Kartoffeln, grünen Bohnen, Brötchen, glasierten Karotten und einer dampfenden Fischplatte fanden die unzähligen Wasser- und Weingläser kaum Platz. Nur der Anblick des kitschig geschmückten Christbaumes beim Kamin übertraf das festliche Essen. Es war eine imposante Tanne mit saftig grünen Nadeln.

»Die habe ich selbst geschlagen!«, erläuterte Veeti mit einem stolzen Funkeln in den Augen. Ich lächelte beeindruckt und betrachtete den bunten Schmuck.

Viktoria kam mit grimmiger Miene aus der Küche in unser Blickfeld. In ihren ausgestreckten Armen baumelte ein blonder Knirps, der schrie, als wollte sie ihm etwas antun. Egal wie wild er mit seinen kurzen Beinchen strampelte, sie stopfte ihn in den Kindersitz beim Tisch. »Endlich seid ihr da«, sagte sie seufzend und stemmte die Hände in die Taille. Dass sich Jaris Schwester je über meine Anwesenheit freuen würde, hätte ich vor einer Woche bei unserer ersten Begegnung nicht erwartet. »Der Kleine hier ist unser vierjähriger Rasmus. Mein Mann Elias kämpft gerade mit den Haaren der größeren Olivia. Beide Kinder sind schlecht gelaunt und Pekka ist nutzlos, weil er sich seit einer Stunde oben stylt.«

Dicke Kullertränen tropften über Rasmus' rote Pausbäckchen und wäre die rotzverschmierte Nase nicht gewesen, hätte ich ihn sofort umarmt.

»Ich bin Louisa und biete mich als Frisörin an!«, stellte sich meine Freundin selbst vor und reichte ihre Hand Viktoria. Prompt folgte ein Mann mit einem kleinen blonden Mädchen an der Hand ins Wohnzimmer. Mit dem Hello-Kitty-Kleidchen und ihren Locken sah Olivia aus wie eine Miniaturausgabe von Louisa. Diese ging vor ihr in die Hocke und winkte fröhlich. Die Sprachbarriere sollte für die beiden kein Problem sein, denn das Mädchen strahlte sofort begeistert.

Louisa sammelte Sympathien in ihrem Umfeld wie andere Briefmarken. Ihr Team war stets voll. Man musste Angst haben, als Letzter reingewählt zu werden. Als sie begann, die rosa Schleife auf Olivias Kopf zu richten, seufzte Viktorias Mann erleichtert auf.

»Moi«, grüßte Elias in die Runde und ließ die kleine Hand seiner Tochter los, weil sie nach den Rüschen auf Lous Bluse griff. Er war groß, hatte breite Schultern und trug einen akkurat getrimmten Kinnbart.

Während wir beisammenstanden und Veeti nachfragte, ob jemand mehr Wein wollte, kam Pekka in Schale geworfen mit edler Anzughose und Jackett vom oberen Stockwerk heruntergetrampelt. Dicht gefolgt von Anniina, die einen feinen grauen Hosenanzug trug. Mit meiner grauen Stoffhose und einer türkisen Tunika stach ich nicht unpassend hervor.

Pekka drückte mir links und rechts einen laut schmatzenden Kuss auf. Als er Louisa begrüßte, verschluckte ich mich beinahe an meinem Wein. Sie gaben sich eine Ghettofaust und ließen dann ihre Hände auseinanderfahren, nur um zuletzt abstrakt mit den Fingern zu wedeln. Dass die beiden bereits Nummern getauscht hatten, seitdem Louisa ihn im Handtuch bezirzt hatte, war keine große Überraschung. Pekka hatte uns ein paar Mal in den letzten zwei Tagen besucht und mir war nicht entgangen, dass die beiden einen besonderen Draht zueinander hatten. Einen Draht, der am Ende zu einer Stange Dynamit führen konnte.

Anniina setzte dem Ganzen schließlich die Krone auf. Während ich ein freundliches Nicken geschenkt bekam, drückte sie Louisa freundschaftlich fest an ihre Brust.

»Anni, schön, dass du auch da bist«, piepste Lou fröhlich. Jari hatte eindeutig die falsche Person geheiratet, denn Louisa wäre bereits im Testament von *Anni* verewigt worden.

Als Mari uns alle bat, am Tisch Platz zu nehmen, löste sich meine Nervosität vollends auf. Rasmus saß in seinem Kindersitz am Kopf der Tafel und Louisa sank gegenüber von Viktoria nieder. Ich platzierte mich zwischen ihr und Jari. Gegenüber von uns rutschte die kleine Olivia zwischen ihren Eltern auf einen Stuhl. Sie grinste mich breit an. Pekka und Anniina setzten sich ebenfalls auf ihre Seite.

Jaris Hintern hatte den Stuhl noch nicht berührt, als die Türglocke klingelte. In *Porvoo* war das niemals ein gutes Zeichen, aber auch Jaris Gesichtsausdruck ließ mich alarmiert aufblicken. Erst jetzt fiel mir auf, dass wir zwei freie Plätze hatten.

Jari stand auf und richtete sein Jackett. »Ich wusste nicht, wie ich es dir sagen sollte«, begann er, ehe Mari die Tür öffnete. Dieses helle Lachen gehörte nicht dem finnischen *Joulupukki*, dem Weihnachtsmann, sondern Jaris Exfreundin Ella.

Ich versteifte mich und ignorierte seinen entschuldigenden Blick. Eigentlich hätte ich mit ihr rechnen müssen.

»Ella ist wie eine zweite Tochter für Mari. Sie geht hier ein und aus, seit sie ein Kind ist. Und Niklas, ihr Bruder, ist mein bester Freund. Bitte beiß keinen der beiden«, bestätigte mir Pekka meine Gedanken. Ich begegnete seinem Blick mit Argwohn, schluckte die bissige Antwort aber runter. Jari hätte mich zumindest vorwarnen sollen.

Louisa sah die Moderatorin prüfend an und zuckte mit den Schultern. »Hannah, mach deine Tunika weiter auf und alles wird gut«, riet sie mir auf Deutsch. Ich sah sie empört kopfschüttelnd an. Meine Finger wanderten trotzdem ohne Befehl meines Gehirns an mein Oberteil, um mein Dekolletee besser in Szene zu setzen.

Neidisch stellte ich fest, dass das Model-Gen in Ellas Familie lag. Ihr Bruder mit den kurzgeschorenen, blonden Haaren strahlte diese unverkennbare ›Hier bin ich, fotografier mich‹-Aura aus. Jaris Ex entledigte sich des edlen Mantels und strich ihren langen, blauen Rock glatt. Er ging zu ihr und senkte den Kopf, um das Küsschen höflich entgegenzunehmen. Ich schloss die Finger fester um den Stiel des Weinglases vor mir. Dass Ellas winzige Hand an Jaris Oberarm verweilte, als klebte sie fest, registrierte ich mit einem grimmigen Blick.

Auf einmal starrten sie und ihr Bruder zurück zu mir. Ich erschrak und sprang ertappt auf, um ihnen entgegenzueilen. Diese Chance nutzte ich und streckte Ella die Hand entgegen, nur damit sie ihre von Jari lösen musste, um meine zu schütteln.

»Freut mich sehr, dich wiederzusehen. Das ist mein Bruder Niklas«, befolgte sie die Etikette.

Niklas' Blick war kälter als das Wetter draußen und starr wie die gefrorene See. »Das ist sie also«, sagte er hörbar abwertend. Auch sein Händedruck war ein bisschen zu fest für meinen Geschmack. Die Knochen brachen nicht, aber die Gelenke knackten unangenehm. Definitiv Team Ella.

»Sei nicht so unhöflich«, maßregelte sie ihren Bruder. Sie strich ihm beruhigend über den Rücken und lächelte entschuldigend.

Auch Pekka stand schwungvoll auf und umarmte seinen besten Freund heftig, bis sie beide ins Stolpern gerieten. »Wird auch Zeit, dass du dich blicken lässt», beschwerte sich Jaris Bruder lautstark. Lautes Gelächter, Geknurre und finnische Wortfetzen flogen durch den Raum, während sie vor und zurück taumelten. Pekkas Hintern stieß gegen die Tischplatte und brachte sie zum Erbeben. Leere Gläser fielen klirrend um, Besteck kullerte davon und Mari brüllte sie wütend an.

Die Hausherrin klatschte energisch in die Hände, um uns alle zurück an die Plätze zu scheuchen. Ella hätte sich friedlich auf den Platz uns gegenüber neben Anni-ina setzen können, doch sie wählte den Stuhl neben Mari bei uns. Das bedeutete, dass ich zu Jaris Rechten und seine Ex an seiner linken Seite saß. Pekka schubste seinen besten Freund noch mal spielerisch, sodass dieser regelrecht auf seinen Stuhl fiel.

»Dank dir stand ich da wie der letzte Volltrottel, weil du mir nicht erzählt hast, dass deine Schwester und Jari

Schluss gemacht haben«, murrte Pekka Niklas an. Richtig böse klang er nicht, aber dennoch vorwurfsvoll. Ellas Bruder zuckte gleichgültig mit den Schultern.

»Konnte ja keiner wissen, dass es diesmal fix ist. Sie hatten öfter Streitigkeiten«, murmelte er herablassend. Eine Feststellung, die er extra in einer Sprache formulierte, die ich verstand. Ella und Jari fuhren ihn im Gegensatz dazu auf Finnisch warnend an. Diese Vibes waren kein gutes Zeichen für einen harmonischen Nachmittag.

Veeti eröffnete das Essen, indem er den Braten aus dem Ofen holte und zerteilte. Bunte Schüsseln mit Essen wurden im Kreis gereicht, weshalb sich meine Stimmung ein bisschen auflockerte. Ich ließ mir sowohl Wasser als auch Wein einschenken und schaufelte mir von fast allem etwas auf den Teller.

»Finnisches Essen ist das beste der Welt, vor allem wenn Mama kocht«, sagte Jari, während er sich selbst seinen Teller füllte. »Es gibt viel Fisch und Roggenbrot. Finnen lieben ihre *Karjalanpiirakka*. Das sind kleinen Teilchen mit Milchreis und ganz viel Eierbutter drauf. Die *Kalakukko* sind die mit Fisch gefüllten Brote. Außerdem gibt es immer etwas mit Kartoffeln. Die Zimtschnecken muss ich dir nicht schmackhaft machen«, erklärte er mit frechem Grinsen auf den Lippen. Er hatte große Freude daran, mir die heimischen Traditionen nahe zu bringen. Ich schob mir den ersten Löffel, angehäuft mit den dampfenden Köstlichkeiten in den Mund und genoss die Geschmacksexplosion. Essen lenkte mich immer gut ab.

»Wird Hannah jetzt bei dir einziehen?«, fragte Pekka seinen Bruder beiläufig, während er sich einen Schöpfer Soße genehmigte.

Ich verschluckte mich an meinem Essen und hielt mir die Hand vor den Mund, um die Stücke nicht über den Tisch zu spucken. Pekka hatte nicht mal den Anstand, sein amüsiertes Grinsen zu verbergen. Er schielte zu mir, weiter zu Jari und dann zu Ella. Am liebsten hätte ich ihm eine Kartoffel an den Kopf geworfen, war aber damit beschäftigt, sie mit Tränen in den Augen runterzuwürgen.

Auch Jari musste erst einmal den Bissen kauen und schlucken. Mir stockte der wiedereinsetzende Atem, als eine feine Hand von der anderen Seite auf seinen Rücken wanderte, um sachte dagegen zu klopfen. Leise lachend sprach Ella auf ihn ein, wobei sie die Lippen dicht an sein Ohr führte. Ich spießte röchelnd die nächste Bratkartoffel wurfbereit auf meine Gabel. Jari schüttelte den Kopf und nahm einen Schluck aus seinem Wasserglas. Mein getupftes Monsterchen knurrte laut.

Wenigstens Mari keifte Pekka an, aber der lachte nur fröhlich, unschuldig mit den Achseln zuckend. Dass ihn Jari mit zusammengekniffenen Augen warnend anstarrte, während er sich mit der Serviette über den Mund wischte, war ihm gleichgültig.

Die anderen nahmen ihre Tischgespräche neu auf, denn sie waren höflich genug, die Situation zu ignorieren. Die Ferienpläne der Kinder erschienen mir deutlich interessanter als meine Misere. Doch kaum hatte ich mir erleichtert ein Stück köstlich duftenden Fisch gegönnt, visierte Pekka uns erneut an.

»Jari, von Bruder zu Bruder: Wenn Hannah dich in den Wind schießt, darf ich sie dann auf ein Date einladen? Ich denke, Deutschland könnte mein nächstes Reiseziel werden.«

Ich blickte ihn schockiert an und Anniina schrie neben mir schmerzerfüllt auf, weil sie Louisas Tritt quer unter dem Tisch traf. Es war offensichtlich, dass dieser Pekka gegolten hatte und nicht der Gitarristin.

»Knapp vorbei ist auch daneben, Lou«, gluckste er triumphierend und prostete ihr zwinkernd zu.

»Jungs, bitte benehmt euch. Immerhin haben wir Gäste«, zeterte Mari. Mit einem genervten Gesichtsausdruck sah sie die Streithähne an. Sie meinte es höflich, aber ich wusste, dass nur einer dieser Gäste, *ich*, der Grund für die Eskalation war.

Jeder versuchte sich nicht anmerken zu lassen, wie absurd diese Szenerie war. Pekka ließ uns allen aber nur eine kurze Verschnaufpause, bis er sich zurücklehnte und tief Luft holte.

»Und Ella, was ist mit dir? Du weißt, ich wollte vor Jari mit dir ausgehen. Wie sieht es denn jetzt mit einer Chance aus?«

Jaris Ex wagte es, niedlich rot anzulaufen, während ihr Bruder Niklas schrill auflachte. Er klatschte begeistert mit seinem besten Freund ab.

»Ich hab vor Jahren schon gesagt, Ella hat den falschen Bruder gewählt«, sagte Niklas, woraufhin ihn Jari entsetzt ansah. Mari kreischte auf, weil er beim Hinsetzen mit dem Bauch den Tisch anstieß und damit die Weinkaraffe bedrohlich zum Schwanken brachte. Sein spontaner Aufschrei stoppte sein Gelächter. Diesmal war es Ellas zierlicher Fuß gewesen, der ihren Bruder getroffen hatte. Schienbeinschoner wären ein praktisches Accessoire an diesem Tag gewesen.

Ich rieb mir nervös die Schläfen. Immerhin war Ella genauso wenig erfreut über den Verlauf der Unterhaltungen wie ich. Sie diskutierte wütend mit Niklas, der zu Pekka grinste. Olivia brüllte währenddessen hysterisch auf, weil Rasmus seine zermatschte Kartoffel mit lautem Gelächter über dem Tisch verteilte und ein dicker Klecks in ihren Haaren landete. Ich wollte auch schreien, obwohl in meinem Haar kein Kartoffelbrei klebte.

Es dauerte etliche quälend lange Minuten, bis wieder normale Themen vorherrschten und wir über Wintersport und Skihütten plauderten. Jari legte unterm Tisch die Hand auf meinen Oberschenkel und besänftigte mich damit ein bisschen. Die Berührung strahlte eine Wärme aus, die augenblicklich über meinen ganzen Körper zog. Ich verschränkte meine Finger mit seinen und genoss diesen Moment. Da war wieder dieses Gefühl von Sicherheit, das er überraschend leicht in mir hervorbrachte. Zumindest solange, bis Ella ihr Stück Speck vom Braten rupfte und es Jari auf den Teller schob, der es aß. Ich verdrehte die Augen. Es wäre mir recht gewesen, wenn er es sofort ausgespuckt hätte. Ich war stolz, dass ich solche Dinge nur dachte und nicht aussprach, aber Louisa sah mich die ganze Zeit warnend an, als wüsste sie, was das grün-gelb getupfte Monsterchen in mir veranstaltete.

»Wieso hast du eigentlich keine Freundin, Pekka?«, ging sie nach der letzten Snowboard-Diskussion auf Angriff.

»Ich habe noch nicht die Richtige gefunden, oder sie waren bereits verheiratet«, antwortete er und strahlte mich offenherzig an. »Und was ist mit dir?«, stellte er die Gegenfrage an meine Freundin, die einen großen Schluck Wein nahm.

»Ich hatte mal eine Freundin.«

Anniinas Hand rutschte beim Schneiden des Fleisches ab und krachte gegen ihr Wasserglas. Es fiel nicht um, vollführte aber einen anmutigen Tanz, während sie Louisa, wie alle anderen auch, überrascht anstarrte.

Lou sah amüsiert in die Runde. »Es ist nicht lange her, deshalb habe ich mich bis jetzt mit flüchtigen Liebeleien abgelenkt. Sie hieß Amelie und wir waren acht Monate zusammen. Aber mal ehrlich, ich möchte keine Beziehung mit jemandem führen, der länger im Badezimmer braucht als ich. Auch wenn sie einen tollen Körper hatte.«

Ich kannte die Ereignisse rund um Amelie und es war definitiv nicht so unbedeutend gewesen, wie sie es jetzt darstellte. Amelie hatte ihr das Herz gebrochen. Ich rechnete es meiner besten Freundin hoch an, dass sie diese Geschichte raushaute, um von mir abzulenken.

Pekka hob sein Weinglas und stieß mit ihr an. »Schön, mal eine Frau zu treffen, die Rundungen genauso zu schätzen weiß.«

»Stimmt, aber manchmal braucht ein Mädchen auch zwei starke Männerarme, die sie gegen eine Wand drücken können, um ihr leidenschaftlich wild die Kleidung vom Leib zu reißen«, fügte sie hinzu und fokussierte dabei uns mit wissendem Blick. »Nicht wahr, Jari? Immerhin schuldest du mir Klamotten, denn Hannah hatte sich in Vegas das meiste von mir geliehen.«

Jari spuckte das Stück Fisch hustend in eine Serviette. Natürlich dachte auch ich an meinen kaputten BH und die verschwundenen Schuhe. Ich zwang mich, nicht rot zu werden und beugte mich vor, um das Zucken in Ellas Gesicht zu genießen. Auch Jaris Eltern bedachten uns skeptisch.

Mein Cupcake hatte ins Schwarze getroffen und endlich eine Regung bei seiner Ex hervorgerufen, die mich zufriedenstellte. Es war kindisch und gemein, fühlte sich aber gut an. Mein getupftes Monsterchen pinkelte sein Revier an und scharrte mit den Krallen Erde drüber.

»Pekka, erzähl doch mal lieber etwas von deinen neuen Aufträgen in Asien. Die anderen würden sicher gern alles davon hören«, schlug Mari energisch vor und setzte damit dem Elend ein Ende. Ihr ernster Blick machte klar, dass wir uns alle zusammenreißen sollten.

Das Essen schmeckte toll und Pekka ließ sich tatsächlich darauf ein, begeistert von seinen Erlebnissen zu berichten. Er liebte seinen Job, in dem er ferne Länder erkundete, um seine Erfahrungen mit der Kamera einzufangen.

»Romantische Sonnenaufgänge fotografierst du vielleicht toll, aber als Konzertfotograf warst du eine Niete. Ich erinnere mich sehr gut daran, wie du und ich mit der Band auf Tour waren. Damals hast du mehr Bikini-Fotos von Anni und mir geschossen als von den Konzerten«, meldete sich Ella zu Wort und grinste in Erinnerung schwelgend. Während Pekka verlegen den

Kopf einzog, knurrte Anniina vorwurfsvoll. Geschichten über das Backstageleben der Band hörte ich gern, nicht aber, wenn sie Ella inkludierten.

Pekka nahm ein paar Schlucke von seinem Wein und zuckte mit den Schultern. »Wer will schon Fotos von seinem verschwitzten Bruder haben«, nuschelte er.

Ella betrachtete Jari von der Seite, als würde sie dasselbe denken wie ich. Nämlich, dass er verschwitzt glänzend durchaus fotogen war.

»Das Rumtouren ist für mich sowieso nichts. Der Bus und jeden zweiten Tag eine neue Stadt. Da bleibe ich doch lieber bei den einsamen Sonnenuntergängen und schneebedeckten Gipfeln«, erklärte Pekka überzeugt.

»Man gewöhnt sich dran. Das Nachhausekommen ist immer schwierig für mich«, gestand Jari. Er erzählte selten von diesen Seiten seines Lebens.

»Deswegen habe ich immer dafür gesorgt, dass genügend gutes Essen und *Karhu*-Bier im Kühlschrank steht, um deine Post-Tour-Depression abzudämpfen«, erwiderte Ella lachend. Er stimmte mit ein und vergrub kopfschüttelnd das Gesicht in den Händen. Es war Ellas Gegenschlag, der gut gezielt traf. Sie kicherte, beugte sich zu ihm und küsste seine Wange. »Du warst trotzdem immer froh, nach einer langen Tour zurückzukommen. Deine Familie ist dein Ruhepol«, raunte sie ihm liebevoll ins Ohr. Anschließend fuhr sie ihm durchs Haar und strich dabei zärtlich über seinen Nacken. Er schmunzelte, während mich dieses Gehabe verstörte.

Es reichte und die Situation eskalierte just in diesem Moment. Ich ließ mich nicht für dumm verkaufen. Jari und ich schliefen miteinander, flirteten und er lud mich über Weihnachten ein. Dass er seine Exfreundin nun so nahe und vertraut an sich ranließ, während ich direkt neben ihm saß, überspannte den Bogen.

Also tat ich das, was ich im Hause Mäkinen in einer Krise immer tat. Ich stand wortlos auf, ging zur Garderobe und schlüpfte in meine Sachen. Zuletzt durchwühlte ich Jaris Jackentaschen nach seinen Zigaretten und verließ wütend das Haus. Grummelnd wankte ich vor Maris Haus auf und ab.

Allerdings hatte ich nicht einmal Zeit für zwei tiefe Züge, da wurde die Eingangstür schon wieder aufgerissen und Jari stolperte schlaksig in den Schnee. Verwirrt sah er erst mich und dann Louisa an, die hinter ihm im Eingang stehen blieb. Sie schleuderte ihm seine Jacke entgegen, zeigte wortlos auf mich und knallte die Tür zu.

Er eilte sofort zurück und rüttelte vergebens an der Klinke. »Bist du verrückt geworden? Wieso wirfst du mich aus meinem Haus?«, schrie er, ohne dass eine Reaktion folgte.

Mit finsterem Blick nahm ich einen neuen Zug von der Zigarette und inhalierte den widerlich schmeckenden Rauch, der meine Nerven trotzdem beruhigte. Als er begriff, dass Lou ihm nicht öffnen würde, zog er die Jacke an. Mit erhobenen Händen und fragender Miene stapfte er zu mir.

»Wieso schmeißt mich deine irre Freundin raus? Und seit wann rauchst du?«

»Weil Louisa denkt, du kannst mich beruhigen«, gab ich ihm eine pampige Antwort.

Nachdenklich sah er mich an, während ich mit zittrigen Fingern die Zigarette an die Lippen führte.

»Krieg ich auch eine?«

Mürrisch hielt ich ihm das Päckchen samt Feuer entgegen. Er zündete sich eine an und betrachtete mich wieder grübelnd. Als ich schnaubend an ihm vorbeigehen wollte, griff er mich kopfschüttelnd am Arm.

»Das da drin war ein wenig heftig, das tut mir leid. Ich hätte wissen müssen, dass Pekka und Niklas versuchen, mich zu provozieren. Aber Louisa ist auch nicht ganz unschuldig an der erhitzten Stimmung«, sagte er versöhnlich, bewirkte aber das Gegenteil. Ich funkelte ihn zornig an.

»Pekka und Louisa sind mir vollkommen egal.«

Er blies den Rauch schweigend an mir vorbei. Dass er nicht auf Anhieb begriff, was gerade eben passiert war, befeuerte meine Wut.

»Du hast mir verschwiegen, dass deine Exfreundin dabei sein würde, weil du wusstest, dass ich dann niemals freiwillig mitgekommen wäre. Wieder mal! Heute Morgen hast du noch darüber fantasiert, die Annullierung nicht zu unterschreiben, und jetzt setzt du mich diesem Affentheater da drinnen aus?«, ließ ich meinem Frust freien Lauf.

Er legte den Kopf schief und Sorgenfalten bildeten sich auf seiner Stirn. »Es tut mir leid. Du hast recht, ich hätte es dir sagen sollen. Aber ich wollte dich dabei haben«, beharrte er.

Er klang flehentlich, doch das machte die Sache noch schlimmer. Damit gestand er, dass es ihm schwerfiel, Ella auf Abstand zu halten. Als wäre es nicht bitter genug, gemeinsam mit der Frau zu essen, der er einen Antrag gemacht hatte, ließ er ihre Annäherungen vor meinen Augen auch noch zu. Ich fühlte mich gedemütigt und vorgeführt.

»Du lässt dich vor deiner ganzen Familie von ihr begrabschen und küssen. Was denkst du denn, wie ich mich fühle, wenn jeder weiß, dass ich mich in dich verliebt habe und ihr gleichzeitig demonstriert, wie wichtig ihr euch seid? Willst du sie mit mir eifersüchtig machen? Sollte ich deshalb herkommen? War das die Retourkutsche wegen deines Bruders bei der Party?«

Beim letzten Satz wurde ich lauter. Es tat weh, zu spüren zu bekommen, wie gut Ella in sein Leben passte. Sie war immer da gewesen. Auf Tour und in seinem Zuhause hier in Finnland. Ich würde nicht immer die Biervorräte in seinem Kühlschrank auffüllen können, wenn er heim zu seiner Familie kam. In meinem Kühlschrank in Deutschland gab es gar kein Bier.

Er zog fest an der Zigarette, bevor er bedächtig ausatmete. Seine ruhige Stimmung verunsicherte mich. Es war mir unmöglich ihm anzusehen, was in ihm vorging.

»Ich werde da nicht mehr reingehen, solange *sie* da ist«, stellte ich unmissverständlich klar. »Ich weiß, dass die Sache zwischen uns kompliziert ist. Ich kann nicht verlangen, dass du hier und jetzt entscheidest, wie es mit uns weitergeht, denn ich selbst könnte es nicht! Aber du kannst auch nicht von mir verlangen, dass ich dabei zusehe, wie sich deine Exfreundin an dich ranmacht.«

Wir starrten einander an, ohne uns zu bewegen. Sekunden, in denen nur der Schnee knirschte, wenn ich das Gewicht verlagerte.

»Gib mir fünf Minuten«, forderte er plötzlich und kehrte zurück ins Haus, während ich überrumpelt in der Kälte stehen blieb.

Ich gab ihm sogar zehn Minuten, denn die brauchte ich auch, um runterzukommen. Als ich anschließend mit klammen Beinen wieder ins Haus stolperte, hatte sich nicht viel verändert. Niemandem konnte mein dramatischer Abgang entgangen sein, aber es lag harmonische Fröhlichkeit in der Luft. Der Tisch war verwaist und Mari richtete in der Küche den Nachtisch an. Von Viktoria und den Kindern fehlte jede Spur und die anderen standen im Raum verteilt.

Jari entdeckte ich gemeinsam mit Ella und Niklas beim Kamin. Sie sprachen leise und bedacht. Während ihr Gesicht neutral blieb, hatte sich Niklas weniger unter Kontrolle. Seine plötzlich erhobene Stimme drang bis zu mir, als er Jari zornig anblaffte. Kurz darauf drehten sie synchron die Köpfe in meine Richtung. Während Niklas beleidigt die Arme vor der Brust verschränkte und Jari beruhigend auf ihn einredete, musterte mich seine Schwester intensiv. Verlegen wandte ich mich ab und suchte nach Deckung. Anniina und Louisa starrten jedoch zusammen hochkonzentriert mit Pekka auf sein Handy, auf dem irgendein Musikvideo lief.

Als Viktoria mit ihrer kleinen Familie aus dem Obergeschoß runterkam, zerrte Pekka meine beste Freundin genau dorthin. Ich wollte protestieren, aber der kleine Rasmus fiel vor mir auf den Hintern und Olivia zeigte stolz auf ihre neue, saubere Schleife auf dem Kopf. Ehe ich hochblickte, waren der Cupcake und Jaris Bruder in seinem Zimmer verschwunden.

Alle anderen setzten sich wieder an den Tisch, was mich stutzig werden ließ. Eine zweite Runde der verbalen Peinlichkeiten würde ich nicht überstehen. Jari griff nach meiner Hand und zog mich auf dem Stuhl ein Stück zu sich.

»Darf *sie* Nachtisch essen?«, wisperte er schelmisch grinsend.

Ich strafte seinen Sarkasmus mit einem düsteren Blick und Schweigen.

Mehr als Ella verunsicherten mich sowieso die leeren Plätze von Louisa und Pekka. Erst bei meiner zweiten Schüssel Dessert kamen die beiden lachend zurück und Lou heftete grinsend einen chinesischen Schriftzug auf einem blauen Bändchen an Anniinas Blazer. Es waren Pekkas Glücksbringer, die er auch bei seiner Willkommensfeier verteilt hatte.

»Jetzt gehörst du zu uns«, erklärte sie und erntete dafür einen entgeisterten Blick von Anniina. Das war wohl die Markierungen, wer zu welchem Team gehörte. Am Ende mussten wir noch T-Shirts drucken lassen, damit jeder wusste, woran er war.

Sowie Mari die leeren Schüsseln einsammelte, nickte Jari mir grinsend zu. Ella hatte den Hinweis verstanden. Sie rückte mit ihrem Stuhl zurück und stand mit einem allumfassenden Blick in die Runde auf. Niklas folgte ihr widerwillig, weil sie ihn finster anfunkelte.

»Vielen Dank für die Einladung«, sagte sie mit direktem Blickkontakt zu mir. Sie hätte genauso gut *Hannah möchte, dass ich gehe, weil sie eine hysterische Kuh ist* sagen können. Ich zerfetzte verlegen eine grüne Papierserviette unterm Tisch. Niemand überredete Ella zu bleiben. Im Gegenteil, alle erhoben sich für die Verabschiedung.

Während Niklas das typische Geplänkel mit Pekka vollführte, kam Jaris Ex lächelnd auf mich zu. Ich war ungeschützt beim Tisch zurückgeblieben und sah mich jetzt hilfesuchend um. Es gab keine Vorhänge und auch kein Gulasch, in das ich mich hätte retten können.

»Hannah, es hat mich gefreut, dich wiederzusehen«, sagte sie leise zu mir. Ohne Vorwarnung schloss sie die zierlichen Arme um mich und ihr blumiges Parfum stieg mir in die Nase, was dazu führte, dass ich ihr ins Ohr nieste. »Ich wusste es nicht«, flüsterte sie mir zu, bevor sie mich aus der unangenehmen Berührung entließ. Für mich sah ihre Miene traurig aus.

Mir lief ein kalter Schauer über den Rücken. Was hatte sie nicht gewusst? Dass der hundertjährige Krieg einhundertsechzehn Jahre gedauert hatte? Dass man Schluckauf auch im Schlaf haben konnte oder gar, dass in der Schwerelosigkeit rülpsen unmöglich war?

Während ich darüber nachdachte, umarmte sie Jari ein letztes Mal, ehe sie und ihr Bruder aus dem Haus verschwanden. Sobald die Tür ins Schloss fiel, atmete ich laut aus.

»Eins zu Null für Hannah«, grunzte Pekka grinsend. Die restliche Familie kommentierte das Ganze weiterhin nicht und suchte sich einen Platz vorm knisternden Kamin.

Louisa ließ sich neben Anniina auf das Sofa fallen und Viktoria brachte den Kindern etwas zum Malen an den Tisch. Ich stand ratlos im Weg herum, weil die plötzliche Normalität mich überforderte. Pekka legte einen Arm um mich.

»Wie lange wird Louisa bleiben?«, fragte er mich und ich sah mit gequälter Miene zu ihm hoch.

»Diese Frau ist eine Nummer zu groß für dich«, antwortete ich mahnend.

»Wenn ich dich nicht haben kann, dann das andere deutsche Mädchen.«

Ich verdrehte die Augen und duckte mich unter seinem Arm weg, um in die Küche zu gehen. Überrascht blieb ich stehen, als ich dort nur auf Jari traf. Seit unserem Gespräch vorm Haus schien er gut gelaunt zu sein, zumindest sah er mir lächelnd entgegen.

»Bist du jetzt zufrieden?«, fragte er neugierig.

»Grins nicht so selbstgefällig«, gab ich trotzig zurück und ging zum Geschirrspüler, um ihn einzuschalten.

Noch bevor das erste Gluckern des Gerätes erklang, drückte mich Jari von hinten dagegen. Ich schnappte erschrocken nach Luft, da fuhr er schon zärtlich über meinen Bauch. Ein paar Finger stahlen sich zwischen die Knöpfe der Bluse auf meine Haut.

»Was soll denn das?«, fiepte ich, weil er sich deutlich unsittlich an mich presste. Sein heißer Atem kroch über meinen Nacken, ehe eine prickelnde Berührung seiner Zunge an meinem Hals folgte. Das Seufzen entwich mir, ohne dass ich mich beherrschen konnte. Nach Halt suchend lehnte ich mich an die Arbeitsplatte. Jaris neckende Zähne unter meinem Ohr schossen meine Gehirnzellen ab. Eine Hand wanderte frech zwischen meinen Brüsten hoch, bis er mein Kinn zärtlich zur Seite schob. Dadurch hatte er mehr Platz, um leidenschaftliche Küsse bis zu meiner Schulter zu verteilen.

Als romantische Geräuschkulisse begann der Geschirrspüler zu rumpeln. Hinter uns lachte Rasmus freudig im Wohnzimmer auf und Louisa schimpfte mit Pekka. Sie alle waren hier, im Haus seiner Mutter, und Jari schob seine Hand zielstrebig über mein Dekolletee in meinen BH.

»Du bist also in mich verliebt«, brummte er an meinem Ohr. Rau und dunkel. Ich riss die Augen auf, hörte den Schalk in seiner Stimme und versuchte klar zu denken. Seine Hand unter meiner Bluse erschwerte das. Prickelnde Schübe breiteten sich in meinem Körper aus, dennoch drückte ich mich ab und drehte mich zwischen seinen Armen zu ihm um. Sein Blick lag lüstern auf mir, was absolut verrückt war. Er packte mich an der Hüfte, drückte mich erneut gegen den Geschirrspüler und küsste mich auf den Mund. Liebevoll und vorsichtig neckte er mich mit seiner Zunge und strich über meine Taille forsch hinauf, bis er mit beiden Händen meine glühenden Wangen umfasste und den Kuss vertiefte.

»Sag es noch mal«, flüsterte er.

Ich drehte mein Gesicht weg, weshalb er wieder meinen Hals erwischte, was nicht minder berauschend war.

»Sag noch mal, dass du dich in mich verliebt hast«, wiederholte er grinsend, doch ich konnte kein einziges Wort artikulieren. Unsere Lippen fanden sich erneut und ich legte ein Bein um seine Hüfte, das er sofort umfasste. Nur ein einziger Schritt fehlte, um mich beherzt auf die Arbeitsplatte seiner Mutter zu setzen.

»Ups ... Mama möchte das Familienfoto machen, aber ich denke, dieses Motiv würde sich viel besser am Kühlschrank machen.«

Erschrocken zuckte ich zusammen und biss Jari in die Unterlippe. Er stöhnte auf und fuhr zu Pekka herum, während ich beschämt meine Bluse zuzog. Pekka starrte breit grinsend erst auf meine erhitzte Gestalt und dann zu seinem Bruder. Jaris Haare standen in alle Richtungen und sein Hemd war aus der Hose gerupft.

»Du hast mich echt gebissen«, sagte er vorwurfsvoll an mich gerichtet.

»Zwei zu Null für Hannah«, stellte Pekka zufrieden fest. »Mama möchte jetzt trotzdem das Familienfoto machen.«

Jari seufzte. Ehe er sich zu seinem Bruder umdrehte, schenkte er mir einen letzten, tiefen Blick und nickte dann lächelnd in Richtung Wohnzimmer.

Ich zitterte am ganzen Leib, als wir Pekka folgten.

Die anderen hatten sich beim Sofa vor dem Kamin versammelt. Ich versuchte unschuldig dreinzublicken, während Jari sein Hemd in den Bund der Hose stopfte und sich räusperte. Mari blickte flüchtig zwischen uns umher, justierte aber konzentriert einen Fotoapparat auf einem Stativ. Jari umklammerte meine Hand und wollte mich zu seiner Familie mitziehen, bis ich ihm meine Finger entwand. Auf keinen Fall wollte ich auf ein Familienfoto.

Er verengte die Augen, aber ich verschränkte deutlich die Arme vor der Brust.

»Es ist in Ordnung. Ich würde mich unwohl fühlen«, erklärte ich laut in Maris Richtung. Ich sah ihr an, dass sie mich ohne Probleme zwischen ihren Söhnen platziert hätte, aber dieser Illusion wollte ich mich nicht hingeben.

Louisa stellte sich loyal lächelnd an meine Seite. »Mari, setz dich auf Veetis Schoß und ich mache das beste Foto von euch, das ihr je gesehen habt«, bot sie an.

Sowie das fröhliche Erinnerungsfoto abgelichtet war, verabschiedeten sich am späten Nachmittag auch Viktoria und ihre Familie. »Wir müssen jetzt zu Elias' Eltern«, erklärte Jaris Schwester und hob Rasmus hoch. »Hannah, du hast dich gut geschlagen. Auch wenn du es nicht glaubst, so außergewöhnlich war das Essen gar nicht. Es gibt hier immer etwas Skandalträchtiges in der Familie. Du kennst Pekka und Jari, ich lebe damit, seit die beiden auf die Welt kamen.« Mit einer Hand drückte sie mich sanft an sich. Ihre aufmunternden Worte bedeuteten mir viel, obwohl ich mich immer noch seltsam im engen Familienkreis fühlte.

»Habt einen schönen Abend«, fügte Elias hinzu und verließ mit Olivia im Schlepptau das Haus.

Anniina blieb mit Lou und Pekka ruhig sitzen und unterhielt sich prächtig. Ich stand beim Tisch und beobachtete das seltsame Gespann mit mulmigem Gefühl.

»Sie mag es nicht, wenn du sie anstarrst«, murmelte Jari plötzlich hinter mir und legte sanft die Arme um mich.

Anniina bekam gar nicht mit, dass ich sie beobachtete, weil ihr Louisa mit den Fingern durchs Haar fuhr.

»Annis Vater hat die Familie früh verlassen und ihre Mutter starb, als sie 16 war. Sie hat keine Geschwister und ist bei ihren Großeltern aufgewachsen. Bei uns hatte sie eine zweite Familie. Ella und sie waren gute

Freundinnen, was mir das Leben manchmal zur Hölle gemacht hat. In der Zeit, in der ich es genoss, dass Mädchen besonders auf Musiker abfahren, habe ich mir eine Standpauke nach der anderen anhören müssen, aber das hat mich nicht aufgehalten. Erst recht nicht, als wir endlich Erfolg hatten, aber die beiden haben versucht, einen rechtschaffenen Mann aus mir zu machen«, erzählte er tief lachend.

Ich versuchte mir das alles vorzustellen und begriff immer mehr, wieso Ella und Anniina eine wichtige Rolle in Jaris Leben einnahmen. Ich ahnte, wieso Anniina Jari wie eine Löwin beschützte. Sie waren miteinander groß geworden, hatten viel durchlebt und sie kannten Jari besser als irgendwer anderer. »Du hast mit beiden geschlafen«, sagte ich trocken nach vorne starrend. Dass sich mein Gesicht dabei verzog, sah er nicht.

Jari blieb still und sagte nichts. Es war eine merkwürdige und gleichzeitig wunderschöne Geschichte, die die drei miteinander verband. Wie ich Jari einschätzte, hatte er es sich aber nicht nehmen lassen, die Aufmerksamkeit zweier hübscher Frauen zu genießen.

»Mit Ella hat sich erst vor ein paar Jahren etwas Ernstes entwickelt. Bei Anniina habe ich meine Grenzen viel früher ausgetestet«, raunte er leise. Sein Bart kratzte über meine Haut und er drückte mich enger an seine Brust. Ich seufzte, weil ich zwar neugierig war, aber eigentlich keine Details mehr wissen wollte. Ich war völlig erledigt von der Gefühlsachterbahn mit Jari.

Mari kam ins Wohnzimmer und lächelte bei unserem Anblick. In mir setzte ein Stechen ein. Ich verstand nicht, wieso mich alle akzeptierten, als sei ich nicht der

Fremdkörper, der Jaris ganzes Leben durcheinanderbrachte. Bis auf Ella und Viktoria hatte mich niemand
abgestoßen.

»Ich denke, ich werde die Damen mal nach Hause
bringen. Wir sehen uns morgen, Mama«, sagte Jari
sanft. Ich blickte skeptisch über meine Schulter zu ihm
hoch. Er grinste mich schief an. »Die Kinder haben
heute Abend bei den Großeltern Bescherung, aber wir
müssen morgen noch mal zum Auspacken auftauchen,
damit meine Mutter unsere leuchtenden Augen sehen
kann«, erklärte er überspitzt und kassierte ein Murren
von Mari.

»Ich möchte noch bleiben«, raunte Louisa, während
Pekka ihr Weinglas auffüllte. Er umarmte meine
Freundin klammerhaft, um zu demonstrieren, dass
dies auch sein Wille war.

»Ich pass auf sie auf.«

Ich lachte, aber Louisa umschlang ihn genauso fest.

»Stell dich nicht so an, wir fahren gemeinsam«, beharrte ich. Louisa zog ihre Schnute und warf mit den
blonden Locken um sich, sodass Pekka die Nase kraus
zog, weil sie ihm ins Gesicht schlugen.

»Sie ist erwachsen! Lass sie hier, wenn sie möchte«,
sagte Jari hinter mir.

Ich schluckte schwer und kämpfte das ungute Gefühl
nieder. Es war verantwortungslos, diese beiden betrun-
kenen Rennmäuse auf Speed allein zu lassen.

Anniina sah das blonde Knäuel belustigt an und
stellte ihre Tasse Tee beiseite. »Ich passe auf, dass er auf
sie aufpasst. Und weil Pekka zu betrunken ist, kann ich
sie nachher zu euch fahren«, sagte sie und überschlug
ihre langen Beine.

Jari presste sich energischer an mich. Meine Knie zitterten, als er die Hände um meinen Bauch legte. »Was meinst du, Entchen? Du und ich. Ein heißes Bad und keine Louisa. Ich möchte dich wie ein Geschenk auspacken«, flüsterte er an mein Ohr.

Mehr Argumente brauchte ich nicht.

Der frühe Vogel trägt Make-up

Am nächsten Morgen war ich mal wieder vor Jari wach und machte mir gerade einen Kaffee, als die Eingangstür schepperte. Ein eiskalter Windzug fegte ins Wohnzimmer, gefolgt von einem blonden Zombie.

»Morgen«, krächzte Louisa und blinzelte mit winzigen Augen. Ihr Rock war zerknittert und übersät von schwarz-grauen Flecken. Laufmaschen wanden sich ihre Beine wie Ranken hoch und sie trug ihre weißen Pumps lustlos in der linken Hand baumelnd. Erschrocken starrte ich meine beste Freundin an.

»Wo kommst du denn her?«

Sie schlurfte an den Tresen und kletterte auf einen Hocker. Stöhnend und schnaufend, als sei es der Mount Everest. Ihr Make-up war verwischt, ihre Augen schwarz umrandet und ihr Haar sah aus, als hätte ein Albatros versucht, darin ein Nest zu bauen. Ich legte eine saftige Zimtschnecke zur Seite, um meine Freundin misstrauisch zu mustern.

»Du warst die ganze Nacht weg? Hast du bei Pekka geschlafen?«

Sie legte ihre Stirn seufzend auf die Holzplatte und gähnte röchelnd.

»Hat dich Pekka hergefahren?«, fragte ich besorgt weiter.

Sie hob den Kopf nur wenige Zentimeter. »Nein, der kotzt sich gerade die Seele aus dem Leib.«

Ich blickte sie empört an. »Was ist denn passiert?«

»*Salmiakki* ist passiert«, antwortete sie seufzend, bevor ihr Kopf auf die Holzplatte zurückknallte.

Ich wusste, dass das widerlich schmeckender Lakritzlikör war, den man als Nicht-Finne nur mit Vorsicht genießen sollte. Lou stützte ihr Gesicht seufzend auf ihre Hände.

»*Wir* haben uns damit betrunken, nicht ich allein. Pekka ist schuld. Wenigstens geht es ihm genauso dreckig. Ich habe bei ihm geschlafen«, erzählte sie brummend.

»Hast bei oder mit ihm geschlafen?«, hakte ich entsetzt nach.

Jetzt guckte sie mich konzentriert an, zuckte aber nur mit den Schultern.

»Du weißt es nicht mehr?«

»Ich heiße nicht Hannah! Ich weiß, was ich letzte Nacht getan oder nicht getan habe, aber ich habe versprochen, nichts zu verraten.«

Ihr Grinsen verhieß nichts Gutes.

»Warum siehst du aus, als hättest du dich im Dreck gewälzt?«, versuchte ich es auf anderen Wegen. Sie setzte sich langsam auf, hielt sich dabei bedächtig am Tresen fest und strich mit den Fingern über die Flecken auf ihrem Rock.

»Wir sind noch in eine Bar gefahren.«

»An Heiligabend? In eine Bar? Wer *wir*?«

Sie schnaufte und wühlte in ihren Haaren. »Pekkas Freund Luukas hat eine Bar und wir haben uns dort mit

Freunden getroffen. Anni war auch mit.« Lou zuckte erneut mit den Schultern und zog sich einen Ast aus den Locken. »Das Ding hat mich heute Morgen aufgeweckt! Ich konnte einfach nicht mehr richtig liegen«, kommentierte sie ihren Fund.

Wütend warf ich eine Zimtschnecke nach ihr, die mitten in ihrem Gesicht landete, bis sie vor ihr auf die Arbeitsplatte klatschte. Fluchend wischte sie die Spuren von ihrer Wange und fauchte mich an.

»Wir haben besinnlich gefeiert. Also alles ganz harmlos.«

Ich wollte mir gar nicht ausmalen, was in den Augen meiner irren Freundin harmlos war. Sie rutschte vom Hocker, um ihre Schuhe aufzuheben.

»Ich geh mal duschen und dann schlafen.«

Ihre Stimme klang, als hätte sie die Nacht durchgeschrien. Ich hoffte, es kam von Rauch in einer Bar und nicht von Pekkas Künsten im Bett. Verwirrt sah ich ihr hinterher, wie sie tapsend die Treppen hinaufschlenderte.

Etwas später kam Jari mit zerzausten Haaren nach unten. »Was ist mit Louisa passiert?«, fragte er sofort und ich schnaufte verärgert.

»Hat zusammen mit Pekka die Nacht zum Tag gemacht.«

»Ah ja. Sie kriecht gerade auf allen vieren durch dein Zimmer und sucht sich frische Klamotten«, erklärte er grinsend.

Er umrundete die Kücheninsel und drehte mich an der Hüfte zu sich, um mich zu küssen. Der Geruch von Zimt lag wie immer in der Luft, mischte sich mit seinem.

»Du bist also aus dem Bett geschlichen, um zu naschen?«, fragte er mich grinsend.

»Den Zimtschnecken kann man eben nicht widerstehen«, murmelte ich.

Jari grinste. »Das stimmt. Ich mache schnell Feuer, dann können wir zusammen auf dem Sofa ausruhen, bis wir wieder los müssen.«

***

Die nächste Stunde verbrachten wir derart im Einklang, dass ich ihn mehrmals ungläubig von der Seite anstarrte. Er saß mit dicken Wollsocken an den Füßen auf dem Sofa und hatte die Gitarre auf dem Schoß. Vor ihm lag ein dickes, abgewetztes Notizbuch, in das er ganz altmodisch Ideen für Songs kritzelte. Ich lag auf der anderen Seite der Couch. Jaris Zunge wanderte konzentriert in seinen Mundwinkel. Falten tauchten auf der Stirn auf und stetig probierte er neue Griffe, um der Gitarre Töne zu entlocken. Manchmal spielte er eine ganze Melodie und summte dazu. Dazwischen zupfte er nur einzelne Saiten an. Ich fand diesen Prozess sehr anziehend. Nach dem erneuten Drama gestern tat es gut, ein paar ruhige Momente mit Jari zu haben. Mein Gefühlsausbruch war mir peinlich, aber nicht unerwartet gekommen. Ich hatte ihm gestanden, mich in ihn verliebt zu haben. Diese Erkenntnis machte mir Angst, weil ich mich verletzlich fühlte. Jari zeigte mir zwar, dass er an mir interessiert war, aber was das für uns beide bedeutete, blieb ungewiss. Gestern hatte er sich für mich und nicht für Ella entschieden.

Louisa unterbrach unser Beisammensein, als sie gähnend die Treppe herunterkam. Sie sah erholt aus, wenn man bedachte, dass sie noch vor Kurzem ein Nest auf dem Kopf und einen Panda im Gesicht gehabt hatte.

»Warte! Bitte bring das rechteckige Geschenk auf Hannahs Bett mit nach unten«, rief Jari ihr entgegen, da hatte sie die Hälfte der Treppe bereits hinter sich. Louisa blieb stehen und starrte ihn lange an. Ein Beweis dafür, dass sie nicht ganz wach war. Sie blinzelte, als könnte das den Denkprozess beschleunigen, bis sie umdrehte. Während Jari seine Gitarre wegpackte, rumste es im oberen Stock.

»Lou? Einfach das kleine rechteckige Päckchen. Nicht das Große! Und auch sonst nichts. Fass sonst bloß nichts an!«, brüllte Jari nach oben.

Gequält sah ich ihn an und kniff ihn fest in den Arm, immerhin hatte ich gar keine Möglichkeit gehabt, hier in Finnland Geschenke zu besorgen.

»Du hast mir etwas gekauft?«

Er zuckte schmunzelnd mit den Schultern. »Das eine ist nur ein kleiner Bonus. Das solltest du aber lieber nachher allein in deinem Zimmer aufmachen.«

Präsentierte Präsente

Maris Haus kam mir mittlerweile so vertraut vor wie mein eigenes. Zum Duft der Tanne mischte sich der Geruch des brennenden Feuers. Olivia und Rasmus saßen gemeinsam auf dem Boden und spielten mit ihren Geschenken des Vorabends. Nur Pekka fand ich nirgends und mutmaßte, dass er über weniger gute Regenerierungskräfte verfügte als Louisa.

Als ich näher an die kuschlige Ecke mit dem Feuer herantrat, erschreckte mich ein kehliger Laut. Eine Hand griff nach der Lehne und ein sichtlich zerstörter Pekka rappelte sich doch von der Liegefläche hoch.

»Moi, kleiner Mäkinen«, begrüßte Louisa ihn quietschend und besprang ihn wie ein wildes Tier. Er stöhnte leidend unter ihren lächerlichen 50 Kilogramm auf wie ein sterbender Zombie.

»Wie kannst du so fit sein?«, hinterfragte Pekka. Er drückte sich die Hand auf den Mund, als müsste er sich erneut übergeben.

»Ich dachte, ihr Finnen wärt trinkfester«, neckte sie ihn.

Ich beachtete die beiden nicht weiter, weil der große Christbaum meine Aufmerksamkeit auf sich zog. Wie hypnotisiert betrachtete ich mein eigenes Spiegelbild in einer der bunten Kugeln. Lamettasträge wanden sich über die Äste, rote und blaue Lichter blinkten und auf der Spitze saß ein grinsender Weihnachtsmann.

Die Stimmung war entspannt und gelöst. Man bediente sich beim Frühstückstisch, der nicht ganz so überladen war wie die Tage zuvor. Pekka starrte jedoch katatonisch in sein Wasserglas. Er hatte dunkle Ringe unter den geröteten Augen und seine Gesichtsfarbe machte dem weißen Tischtuch Konkurrenz.

Ich stellte mich vor ihn, steckte mir ein Stück Schinken in den Mund und betrachtete ihn zufrieden schmatzend. »War's das wert?«, fragte ich schadenfroh.

Er nahm einen großen Schluck und grinste zu mir. »Auf jeden Fall.«

Mein Glücksmoment hatte ein jähes Ende, als Mari uns alle zwang, uns beim Baum aufzustellen. Erst jetzt fielen mir die Geschenke darunter auf und ich verkrampfte mich. Mari versammelte uns alle für die verschobene Bescherung.

»Danke, dass ihr euch jedes Jahr Zeit für uns nehmt und diesen Trubel mitmacht«, sagte sie sichtlich gerührt.

Es war mir sehr unangenehm, zwischen der Familie zu stehen und den ergreifenden Worten zuzuhören. Sie holte einen Karton aus der Küche, der mit kleinen Tüten mit aufgedruckten Schneeflocken gefüllt war. Bunte Schnüre verschlossen die Säckchen, aber als mir Jari eines reichte, roch ich sofort den verführerischen Plätzchenduft. Ich bekam ein schlechtes Gewissen, weil ich nichts hatte, das ich überreichen konnte.

»Wo hast du Hannahs Geschenk hingelegt, Louisa?«, fragte Jari mit suchendem Blick unter den Baum. Während er sich hinhockte und die Zweige zur Seite schob, war sie schneller. Lou griff sich zwei in rotem Papier verschnürte Päckchen und hielt sie mir entgegen.

»Ein Ring wird es jedenfalls nicht sein«, scherzte sie.

In meinen Händen wog ich eine quadratische und eine zweite, flache Box. Als erstes zog ich die Schleife des größeren Päckchens auf. »Das wäre nicht nötig gewesen«, murmelte ich verlegen. Jari kauerte immer noch auf dem Boden, doch als er den Kopf hob, erblasste er.

»Nicht aufmachen!«, zischte er ernst und sprang auf die Beine. »Du hast das falsche Geschenk mitgenommen. Sie sollte nur das rechteckige bekommen«, schnauzte er zeitgleich Louisa an. Irritiert starrte ich auf die kleine Box in meinen Fingern.

»Ich habe beide eingesteckt, weil ich wissen will, was drin ist. Die geheimen Sachen hättest du ihr gestern geben können«, beschwichtigte Lou.

Er wollte mir meine Beute wegnehmen, aber ich hielt sie außer Reichweite. Jetzt war ich auch neugierig.

Von Jaris Gezeter angelockt, sahen uns alle anderen interessiert an. Selbst Pekka hob seinen schweren Kopf, um zu mir zu blicken. Amüsiert nestelte ich am letzten Rest Papier herum und beobachtete, wie sich Jaris Mimik verzerrte. Sein Zeigefinger fuhr stetig über die Seite seines Daumens. Sein Fuß tippte auf und ab.

Als der letzte Fetzen Papier zu Boden fiel, fand ich eine süße Holzkiste vor. Viele kleine Herzen waren in die Oberfläche geschnitzt und der Deckel blau lackiert. Eine Karte klebte darauf, auf der »Für mein Entchen, wenn es einsam im Wasser schwimmt« stand. Darunter prangte Jaris Unterschrift.

Ich streichelte die Holzbox liebevoll und er legte seufzend das Gesicht in seine Hände. Unter der Beobachtung aller anderen öffnete ich die Box, wühlte in blauem Seidenpapier und zog eine rosa Quietscheente heraus. Sie passte genau auf meine Hand, hatte einen orangefarbenen Schnabel und grinste mich an.

»Wie süß«, kommentierte Pekka sarkastisch. Sie alle starrten mich verwirrt an, aber ich hatte Jaris Botschaft verstanden. Mit Mühe unterdrückte ich die Rührseligkeit, die mich gefühlsduselig werden ließ.

»Ich liebe diese Ente«, hauchte ich glücklich – Jari sah allerdings geradezu entsetzt aus. Seine Züge entgleisten noch mehr, als Louisa mir das Ding freudig quietschend entriss.

»Ich habe auch so eine, in schwarz. Tolles Ding!« Dabei zwinkerte sie Jari derart verschmitzt zu, dass er sie entrüstet anstarrte. Bevor irgendjemand verstand, was sie genau meinte, drückte sie auf einen Schalter auf der Unterseite. »Da sind ja schon Batterien drinnen.«

Die kleine unschuldige Ente begann auf ihrer zierlichen Hand brummend zu vibrieren.

Jari seufzte voller Leid. Seine Schwester nahm mein Geschenk ebenfalls an sich und lachte auf, weil es auf ihrer Handfläche kribbelte. Als es mir dämmerte, wurde ich puterrot im Gesicht. Am schlimmsten traf mich der Schock, als Mari das Entchen zwischen ihren Fingern wog und es mit konzentriertem Blick drehte. Zuletzt warf sie es Pekka zu, der dann laut und grinsend von der Unterseite ablas: »*Rub my duck.*«

Einheitlich brachen alle in Gelächter aus. Ich stierte Jari an, der zwar grinste, aber auch verlegen zwischen seinen Verwandten hin und her blickte.

»Du hast mir ein Sexspielzeug für die Wanne geschenkt?«, fragte ich schockiert.

Jari hob flehentlich die Arme. »Es sollte ein kleiner Gag sein. Du bist mein kleines Entchen und du gehst gern baden. Ich dachte, falls ich mal wieder unterwegs bin, damit du bloß nicht auf die Idee kommst, dich an Pekka zu wenden.«

Zugegeben, sein dreckiges Grinsen war bezaubernd, aber ich schubste ihn empört. Die Ente vibrierte brummend, bis ich sie mir angelte und ausschaltete. Wer wünschte sich nicht, dass seine Schwiegermutter das Sexspielzeug in der Hand hielt, welches einem der Mann geschenkt hatte.

»Funktioniert das wirklich? Ist die wasserdicht?«, fragte Viktoria ernsthaft interessiert und Louisa nickte heftig breit grinsend.

Schnell stopfte ich die Ente in das Seidenpapier und schlug die Box zu. Der Gedanke an das andere Geschenk ließ mich erschaudern. Getigerte Handschellen? Gleitgel mit Zimtgeschmack oder essbare Lakritz-Unterwäsche?

Tapfer riss ich das Papier auf und fand eine längliche Kartonschachtel vor. Es flatterten deutlich sichtbar zwei Flugtickets auf den Boden. Jari hörte auf, versaut zu grinsen.

»Das sind leere Tickets. Du musst dir einfach einen Flug aussuchen, egal wohin. Ich wäre wahrscheinlich nicht abgeneigt, wenn du sie sinnvoll nutzt, um von Deutschland aus irgendwohin, sagen wir mal in den Norden zu fliegen. Vielleicht zu einem finnischen, perversen Idioten?«

Da war er wieder. Dieser Kloß, mit dem die Tränen kamen, aber ich blinzelte sie fort.

Diesmal gönnte uns seine Familie einen Moment der Privatsphäre. Sie widmeten sich den anderen Geschenken und Mari verteilte selbstgestrickte Pullover. Jari schob sichtlich verlegen die Hände in die Hosentaschen und wartete auf eine Reaktion meinerseits. Ich starrte die Tickets an, die bedeuteten, dass er über Finnland hinaus nachgedacht hatte. Mein Rückflug und die Annullierung mussten nicht das Ende sein. Die Frage war, ob das funktionieren konnte. Ob *wir* funktionieren konnten. Die Vorstellung gefiel mir. Das warme Gefühl in meinem Bauch und das Kribbeln aufsteigender Glückstränen bestärkten meinen Verdacht. Ich wollte Jari nach dem siebten Januar wiedersehen. Ich wollte der Versuchung nachgeben, ein Teil seines Lebens zu sein. Ich wollte ... Jari.

»Du kannst damit natürlich auch mit Lou in den Urlaub fliegen«, nuschelte er mit gesenktem Blick. Ich war nicht fähig, meine Gefühle in Worte zu fassen, also umschlang ich seinen Nacken und umarmte ihn fest.

»Finnland klingt gut«, flüsterte ich.

Breaking News

Die folgenden zwei Tage im finnischen Weihnachts-Wunderland vergingen schnell und eine Ausnüchterung von dieser besinnlichen Atmosphäre stand mir bevor. Bis nach Silvester wollte ich bleiben und nachdenken. Zwölf Tage waren es noch bis zum Annullierungstermin.

Müde saß ich allein an diesem Morgen im Wohnzimmer und umklammerte meine Kaffeetasse. Das ungute Gefühl in meinem Magen kam nicht von den vielen Zimtschnecken, die zu einem Grundnahrungsmittel in Finnland geworden waren. Jari ließ sich nicht anmerken, ob ihm der stärker werdende Zeitdruck zu schaffen machte. Er wechselte immer öfter zwischen dem Kuschelmodus und dem produktiven Musiker-Dasein. Das äußerte sich darin, dass er sich häufiger in sein Tonstudio zurückzog und sowohl Anniina als auch Tomi bei uns ein und aus gingen. Dank Louisa blieb ich aber nie allein. Ich war geblieben, um Zeit mit ihm zu verbringen, dennoch musste er langsam, aber sicher in seinen Alltag zurück. Die Feiertage neigten sich dem Ende zu, die Besuche bei seiner Mutter waren vorbei.

Es belastete mich, dass Jari nicht viel über meine Abreise sprach. Ich hatte keine Ahnung, was der richtige Weg war, und hätte gern mit ihm darüber gesprochen.

Gestern Abend war er mit der gesamten Band bei einer offiziellen Charity-Gala für ein Kinderkrankenhaus gewesen. Während Jari also die Gäste mit einem Fototermin, Autogrammen und ein paar Liedern bespaßt hatte, um Spenden zu sammeln, hatte ich die halbe Nacht wach gelegen. Denn Ella war auch dort gewesen. An seiner Seite. Allein bei dem Gedanken daran drang ein leidendes Seufzen aus meiner Kehle. Immerhin hatte er mir diesmal davon erzählt und sogar angeboten, die Sache abzusagen. Allerdings konnte ich mir miese Karmapunkte nicht leisten, wenn die armen Kinder wegen meiner Eifersucht weniger Spenden bekamen. Außerdem stand ich bei seinem Management ohnehin nicht hoch im Kurs und wollte diesem Joonas nicht noch mehr Gründe geben, gegen mich zu wettern. Ich hatte das Richtige getan, ihn im sexy Anzug fortgeschickt und ihm viel Spaß gewünscht. Es hatte sich seltsam angefühlt. Schick zurechtgemacht, gut duftend, war er nach Helsinki gefahren und den ganzen Abend umringt von Blitzlicht, Glamour, Kameras und Fans gewesen. Währenddessen hatte ich in meinen Obstsocken mit Louisa Disney-Filme angesehen und Kakao getrunken. Zwei Welten, grundverschieden.

Während ich also an diesem Morgen mit einer dampfenden Tasse Kaffee auf seinem Sofa saß, starrte ich gedankenversunken auf die Lackschuhe, die Jari gestern getragen hatte. Wann genau er nach Hause gekommen war, hatte ich nicht mitbekommen. Aber er war hier. Bei mir und nicht bei Ella.

Plötzlich hörte ich ihn fluchen, drehte mich um und entdeckte ihn auf dem Treppenabsatz. Er war über Louisas rosafarbene Flamingo-Hausschuhe gestolpert und humpelte nun die ersten Stufen nach unten. Er trug nur Shorts und sah vollkommen zerstört aus. Blasses Gesicht, eingefallene Wangen und Haare, die nach kaputter Steckdose schrien. Er murmelte etwas, das nach »Morgen« klang, gefolgt von einem Schmatzgeräusch.

»War heftig, ja?«, fragte ich.

Jari blieb auf halber Höhe stehen und starrte ins Leere. Orientierungslos fuhr er sich übers Gesicht. »Es war lang«, murmelte er mit kratziger Stimme.

Ich nickte und starrte zu Boden. Jaris Leben war so anders. Die familiäre Idylle in den verschneiten Hügeln von *Porvoo* durften mich nicht täuschen.

»Unsere Leben sind sehr unterschiedlich«, sprach ich laut aus, was mich gerade sehr beschäftigte. Wir hatten nicht mehr über seinen verrückten Vorschlag gesprochen, die Annullierung ausfallen zu lassen, aber ein Teil von mir hatte es sich doch irgendwie gewünscht.

Der angeschlagene Mann auf der Treppe blinzelte verwirrt. Es war nicht fair, dass ich ihn morgens in seinem aktuellen Zustand damit konfrontierte, aber es musste einfach raus.

»Funktioniert doch ganz gut«, antwortete er verspätet.

»Du weißt, ich habe recht«, bestand ich trotzig, weil ich das Gefühl hatte, er nahm mich nicht ernst. Jari und ich waren verliebt. Das gestand ich mir ein. Hinter dem Rockstar steckte ein normaler Kerl mit einer ganz besonderen Familie. Aber er musste endlich Stellung beziehen und mich einweihen, was in ihm vorging. Er hatte mir keinen Vorschlag unterbreitet, wie es tatsächlich weitergehen sollte. Er lebte im Jetzt. Das funktionierte super in seinem Haus, aber nicht in meinem realen Leben.

»Was hältst du davon, wenn ich mit Louisa den Tag verbringe, du machst mit deinen Songs weiter und heute Abend können wir uns zusammensetzen und über … uns reden?«, hakte ich vorsichtig nach.

Er blickte mich lange an, schien mit den Gedanken woanders zu sein. Kein schiefes Schmunzeln, kein blöder Spruch.

»Klingt nach einem guten Plan. Ich brauche ein bisschen Zeit, um klar denken zu können, aber wir müssen wohl wirklich reden«, murmelte er und hob die Mundwinkel, um seinen Worten etwas an Härte zu nehmen. »Ich ruh mich noch ein bisschen aus und am Abend gehör ich ganz dir«, fügt er hinzu, drehte um und ging wieder nach oben. Diesmal fiel er nicht über die rosa Flamingos.

***

Als uns Pekka etwas später in seinem blitzblauen BMW abholte, wirkte er gut gelaunt. Er trug eine dicke Sonnenbrille auf der Nase und grinste breit. Gemeinsam mit Louisa hatte er einen Kurztrip mit mir geplant. Wohin es ging, wurde mir verheimlicht.

Ich stieg auf der Rückbank ein, während Louisa den Beifahrersitz belegte. Sofort begann sie, mit unserem Fahrer angeregt über Metal-Musik zu diskutieren. Die Fahrt über ließ ich die letzten Tage Revue passieren. Jede Begegnung, jede Unterhaltung und jeder Disput

mit Jari hallte in meinen Ohren wider, egal wie laut
Louisa das Radio aufdrehte.

»Wir sind da«, verkündete Pekka triumphierend und
parkte nach fast einer Stunde auf einem großen, einge-
zäunten Gelände. Nachdem er ausgestiegen war, drehte
sich Louisa mit einem Ruck zu mir um.

»Hör auf, dir den Kopf zu zerbrechen.«

Ohne auf meine Antwort zu warten, folgte sie Pekka
und ließ auch mir keine andere Wahl.

Kurz darauf kreischte sie euphorisch auf, weil wir an
einem Schild vorbeigingen, auf dem groß *Zoolandia*
stand. Es war ein Themenpark mit angrenzendem Zoo.
Der Schnee lag hier höher und es war bitter kalt, da half
auch meine komplette Montur nicht viel. Trotzdem
fand ich die Idee klasse.

Wir stapften schnaufend zum Eingang und Louisa
fiel in einen rennenden Endspurt. Zuerst dachte ich, sie
wollte dringend irgendetwas Flauschiges streicheln,
aber dann entdeckte ich ihr Ziel und blieb abrupt stehen.

Sie wollte etwas ganz anderes streicheln. Es hatte
dunkelblonde Haare und stand direkt neben den Kas-
sen, in schwarzer Jacke, Jeans und hohen gefütterten
Stiefeln. Ihr Piercing glitzerte in der Sonne und sie
grinste.

Lou rannte auf Anniina zu und fiel ihr in die Arme.
Die Gitarristin fing meine Freundin auf und wirbelte
sie wild im Kreis, sodass ihre Beine durch die Luft flogen. Als Louisas Füße wieder festen Boden berührten,
drückte Anniina ihr einen Kuss auf die Lippen. Es war

kein unschuldiger Freundschaftskuss, sondern ein inniger, leidenschaftlicher Zungenkuss, der mich erbleichen ließ.

Pekka lachte amüsiert. Ich war betäubt stehengeblieben, unfähig, meinen Mund zu schließen. Die Kälte ließ meine Zunge festfrieren, bis die Zähne schmerzten. Finnland war kein geeignetes Terrain, um mit gaffendem Blick herumzustehen. Meine kranke Faszination nahm kein Ende, bis Pekka sich grinsend zu mir umdrehte.

»Alles okay, Hannah? Du bist ein wenig blass um die Nase.«

Ich versuchte etwas zu sagen, brachte aber nur komisch klingende Geräusche hervor, weil meine Zunge taub war. Ich hob die Hand, um auf Louisa und Anniina zu zeigen. »Du bist damit einverstanden? Macht ihr beide mit Louisa rum?«, stotterte ich mit Blick auf Pekka. Er legte mir beruhigend die Hand auf die Schulter.

»Ich hatte wieder einmal keine Chance«, sagte er betont leidvoll. Mich schockierte weniger, dass Louisa sich eine Frau angelte, als Anniina an sich. Pekka passte zu ihr, aber nicht die grimmige, verkorkste Gitarristin, die kaum lachte. Allerdings bemerkte ich, dass genau diese Frau übers ganze Gesicht strahlte und Louisa ihre Locken zurück unter die Mütze steckte. Ich hatte nicht die geringste Ahnung gehabt, dass sie lesbisch war. Oder bi. Oder einfach nur irre, weil sie sich mit Louisa einließ.

»Überraschung«, rief Lou schrill und lehnte sich an die Frau neben sich.

»Ist das euer Ernst? Ihr verarscht mich nicht nur?«, stammelte ich überfordert.

»Nur weil du nicht mitkriegst, was passiert, weil du nur Augen für Jari hast, heißt das nicht, dass es nicht passiert«, erklärte Louisa trotzig und legte ihren Arm um Anniinas schlanke Taille.

»Du stehst auf Frauen? Nur auf Frauen?«, stellte ich meine nächste Frage an Anniina, weil mein gesellschaftstauglicher Filter abgebrannt war. Louisa zog zornig die Brauen zusammen, aber ihre neue Freundin zuckte gelassen mit den Schultern.

»Ich dachte, Jari hat es dir erzählt. Seit meiner Pubertät gehe ich nur mit Frauen aus«, gab sie mir eine Auskunft, die mich nichts anging. Niemals hatte ich ein Wort darüber gelesen. Es traf mich komplett unvorbereitet.

Gleichzeitig schoss mir ein Gedanke durch den Kopf, der mich aufstöhnen ließ. Jari war es, der mich zum Narren gehalten hatte. Die ganze Zeit über hatte ich mir eingeredet, dass er und Anniina ein Paar gewesen waren. Dabei hatte er sich stets kryptisch ausgedrückt. Er hatte ihre Privatsphäre schützen wollen, die ich gerade mit tauben Füßen trat.

»Das bedeutet, Jari und du hattet niemals etwas miteinander?«, plapperte mein Mund unkontrolliert weiter. Am besten, er wäre mir zugefroren.

Louisa sah mich schockiert an und Anniina verzerrte das Gesicht zu einer Grimasse. »Niemals. Erzählt er das rum? Er hat mir genau einmal an den Arsch gegriffen, als wir in die Pubertät kamen. Das blaue Auge hielt nur ein paar Tage, die Freundschaft bis heute.«

»Ihr könnt machen, was ihr wollt, geht mich auch nichts an«, ruderte ich nach ein paar Sekunden des Schweigens zurück.

»Genug geküsst und geplaudert, auf geht's!«, beendete Pekka meine Fassungslosigkeit.

Er führte uns nicht zum Haupteingang des Parks, sondern zu den Ställen abseits. Nach dem Einlass durch ein unspektakuläres Gartentor aus morschem Holz betraten wir das Weihnachtswunder-Streichelland. Das Blöken der Schafe und Ziegen im Gatter hörte man schon aus der Ferne. Ich schritt mit verschränkten Armen hinter Lou und Anniina her, die verliebt Händchen hielten. Mein Cupcake riss ihren Lockenkopf wild nach links und rechts, um die Tiere in den Holzställen zu bestaunen. Eine Ziege riss den Kopf empört nach oben, als Louisa entzückt aufkreischte. Wir steuerten eine frei stehende Gruppe flauschiger Rentiere an.

»Hör auf, die beiden anzustarren«, zischte Pekka neben mir. Ich räusperte mich und riss mich zusammen.

Während Jaris Bruder und ich abseits stehen blieben, widmete sich das glückliche Paar den Rentieren. Louisa näherte sich bedächtig und vergrub ihre kleine Hand im weichen Fell. Die Tiere wirkten neben meiner zierlichen Freundin wie Elefanten mit Geweih. Anniina schoss lächelnd Fotos von Louisa. Sie sah glücklich aus, für sie schien das Thema Fangirl und Rockstar kein Problem zu sein.

»Du brauchst was zu essen«, stellte Pekka mit besorgtem Blick zu mir fest und zog mich zu der roten Holzscheune, aus der ein verführerischer Duft strömte.

Wir bestellten und setzten uns auf eine Holzbank, die mit dicken Kissen und Decken belegt war. Ich mummelte mich ein und begann die leckeren Kartoffelspalten zu essen. Er gönnte sich einen Kaffee und blätterte entspannt in einer Zeitung.

Die Atmosphäre in der finnischen Winterlandschaft beruhigte mich. Kinder lachten, die Schafe blökten und Louisa kicherte lauthals. Meine Gedanken blieben so lange im Relaxmodus, bis Pekka sich am Kaffee verschluckte und zu husten begann. Die Zeitung fiel auf seinen Schoß, während er versuchte das heiße Getränk vom Kinn zu wischen. Mein Blick huschte zu den Bildern, die ihn offensichtlich schockiert hatten.

»Was steht da?«, fragte ich irritiert.

Pekka schluckte und sah von mir zu den Blättern, die breit aufgeschlagen dalagen. Er wollte sie noch wegziehen, aber ich hatte sie vor ihm in der Hand – und starrte entgeistert darauf.

Das Papier war gepflastert mit einer bunten Fotostrecke, die Jari und Ella zeigte. Gemeinsam. Zusammen. Fotos von der Veranstaltung für das Kinderkrankenhaus. Ein grinsender Jari mit der Band und ein paar Schnappschüsse von der Autogrammaktion. Dazwischen drängten sich unzählige Aufnahmen, in denen Ella altbekannt auf ihm draufklebte. Sie stand nicht nur neben ihm, sondern klammerte sich wie ein sexy Äffchen an ihn. Auf einem davon hatte er seine Hand an ihrer Taille. Sie posierten lächelnd nebeneinander. Die nächste Seite bildete sie beim Essen ab, harmonisch in der Runde. Er saß zwischen ihr und Anniina. Ich war dieses Thema so leid und seufzte tief.

»Hannah, das ist nur dummes Gerede. Die schreiben Mist, nur damit sie mehr davon verkaufen«, sagte Pekka leise.

»Was steht da?«, fragte ich kleinlaut.

Er nahm mir die Zeitung ab, die ich nur schwer loslassen konnte. Ich ließ ihm ein paar Sekunden Zeit, den Artikel zu überfliegen. Als er fertig war, holte er tief Luft. »Im Großen und Ganzen ist das nur ein Bericht über die Veranstaltung. Es war ein großer Erfolg, es wurden viele Gelder gesammelt und die Leute waren vom Konzert begeistert«, begann er auszuweichen. »Und ... da steht irgendein Schwachsinn davon, dass das finnische Traumpaar wieder vereint sein könnte und die Hochzeit in Vegas nur ein Promotion-Gag war. Publicity eben. Sie schreiben etwas über eine vermeintliche Versöhnung.«

Aber die Bilder waren nicht erfunden.

»*Anni*«, rief ich quer über alle Anwesenden hinweg und ignorierte deren verstörte Blicke. Louisa und sie sahen beide prompt zu mir herüber. Als sie meinem fordernden Blick begegnete, schien es, als würde sie sich auf den Rücken eines der Tiere schwingen wollen, um davonzureiten.

Stolpernd kam Anniina vor mir zum Stehen und ich hielt ihr die Zeitung mit den Fotos hin. »Waren Jari und Ella dort als Paar?«, fragte ich harsch, ohne erklärende Einleitung.

Sie sah lange auf die Bilder, dachte sichtlich über ihre Antwort nach. »Na ja, sie waren beide eingeladen. Das sagt man nicht einfach ab, schon gar nicht bei den aktuellen Gerüchten. Unser Manager fand, es sei eine gute Gelegenheit, die Wogen zu glätten. Die beiden haben wie Profis ihre Arbeit gemacht«, erklärte mir die Gitarristin.

Ich schnaubte. Gott, ich hatte diese Spielchen so satt. »Seid ihr zusammen von der Gala nach Hause gefahren oder ist Jari mit Ella länger geblieben?«, wollte ich direkt wissen. Anniina hatte ebenfalls an der Veranstaltung teilgenommen und stand frisch vor mir, ganz im Gegensatz zu Jari.

»Ich bin nach dem Pflichtprogramm gefahren, die beiden waren zu dem Zeitpunkt noch dort«, erzählte sie bedrückt.

»Das hab ich mir schon gedacht«, murmelte ich tonlos. Ohne ein weiteres Wort drehte ich mich um, vergrub die Hände in den Taschen und ging davon.

Plopp

Ich war eine Weile allein durch den Park gegangen und hatte versucht, meine Gedanken zu ordnen. Als ich schließlich zu den anderen zurückkam, hatten wir zusammengepackt.

Auch auf dem Rückweg starrte ich stumm aus dem Fenster. Louisa war mit Anniina gefahren, damit Jari und ich allein reden konnten, deshalb saß ich nur mit Pekka im Auto. Die letzten Tage mit Jari hatten sich gut angefühlt. Ich war glücklich gewesen, doch mein Verstand vermieste mir den Rausch. Jari und ich mussten dringend klare Worte finden. Jedes andere Paar konnte sich Zeit lassen, aber durch die Annullierung fühlte ich mich unter Zugzwang. Vielleicht hatte er es sich doch anders überlegt und wollte das Risiko mit mir nicht eingehen. Eine komplizierte Fernbeziehung bedeutete für ihn, weniger Zeit mit seiner Familie zu verbringen, weil er sich zwischen Deutschland und Finnland entscheiden musste. Ich konnte mir kaum vorstellen, alles hinter mir zu lassen und zu ihm zu ziehen. In ein Land, wo ich nur das Wort *Korvapuusti* aussprechen konnte und sonst nichts.

»Sie sind nicht wieder zusammen«, sagte Pekka irgendwann. »Du weißt selbst ganz genau, dass diese Zeitungen nur Blödsinn schreiben, alles frei erfunden. Das ist das Business.«

Ich antwortete nicht.

Bei Jari angekommen, ließ er mich am Straßenrand aussteigen. »Sag ihm, dass du ihn liebst und du ab jetzt nicht nur zu Weihnachten zu uns kommst«, versuchte Pekka es erneut. »Wenn ich weiß, dass du auch da bist, überlege ich es mir in Zukunft, an Ostern fix unsere Eltern zu besuchen«, versprach er und lächelte mich aufmunternd an.

Seine Zuversicht stärkte und verunsicherte mich in gleichem Maße. Als er den Wagen wendete und davonfuhr, sah ich ihm eine Weile hinterher und überlegte, was ich wollte. Ich kam zu keinem Ergebnis.

Die Eingangstür war nicht verschlossen und aus der Küche oder dem Wohnzimmer kamen keine Geräusche. Ich zog meinen Mantel aus und ging zielstrebig nach oben. *Vermutlich schläft Jari noch*, dachte ich — und hielt irritiert inne, als ich oben im Flur doch Stimmen hörte. Zwei dumpfe Stimmen, die sich auf Finnisch unterhielten.

Sofort überkam mich dieses ungute Gefühl. Die Vorahnung, dass man besser woanders gewesen wäre. Eine schaurige Gänsehaut lief mir über den Rücken, ich schluckte trocken und stoppte unsicher vor seiner Schlafzimmertür. Ich hätte mich bemerkbar machen müssen, tat es jedoch nicht und starrte auf den Lichtkegel, den der offene Spalt in den Flur warf. Vorsichtig schob ich die Tür ein Stück weiter auf und erstarrte wie betäubt.

Ihre zierlichen Hände auf ihm. Eine davon in sein Haar gekrallt, die andere an seiner nackten Brust. Jari saß auf der Bettkante und Ella auf ihm drauf. Eng umschlungen in einen Kuss vertieft. Die langen Haare fielen über ihre Schultern, berührten seinen Bauch. Seine Hand lag an ihrer schmalen Taille.

Ich taumelte zurück und rammte die Tür mit meinem Ellenbogen. Das Knarren und mein Schmerzensschrei ließen beide hochschrecken. Überrascht löste Ella sich von ihm und zwei blaue Augenpaare funkelten mich entsetzt an.

Alles drehte sich um mich. Eine ähnliche Situation hatte ich bereits erlebt, nur dass ich damals ein paar Sekunden später reingeplatzt war und Chris in flagranti erwischt hatte. Ich hatte keine Luft zu atmen, dafür das Gefühl, von innen zu verbrennen. Jari schob Ella energisch von seinem Schoß. Ein ohrenbetäubendes *Plopp* dröhnte in meinem Kopf, als unsere romantische Blase zerplatzte. Irgendwann hatte es so weit sein müssen.

Die Realität verdrängte die Illusion der Romanze zwischen Jari und mir. Ich wandte mich ab, um mit schnellen Schritten zu fliehen.

»Hannah, warte! So ist das nicht«, rief er mir nach, aber ich ignorierte diesen lächerlichen Satz. Zielstrebig nahm ich die Treppe nach unten, fischte zitternd das Handy aus der Hosentasche und wählte Louisas Nummer. Gerade hörte ich die elektronische Stimme der Mailbox, da griff Jari nach meiner Schulter.

»Lass mich es erklären«, spulte er die nächste Floskel runter. Ich ging weiter, denn ich musste raus aus diesem Haus, weg von den beiden. »Du musst mir zuhören!«

Diesmal umrundete er mich, um sich mir im Wohnzimmer in den Weg zu stellen. Seine Stimme klang dumpf, als befände sich eine dicke Glaswand zwischen uns. Ich schaffte es nicht hochzusehen, denn ich konnte diesem Blick nicht begegnen. Ich tippte auf die nächstbeste Nummer und horchte erleichtert auf den Wählton.

»Jari, lass sie doch«, rief Ella von der Treppe aus und fachte das Feuer in mir weiter an, aber Jari drehte sich ruckartig zu ihr.

»Verschwinde, du machst es nur schlimmer!«, schrie er wütend. Sie antwortete mit weinerlicher Stimme, aber auf Finnisch, daher verstand ich kein Wort.

»Hannah, der Kuss ging nicht von mir aus. Ella hat mich überrascht. Es wäre nichts weiter passiert!«, versuchte er die Situation zu erklären, während es endlich in der Leitung knackte.

»Pekka, hol mich bitte wieder ab, von Jaris Haus, jetzt sofort! Ich warte auf der Straße«, brachte ich keuchend hervor und stürmte schon zum Flur.

Ella verschwand aus meinem Blickfeld und Jari machte mir etwas Platz, damit ich atmen konnte, selbst wenn das ein Ding der Unmöglichkeit war. In diesem Zimmer befand sich nicht ein einziges Sauerstoffatom. In einem Flugzeug wären jetzt die Atemmasken aus der Deckenverkleidung geplatzt.

Verzweifelt fuhr Jari sich durchs Haar. »Bitte glaub mir, dass der Kuss nichts bedeutet hat. Sie kam zu mir. Sie konnte nicht akzeptieren, dass es tatsächlich aus ist.«

Auch seine Stimme wurde verzweifelt lauter. Ich wollte es nicht hören und griff nach meinen Stiefeln.

»Verdammt, lauf nicht vor mir weg, Hannah! Bitte!«

Mutig hob ich den Blick. Der Ausdruck in seinen Augen traf mich genauso hart, wie ich befürchtet hatte. Er machte einen Schritt auf mich zu. Ich wich zurück und zog den Wintermantel an.

»Das hättest du auch einfacher haben können«, krächzte ich.

»Ich wollte diesen verdammten Kuss gar nicht!«, wiederholte er und brach mir das Herz. Es war alles zu viel. Ellas Geist schwebte seit meiner Ankunft hier über uns. Sie drängte sich aktiv und passiv dazwischen. Sie würde immer da sein. Er würde sie nicht aufgeben.

Mit weichen Knien riss ich die Tür auf und stapfte nach draußen. Er kam mir mit schnellen Schritten nach, als ich den Gehsteig erreichte. Nervös kaute ich auf meiner zitternden Unterlippe herum und beschloss, Pekka entgegenzugehen. Die Arme schlang ich eng um den Oberkörper, um das frostige Gefühl fernzuhalten, ohne Erfolg. Es kam nicht von der eisigen Kälte, sondern von innen.

»Du glaubst mir nicht«, schlussfolgerte er dicht hinter mir und ich beschleunigte. »Hannah, ich habe dir doch die letzten Tage deutlich gezeigt, was ich will!«

Endlich sah ich das richtige Auto. Pekka entdeckte uns sofort und blieb neben mir am Straßenrand stehen. Energisch drehte ich mich um. Jari stolperte, als ich ihn anfunkelte.

»Ich denke nicht, dass du weißt, was du willst. Aber *ich* weiß, dass ich keine Lust darauf habe, weiter in diese Dreiecksbeziehung hineingezogen zu werden. Ich lasse mich nicht benutzen, Jari.«

Er hob die Hand und zog sie wieder zurück. Erleichtert atmete ich aus. Eine Berührung hätte mich umgebracht.

Ich fühlte Pekkas besorgten Blick auf mir und schluckte den Kloß in meinem Hals hinunter. Er starrte uns über das Lenkrad hinweg entgeistert an. Gehetzt stieg ich auf der Beifahrerseite ein und zog die Tür zu. Als Pekka die Augenbraue fragend hochzog, schluchzte ich auf. Die ersten Tränen flossen über meine Wangen. Jari stand am Gehsteig, schaute zu uns, aber ich schüttelte den Kopf. Sein Bruder schien unschlüssig. Die Fensterscheibe fuhr elektrisch nach unten und Pekka fragte Jari etwas, der wiederum antwortete.

»Bring mich hier weg«, bat ich Pekka mit kratziger Stimme. Mitleidig sah er mich an und rief seinem Bruder noch etwas zu, ehe er den Wagen in Bewegung setzte.

»Tut mir leid. Ich wollte dich da nicht mit reinziehen, aber Louisa konnte ich nicht erreichen.«

Wieder blickte er mich ernst an und nickte. »Ich bring dich zu ihr. Kein Problem, Hannah.«

Bye-bye, Helsinki

Die Tränen waren zwar bald versiegt, aber das taube Gefühl blieb. Als ich das erste Mal mit verquollenen Augen hochsah, saß ich mit Louisa allein auf einem schwarzen Ledersofa in Anniinas Haus. Sie reichte mir ein Taschentuch und strich mir das Haar aus dem feuchten Gesicht.

»Geht es wieder?«, fragte sie lächelnd.

Statt zu antworten, ließ ich mich erschöpft nach hinten fallen. Sie erwartete eine Erklärung, wieso ich hier heulend eingefallen war, aber ich wusste nicht, wo ich anfangen sollte.

»Hast du einen Plan?«, fragte mich Louisa.

»Sachen packen und morgen nach Hause fliegen. Die Annullierung unterschreiben und ins normale Leben zurückkehren.«

Meine Stimme klang erstaunlich fest, aber ich sah in ihren Augen, dass sie mir nicht glaubte. Trotzdem tat sie das Richtige und widersprach mir nicht, sondern nahm mich einfach in den Arm.

Anniina hielt sich weitgehend im Hintergrund und tauchte nur auf, wenn Louisa nach ihr rief. Jedes Mal, wenn sie das Zimmer betrat, sah sie mich nervös an und fragte uns, ob wir etwas brauchten.

"

Statt mich auszuquetschen, erzählte mir Louisa mit leuchtendem Blick, wie sich die merkwürdige Konstellation, Cupcake und grimmige Gitarristin, ergeben konnte. Sie hatte sich sofort in Anniinas Augen verliebt. Ich lachte mit kratziger Kehle auf, weil genau diese mich bisher nur finster angestarrt hatten. Außerdem war Anniina ein absolut unterhaltsamer Mensch mit großem Herzen inklusive Beschützerinstinkt. Das behauptete jedenfalls Louisa. Endgültig gefunkt hatte es zwischen ihnen in dieser verrückten Weihnachtsnacht vor fünf Tagen, nach der Louisa mit Ästen in den Haaren nach Hause gekommen war. Anniina war darauf bedacht gewesen, Jari vor mir zu beschützen. Es war keine Eifersucht, sondern Freundschaft, die ich falsch gedeutet hatte.

»Wieso habt ihr euch vor uns versteckt? Ich bin davon ausgegangen, dass du bei Pekka gelandet warst«, fragte ich, um vom Thema Jari abzulenken. Louisa grinste mich verliebt und diabolisch an.

»Es war Anni peinlich und sie hatte vor deiner Reaktion Angst.«

Allein die Vorstellung, dass Anniina sich vor mir fürchtete, brachte mich zum Schmunzeln. Das Gefühl des Lächelns gab mir ein bisschen Kraft.

»Seid ihr jetzt zusammen?«

»Das ist erst vor ein paar Tagen passiert, aber ich mag sie.«

Ich kannte sie gut genug, um zu wissen, dass dies viel bedeutete. Sie wollte mir gerade genauer erzählen, wieso sie damals Holz in den Haaren hatte, da klingelte es mehrmals. Vom Sofa aus konnte man den Flur nicht einsehen, doch es war klar, wer da sturmklingelte. Anniina erschien im Wohnzimmer, blieb aber unsicher vor uns stehen. Sie sah unentschlossen zwischen der Tür und uns hin und her.

Louisa ergriff die Initiative und marschierte seufzend zur Tür. »Was ist?«, kam sie direkt unfreundlich zum Punkt. Ein kühler Luftzug wehte herein und ich hoffte, dass sie nicht soeben Anniinas Postboten ungerechtfertigterweise angeschnauzt hatte.

Der Klang von Jaris Stimme bewirkte, dass sich meine Eingeweide wirr verknoteten.

»Sie will dich nicht sehen«, murrte Louisa ihn an.

»Ich muss aber mit ihr reden.«

Mit weichen Knien rappelte ich mich auf. Im Vorbeigehen klopfte ich der eingeschüchterten Anniina auf die Schulter, die immer noch erstarrt im Wohnzimmer stand. Es war ihr hoch anzurechnen, dass sie sich zwischen die Fronten begab.

Ich versuchte durchzuatmen, aber Jaris Anblick verfestigte den Knoten in meinem Bauch. Er überragte den blonden Cupcake und sofort hob er seine Augenbrauen, als ich um die Ecke bog.

»Hannah, bitte sprich mit mir.«

Zaghaft näherte ich mich ihm, bis ich mit einem Sicherheitsabstand stehen blieb. Mein Blick glitt über seine gequälten Züge, während ich zwanghaft versuchte, die aufkommenden Tränen wegzublinzeln. Tiefe, dunkle Ringe unter seinen Augen zeugten vom Schlafmangel. Nervös fuhr er sich mit der Zunge über die trockenen Lippen. Sein Bedauern sickerte körperlich in mich.

»Können wir uns allein unterhalten?«

»Wenn ich ihn kastrieren soll, dann sag es ruhig«, flüsterte mir Louisa zu. Nachdem sie den großen Mann vor uns mit Blicken aufgespießt hatte, drehte sie sich um und verschwand im Wohnzimmer.

»Lauf nicht vor mir weg«, begann Jari mit einem gekünstelten Schmunzeln. »Es tut mir leid.«

»Ich habe die Fotos von dir und Ella in der Zeitung gesehen«, murmelte ich erschöpft.

Seine Augen weiteten sich eine Sekunde, bis er sie seufzend schloss. »Das ist nicht, wie du denkst. Es waren viel mehr Presse-Leute dort als gedacht. Die Sache ist aus dem Ruder gelaufen und ich habe Mist gebaut«, versuchte er sich in Erklärungen.

Konzentriert atmete ich durch die Nase ein und durch den Mund aus. Weil ich schwieg, sprach er einfach weiter.

»Joonas wollte, dass Ella und ich die Gerüchte rund um die Hochzeit zerstreuen, damit Mikael weniger Hebel hat, uns zu erpressen. Ich hätte nein sagen sollen.«

»Na, immerhin hat euch die Sache mit der Hochzeit jetzt doch noch Publicity eingebracht«, murmelte ich verletzt.

Die Falten auf seiner Stirn verrieten, dass er widersprechen wollte, doch ich hob direkt die Hand, um seine Worte zu ersticken. Allerdings hatte ich nicht damit gerechnet, dass er sie nahm, sanft umfasste und hinunterdrückte. Mit den Fingerspitzen fuhr er über meine, bis ich sie ihm entzog.

»Ich wollte dich von alldem fernhalten und nicht als Marketing-Gag benutzen. Das weißt du«, beharrte er mit ernstem Blick. Obwohl der Wind ihm die Haare in die Augen blies, bewegte er sich keinen Millimeter.

»Und trotzdem fühlt es sich am Ende an, als sei ich die Einzige, die nicht hierher gehört. Ella versteht das alles. Sie weiß, wie man mit Blitzlichtgewitter umgeht und sie weiß, was zu tun ist, um in deinem Leben zu bestehen. Mit mir ist alles kompliziert. Ich verstehe, wieso du nicht von ihr loskommst«, sagte ich ruhig, obwohl jedes Wort wehtat.

Das bekannte Zucken an seinem Kiefer verriet seine Anspannung, aber er hatte sich gut im Griff.

»Du hast ihren Kuss erwidert, oder etwa nicht?«, wollte ich wissen, wusste die Antwort aber schon. Ich hatte es gesehen.

Er machte einen Schritt auf mich zu. Sein Blick huschte über mein Gesicht, suchte nach einem Ausweg. »Ja. Aber es war kein Anfang, sondern ein Ende. Sie wollte mich zurück, doch ich hätte sie abgewiesen«, flüsterte er kryptisch.

Die Tränen kribbelten heiß auf meinen eiskalten Wangen. Mein eigener Schmerz spiegelte sich in seinen Augen.

»Ich will nicht, dass du gehst«, ergänzte er.

»Du hast mich in deine Welt gezogen, mich hierhergebracht, mir mit deiner warmherzigen Familie das Gefühl von Heimat gegeben. Mich durch bescheuerte Enten und Zimtschnecken glauben lassen, dass da mehr ist als der blöde Elvis und ein Trauschein! Du weißt, dass ich etwas für dich empfinde und trotzdem bin ich mir nicht sicher, ob du dir selbst nicht die ganze Zeit etwas vorgemacht hast«, zählte ich auf. Ich wandte mich um und griff nach der Tür, um das Gespräch zu beenden.

»Bitte nicht«, hörte ich seine dumpfe Stimme, als er sie mit seiner Hand blockierte.

»Ich muss nach Hause und einen klaren Kopf bekommen. Ich brauche Abstand«, flüsterte ich.

Einen Moment lang hielt er den Atem an und musterte mich. Ich hielt dem Blick stand, bis er die Tür losließ und zurücktrat. Als ich ihn und die Kälte aussperrte, fühlte ich mich wenig erleichtert.

Meine beste Freundin in Finnland zu haben, war mein Anker. Sie hatte sich dazu bereit erklärt, zu Jaris Haus zu fahren, um meine Sachen fertig zu packen. Anniina chauffierte sie mit dem Auto, wobei ich spürte, wie sehr es sie zerriss. Ich ahnte, dass die unzähligen finnischen Telefonate mit einem speziellen Frontsänger zu tun hatten, fragte aber nicht nach. Selbst dann nicht, wenn mein Name geheimnisvoll geflüstert wurde.

Während Louisa meinen Koffer holte, lag ich allein auf Anniinas Sofa und starrte an die Decke. Mein Verstand marschierte mit erhobenem Zeigefinger um mich herum im Kreis und hielt mir Vorträge darüber, dass er es von Anfang an gewusst hatte. Eine echte Beziehung bestand aus mehr als nur Finnland zu Weihnachten. Es war seltsam, warum Jari sich so viel Mühe gegeben hatte, wenn er zuletzt wieder bei Ella landen wollte. Entweder wusste er es selbst nicht oder er hatte mich als Druckmittel benutzt. All diese Dinge erzählte mir mein Verstand, während mein Herz tot, verstümmelt in einer Ecke lag. Die Hormone schaufelten einstweilen ein Loch auf dem Friedhof, um es zu verscharren. Das getupfte Monsterchen weinte bitterlich und schniefte in seine Samtpfoten. Wir waren alle am Arsch.

***

Am nächsten Morgen fuhr Anniina uns zum Flughafen. Um der Abschiedsszene zwischen ihr und Louisa zu entgehen, war ich vorausgegangen. Meine beste Freundin spürte, dass ich zu keinerlei Unterhaltung in Stimmung war. Selbst mein Kopf klinkte sich aus und schwieg.

Im Flieger schloss ich die Augen und verabschiedete mich stumm von Finnland. Ich war auf dem Weg in mein altes Leben, ohne Zimtschnecken, knisternde Kamine und ohne einen Rockstar.

Vor meinem Haus tummelten sich keine Reporter mehr. Nicht ein Einziger hatte sich hinter den Mülltonnen verkrochen. Ich hatte nachgesehen. Es war dunkel, kalt und roch nach Winter. Nichts im Vergleich zum finnischen Duft nach Schnee.

Der Briefkasten quoll über. Grummelnd klemmte ich mir den Stapel unter den Arm, während ich den Trolley nach oben hievte. Ich fühlte mich erschöpft, als ich den Schlüssel in das Schloss steckte und meine Wohnung betrat. Die Tür fiel hinter mir zu, der Trolley kippte polternd um. Die Werbeprospekte verteilten sich flatternd im dunklen Flur. Stumm stand ich da, starrte auf die bunten Bilder hinab.

Es half alles nichts. Ich konnte mir so viel einreden, wie ich wollte. Ich vermisste Jari jede Sekunde, seit ich Anniinas Tür vor seiner Nase zugeschlagen hatte.

In der Finsternis kramte ich nach meinem Telefon und schaltete es das erste Mal seit gestern ein. Unzählige Nachrichten trudelten ein, die mir eine imaginäre

Schlinge um den Hals legten. Eine einzige, verrückte Sekunde war ich versucht sie zu lesen, schließlich drückte ich alle fort.

Ich trat müde über das Zettelchaos hinweg. Meine letzte Handlung an diesem Tag war, mich auszuziehen und ins eiskalte Bett zu legen, das nach nichts und niemandem duftete. Bis der ersehnte Schlaf mir die Sinne nahm, wunderte ich mich, warum ich mich anders fühlte als damals mit Chris. Ich hatte getobt und geschrien und seine Sachen am selben Tag in Koffern vor die Tür gestellt.

Jetzt lag ich in Selbstmitleid versunken da. Ich trauerte einer Beziehung hinterher, die keine gewesen war. Es war etwas anderes gewesen. Irgendetwas Verrücktes, begleitet von vielen kleinen und großen Katastrophen. Trotzdem gab es keinen Zweifel daran, dass ich noch nie in meinem Leben mehr ich selbst hatte sein können.

Fliegende Gummibären

Die ersten Tage zu Hause hatte ich wie in Trance hinter mich gebracht. Aufstehen, essen, duschen und schlafen gehen. Ich war einkaufen, hatte das Bad geputzt und Leo besucht. Wie die Stunden verrannen, wusste ich am Ende des Tages selten. In der Nacht schlief ich nicht gut. Ich quälte mich von einer Erinnerung in die nächste und am Morgen wachte ich erschöpfter auf, als ich es am Abend gewesen war.

Jaris tägliche Botschaften machten es mir nicht leichter. Bisher bekam ich jeden Abend zur selben Zeit eine Whatsapp-Nachricht.

Ich habe Socken von dir gefunden, sie vermissen dich.

Mama möchte dir Zimtschnecken schicken.

Es tut mir leid.

Es grenzte an seelische Folter, dass ich mir seine Worte mehr als nur einmal am Tag durchlas. Antworten bekam er keine.

***

Als Silvester anstand, verbarrikadierte ich mich mit einer XXL-Packung Gummibärchen. Normalerweise schleppte mich Louisa zu irgendwelchen Partys. Diesmal verbrachte sie den Jahreswechsel erneut in Finnland. Ich nahm es ihr nicht übel, gönnte ihr das Glück. Leo war aus dem Krankenhaus entlassen und bei seiner Freundin. Sie hatten mich eingeladen, doch ich war nicht bereit, mich gesellschaftstauglich zurechtzumachen.

In zwei Kuscheldecken eingepackt, kauerte ich auf meinem Sofa im Halbdunkeln und sah mir im Fernsehen das Feuerwerk in der Welt an. Die Gummibärchenpackung war halb leer und in meinem Magen verschmolzen alle gegessenen zu einem riesigen Bärchen, weshalb mir übel war.

Kurz vor dem Schlafengehen klingelte mein Telefon. Unachtsam hob ich ab, ohne nachzusehen, wer mir zum neuen Jahr gratulieren wollte.

»Hyvää uutta vuotta«, brummte mir Jari ins Ohr.

Die Gummibärenpackung rutschte zwischen meine Knie und entleerte sich auf der Decke. Vor Schreck hielt ich den Atem an und sah aufs Display. Es war Jari. Mich anzurufen, hatte er nie versucht. Sein Ding waren die subtilen Nachrichten gewesen.

»Hannah?«

Ich schluckte das grüne Bärchen runter und nickte.

»Frohes neues Jahr«, versuchte er es erneut.

»Hallo«, flüsterte ich leichenblass. Eine Stille trat ein, in der nur das Knallen des Feuerwerks in Dublin auf dem TV explodierte. Seine Stimme zu hören, brachte ein Bauchkribbeln hervor, das ich nicht wahrhaben wollte.

»Du fehlst«, sagte er weiter und intensivierte die Sehnsucht.

Er fehlte mir auch, aber das konnte ich ihm nicht sagen. »Was willst du?«, blieb ich kalt, denn sonst wäre ich sofort in Tränen ausgebrochen.

»Der Termin für die Annullierung steht fest. Können wir uns vorher noch mal unterhalten, ob es nicht eine andere Lösung gibt?«

Er kam sofort auf den Punkt. Ich griff mir ein orangenes Bärchen und drückte es, bis der Kopf hervorquoll. »Bist du jetzt mit Ella zusammen?«, sprach ich ebenso direkt an, was mich beschäftigte. Ein verächtliches Schnauben war seine erste Reaktion.

»Nach dem Theater bei der Gala kam sie zu mir, weil sie es noch mal mit uns versuchen wollte. Du warst der Grund, wieso sie so überreagiert hat. Ella hat gesehen, was ich für dich empfinde und war eifersüchtig.«

Ich lachte übertrieben gekünstelt.

»Die Frau wiegt keine fünfzig Kilo, wenn sie nasse Haare hat und du willst mir erklären, du armer Mann konntest dich nicht dagegen wehren?«

Wir näherten uns der Diskussion, die ich nicht führen wollte, weil sie sofort auf beiden Seiten voller Emotionen war.

»Ella ist nicht irgendjemand. Sie hat mich überrumpelt. Den Kuss hätte ich nicht zulassen dürfen, aber es ist passiert. Glaub mir, ich hätte sie an diesem Morgen zurückgewiesen. Du hast mir keine Chance für eine Erklärung gelassen und bist einfach davongelaufen.«

Ich klatschte aufgebracht auf die Gummibärchenpackung, die laut knisterte. »Deine Hand lag an ihrer Taille. Die Tage davor hat sie sich alle Mühe gegeben, mir zu zeigen, dass es eben nicht aus ist zwischen euch. Dass sie in dein Leben passt wie Zimt auf die Schnecke.

Ich musste darum kämpfen, dass du dich zu mir bekennst, weil sie einfach ständig da war!«, rief ich schrill, schnappte nach den Gummibärchen und schleuderte sie durch mein Wohnzimmer. Ich traf das leere Sektglas, das gefährlich wankte. »Verdammt«, murmelte ich und griff es schnell, um Scherben im Neujahr zu vermeiden.

»Was ist passiert?«

Nach dem Schreck flachte die Wut etwas ab.

»Ich habe mit Fruchtgummi um mich geworfen?«

Jari kannte mich gut genug, um diese Tatsache weder infrage zu stellen, noch zu kommentieren.

»Mein Zustand in Vegas war vielleicht ihr zu verschulden, aber du bist in mein Leben geplatzt und plötzlich wollte ich, dass du bleibst. Ella dachte nach meinem peinlichen Antrag und unserer Trennung, dass ich mich nur ausleben musste, um dann zurück zu ihr zu kommen. Ihr Versuch, mich zurückzugewinnen, hat mich überrascht und ich konnte sie nicht kaltherzig von mir stoßen. Das war aber nur ein Hauch der Vergangenheit. Ein nostalgischer Moment. Ich brauche sie nicht mehr auf diese Art«, erklärte er stattdessen.

Er klang aufrichtig, aber das machte sein Geständnis nicht weniger schmerzvoll.

»Das mit uns ging ... so schnell. Ella und ich haben eine lange Geschichte und wir mussten uns beide erst an die neue Situation gewöhnen«, fuhr er fort und löste damit die erste Träne aus meinen Augenwinkeln.

Ich hatte Verständnis dafür, dass das Ende einer Beziehung Zeit brauchte. Ich hätte ihm die Bewältigung mit seiner Ex gegönnt, wenn nicht mein Leben im Schnelldurchlauf aus den Fugen und einfach alles durcheinandergeraten wäre. Ein Trostpflaster wollte ich nicht sein. Der Grund für das Vegas-Debakel durfte nicht die Basis unserer Zukunft werden. Mit jemandem verheiratet zu sein, der ein Lückenbüßer war, hatten wir beide nicht verdient.

»Unterschreib nicht«, hauchte er ins Telefon. Es tat weh. »Ella wird immer in meinem Leben sein, aber unsere Zeit ist vorbei. Du kamst unterwartet in meine Welt, aber ich will dich nicht verlieren«, führte er seinen Monolog weiter.

Ich schniefte deutlich hörbar. Es klang in der Theorie schön, aber ob er sich selbst glaubte und ich bereit war, der Sache zu vertrauen, wusste ich nicht.

»Jari, was in Finnland passiert ist, war wunderschön. Aber diese Situation ist zu verrückt. So kann es nicht weitergehen.«

Lange hörte ich nur seinen Atem. Ich steckte mir ein rotes Bärchen in den Mund und wartete.

»Wir brauchen nur mehr Zeit«, flehte er.

Beim Auflachen verschluckte ich mich. »Die Sache hatte von Anfang ein Ablaufdatum, und das ist nächste Woche.«

Plötzlich hörte ich eine Tür knallen, Jaris Fluch, Rauschen und zuletzt Louisa.

»Frohes neues Jahr!«, kreischte sie in den Hörer.

Perplex starrte ich noch mal aufs Display, aber es war Jaris Telefon. Ich hatte keine Ahnung gehabt, dass Lou mit ihm feierte. Die Vorstellung, dass sie alle gemeinsam bei Mari waren, während ich Gummibärchen durch die Gegend warf, stach mir ins Herz.

Jari brüllte erneut irgendetwas, aber mit einem Schmerzensschrei verstummte sein Hintergrundgefluche.

»Hast du ihn umgebracht?«, fragte ich Louisa trocken.

»Anniina hat ihn gezwickt, ich bin jetzt raus gegangen.« Ich hörte sie schnaufen und das Geräusch von knisterndem Schnee. Die Tradition, komplizierte Gespräche draußen zu führen, setzte meine beste Freundin fort.

Sie erzählte mir knapp, wie der Silvesterabend verlaufen war. Dass sie dabei viele Sektgläser vernichtet hatte, hörte ich an ihrer schweren Zunge.

»Es geht ihm nicht gut«, wechselte sie spontan das Thema.

Mir ging es auch nicht gut, das war also nur gerecht.

»Er hat sich außerdem offiziell von Ella getrennt.«

Diese Information erregte meine Aufmerksamkeit, wobei ich versuchte cool zu wirken.

»Sie haben verkündet, dass Mikael die Band verlassen wird und das Gerücht von der Hochzeit verbreitet hat. Er will dich dadurch schützen, aber bestimmt nicht von sich stoßen.«

Was ich darauf antworten sollte, wusste ich nicht. Ob es die Leute glauben würden, auch nicht.

»Besteht keine Chance, dass wir beide unsere zukünftigen Urlaube gemeinsam in Finnland verbringen bei unseren heißen Rockstars?«, fragte sie todernst.

Diese Vorstellung brachte mich zum Grinsen, gleichzeitig schüttelte ich den Kopf. »Es ist kompliziert.« Dieselben Worte hatte ich damals zu Pekka gesagt und es hatte sich leider nichts geändert.

Es war seltsam, dass Lou auf einmal Partei für Jari ergriff.

»Du hast noch nie derart auf einen Mann reagiert. Er geht dir unter die Haut.«

Das stimmte und genau das war das Problem. Bei Jari neigte ich dazu, mit den Hormonen zu kooperieren, statt meinem Verstand zu folgen. Das getupfte Monsterchen hatte Besitzansprüche an Jari gestellt, aber Ella besaß auch solch ein Exemplar. In pink, mit roten Streifen und einer prächtigen Seidenschleife auf dem Kopf.

»Du liebst ihn, das weiß ich«, stocherte Louisa weiter in meinem Herzen.

Ich seufzte erneut, aber der Druck auf meiner Brust nahm nicht ab. »Ja, ich liebe ihn«, gestand ich kleinlaut, während es in der Leitung knackte. »Aber ... womöglich ist das nicht genug.«

Kurz kam keine Antwort von Lou – und dann sprach Jari.

»Hannah ... ich ...«

Verdammt. Er hatte sich sein Telefon im ungünstigsten Moment zurückerobert. Ich tat das einzig Richtige: Ich legte mit pochendem Herzen auf.

Am Tag vor der Annullierung war von meinem Selbstbewusstsein und meiner Entscheidungsstärke nach den schlaflosen Nächten nichts mehr zu spüren. Die Gewissheit, Jari bald zu sehen, ließ meine Konzentration schwinden.

Dementsprechend nervös reagierte ich auf die Türglocke. Jari war schuld, dass ich jedes Mal Herzrasen bekam und mir der Schweiß ausbrach. Mutig ging ich in den Flur und entsperrte das Schloss. Da hätte sonst wer vor der Tür stehen können. Jari, Louisa, Anniina, Leo, die Queen von England, Elvis … oder der Postbote. Der junge Mann grinste mich breit an und überreichte mir ein harmloses Päckchen. Das dachte ich solange, bis ich den Absender entdeckte. Finnland. Es war zu klein, als dass Jari daraus hervorspringen könnte wie aus einer Geburtstagstorte.

Mit einem mulmigen Gefühl setzte ich mich auf mein Sofa. Mein Herz klopfte schneller. Unter der braunen Verpackung verbarg sich, in mehreren Lagen Papier eingewickelt, eine durchsichtige Tupperdose. Auf den ersten Blick erkannte ich den Inhalt. Meine Augen begannen feucht zu werden, gleichzeitig rann mir das Wasser im Mund zusammen.

Ich drehte die Dose hin und her und betrachtete die vielen Zimtschnecken darin. Der Zuckerguss klebte verführerisch an allen Seiten. An der Unterseite haftete eine mit Fettflecken übersäte Karte. Als ich sie abzupfte, blieb mein Herz stehen. Ein gemaltes gelbes Entchen winkte mit dem Flügelchen. Die dicken Tränen in den großen Kulleraugen unterstrichen den Text darunter. »Ich vermisse dich«, stand dort. Mit zittrigen Fingern öffnete ich sie und fand nur wenige Worte von Jari geschrieben.

»Nach Mamas Rezept. Sie sind hässlich, aber süß.«

Es gab keine romantischen Herzen und keine kitschigen Zeilen. Jari brach mir das Herz mit dem zimtigen Fingerabdruck, den er beim Schreiben auf der Karteninnenseite hinterlassen hatte.

Als ich die Dose öffnete, seufzte ich hingebungsvoll. Der Duft nach Zimt und Zucker katapultierte mich in Maris Haus vor den Kamin. Es gab keine weiteren Botschaften. Keine Forderungen, Versprechen oder Entschuldigungen. Nur jede Menge unförmige Zimtschnecken mit Zuckerstückchen drauf. Ich starrte sie an wie das Wertvollste auf dieser Welt. Vor meinem inneren Auge sah ich den Rockstar mit zerzausten Haaren, Mehl an der Nase und weißer Backschürze in der Küche werken. Wie er die Zimtschnecken verarbeitete und sich mit der Füllung verbrannte. Erst als meine Hormone auf Abwege gerieten und dem geistigen Rockstar in meiner Fantasie unter der Schürze alles auszogen, eskalierte meine Nostalgie. Das getupfte Monsterchen beobachtete gurrend das Spiel von Jaris Muskeln an den Oberarmen, während er den Teig knetete. Ich war auf kaltem Finnen-Entzug.

Die Zimtschnecken sahen verunfallt aus, erfüllten mich aber mit einem warmen Gefühl. Er gab sich Mühe und machte es mir schwer. Obwohl er nie konkret gesagt hatte, was er für mich empfand, hatte er ein Händchen für tiefgehende Gesten. Das Gefühlschaos setzte sich weit entfernt von Finnland fort. Nach dem Telefongespräch mit ihm ging es mir auch nicht besser. Sobald das Bild von Ella mit ihm in mir hochkroch, verkrampfte sich jede Faser meines Körpers. Jari und ich hatten unsere eigene chaotische Verbindung, denn ich war unvorhergesehen in sein Leben geplatzt, wie er in meins. Welche Regeln galten, war keinem bewusst gewesen.

Als ich mir eine klebrige Zimtschnecke aus der Dose fischte und davon abbiss, stiegen die Tränen erneut auf. Sie schmeckten nach Erinnerungen. Ich fragte mich, ob ich je wieder ohne diesen Geschmack auf den Lippen leben wollte.

***

Am Morgen quälte ich mich aus dem Bett. Obwohl ich seit dem Tag, an dem Jari mir von der Hochzeit erzählt hatte, diesen Moment sehnsüchtig erwartet hatte, fühlte ich nichts als Leere. Die Zimtschnecken waren drin geblieben, dafür flatterten die Nerven umso mehr.

Am Vormittag machte ich mich mit zittrigen Knien auf den Weg in die Königsstraße, wo die amerikanische Botschaft auf mich wartete. Jari hatte mir keine weiteren Nachrichten zukommen lassen. Die Tatsache, dass er persönlich erscheinen musste, erleichterte mich, machte mir aber auch Angst.

Das Gebäude ragte einschüchternd groß vor mir auf. Riesige Fahnen flatterten im kühlen Wind und die

Sonne blendete mich, als ich ehrfürchtig nach oben blickte. Nach meinem ersten Schritt hinein musste ich den Kloß im Hals runterwürgen. Jeder Meter fühlte sich an, als hätte mir jemand Bleigewichte um die Füße geschnallt. Die Gänge, Büros und der Treppenbereich unterschieden sich kaum von anderen Amtsgebäuden. Vielen Leuten begegnete ich nicht, bis ich das richtige Stockwerk und die passende Abteilung fand. Die Zimmernummer, hinter der diese verrückte Geschichte ein Ende finden sollte, prangte in großen Lettern neben einer weißen Tür. Ich wusste, was ich wollte, aber das bedeutete nicht, dass es mir leichtfiel. Meine Hände zitterten und die verflüssigten Zimtschnecken in meinem Bauch grummelten.

Unschlüssig blieb ich im Gang stehen. Mein Telefon zeigte keine neuen Nachrichten. Da ich zu früh war, vertrieb ich mir die Zeit, indem ich nervös auf und ab ging. Meine Schritte hallten auf dem marmorierten Steinboden wider. Obwohl meine Finger eiskalt blieben, durchfuhr mich eine Hitzewelle. Die Übelkeit kam in Wellen, während sich ein unsichtbares Gewicht auf meine Brust legte.

Ich hörte Jari, bevor ich ihn sah. Seine Stimme drang zu mir, als er um die Ecke geschlendert kam. Neben ihm ging sein Manager Joonas, mit dem er sich unterhielt. Als Jari mich erblickte, deuteten seine Mundwinkel ein flüchtiges Lächeln an. Sein Begleiter hingegen richtete mich auf der Stelle mit Todesblitzen im Blick nieder. Wäre ich nicht erstarrt, wäre ich zurückgewichen.

Jari trug eine schwarze Lederjacke, die knarzte, während beide näher kamen. Seine Mimik wurde freundlicher, die Unsicherheit darin war ihm trotzdem anzusehen. Unbeholfen nickte ich ihnen zu.

»Hei«, sagte Jari flüsternd.

In dieser Sekunde wusste ich nicht, wie ich ihn begrüßen sollte. Ein Handschlag war zu förmlich, eine Umarmung gefährlich und ein Kuss, egal wohin, mein Untergang.

Er entschied für mich und schloss mich fest in die Arme. Die Intensität der Emotionen überflutete mich. Sein Geruch und die Wärme seines Körpers, als ich mich instinktiv an ihn schmiegte, raubten mir den Verstand. Erneut durchfuhren mich die vielen Ereignisse der letzten Tage, in denen er für ein Drama und einen Zuckerschock in meinem Leben verantwortlich gewesen war.

»Schön, dich zu sehen«, murmelte ich ihm mit rauer Stimme in die Jacke. Seine Hand, die in meinen Nacken fuhr und zärtlich darüber strich, umfing meine Hormone sofort.

Die weiße Tür ging auf, sodass wir beide hochschreckten. Eine ältere Frau mit grauem, kurzem Haar und dicker Hornbrille fragte uns nach unserer Identität und bat uns herein. Jari stockte, bis Joonas ihn am Ellenbogen packte und mit sich zog. Es war unfair, dass er Verstärkung dabei hatte, während ich mich all dem allein stellte.

Als ich den Fuß in das Büro setzen wollte, legte Jari mir eine Hand auf die Schulter.

»Ich will nicht unterschreiben«, sagte er ernst.

Sein Blick durchfuhr mich schmerzlich. Dieser Satz überforderte mich, daher blinzelte ich öfter als nötig. Es war erneut sein Manager, der sich zwischen uns drängte und als Erster in den Raum ging. Jari berührte mich nicht mehr, aber der Ausdruck in seinem Gesicht verwirrte mich.

»Was wirst du tun?«, fragte er mich direkt.

Ich schluckte. Auch wenn mich die Situation mitnahm, war ich davon überzeugt, dass es nur einen Weg gab. Ich war alle Argumente durchgegangen. Viele Listen hatte ich gedanklich geschrieben. Keinen einzigen Moment mit Jari hatte ich vergessen und alle waren wichtig, um diese Entscheidung zu treffen. Ich hatte mich entschlossen und stand dazu, mit allen Konsequenzen.

Der verdächtige Schimmer in Jaris Augen schnürte mir die Kehle zu. Sein Blick war flehentlich. Bestimmt legte er beide Hände auf meine Schultern, weshalb ich erschrocken meine Finger um seine Handgelenke legte. Ich wollte ihn wegdrückten, verharrte aber nur stumm.

»Hannah, ich möchte nicht unterschreiben«, wiederholte er eindringlich.

Als hätte ich ihn nicht beim ersten Mal verstanden, sah er mich noch intensiver an. Seine Stimme klang heiser. Als er meine Wange entlangstrich, war es vorbei mit der Selbstbeherrschung. Ich fiel ihm um den Hals und drückte ihn fest an mich, bis ihm die Luft entwich. Mitten im Türrahmen umklammerten wir uns, symbolisch für den Übergang zu unserem alten und neuen Leben. Tränen kullerten über mein Gesicht, während ich mich sammelte. Sowie ich einen Blick zur Seite riskierte, verzog ich das Gesicht. Nicht nur Joonas, sondern auch die Beamtin mit dem grauen Haar starrten uns ungeduldig an.

»Es geht nicht nur um diesen Moment mit Ella«, flüsterte ich und wäre für ein klein wenig Privatsphäre dankbar gewesen. Jari atmete tief aus und strich über meinen Rücken. Ich drückte mich von ihm ab und wischte mir mit dem Handrücken über die feuchten Wangen. »Wir können nicht verheiratet bleiben. Das wäre falsch«, wisperte ich.

Seine Muskeln verspannten sich. Ungläubig sah er mich an, sein Kiefer zuckte mehrmals. »Du glaubst mir immer noch nicht, was Ella angeht?«

»Wir können hier nicht einfach weitermachen«, versuchte ich mich zu erklären.

Trotzig trat er einen Schritt zurück. Ich sah ihm an, dass er in einen anderen Modus schaltete. »Das ist eine Ausrede. Du schmeißt alles hin? Nach all den Dingen, die wir gemeinsam erlebt haben? Obwohl ich dich mit zu mir nach Hause genommen und alles mit dir geteilt habe? Du läufst schon wieder weg. Genau wie damals am Morgen in Vegas!«

Müde rieb ich mir die Schläfen. »Nein. Ich will das alles nicht vergessen. Aber wir können trotzdem nicht verheiratet bleiben. Das ist alles verrückt und wir müssen einen Weg finden ...«, begann ich, wurde aber durch ein Schnauben von Jari unterbrochen. Er ballte die Hände zu Fäusten, doch bevor der Vulkan vor mir ausbrach, sackten seine Schultern nach unten. Joonas war der Einzige, der zufrieden lächelte.

»Du weißt, was ich für dich empfinde und trotzdem gibst du uns keine Chance«, brummte er mit verengten

Augen. Mit diesem Gefühlsausbruch konnte ich nicht umgehen.

»Du hast mir nie gesagt, was du fühlst«, flüsterte ich erstickt. »Nie haben wir besprochen, wie das alles weitergehen soll.«

»Wenn du das nicht weißt, macht es auch keinen Sinn, weiter zu diskutieren. Entweder du unterschreibst oder eben nicht. Triff deine Entscheidung«, drängte er mich in eine Ecke. Er war verletzt, aber wollte mir auch nicht richtig zuhören.

»Ich werde die Annullierung unterschreiben.«

Normalerweise war ich die Aufbrausende. Jetzt war er derjenige, der wütend gegen einen Stuhl neben der Tür trat. Die Dame wich erschrocken zurück und Jari hob entschuldigend die Arme.

»Ist das dein letztes Wort?«, fragte er, ohne mich anzusehen.

Ich nickte mechanisch.

Süße Rache auf Finnisch

Zwei Tage später fror ich mir wieder mal den Hintern ab. Hauptsächlich, weil ich feige war, aber jetzt umzudrehen, wäre albern gewesen. Ich war zurück nach Finnland geflogen und wusste nicht, was mich erwartete. Ein Schritt, um etwas abzuschließen, um mit der Hoffnung neue Wege zu beschreiten.

Nach Anniinas Informationen musste Jari zu Hause sein. In der Einfahrt stand allerdings nur Pekkas Auto. Louisa hatte mir versichert, dass Jari und Joonas zusammen noch am Tag unserer Annullierung zurück nach Finnland geflogen waren. Meinen eigenen Flug hatte ich vorher schon gebucht, in der Nacht, in der mir wegen der Zimtschnecken schlecht geworden war. Der Augenblick, in dem ich beschlossen hatte, die Annullierung zu unterschreiben. Ich stand zu meiner Entscheidung. Hätte Jari mir in der Botschaft zugehört, wüsste er jetzt von meinem Besuch. Allerdings fühlte ich eine Art Genugtuung, ihn ein einziges Mal zu überrumpeln.

Er war derart emotional aufgewühlt gewesen, dass ich keine Chance gehabt hatte, mich zu erklären. Es war nicht der richtige Tag gewesen, um darüber zu reden, sondern jener, um unsere Ehe zu beenden. Er brauchte Zeit durchzuatmen, genauso wie ich.

Hier in *Porvoo* zu sein, fühlte sich weniger merkwürdig an als das Nachhausekommen vor über einer Woche. War mir meine eigene Wohnung leer vorgekommen, spürte ich in Finnland eine Vertrautheit, die mich lächeln ließ.

Mein Gepäck blieb im Mietauto, als ich mich aufraffte, zu Jaris Tür zu gehen. Vor allem, weil es dämmerte und ich Schiss im Dunkeln hatte. Entschlossen klingelte ich und schmunzelte darüber, dass ich einmal, ein einziges Mal auf der anderen Seite der Tür stand.

Pekka riss sie auf und erstarrte bei meinem Anblick. Mit riesigen Augen gaffte er mich von oben bis unten an, trat dann vor, riss mich an sich und umarmte mich fest. »Gott sei Dank bist du da«, keuchte er. »Er ist unausstehlich ohne dich.«

Kurz bevor ich das Bewusstsein verlor, löste er sich von mir und grinste mich glücklich an. Ich freute mich, ihn wiederzusehen und wollte etwas sagen, aber er presste mir panisch die Hand auf den Mund. Sein Blick ging über seine Schulter in Richtung des Wohnzimmers.

»Pssst, warte«, wisperte er verschwörerisch. Hektisch zog er sich die Schuhe an, griff nach einer Jacke und schob sich grinsend an mir vorbei. Torkelnd stapfte er schnurstracks durch den Schnee. »Ich lass euch allein.«

Ehe ich etwas erwidern konnte, hatte er die Tür von außen geschlossen. Sofort nahm ich die Wärme des Feuers wahr. Das Herz schlug mir bis zum Hals. Es war eine Paarung aus Angst und Vorfreude. Schmerzlich wurde mir bewusst, wie sehr ich dieses riesige Haus mochte.

Mit weichen Knien betrat ich das Wohnzimmer und musste das zufriedene Lächeln auf meinen Lippen mit aller Kraft unterdrücken. Jari saß auf dem Sofa, konzentriert über den Couchtisch gebeugt, neben ihm die Gitarre und mit dem Handy in der Hand. Mehrere Flaschen Bier und unzählige Blätter waren vor ihm verstreut. Ich genoss den Anblick. Er murmelte etwas auf Finnisch, strich sich müde übers Gesicht und erwartete wohl eine Reaktion von seinem kleinen Bruder. Stattdessen antwortete ich ihm.

»Hallo, Jari.«

Sein Blick war göttlich. Das Telefon rutschte ihm aus der Hand und fiel scheppernd zu Boden. Er sah mich an, als wäre ich *das Gespenst von Canterville* persönlich.

»Hannah?«, fragte er ungläubig.

Ich biss mir auf die Zunge, um meinen ernsten Gesichtsausdruck beizubehalten. Dramatisch umrundete ich die Mücheninsel und stellte mit Genugtuung fest, wie unordentlich es war. Schmutzige Teller und Besteck stapelten sich in der Spüle und leere Bierflaschen standen auf dem Tresen. Am Boden fand ich die passenden Kisten dazu, gefüllt mit Nachschub. Wie eine Elfe glitt ich erhaben dahin und genoss jede Sekunde seines Staunens. Mit schwingenden Hüften schritt ich quer durch die Küche. Bis er alles ruinierte.

Er hätte mich anbrüllen können, ob ich den Verstand verloren hätte. Ob ich mir einen schlechten Scherz erlaubte oder ob das alles für mich nur ein Spiel wäre. Stattdessen sagte er etwas, was ich selten derart überzeugend gehört hatte: »Ich liebe dich.«

»Fuck!«, brüllte ich schmerzvoll, weil ich mir vor
Schreck den Zeh an einer Bierkiste angestoßen hatte.
Mir schossen sofort die Tränen in die Augen. Hum-
pelnd und ächzend hangelte ich mich am Tresen entlang zum Barhocker.

»Bist du verrückt?«, murrte ich stöhnend und bückte
mich zu meinem Zeh hinunter. Er hing nicht in Fetzen
ab, das war ein gutes Zeichen.

Jaris Augenbrauen fuhren nach oben, er erhob sich
und sah mich skeptisch an.

»So was sagt man doch nicht einfach ohne Vorwarnung!«, warf ich ihm entgegen, woraufhin er auflachte.

»Hast du gehört, was ich gesagt habe?«, fragte er amüsiert.

»Ganz Finnland hat meinen Schrei gehört, weil ich gehört habe, was du gesagt hast.«

Jari lachte noch mal herzhaft und mein Körper vibrierte im Einklang. Wie eine kleine Gummiente mit
Features. Konzentriert nahm ich meine ernste Miene
wieder an.

Er fuhr sich grinsend mit der Zunge über die Lippen.
»Was machst du hier, warum hast du nicht vorher Bescheid gesagt? Wie bist du überhaupt hergekommen,
ich hätte dich vom Flughafen abgeholt«, prasselten die
Fragen auf mich ein. Ich suhlte mich im Erfolg.

»Ha! Wie fühlt sich das an?«, quiekte ich triumphierend, aber er lachte mich nur erheitert aus. Grinsend
humpelte ich näher an ihn heran. »Ich bin mit dem
Flugzeug hier. Das sind große Dinger mit Flügeln, mit
denen kommt man ganz schnell von A nach B, und einen Mietwagen kann selbst ich mir besorgen«, antwor-

tete ich siegessicher. »Ich habe etwas von deinem Weihnachtsgeschenk eingelöst. Ich wollte, dass du mal merkst, wie blöd man sich vorkommt, wenn man ständig überrumpelt wird.«

»Ich dachte, ich würde dich nie wiedersehen«, gestand er mit traurigem Blick, aber seine Züge blieben weich. Trotzig stemmte ich die Arme in die Taille.

»Das habe ich nie gesagt, aber du wolltest mir ja nicht zuhören. Ich stehe zu meiner Entscheidung, und bin überzeugt, dass ich mit niemandem verheiratet sein kann, der im Rausch *Ja* zu mir gesagt hat. Ich habe versucht, dir meinen Standpunkt zu erklären, aber du hast lieber einen Stuhl getreten.«

Die Sache mit Ella hatte ich nicht vergessen. Auch nicht, dass Jari und ich eine seltsame Kombination waren. Das bedeutete aber nicht, dass ich nicht bereit war, uns eine Chance zu geben. Eine, in der wir nicht durch einen Trauschein aneinander gebunden waren, ohne uns zu kennen. Wenn das funktionieren sollte, dann brauchten wir die Freiheit, uns zu entwickeln. Ich war gerüstet, einen erneuten Herzensbruch zu riskieren, weil ich mich verliebt hatte.

»Ich will nicht mit dir verheiratet sein, aber ich will dich auch nicht verlieren«, sagte ich leise. »Jari, ich konnte nicht mit dir verheiratet bleiben, bitte versteh das.«

Er holte tief Luft, ließ sie aber ungenutzt entweichen. Sein Blick brannte auf mir, während mein Herz wild klopfte. »Ich habe viel zu viele Gelegenheiten versäumt, dir zu sagen, wie viel du mir bedeutest«, antwortete er verspätet auf mein Geständnis.

Diese Worte waren trotzdem Balsam auf meiner malträtierten Seele.

»Wusste jemand, dass du vorhast herzukommen? Dann hätte ich die letzten zwei Tage nicht jeden grundlos anschnauzen müssen«, fuhr er grinsend fort.

»Süße Rache auf Finnisch, Mr. Mäkinen! Wie oft hast du mir das Leben schwer gemacht, nur weil du einfach auf meiner Matte standest?«

Ein paar Sekunden starrte er mich mit glänzenden, dunklen Augen an. Ohne weitere wertvolle Lebenszeit zu vergeuden, kam er auf mich zu und küsste mich voller Ungeduld. Bei der Berührung seiner warmen Lippen auf meinen seufzte ich mädchenhaft. Er hob mich hoch und drückte mich mit den Händen an meinem Hintern an sich.

Ich war mir sicher, die richtige Wahl getroffen zu haben. Seine Nähe bedeutete Heimat, egal wo das war, und ich wollte bei ihm sein. Auch ohne Trauschein. Ich baumelte ergeben an seinem Hals, bis er mich zum Sofa trug. Er warf mich stürmisch auf die Liegefläche, sodass unzählige Zettel zu allen Richtungen auf den Boden segelten. Die Bierflaschen klirrten, weil er sie zur Seite trat.

»Du hast mir gefehlt«, keuchte er nach Luft schnappend, während er mich forsch küsste. Ich spürte seine Finger, die fest über meinen Oberschenkel fuhren, während er sich zwischen meine Knie drängte. »Tut mir leid, wie ich mich in der Botschaft verhalten habe. Ich war verletzt und dachte, ich hätte die Sache mit dir endgültig in den Sand gesetzt«, flüsterte er gegen mein Ohr, bevor er mich mit seiner Zunge darunter neckte. Ich wusste das, auch wenn mich seine Trotzreaktion wütend gemacht hatte. »Ich bin froh, dass du mich in Vegas gefunden hast«, hauchte er auf der anderen Seite gegen meinen Hals.

Es waren all die Worte, die ich hören wollte. Jari und ich hatten keinen Fahrplan für die Zukunft. Ich wusste nicht, wie es weiterging. Wichtig war nur, dass wir die Chance bekamen, gemeinsam darüber zu entscheiden. Ohne Presse, Manager oder Ella. Sie löste sich nicht in Luft auf und ich musste einen Weg finden, mit ihrer Präsenz umzugehen.

Er schob die Hände unter den Saum meines Pullovers. Gemeinsam mit dem Shirt zog er es mir ruckartig über den Kopf. Ich lachte auf, weil er durch die stürmische Art fast den Couchtisch umstieß. Blöderweise prangten Hello Kittys auf meinem BH, weil ich nicht davon ausgegangen war, dass er den heute direkt zu Gesicht bekommen würde. Naiv, aber wahr.

»Ich glaub, ich muss dir neue Flugtickets schenken«, knurrte er auf meinem nackten Bauch, während er sich daran entlangküsste. Seine Zunge kreiste über meine Haut und es fühlte sich berauschend an.

»Wir sind nicht mehr verheiratet, ich kann jetzt für mich selbst bezahlen«, keuchte ich neckend. Jari widmete sich derart ausgiebig meinem Körper, dass ich in Ektase den Rücken durchbog.

»Ich weiß, wo du wohnst und wir werden das hier ...« Er öffnete den Knopf meiner Jeans. »... abwechselnd bei mir in Finnland und bei dir zu Hause machen«, vollendete er seinen Plan.

Schon lag ich nur noch in Unterwäsche bekleidet unter ihm. Es tat gut zu hören, dass er sich endlich Gedanken darum machte, wie nicht nur ich in seinem Leben

Platz fand, sondern auch er in meinem. Er schob die Hände in den Bund meines Slips, wo ich ihn kichernd stoppte.

»Darf ich vorher duschen?«, fragte ich provozierend.

Entrüstet hob er den Kopf und blickte skeptisch an mir herab. Ich schlang meine Beine fest um seine Hüfte.

»Nach dem heißen Sex auf dem Sofa wäre das sinnvoller.«

Ich kraulte seinen Kopf und zuckte unschuldig mit den Schultern. »Ich habe seit zwei Tagen kein Bad mehr gesehen. Ich war viel zu beschäftigt mit hyperventilieren, habe einen Flug hinter mir, bin verschwitzt, zerknittert und ich rieche schlimm! Wir haben jetzt alle Zeit der Welt«, argumentierte ich.

Er starrte mich ungläubig an, aber ein Grinsen stahl sich auf seine Lippen. »Einverstanden, unter einer Bedingung! Wir duschen gemeinsam.«

Bevor ich ablehnen oder zustimmen konnte, hob er mich hoch. Ich krallte mich an seinen Schultern fest, während er mich zielstrebig Stufe für Stufe nach oben trug. Wir hatten die Hälfte geschafft, da hörte ich auf, seinen Hals abzulecken und drückte meinen Mund schnaufend gegen sein Ohr.

»Da gibt's noch was, was du wissen musst.«

Misstrauisch blieb er stehen und sah mich ängstlich an.

»Ich liebe dich auch«, murmelte ich ergriffen.

Sein Griff wurde fester und sein Blick sanfter. Schneller als ich blinzeln konnte, waren wir oben angekommen. Er stieß die Tür mit dem Fuß auf und setzte mich im Bad ab. Als ginge es um sein Leben, drehte er die Dusche hektisch auf und schob mich unter das eiskalte

Wasser. Erschrocken kreischte ich auf, aber als er zu
mir unter das wärmer werdende Wasser trat, schluckte
ich. Er presste mich gegen die kalte Wand, der Strahl
prasselte anregend auf meine Haut und das Plätschern
mischte sich mit Jaris Brummen, als er meinen nassen
Körper erkundete. Ein paar Sekunden umarmten wir
uns unter dem warmen Geprassel. Haut an Haut und
intimer als je zuvor. So begann unser Neuanfang.

Ende.

An dieser Stelle darf ich euch allen aus tiefstem Herzen danken. Ihr habt euch durch etwaige Heißhungerattacken nicht abhalten lassen, bis zur letzten Seite zu lesen. (Den Gang zum Kühlschrank hat keiner gesehen, versprochen!) Der Weg von den ersten Zeilen dieser Geschichte bis zum heutigen Tag war sehr lang und von einem intensiven Lernprozess geprägt. Genau deswegen lag mir »Hannah« immer am Herzen, denn obwohl danach einige Ideen auf dem Papier landeten, hat mit den Enten und den Zimtschnecken alles angefangen.

Neben dem privaten Umfeld, das mir in den Hintern trat, wenn ich doof wurde und mit den Pompons wedelte, wenn es nötig war, danke ich natürlich auch allen, die meinen Erstling zu einem mehr als positiven Erlebnis gemacht haben. Das ist nicht selbstverständlich, denn das Autorenleben besteht aus mehr als gezuckerten Schreibideen.

Ich hoffe, der Finne und die Verfressene konnten euch gut unterhalten. Wenn ihr geheime Tipps braucht, wo man in Helsinki die besten Korvapuusti bekommt, freue ich mich über eine Nachricht über Instagram, Facebook oder die Homepage! (suessezeilen)

Das grün-gelb getupfte Monsterchen würde zudem außerordentlich laut gurren und schnurren, wenn ihr euch ein Herz nehmen und eine Rezension hinterlassen würdet. Wenn diese Fettflecken vom vielen Naschen aufweist, ist das absolut in Ordnung! Als Dank

dafür lässt es sich gern hinter den flauschigen Ohren
kraulen und sabbert euch voll!
Kiitos! Angelika